Keltenzauber

Roman

Manuela O. Tietsch

Titelbild: Roland Tietsch
Lektorat: Marie Luise Iben, Göttingen

Fabuloso Verlag Gudrun Strüber
Fabrikstraße 20
37434 Bilshausen
Tel.: 05528 205853
Fax: 05528 205853
e-mail: strueber@fabuloso.de

Printed in Germany 1. Auflage März 2006
Druck: Druckpunkt Unger, 30855 Langenhagen

ISBN 3-935912-22-6

LEBEN
ist mein wirklicher Besitz
die Ewigkeit dieses Augenblicks
                    dieses Raumes
                    dieses Gefühls
Ein sanfter Laut
kommt von den heiligen Höhen
                                        Wäldern
                                        Seen
er spricht
von einer heiligen Art zu leben
               dem Weg des Friedens
               und des Lichtes
               der allen Geschöpfen
               Freiheit bringt
so daß sie sehen
               LEBEN IST EWIG

Hopi Indianer

Kleine Worterklärung und Aussprachehilfe:

Mac – Machk (Sohn) ch wie in Acht
Nic – Nichk (Tochter) ch wie in ich
Sporran – Sporran, vorn am Gürtel getragener Beutel
Brooch – Broch, ch wie in Acht, (Wohn- und Wehrturm)
Loch – Loch, wie deutsches Loch mit vollem O, (See)
Ogam – Okam, (keltische Schriftzeichen)
Sgian dubh – Skian du, (dunkles Messer, Strumpfdolch)
filleadh mor – fillag mor, (großes Tuch) Vorläufer des heutigen Kilts

Die in diesem Buch verwendeten Namen stammen aus verschiedenen Zeiten und Ländern (Irland, Schottland). Sie werden daher in anderen Schriften vielleicht abweichend geschrieben, was deshalb nicht falsch sein muß. Für meine Geschichte gefielen mir diese Namen, doch ich erhebe keinen Anspruch auf Geschichtstreue. Die hier angewandte Schreibweise stammt aus neuerer Zeit, denn wie die Namen damals ausgesprochen wurden, weiß keiner mehr so genau.

Die meisten Namen können in etwa so gelesen/gesprochen werden, wie sie im Buch stehen, bis auf:
Fearchar – Ferachar, ch wie in Acht
Uisdean – Uischjan weiches J
Ithna – Enje
Coinneach MacAilpin – Konniach MachkAilpin, ch wie in Acht
MacBochra – MachkBochra, ch wie in Acht
Scoten – waren die ersten Schotten, die von Nordirland nach Schottland (Dal - Riada) umsiedelten
Pikten – waren die Urschotten und lebten im nördlichen Teil des Landes. Sie wurden von den irischen Kelten nach und nach verdrängt.
Britonen – eines von vielen keltischen Völkern

Verraten

Schottland 844 n. Chr.

Ich wollte hinausschreien: *Ich bin Dougal MacDougal, ein ehrenhafter Mann*; doch ich schluckte nur, bemühte mich, meine Gedanken in andere Bahnen zu lenken. Beharrlich drängte sich mir das Wort *Schänder* auf, und der Schmerz ließ sich nicht wegdenken. Weshalb hatte Fearchar MacBochra mich so genannt? Ich begriff nicht, was er mir unterstellte. Fearchar spuckte auf die Erde. „Mißratener Schänder!" schrie er mir erneut ins Gesicht. Er grinste mich hämisch an und zischte mir ins Ohr: „Es wird mir die größte Freude bereiten dich für diese Tat zu bestrafen!" Er lachte höhnisch: „Du weißt doch was mit einem Schänder geschieht?!" Sein Lachen erstarb, das Grinsen blieb.

Der Regen fiel wieder stärker und kälter. Ich fröstelte und zerrte an meinen Fesseln. Die Anstrengung trieb mir den Schweiß auf die Stirn und meine Rippen schmerzten noch mehr. Fearchars Worte ließen mich innerlich zittern. Ich fragte mich, ob es je ein Clangericht geben würde, vor dem ich meine Unschuld beweisen konnte. Wenn es nach Fearchar und seiner Familie ging bestimmt nicht! Ich hielt inne, die Luft blieb einen Atemzug lang weg. Wieder der Schwertknauf, den er mir in den Rücken gestoßen hatte. Ich konnte mit Mühe einen Aufschrei unterdrücken. Fearchar war ein Mann ohne Ehre!

Mit den Augen folgte ich jeder Bewegung meiner Feinde. Bochra MacBochra stand breitbeinig, die Hände in die Seite gestützt und starrte uns haßerfüllt an. Uisdean MacBochra stand rechts neben seinem Vater. Er war vermutlich kaum älter als mein Bruder Calum, doch schon versuchte der Bart sein Gesicht zu beherrschen. Auf der linken Seite erkannte ich Duncan MacBochra. Er paßte nicht zu dem ungepflegten Äußeren seiner Familie. Seine dunkelblonden Haare waren trotz des schlechten

Wetters ordentlich geflochten. Fearchar trat neben Duncan, den selben haßerfüllten Ausdruck wie sein Vater im Gesicht. Seine Haare waren am Hinterkopf zusammengebunden und zwei Zöpfe hingen zu beiden Seiten über die Schläfen bis auf die Schultern. Oh, ich war sicher, wenn Bochra MacBochra ihn lassen würde, sein Sohn Fearchar würde uns mit wachsender Begeisterung foltern und umbringen. Allen guten Geistern Dank, hatte MacBochra offensichtlich anderes mit uns vor. Ich begriff nicht warum uns der MacBochra Clan so schlecht behandelte. Es war unehrenhaft einen Feind oder einen Gefangenen auf diese niederträchtige brutale Art zu behandeln! Mein Magen rumorte. Ich spürte den heiligen Stein darin und er wog schwer, obwohl er kaum größer war als eine Haselnuß. Die MacBochras würden ihn dort nicht vermuten und dieser Gedanke war tröstlich.

Duncan trat auf den scharfen Befehl seines Vaters vor. Er packte mich an den Ellenbogen und zerrte mich weiter nach vorn. Er griff lange nicht so grob zu wie seine Brüder. Egal was geschah, ich durfte es ihnen nicht sagen! Würde ich einer Folterung standhalten?

MacBochra starrte mich an, ehe er überraschend mit der Rückhand zuschlug. Ich strauchelte, fing mich aber wieder, da mich zwei Hände abfingen. Erstaunt sah ich Duncan an.

„Widerliches MacDougalpack!“ Bochra MacBochra spuckte vor meine Füße auf die Erde. „Wo ist der Stein?“

Ich erwiderte seinen Blick abweisend, konnte fühlen wie der Trotz in mir die Oberhand gewann und grinste ihn überheblich an.

Von hinten rief Calum: „Sag ihm nichts! ...“ Seine Worte erstarben. Ich hörte ihn aufstöhnen.

Ein Schlag von rechts ließ mich halb nach vorne kippen. Eine heiße Welle zog mir über den Nacken. Nicht ohnmächtig werden! Nur nicht diese Schande! Ich sammelte mich und warf Fearchar einen bösen

Blick zu, sah auf den Schwertknauf, den er spürbar gern einsetzte. Wieder überzog ein gemeines Grinsen sein Gesicht.

Bochra MacBochra trat näher. Er legte seine Hand unter mein Kinn und zwang mich, ihm ins Gesicht zu sehen. Seine Worte waren leise, doch gefährlich wie das Gift einer Schlange.

„Du und deine Brüder werdet eure Familie nie wiedersehen! Es wird eine Zeit kommen, da du darum betteln wirst zu reden." Wieder spuckte er aus. „Welcher Dreckskerl von euch hat meiner Tochter Gewalt angetan?"

Seiner Tochter? Ich bemühte mich, meine Schmerzen nicht weiter zu beachten und wand mich aus dem unangenehmen Griff des Mannes. Ich richtete mich auf. Endlich begriff ich, was er zu glauben schien. Doch er irrte sich, kein MacDougal hätte eine Frau geschändet!

„Das ist ein Irrtum!"

„Schweig!"

„Wir haben eure Töchter seit dem letzten Treffen der Clans nicht mehr gesehen."

MacBochra sah mich wütend an. „Einer von euch hat Maili vor wenigen Tagen geschändet!"

Er spuckte, traf meine Füße. „Dafür wirst du bezahlen! Und wenn du nicht redest, werdet ihr alle bezahlen." Er schaute in den Himmel.

Mir schien der Mann war den Tränen nahe.

Jäh warf er mir wieder einen verhaßten Blick zu. „Maili ist beinahe verblutet! Du wirst die Strafe eines Schänders erhalten!"

Ich atmete tief ein. Oh, aye, ich wußte was mit einem Schänder geschah! Und mir stand nicht im Geringsten der Sinn danach mit meinem männlichsten Körperteil im Hals zu ersticken. Ich schluckte unruhig. „Ich schwöre bei allem was mir heilig ist, wir haben deine Tochter nicht gesehen, geschweige denn sie angefaßt."

Bochra MacBochra schnaufte abfällig. „Sollte mir eine NicDougal

Frau vor die Füße kommen, ich werde sie niedertreten, nachdem ich sie meinen Männern vorgeworfen habe." Er wandte sich ab, während er Duncan und Fearchar zurief: „Packt sie, wir gehen zu den Steinen. Sicherlich kann Gemmán ihnen die Zunge lösen."

Fearchar stieß mich mit der Faust vorwärts. Duncan, der noch schräg hinter mir ging, hielt meine Arme weiterhin fest und wüßte ich nicht, daß er mir genauso feindlich gesonnen war wie alle MacBochras, dann hätte ich beinahe das Gefühl haben können, er stützte mich, anstatt mich zu treiben.

Ich wagte hinter mich zu sehen, zu meinen Brüdern Gavin und Calum. Je zwei Männer zerrten sie weiter. Mir wurde übel bei dem Gedanken, meine kleine Schwester wäre in die Hände dieses haßerfüllten Mannes gefallen. Eithne war zu Hause in Sicherheit, wenigstens das. Allen guten Geistern Dank, die abgewendet hatten, daß Eithne sich gegen Vater durchsetzte. Diese Reise war zu gefährlich, um uns begleiten zu dürfen. Ich fühlte mich schlecht, wünschte mir, ich wäre an diesem verhängnisvollen Morgen nie aufgestanden, wünschte, daß alles nur ein böser Traum war. Was hatte MacBochra mit uns vor? Waren unser Vater und die anderen MacDougals unterwegs? Wußten sie von der Gefahr, in der wir schwebten? Und daß die MacBochras uns gefangen hielten? Und was würde geschehen, wenn die Feinde erfuhren wo sich der heilige Stein befand? Würden sie mir den Magen aufschlitzen? Wie sollte der König ohne den Krönungsstein aus der Anderswelt gekrönt werden?

Ich spürte einen heftigen Schmerz im Nacken. Mein Kopf wurde an den Haaren nach hinten gezogen.

Fearchar hielt mich fest. „Geh schneller!"

Mit einem harten Ruck stieß er meinen Kopf wieder nach vorn und ließ endlich los.

Duncan mischte sich ein, redete leise, jedoch entschieden. „Laß das!"

Ich wagte es, die MacBochra Brüder aus den Augenwinkeln zu beobachten.

Fearchar lachte seinen Bruder offensichtlich aus. „Warum gehst du nicht unsere Mutter fragen, ob sie Arbeit für dich hat?“

Duncan presste die Lippen fest zusammen und schwieg. Seine Gesichtszüge verbargen seine Gefühle.

Uisdean erschien. „Schwierigkeiten?“

Fearchar schüttelte den Kopf. „Duncan redet dummes Zeug.“

Uisdean sah zu Duncan herüber.

Duncan erwiderte den Blick herausfordernd, sagte aber nichts.

Wütend zischte Fearchar: „Sie sind des Lebens nicht wert! Sie haben unsere Schwester geschändet und töten unsere Leute.“

„Fearchar schweig!“ warf Duncan ein.

Fearchar sah Duncan zornig an. „Ich vergesse gleich, daß wir eine Familie sind.“

Duncan begegnete seinem Bruder eisig. „Ich weiß, damit hast du keine Schwierigkeiten.“ Bevor Fearchar antworten konnte, ließ Duncan MacBochra mich los und trat an die Seite.

Der feine Regen drang in jede Faser meiner Kleidung ein und wie mir schien sogar in meine Haut. Jeder Schritt fiel mir schwer. Ich schaffte es nicht einmal mehr nach hinten zu sehen, wie es meinen Brüdern erging.

Es gab zu viele Menschen in diesem Land, die nicht vereint werden und schon gar nicht einem einzigen Herren die Treue schwören wollten. Was wäre, wenn der heilige Stein nicht rechtzeitig zur Krönungsfeier bei den Druiden war? Würden sie Coinneach MacAilpine trotzdem zum König machen? Es lag an Ossian, den anderen hohen Druiden und an den Männern und Frauen, die ihn als verantwortlichen Herrscher anerkennen mußten.

Eine Weile beobachtete ich Duncan aus den Augenwinkeln. Dieser große Mann schien alles andere als ein weichlicher Kerl, doch in den Augen seiner Brüder Fearchar und Uisdean schien er dies zu sein.

In der Ferne sah ich die großen heiligen Steine. Ich schluckte. Wieso brachten die MacBochras uns hierher? Ahnten sie etwas? Hatten sie uns womöglich beobachtet? Nebel zog auf. Grau und riesig stachen die hohen Steine vom dämmrigen Himmel ab. Die Nebelschwaden strichen durch sie hindurch wie hungrige Wölfe. Schritt für Schritt kamen wir dem Hügel näher. In meinem Kopf schwirrten die Gedanken durcheinander. Gab es einen Ausweg? Konnte ich Duncan überzeugen uns freizulassen? Sein Ausdruck war verdrossen, obwohl er mitfühlender wirkte als seine Brüder, so gehorchte er doch seinem Vater, Bochra MacBochra und würde in jedem Fall tun, was dieser befahl, um nicht als Weichling dazustehen.

Es gab keine Hoffnung. Oh, verdammt, wie konnten wir uns von den MacBochras einfangen lassen? Das Schandhafteste, was mir je widerfahren war. Wenn durch unsere Schuld der Stein in die falschen Hände gelangte? Nicht auszudenken! Der Trick den heiligen Gegenstand im Wechsel von verschiedenen Männern zum Zielort zu bringen, mußte verraten worden sein

Ich holte scharf Luft, so heftig zog es durch meinen Körper. Ein grober Schlag war auf meiner Schulter gelandet. Fearchar stieß mich vor sich her.

„Meine Urgroßmutter geht schneller als du!“

Ich erwiderte nichts und starrte mit wachsendem Unbehagen die hohen Steine an, die uns lauernd erwarteten.

Aus dem Nebel tauchte Gemmán auf und sah uns entgegen.

Bochra MacBochra verneigte sich verhalten vor Gemmán. Mir schien, als wäre ihm dieser Druide, der sich der dunklen Seite zugewandt hatte, nicht geheuer.

„So, da bringst du mir die MacDougals?“ fragte Gemmán mit schneidender Stimme.

„Das tue ich“, antwortete ihm Bochra MacBochra.

„Es wird mir eine Freude sein.“ Gemmán lachte unangenehm leise. „So soll es sein.“

„Vielleicht habt ihr ein Mittel sie zum Reden zu bringen?“

Gemmán nickte. „Wenn sie wollen, können sie reden, wir haben noch Zeit.“ Er schaute in den dunkelgrauen Himmel und winkte Fearchar heran: „Folgt mir und bringt die Drei mit.“

Ich begriff nicht. Wütend sah ich Gemmán an, doch ich konnte ihn weder mit meinen Blicken noch mit meinen Gedanken außer Kraft setzten.

Gemmán trug einen höhnischen Zug um die Mundwinkel, während er Fearchar und Duncan mit Gesten befahl, mich rücklings auf den großen Altarstein zu legen. „Fesselt ihm die Füße.“

Fearchar versuchte sich ans Werk zu machen, doch ich trat nach ihm. Ich traf ihn am Kinn, sah wie sich sein Gesicht vor Schmerz und Zorn verzerrte. Er winkte weitere Männer heran. Es waren einfach zu viele. Weitere MacBochras zerrten Calum auf den Stein. Seine Nase trug Reste von getrocknetem Blut und sein rechtes Auge war dunkel überschattet.

„Was habt ihr mit uns vor?“ warf ich verzweifelt ein. Angst kroch meinen Nacken hinauf.

Gavin warf sich wütend zwischen die Männer. Sie hatten alle Hände voll zu tun ihn ruhig zu stellen, doch plötzlich wurde sein Körper schlaff. Sie zogen ihn auf meine Beine, er war bewußtlos. Der Überwurf seines großen Tuches hing bis auf die Erde hinunter.

Wenn nur der Schmerz in der Seite nicht wäre! Es war hoffnungslos, wir hatten keine Gelegenheit uns zu wehren. Ich sah mich auf dem Platz um. In der hereinbrechenden Dunkelheit konnte ich zu wenig erkennen. Es gab keinen Weg in die Freiheit. Der Nebel verbreitete einen feuchten

Geruch, ebenso wie die feinen Moose, welche den Steinen einen zarten, grünen Schimmer verliehen, obwohl sie ansonsten still, grau und gewaltig gegen den dämmrigen Himmel und die dunklen Schattenrisse der Bäume abstachen. So wie die fahlen Gesichter der anwesenden Männer, gut zwanzig an der Zahl, die vom weiß schimmernden Licht des gerade aufgehenden Mondes, erhellt wurden.

Meine Aufmerksamkeit wurde wieder auf Gemmán gelenkt, als dieser sorgfältig, beinahe zärtlich unsere Schwerter und Messer neben uns auf dem Stein ablegte, fortwährend ein selbstgefälliges Grinsen im Gesicht. Ich hätte es ihm so gern weggeschlagen!

„Damit ihr nicht wehrlos seid in eurem neuen Leben! Wo auch immer das sein wird! Noch bleibt Zeit! Ein Wort und ich lasse euch gehen!"

„Nie!" schrie ich ihm ins Gesicht. Was hatte er vor? Gemmán war ein mächtiger und finsterer Druide. MacBochra hatte uns sicher nicht grundlos an diesen heiligen Ort gebracht und daß Gemmán uns auf den Altarstein legte, bedeutete bestimmt nichts Gutes! Wollte er uns seinen unheimlichen Göttern opfern? An den hellseherischen Fähigkeiten des Druiden zweifelte ich allerdings. Hätte er sie, wüßte er längst, wo der Stein versteckt war. So konnte ich hoffen. Er würde ihn nicht finden. Trotz der Schmerzen mußte ich innerlich über ihn lachen.

Wo blieben nur unser Vater und die anderen Männer? Es machte mir Angst, daß Gemmán ständig zum Mond hinaufsah, als warte er auf ein Zeichen! Erfolglos suchten meine Augen Gemmáns Gewand und Gürtel nach einem Opferdolch ab. Er würde uns doch nicht mit einem gewöhnlichen Messer umbringen wollen? Die winzige Hoffnung, daß er uns doch nicht töten wollte, keimte in mir auf. Die Schmerzen zwangen mich immer öfter die Augen zu schließen.

Anscheinend hatte Gemmán sein erwartetes Zeichen erhalten, denn er beugte sich mit einem boshaften Grinsen herunter, bis sein Gesicht dicht über meinem schwebte.

„Es ist soweit“, brachte er erregt hervor. „Eure letzte Gelegenheit ist vertan!“

Gemmán stieß mir seinen stinkenden Atem ins Gesicht. Ich hielt die Luft an. Ich war bemüht, mich aus seiner Reichweite zu drehen, doch Gemmán griff mich fest am Kinn, zwang mich, ihm in die Augen zu sehen und sagte:

„Deine Leute kommen zu spät, du wirst sehen! Du wartest doch auf sie, oder?“ Er lachte trocken. „Wer weiß, vielleicht kommen sie rechtzeitig um zu sehen, wie ich euch an einen anderen Ort schicke!“ Während er sich aufrichtete und endlich mein Gesicht losließ, wurden seine Züge ernst. Er begann unverständliche Worte zu raunen.

Was hatte er gesagt? Mir schauderte. Ein anderer Ort? Was meinte er damit? Den Tod? Calum neben mir zitterte.

Ein Schrei ließ mich zur Seite sehen. Oh, verflucht! Nicht unsere Schwester! Nicht Eithne!

„Wir sind die MacDougals!“ Sie warf sich gegen Duncan MacBochra. Fearchar griff ein. Er warf sie auf den Boden, schlug ihr mit der Faust ins Gesicht. Doch bevor er sich weiter an ihr zu schaffen machen konnte, griff Duncan sie, nahm ein Seil und schnürte sie zusammen. Er hob sie auf und legte sie zwischen uns auf den Stein. Ich sah sie wütend und traurig zugleich an, kam jedoch nicht dazu, etwas zu sagen. Blut rann ihr aus der Nase.

„Wunderbar, nun möchte sogar eure Schwester die Reise antreten.“ Gemmán lächelte gefühllos. Unvermittelt schlug er Eithne mit der Rückhand ins Gesicht. „Dummes Ding!“

Sie stöhnte leise auf. Sie war eine Kämpfernatur, doch bisher hatte ihr auch noch niemand ernsthaft wehgetan. Ich konnte ihre Verzweiflung, Wut und Verständnislosigkeit nachempfinden.

MacBochra trat heran, wandte sich an Fearchar. „Halt, hol sie da herunter, ich hab anderes mit ihr vor.“

Mir wurde erneut übel. Ich unterdrückte meine Unruhe, denn sie half mir nicht weiter. Ich spürte ein eigenartiges Kribbeln durch meine Glieder wandern. Mit gefesselten Händen faßte ich nach Eithne und bekam ihr Kinn zwischen meine Finger. Heiße Tränen rollten ihr über die Wangen auf meine Hände. Ich hatte solche Angst um sie.

Duncan schüttelte den Kopf. „Zu spät, Vater."

Gemmán nickte. „Dein Sohn hat Recht, es ist zu gefährlich, sie jetzt noch zu berühren."

Das Kribbeln wurde stärker. Ein Schmerz zog durch meine Glieder, als würden sie auseinander gerissen. Der Nebel in meinem Kopf trübte die Wahrnehmung. Was meinte Gemmán? Ich wehrte mich mit der letzten Freiheit die mir blieb. Ich schrie so laut ich konnte, „Wir sind die MacDougals!"

Ein schwarzer Schleier legte sich vor meine Augen; alles verschwamm, rückte in weite Ferne. Ich wußte, daß niemand mehr kommen würde, um uns zu retten! Was Gemmán mit uns vorhatte, es war ihm gelungen. Das Kribbeln wurde unerträglich, der Nebel vor meinen Augen dichter. Ich hörte Gavin stöhnen. Eithne schluchzte. Ich kämpfte nicht weiter dagegen an und ließ mich in die tiefe Dunkelheit fallen. Die Schwärze umhüllte mich.

Weihnachtsbummel

Hannover 2005 n. Chr.

Flanna drückte ungeduldig auf die Hupe. Endlich ging es weiter, wenngleich bedeutend langsamer als sie es gern gehabt hätte. Sie fuhr schließlich auf den Parkplatz und fand schnell eine freie Stelle. Sie haßte diesen dämlichen Weihnachtsrummel. Jedes Jahr zur Weihnachts- und auch Osterzeit taten die Leute so, als würde der nächste Weltkrieg vor der Tür stehen. Sie sah nach hinten auf die Tüten und Kisten; hatte sie an alles gedacht? Sigrid würde ihr die Ohren lang ziehen, wenn sie etwas übersehen hätte. Lieber wäre es ihr gewesen die *Feiertage* ohne Gäste zu verbringen, doch Sigrid bekam nie genug. Das hatte sie nun davon. Es war nicht besonders angenehm mit Hüftbruch im Krankenhaus zu liegen. Hätte Sigrid nur auf ihre Hilfe gewartet, dann wäre sie sicher nicht die Treppe heruntergefallen. Aber geschehen war nun einmal geschehen. Den Gästen konnte sie so kurzfristig nicht mehr absagen. Und zu allem Unglück mußte Sigrid wahrscheinlich noch zur Kur.

Sie drängte sich durch die Menschenmassen, die alle kurz vor dem Fest Geschenke kaufen mußten. Egal, wenn sie schon in Hannover war, wollte sie auf jeden Fall in ein Fachgeschäft. Sie konnte außer für sich selbst, ein oder zwei CDs und Hörbücher für Sigrid kaufen, damit ihr die Zeit im Krankenhaus nicht so langweilig wurde.

Flanna fragte sich, ob ihr das Weihnachtsfest nicht furchtbar einsam erscheinen würde. Um so wichtiger, daß sie sich mit guter Musik eindeckte, um das Alleinsein zu vertreiben. Die Mittelaltermarktleute wollte sie nicht stören, und außerdem hatte sie zur Zeit die Nase voll von kalten Märkten und dem Drumherum.

Sie ging durch die Glastür, die sich von alleine öffnete und hinter ihr wieder schloss, geradewegs auf die CD Abteilung zu. Ein merkwürdiges

Kribbeln durchzog ihren Magen, wenn sie an die tiefe wohltönende Stimme von Catherine Ann MacPhee dachte. Richtig hieß sie Catriona Anna Nic a Phì, doch das konnte hier niemand aussprechen. Die Stimme der Schottin löste ein seltsames Fernweh in ihr aus. Wenn sie darüber nachdachte, hatten die gälischen Lieder sie von jeher zutiefst berührt, schon bevor sie diese Sprache erlernt hatte. Sie wurde von einem Verkäufer angesprochen und wandte sich ihm zu. Innerlich lachte sie über den seltsamen Ausdruck des Mannes, als er ihr mittelalterliches Gewand musterte. Es machte ihr Spaß diese Kleider auch dann zu tragen, wenn sie nicht auf einem Mittelaltermarkt war.

Wo sind wir

Vorsichtig öffnete ich die Augen. Ich zitterte wie Espenlaub und das lag nicht nur an der Kälte. Ich sah nichts, erst allmählich lichtete sich der Nebel vor meinen Augen und ich schaute auf das graue schmutzige Mauerwerk eines mächtigen Gebäudes.

Schwerfällig drehte ich mich zu den anderen um. Sie lagen noch genauso wie die Männer der MacBochras sie hingelegt hatten, und doch wurde ich das Gefühl nicht los, schon seit Stunden hier zu liegen. Mit Entsetzen nahm ich wahr, daß ununterbrochen Schneeflocken auf uns niederfielen. Ein Schauer lief durch meinen Körper und ließ mich frösteln. Ich verdrängte meine Schmerzen und streichelte Eithne im Gesicht, bis sie erwachte. Ich wandte mich Calum und Gavin zu. Gavin lag noch schwer auf meinen Beinen. Eithne sah sich mit großen Augen um.

Ich kam mir vor wie ein alter Mann, als ich meinen Oberkörper ächzend aufrichtete. Meine schmerzende Seite nahm mir die Luft zum Atmen. Ich legte meine gefesselten Hände um Gavins Gesicht, strich die Schneeschicht mit den Daumen von Augen und Wangen und schüttelte seinen Kopf sachte hin und her. Warum wachte er nicht endlich auf? Die Schneeflocken fielen inzwischen dichter und es würde nicht lange dauern, bis die kalte weiße Schicht alles bedeckte; wie ein Mantel, der uns begrub, wenn wir nur lange genug liegen blieben, ging es mir bitter durch den Kopf.

Calum bewegte sich, richtete seinen Oberkörper auf und fragte: „Wo sind wir?“

Ich zuckte entmutigt die Schultern. „Keine Ahnung!“ Als sich zwischen meinen Handflächen Gavins Gesicht regte, starrte ich ihn an.

Calum rutschte näher.

„Gavin! Wach auf!“ Ich schüttelte ihn. „Gavin!“ Ich wurde lauter und ärgerte mich über den mutlosen Unterton in meiner Stimme. Am liebsten hätte ich laut losgeheult, so elend fühlte ich mich.

„Gavin!“ Mein Bruder hatte kein Recht uns alleine zu lassen. Kein Recht sich zu entziehen, um uns in unserer Not im Stich zu lassen. Schließlich flatterten Gavins Augenlider und öffneten sich. Noch wie benebelt sah er uns an.

Ich merkte erst jetzt wie lange ich schon die Luft angehalten hatte und atmete endlich erleichtert aus. Wir hatten ihn wieder.

Calum griff mit starren Fingern nach seinem Messer, das rechts neben Dougal auf der Erde lag. Nacheinander zerschnitt er die Fesseln seiner Geschwister, dann reichte er sein Messer Dougal, damit er ihn befreite. Calum grinste froh, die Handlung weckte seinen Lebensmut. Er schaute Eithne an. Aye, sie waren Zwillinge! Mußte sie deshalb dauernd tun, was sie nicht sollte? Sie wäre ein besserer Kerl geworden als ein Mädchen. Calum seufzte und drückte sie an sich. Sie sträubte sich. Es war ihm egal.

Gestärkt, wenngleich noch wankend, als hätte ich zuviel vom Wasser des Lebens getrunken, erhob ich mich, um die Gegend genauer in Augenschein zu nehmen. Ich stand, um Luft ringend, von Calum gestützt und haßte es in meiner körperlichen Freiheit und Tätigkeit eingeschränkt zu sein. Wahrscheinlich war mindestens eine Rippe angebrochen.

Den Kopf in den Nacken gelegt, betrachtete ich das schmutziggraue Gebäude vor uns, während der Schnee auf mein Gesicht niedertanzte und mich zwinkern ließ. Woher kam der Dreck? Ein Turm, so hoch wie ein Felsen, allerdings nicht einmal halb so breit wie ein Brooch, beherrschte das Bild. Hohe, schmale Lichteinwürfe, die nach oben hin spitz zuliefen, ließen mich zweifeln, ob es sich tatsächlich um einen

Wohnraum handelte. Wie riesig mußten die Menschen sein, wenn sie nur an die unterste Kante der Lichteinwürfe reichen wollten.

Zögerlich begannen wir das Gebäude zu umrunden und es dauerte nicht lange, bis wir ein großes Tor erreicht hatten. Ein ohrenbetäubender Ton ließ mich zusammenfahren und innehalten. Bestürzt sah ich in die Höhe, von wo der Ton zu kommen schien. Der Klang ließ die Luft erzittern und sogar den Boden erbeben.

Calum verzog sein Gesicht vor Schmerzen. Wahrscheinlich dröhnte sein Kopf noch von den Schlägen der MacBochras.

Eithne legte ihm tröstend ihre Hand auf die Schulter. Sie sehnte sich nach ihrer Mutter. Sie war sich im Klaren darüber, daß sie dieses Mal den Bogen überspannt hatte. Trotzdem, es war aufregend. Neugierig sog sie alles auf und konnte ihre Wißbegier, die nicht einmal vor ihrer Angst halt machte, nicht bremsen.

Ich zählte mit; nach dem vierten Ton hörte der Lärm auf. Allmählich entspannte ich mich. Ich bemühte mich das Unbehagen abzuschütteln, das mich seit unserem Erwachen nicht mehr verlassen wollte. Nach einem weiteren Rundblick erschauerte ich jedoch. Das große Gebäude war von weiteren, viel mächtigeren umgeben. In helles Licht getaucht, als würde die Sonne darauf scheinen. Als hätten die Bewohner die Sonne darin eingefangen. Über den Wegen zwischen den erleuchteten Gebäuden hingen lange Seile mit Sternen und Kränzen aus Nadelbaumästen, an denen wiederum ebenfalls helle und bunte Lichter leuchteten. An allen Ecken standen kleine Nadelbäume, die mit merkwürdigen Lichtern und bunten Gegenständen behängt waren. Ich wagte eines dieser Lichter zu berühren. Kein Feuer brannte mich!? Ich zog die Hand dennoch schnell zurück. Auf dem Weg tummelten sich Massen von Menschen, in offensichtlicher, gehetzter Betriebsamkeit.

Während wir betäubt von den Eindrücken vor dem Tor standen und darüber nachdachten, wohin uns Gemmán geschickt hatte, öffnete sich das große Tor und Menschen in dunklen, eigenartigen Gewändern traten heraus. Zielstrebig und sich unterhaltend gingen die Leute in Gruppen an uns vorbei, als wären wir gar nicht vorhanden. Ich verstand nicht ein einziges Wort von dem was sie sagten. Wir drängten uns enger zusammen und fühlten uns alle gleich elend. Es dauerte nicht lange, trotzdem erschien es mir wie eine Ewigkeit, bis sich die vielen Menschen in alle Richtungen zerstreuten und das Tor mit einem lauten Krachen wieder schloss.

Ich sah in die erstarrten Gesichter von Eithne, Calum und Gavin, deren Hautfarbe inzwischen große Ähnlichkeit mit dem Schnee hatte. In ihren Augen las ich das gleiche Entsetzen und dieselben Fragen, die mich bewegten. Eithne schaute betreten auf den Boden. Sie wagte nicht mir in die Augen zu sehen. Sollte ich ihr die Meinung sagen? Ich entschied mich dagegen. Es würde nichts mehr ändern. Entschlossen sagte ich:

„Wir folgen denen da!“ und zeigte auf zwei junge Männer, die sich aus unserem Blickfeld fort bewegten, hinein in das schrecklich unübersichtliche Getümmel aus Menschen, Licht und Lärm. Calum und Gavin nickten, Eithne sah mich zweifelnd an.

Es fiel mir nicht leicht, mich dem strammen Schritt der anderen anzupassen, der sonst auch mir zu eigen war. Meine Seite schmerzte zu stark. Vermutlich umso mehr, weil ich mich so trostlos und verraten fühlte. Eithne folgte dicht auf.

Glücklicherweise holten wir die Männer schnell ein, die inzwischen auf einem großen Platz angelangt waren, auf dem eigenartig geformte, wagengroße, bunte Karren mit schwarzen Rädern standen. Ich nahm wahr, daß die Menschen diese Karren durch Klappen öffneten und sich hineinsetzten. Lediglich ihre Köpfe waren zu sehen, da die seltsamen

Wagen zur Hälfte offen zu sein schienen. Überall leuchteten Lichter auf, die wie Augen aus den Karren herausstarrten. Ein seltsames Brummen ertönte und die Luft füllte sich mit einem widerlich stinkenden, grauen Nebel. Ich mußte husten, kämpfte dagegen an, weil meine Seite schmerzte. Die Menschen schlossen die Klappen laut krachend wieder und wurden von den eigenartigen, schmucklosen Dingern geschluckt. Starr sahen wir dem Schauspiel zu, während ein Wagenkasten nach dem anderen laut brummend in einer langen Reihe vom Platz entschwand. Konnten das wirklich Wagen sein? Wo waren die Menschen, Pferde oder Ochsen, die sie zogen?

„Und jetzt?“ Calum sah mich fragend an.

Gavin schüttelte den Kopf. „Wir haben sie verloren.“

„Das ist der schlimmste Platz auf Erden.“ Eithne schauderte.

Calum nickte. Leise, aus Angst dadurch böse Geister zu erwecken, fragte er: „Was sind das für seltsame Wagen?“

„Ich habe nie davon gehört“, erwiderte Gavin.

Ich nickte. „Nicht einmal Breidhgar habe ich davon erzählen hören und wenn einer von Wagen wüßte, die ohne Zugkraft fuhren, dann er!“

Mit einem Mal schien es noch kälter zu werden, fröstelnd rieb ich mir die Oberarme.

„Verdammt, was gäb' ich für mein dickes wollenes großes Tuch und ein wollenes Hemd!“ Verdrossen sah ich mich nach allen Seiten um und entschied: „Wir gehen weiter!“

„Wir müssen auf ein freies Feld, von da finden wir wahrscheinlich wieder zurück!“ Gavin klang wenig hoffnungsvoll, obwohl er sich mühte, uns, und am meisten wohl sich selber, Mut zuzusprechen.

„Woher sollen wir wissen, in welche Richtung wir laufen müssen? Wer sagt, daß wir uns nördlich halten müssen, um das Hochland zu erreichen? Und wie können wir unter diesem ganzen Licht erkennen wo Norden ist?“ Calum ließ seine Augen ängstlich suchend umherwandern. „Vielleicht sind wir bereits viel zu weit nördlich?“ Er zuckte zusammen, als hätte er einen Schlag abbekommen. Eithne legte ihm entschlossen die Hand auf die Schulter.

Ich wußte keine Worte die ihn hätten trösten können, denn im Inneren erging es mir nicht besser. Betroffen sah ich Gavin an und wußte er empfand den selben Kummer. Nur mit Willenskraft widerstand ich der Versuchung laut loszuschreien. Wir mußten einen kühlen Kopf bewahren, das Beste aus unserer aussichtslosen Lage machen. Ich sah Eithne an, warum war sie bloß so störrisch? Wenigstens sie könnte sicher zu Hause bei unseren Eltern sitzen.

Mutig tat ich den ersten Schritt in die uns unbekannte, fremde Welt. Ich dankte allen guten Geistern, daß sie mich nicht alleine auf den Weg geschickt hatten, und war mir wohl bewußt, wie eigennützig das von mir war.

Wir folgten dem harten, schwarzen Weg und immer mehr dieser seltsamen bunten *Wagen* mit Menschen darin sausten mit hoher Geschwindigkeit an uns vorbei. Es war unheimlich. Ich würde freiwillig niemals in ein solches Ding einsteigen. Es mußte ein mächtiger Zauber in ihnen stecken. Mit gemischten Gefühlen folgten unsere Blicke jedem dieser Gefährte. Ein riesiger Wagen, mit mindestens zwanzig Menschen darin, sauste in so hoher Geschwindigkeit an uns vorbei, daß der widerliche, graue Schneematsch bis an unsere Knie hochspritzte und unsere Beine naß und kalt werden ließ. Wütend hob Calum die Faust und schimpfte leise hinter dem Gefährt her.

Mein ganzer Körper schmerzte. Das Unbehagen über die zunehmenden Menschenmassen, die seltsamen Gebäude um uns herum und die eigenartigen Gefährte, jagten mir Angst ein. Niemand kümmerte sich um uns, obwohl einige Leute offensichtlich über uns lachten. Keiner sprach uns an, fragte nach wer wir waren oder woher wir kamen!

Wir liefen ohne zu zögern in das helle Kerngebiet, um welches die Gebäude gebaut waren. Unmittelbar in die Massen von Menschen hinein. Ich wunderte mich. Ich konnte nicht begreifen, wie wenig die Leute uns wahrnahmen, sie mußten doch bemerken, daß Fremde unter ihnen weilten! Ich hatte das Gefühl, daß diese Menschen sich nicht einmal untereinander kannten. Weder grüßten sie sich, noch beachteten sie die anderen mehr als uns, die Fremden. Was war das nur für ein seltsamer Ort, an den uns Gemmán geschickt hatte. Kannte er ihn? Hatte er gewußt wohin er uns brachte? Oder entsprang der schreckliche Zauber nur unserer Einbildung? Hatte Gemmán uns Kräuter eingegeben damit wir unter Wahnvorstellungen litten? Lagen wir in Wahrheit noch auf dem Altarstein des Steinkreises und träumten, während unser Vater und unsere Leute um uns herum standen und nicht eingreifen konnten? Mein Herz lag schwer in meiner Brust. Womöglich kämpften unser Vater und die anderen mit den MacBochras und wir lagen untätig daneben. Unfähig eine Bewegung zu machen oder eingreifen zu können?

Der Marsch strengte mich an. Nur gut, daß der Schnee nicht mehr so heftig fiel. Doch so lange wir liefen, und so weit wir den Wegen folgten, es wurde nur schrecklicher. Lauter und unheimlicher. Nichts deutete auf einen Ausweg oder ein freies Feld hin. Inzwischen gestand ich mir ein; wir hatten uns verirrt.

Drei Männer in grellroten Gewändern, die einen weißen, pelzigen Besatz an den Säumen hatten, gingen mit starren Gesichtszügen an uns vorbei. Auf den Köpfen trugen sie rote Mützen, denen der Wikinger ähnlich. Ich konnte erkennen, daß ihre langen weißen Haare und Bärte gar nicht echt waren. Was waren das nun wieder für Gestalten? Sie sahen so ganz anders aus, als die Menschen bisher.

Ich hielt Calum und Gavin am Arm zurück. Ich brauchte dringend eine Rast. Wir standen vor einer durchsichtigen Wand, hinter der sich ebenfalls die Menschenmassen tummelten. Gezwungen innezuhalten, beobachtete ich das Treiben im Inneren des Gebäudes. Niemand wunderte sich darüber, daß wir in den Wohnraum der Leute starrten. Einige Männer und Frauen in schwarzer, enganliegender Kleidung schienen anderen Menschen Dinge zu zeigen, sie herumzuführen.

Da standen kleine silberne, schwarze und bunte Truhen, auf welchen die Leute in schwarz herumdrückten oder Klappen öffneten um silberne Scheiben hinein zu legen. Die anderen Menschen, die sich offensichtlich herumführen ließen, setzten sich eigenartige schwarze Hüte auf den Kopf, so daß ihre Ohren vollkommen davon bedeckt waren. Daraufhin bewegten sich einige auf der Stelle, als tanzten sie. Meine Gefühle vollführten ebenfalls einen wilden Tanz, in einer Mischung aus Angst und Neugierde, während ich das Treiben beobachtete.

Mir fiel eine junge Frau auf. Sie stand ebenfalls an einer dieser kleinen Truhen, in der Hand zwei silberne Scheiben und über den Ohren einen dieser seltsamen Hüte. Sie bewegte sich nicht in der selben Weise wie die anderen, sondern sah eher andächtig, nachdenklich ins Leere. Ihre kastanienroten Locken hingen ihr Gesicht umrahmend bis weit über die Schultern. Ich mußte bei ihrer Erscheinung an eine Füchsin denken. Sie trug ein wadenlanges Kleid aus einem rostroten Stoff und einen dunklen, den Farben der MacBochras ähnlichen, Umhang mit Ärmeln. Ihre Kleidung erinnerte mich trotz des ungewohnten Schnittes schmerzhaft an meine Heimat.

Unerwartet wandte sie mir ihr Gesicht zu und sah mich geradewegs an. Ihre hellbraunen, verheißungsvoll glänzenden Augen trafen mich in meinem Innersten. Wäre ich nicht sowieso in dieser schlechten Verfassung und Lage, hätte mich spätestens jetzt der Blitzschlag getroffen. Sie schaute mich an, folglich nahm sie mich wahr! Sie war bisher die erste in dieser eigenartigen Welt, die uns bemerkte.

Gavin räusperte sich neben mir. Ich wandte mich ihm kurz zu. Auch er starrte auf die Frau hinter der durchsichtigen Wand.

Die zweite Begegnung

Flanna hörte sich die CD von Catherine Ann MacPhee an und sah abwesend hinaus. Die Stimme dieser stämmigen Sängerin ließ sie gedanklich in schottische Gefilde tauchen. Im nächsten Augenblick erschrak sie. Vor dem Schaufenster standen vier Schotten in alten Kilts. Ein Schauer lief über ihren Rücken. Diese Männer, und, da war sogar eine Frau dabei, sie wirkten, als wären sie den *Highlander* – oder *Braveheart* – Filmen entstiegen. Unverschämt neugierig starrte sie einer von ihnen an. Er stand so nahe an der Scheibe, als wollte er deren Vorhandensein leugnen. Seine vom Schnee durchnäßten, dunkelbraunen Haare fielen strähnig gewellt bis über seine Schultern und umrahmten sein Gesicht. Ein Gesicht so wohlgeformt, daß es auch einer Frau hätte gehören können, wenn da nicht das kantige Kinn und die starken Wangenknochen gewesen wären. Seine dunkelbraunen Augen musterten sie durchdringend, aufdringlich. Sie fühlte sich ausgezogen, tief berührt.

Und endlich erkannte sie ihn! Sie war sicher, sie hatte ihn vor einigen Jahren schon einmal gesehen! Auf dem Busparkplatz des Bahnhofes! War das ein Zufall!? Er war der Grund, daß sie sich seither noch mehr für Schottland begeisterte, als zuvor. Der Grund, daß sie nicht nur Zuhörerin von gälischen Liedern geblieben war, sondern diese alte Sprache gelernt hatte und, daß sie seitdem als Sängerin auf mittelalterlichen Märken mitwirkte.

Dieser Mann schien ebenso wenig in diese Welt zu passen, wie ein Fisch nicht in die Luft gehörte. Wieder lief ein Schauer durch ihren Körper. Und wie seltsam, daß diese Leute aufgetaucht waren, als sie die CD zu hören begann. Sie zwang sich die Blickverbindung abzubrechen und nahm sich vor weiter nach hinten in den Laden zu gehen. Diese Leute waren ihr unheimlich. Das ganze war ihr unheimlich. Obwohl sie im Grunde ihres Herzens am liebsten zu ihm gegangen wäre, um ihm zu sagen, daß sie ihn schon einmal gesehen hatte, und, daß sie seine Sprache gelernt hatte, um dieses Mal mit ihm reden zu können. Sie hatte sich doch fest vorgenommen ihn anzusprechen, wenn sie das Schicksal ein zweites Mal zusammenführt! Doch jetzt fehlte ihr der Mut.

Der Blickwechsel war so eindringlich. Ich fühlte meine Glieder zucken, um zu ihr in den eigenartigen Wohnraum zu laufen, um nur nah genug bei ihr zu sein. Ich ertappte mich bei dem Gedanken ihr die Kleider vom Leib zu reißen, um ihre nackte Haut zu fühlen und den Anblick ihres Körpers genießen zu können. Ich stellte mir vor, wie meine Hand ihre wohlgeformte Brust umhüllte und an ihrem Hals hinauf wanderte, um zärtlich ihre Lippen zu berühren. Ich schüttelte den Kopf um die Gedanken loszuwerden. Sie paßte nicht zu den anderen. Gehörte sie nicht hier her, so wie wir?

Gavin zog mich unsanft am Arm, riß mich von ihr los. „Komm!"

Ich sah ihn ärgerlich an, ehe ich mich erneut der Füchsin zuwandte; doch sie war inzwischen weiter nach hinten gegangen und sprach mit einem der Männer in schwarz. Abwägend sah sie von einer silbernen Scheibe zur anderen hinunter. Doch plötzlich drehte sie mir ihr Gesicht erneut zu, als wollte sie sich versichern, daß ich sie beobachtete. Ebenso plötzlich sah sie wieder weg. Widerstrebend ließ ich mich von Gavin weiterziehen. Der Zauber schien gebrochen; die Füchsin beachtete mich nicht mehr. Hatte ich mir ihren durchdringenden Blick nur eingebildet?

Nach einigen Schritten blieb Calum unerwartet stehen, er zitterte. „Seht!" Bestürzt zeigte er auf schwarze und silberne Kastentruhen, die hinter der Wand auf Ständern standen und auf einer Seite geöffnet waren, sodaß wir hineinsehen konnten.

In diesen Truhen bewegte sich etwas, das hatte ich bereits zuvor wahrgenommen, doch nun erkannte ich, was sich dort bewegte. Menschen! Das Grauen lief mir über den Rücken. In den kleinen Truhen lebten offensichtlich winzige Menschen! Oder handelte es sich um Zwerge? Elfen? Trolle? Ich entdeckte Tiere, konnte Pferde erkennen, welche über die Heide galoppierten. Betroffen trat ich einige Schritte von der durchsichtigen Wand weg. Es war zu ungeheuerlich.

Wie ein Blitz traf mich der nächste Schock; da waren Scoti. Da ritt tatsächlich ein Scote in den Farben der MacLeods. Ein Scote, fast so wie wir welche waren. Er ritt unmittelbar in eine Schlacht hinein. Ich sah das Blut spritzen, als ein Mann geköpft wurde.

Eithne zog scharf die Luft ein.

Ich legte erschüttert die Hand auf meine Brust. Mein Herz pochte so stark, als wollte es herausspringen. Wie war das möglich? Wie war es bloß möglich, daß Menschen in solch kleinen Truhen lebten? Wie kamen sie dort hinein? Das war der Beweis! Ich war mir plötzlich sicher. Gemmán gaukelt uns das alles vor. Nie und nimmer konnten Menschen oder Tiere so klein gezaubert werden.

Während wir fassungslos beobachteten, und sicherlich nicht nur mir das Herz wild bis hinauf in den Hals schlug, als wollte es meinen Körper sprengen, kamen zwei Männer in schwarz aus dem Inneren des Raumes auf uns zu. Wir konnten den Ablauf der Schlacht und das ganze Schlachtfeld übersehen und trotzdem konnten wir nicht eingreifen! Die Männer gingen geradewegs hinüber zu einer dieser kleinen Truhen, in der sich die Menschen hinmetzelten, doch anstatt einzugreifen, nahm sich einer der Männer einen schwarzen Stab, drückte darauf herum und zeigte auf die kämpfenden Männer, derweil sie herzlich lachten als einer der Scoten von einem Schwert durchbohrt wurde. Unerwartet erschien ein anderes Bild; zwei Menschen die sich leidenschaftlich liebten. Die beiden Männer schenkten dem keine Beachtung.

Ich atmete ein paarmal tief durch, um Geist und Körper wieder in die Gewalt zu bekommen. Wie gebannt starrte ich in die Truhe, in der das Bild wechselte, sobald einer der Männer den flachen Stab berührte. Ich sah die anderen an.

Eithnes Gesicht war leichenblaß. Gavin ging an der Wand entlang. Ich zog die anderen hinterher. Ich zitterte unter meinem Hemd vor unterdrückter Wut und Verzweiflung. Ich spürte, daß es Calum genauso erging. Gavin ging schnell. Wir folgten.

Schließlich erreichten wir einen durchsichtigen, sich auseinander schiebenden Eingang. Menschen gingen ein und aus, ohne Hand anzulegen. Ein unheimlicher Zauber, trotzdem gingen wir mutig hinein.

Gavin hielt sich rechts. Irgendwann mußten wir auf die kleinen Truhen stoßen! Eine Unmenge an Gegenständen, Stoffen und Kleidern stand und hing uns im Weg. Irgendwie gelang es Gavin sich zurechtzufinden. Wir folgten ihm.

Endlich traten wir um die Ecke und vor uns standen die Truhen. Wir liefen zu der Truhe, die wir von draußen gesehen hatten. Doch die beiden Männer waren fort. Irgendwo mußten sie doch sein? Ich suchte den Kasten von vorn und von hinten ab. Da war ein Bild, doch nicht das, was ich suchte. Wo hatten die Kerle die Scoten hingebracht? Ich suchte den Raum nach den Männern ab. Fort, sie waren alle fort!

„Was, was sollen wir tun?" Eithne schaute zunächst mich, dann die anderen bedrückt an.

„Ich muß hier raus! Vielleicht fangen sie uns?" sagte Calum leise.

Gavin nickte. „Calum hat Recht. Dann könnten wir den verwunschenen Menschen noch weniger helfen!"

Es mußte doch einen Ausweg geben! Eine Möglichkeit dem Traum zu entrinnen und Gemmán ins Gesicht zu spucken! Was hatte er sich da ausgedacht?

Gavin wandte sich bereits, um zu gehen. „Es hat keinen Sinn, wir müssen gehen."

„Und wohin?" fragte Eithne bissig.

„Vater wird uns helfen!" Gavin war davon überzeugt.

Niedergeschlagen liefen wir weiter, ohne auf den Weg zu achten. Der stramme Schritt kostete mich viel Mühe. Doch ich schmähte die Stiche in meiner Seite und die Trauer in meinem Herzen. Den Schwertknauf fest gegriffen, bis meine Knöchel weiß hervortraten, lief ich weiter. Ab und zu blickte ich zum Himmel, jedenfalls versuchte ich es, doch unter den starken Lichtern und dem wieder fallenden Schnee, konnte ich nichts erkennen, weder ob es dunkel war, noch ob ich einen Stern als Wegweiser hätte nutzen können. Mir blieb nur die Hoffnung, daß Ossian gegebenenfalls einen Weg wußte, um uns zu befreien.

So bedrückt hatten wir noch nie miteinander geschwiegen, doch keinem von uns war nach reden zu Mute. Ich wußte einer fühlte wie der andere. Wir wollten nur wieder nach Hause. Dem Schrecklichen, Unaussprechlichen entfliehen. Ich konnte nicht verstehen weshalb die anderen Menschen uns dermaßen übergingen, uns zum größten Teil nicht einmal ansahen und wenn doch, mit einem so mitleidigen Lächeln, als wären wir nicht mehr klar im Kopf, und das obwohl doch genaugenommen diese Leute eigenartig waren. Immer wieder liefen uns Männer in roten Gewändern mit falschen Bärten über den Weg. Was hatte das zu bedeuten? Ich hatte keine Ahnung. Sicher wußte ich nur eines; wenn mich jetzt einer dumm ansprach, dann würde ich nicht zögern mein Schwert zu ziehen.

Ich wandte mich um. Hatte Gavin es auch bemerkt? Ich wurde das Gefühl nicht los, daß uns jemand folgte. Die ganze Zeit ging es mir so, doch wer sollte uns folgen? Womöglich die Füchsin? Wahrscheinlich nicht.

Wir erreichten einen weiten Platz, in dessen Mitte ein Brunnen mit einem Becken stand. Das Wasser hatte sich gesammelt und umschloss halbgefroren und eiskalt meine Finger, als ich sie hineintauchte. Ich beugte mich hinunter um einen Schluck zu trinken. Meine Kehle kratzte und war wie ausgedörrt. Ich spuckte; es schmeckte abscheulich.

„Was ist?“ fragte Calum.

„Versuchs lieber nicht!“

„Ich hab‘ Durst.“ Calum griff nach dem Wasserschlauch, der an seinem Gürtel hing: „Vollkommen leer! MacBochra muß das Wasser ausgegossen haben.“

„Er hat an alles gedacht!“

Gavin nickte niedergeschlagen. „Und jetzt?“

Eithne zog ihren Wasserschlauch nach vorne. „Ich habe etwas.“ Sie zog den Riemen über den Kopf und reichte das Wasser herum.

Bedächtig trank jeder ein paar Schlucke.

Ich starrte eine Weile ins vereiste Wasser. Schaute mir die Leute an, die sich in der Nähe des Brunnens aufhielten. Fünf junge Menschen standen in einem Kreis zusammen. Sie hielten seltsame Dinger in den Händen, die beinahe so lang wie die Hände selber waren und tippten mit den Fingern darauf herum. Ihre Gesichter waren befremdlich regungslos, starr auf die Teile gerichtet. Hatten sie sich denn nichts zu sagen? Warum standen sie dann zusammen? Ich fand ihr Benehmen merkwürdig. Sie schauten sich nicht an und sie lachten nicht miteinander, so wie wir das taten, wenn wir mit Freunden im Kreis standen.

Calum berührte mich an der Schulter. Er blickte stur in eine Richtung. Ich sah hinüber. Als hätte ich sie durch meine Gedanken herbeigerufen, schoß es mir durch den Kopf. Eine Gruppe von sechs jungen Männern in schwarzer, enger Kleidung, mit geschorenen schwarzen und bunten, wild abstehenden Haaren trat uns entgegen. In ihren Lippen,

Augenbrauen und Ohren steckten Nadeln, Metallringe und Ketten. Der offensichtliche Anführer hielt einen an der Spitze glühenden Stab zwischen den Fingern. Plötzlich steckte er ihn zwischen seine Lippen und zog daran. Die Glut entfachte, der Mann bekam Rauch in den Mund. Doch er hustete nicht. Statt dessen schluckte der Kerl den Rauch herunter und stieß ihn aus der Nase wieder aus. Waren hier alle irrsinnig? Wie konnte er sich freiwillig Rauch in die Lunge ziehen? Es schauderte mich. Waren sie Leibeigene oder Gefolterte? War dies womöglich eine Strafe? So kurzgeschoren wie sie ihre Haare trugen, konnten sie nur Gesetzesbrecher sein oder Leibeigene. Und was maßten sie sich an? Wie konnten sie uns in so herausfordernder Art entgegentreten? Sie mußten doch sehen, daß unsere großen Tücher mehr als drei Farben trugen, daß wir von hoher Geburt waren? Es war nicht schwer, ihrer Körpersprache zu entnehmen, daß sie einen Vorwand suchten, um sich zu prügeln. Ich biß die Zähne fest zusammen, die kamen mir recht! Aus den Augenwinkeln konnte ich erkennen wie Calum und Gavin bereits ihre Schwerter aus den Scheiden zogen, nur ein kleines Stück, doch sie waren so bereit wie ich. Endlich bekamen wir die Möglichkeit in unser Schicksal einzugreifen und nicht nur wie Puppen darin herumzulaufen. Ich sah Eithne entschieden an. Sie sollte nicht wagen sich einzumischen. Sie hielt mir eine Weile stand, doch dann nickte sie schwach, senkte ihre Lider und trat einen Schritt zur Seite.

Der Anführer stellte sich breitbeinig vor uns hin, schnippte gekonnt den glühenden Stab auf den Boden und begann zu sprechen:

„SchmeckteuchunserWassernich? WasseidnihrfürKasper, he? Rollenspielerscheißeroderwas? HalteteuchwohlfürBravehearts?“

Die anderen lachten. Einer warf mutig ein paar Worte ein: *„HabteuchwohlinderZeitgeirrt!“*

Ich verstand kein Wort. Mir war jedoch klar, daß die Kerle auf eine hitzige Antwort warteten, um loszuschlagen. Beinahe war mir leichter ums Herz. Endlich die Gelegenheit meiner verzweifelten Wut nachzugeben! Ein Kampf machte den Kopf wieder frei und klar. Er würde unsere Gemüter beruhigen. Ich zog mit einem Zug mein Schwert aus der Scheide. Verdammt! Ich sackte mit dem Oberkörper zusammen. Ein schmerzhafter Stich in der Seite zwang mich in die Knie! Wie sollte ich kämpfen, wenn mich womöglich andauernd Stiche quälten?

Calum und Gavin hatten ihre Schwerter fast gleichzeitig gezogen; sie stellten sich schräg rechts und links von mir auf. Eithne trat unwillig einen weiteren Schritt zurück.

Die Kerle beobachteten uns überheblich lächelnd, doch auf den Zügen von dreien konnte ich Unsicherheit erkennen. Sie hatten keine Schwerter. Dafür hatten sie andere Waffen, was beunruhigend war, denn ich kannte sie nicht. Der Anführer zog als erster eine Kette mit einem Stock daran aus seinem Obergewand. Die anderen holten ebenfalls Ketten und Knüppel aus ihren schwarzen, seltsamen Gewändern. Feindselig schlug sich der Kerl mit dem Stock auf die Handfläche. Warum begannen sie nicht einfach?

Da kam der erste Schlag. Ich war vorbereitet, doch nicht auf die Heftigkeit meiner Verletzung. Ich schaffte den Schlag abzuwehren, als bereits der Zweite folgte. Neben mir kämpften Calum und Gavin mit zwei der anderen. Ich riß mich zusammen, verdrängte den Schmerz und schlug zurück. Das Holz krachte laut, ich fühlte wie die Breitseite meines Schwertes auf dem weichen Arm meines Gegners landete. Der schrie auf. Ich holte ein weiteres Mal aus, schlug mit Wucht zu und traf erneut mit der flachen Schwertseite. Mein Gegner jaulte laut und wütend auf, während er seine schmerzende Schulter rieb.

Mit einem Mal erstarb der Kampf, und wir standen uns wie lauernde Wölfe gegenüber. Unsere Gegner hatten wohl nicht mit soviel Wut gerechnet. Allerdings waren auch sie nicht ohne Kampfgeist und sie hatten den Krieg begonnen. Wie durch einen Nebel nahm ich wahr, daß sich um uns herum eine Menschengruppe gesammelt hatte. Überrascht entdeckte ich sie. Die Füchsin! Sie stand abseits der Menschengruppe am Rand, nah genug um zusehen zu können. Ich wunderte mich. Wie fand ich jetzt die Zeit einen Menschen so aufmerksam wahrzunehmen. Wir sahen uns an und es ging mir durch Mark und Bein.

Flanna glaubte nicht was sie sah. Diese drei Kerle kämpften mit Breitschwertern! Eine unsichtbare Faust wütete in ihrem Magen. Woher kamen diese Leute? Das war doch Irrsinn! Sie mußte Runa anrufen, vielleicht wußte die Rat?

Verständnislos hob die Füchsin ihre Hände an die Lippen. Ich schaffte es mich abzuwenden, um mich wieder meinen Gegnern zu widmen. Merkwürdig! Nie bisher hatte ich Schwierigkeiten mich in meinen Gegner zu versetzen, diese Frau jedoch, die uns bereits das zweite Mal über den Weg lief und das trotz der Menschenmassen, warf mich vollkommen aus der Bahn.

Der Anführer fauchte uns an: *„Scheißkerle! Warumverpisstihreuchnichteinfach soschnellihrkönnt! IchwerdeEuchnichtmehrschützen!“* er wendete sich seinen Leuten zu, holte mit dem Arm aus: *„Losjetztmachenwirsiefertig! Allesisterlaubt!“*

Wütend stürmten sie gleichzeitig auf uns zu. Von ehrenhaftem Kampf konnte nicht mehr die Rede sein. Ich drängte weiterhin meine Schmerzen zurück und hieb drauflos.

Ich schrie unseren Clansruf in den Himmel. „Wir sind die MacDougals!“

Calum und Gavin folgten meinem Ruf. „Wir sind die MacDougals!“ wir stürmten den Angreifern entgegen, schwangen mit Wucht unsere Schwerter.

Ich hatte es geschafft meine Schmerzen zu verdrängen, meine Gedanken voll auf den Kampf zu sammeln. Mein Schwert sauste mit ungeheurer Kraft auf den Arm meines Gegners nieder. Das harte Holz des Schlagstockes traf mich wuchtig an der Schulter.

Wieder schlug ich mit dem Schwert zu, bemühte mich, meinen Gegner so empfindlich zu treffen, daß dieser seinen Stock mit der Kette loslassen mußte, doch der Kerl hatte mehr Mumm in den Knochen, als ich dachte. Ein weiteres Mal sauste die Kette mit dem Stock herab. Meiner schnellen Auffassungsgabe verdankte ich, daß mich das Holz lediglich am Hals traf und nicht wie beabsichtigt am Kopf. Doch es war knapp gewesen. In meiner Wut spürte ich den Schmerz nicht mehr. Ich hatte das Gefühl ein Gewitter tobte in mir und entlud sich kraftvoll. Ich schleuderte meinem Gegner die ganze Erbitterung entgegen, die ich gegen die ungastliche Behandlung, den kühlen Empfang und unsere Verbannung durch Gemmán empfand. Diese Kerle, nicht älter als Calum wahrscheinlich, hatten es nicht besser verdient. Und trotzdem, mein Inneres hinderte mich daran, ihm das Schwert tödlich in den Körper zu stoßen. Ich hatte doch nichts gegen sie, warum ließen sie uns nicht in Ruhe?

Plötzlich hörte ich einen lauten Knall! Sogleich spürte ich einen heftigen Schmerz und wurde ein Stück zurückgeworfen. Etwas hatte mich jäh an der Schulter getroffen, wie ein Hammerschlag. Ein dunkelroter Fleck sammelte sich auf meinem Hemdsärmel. Ich suchte einen Pfeil, konnte jedoch keinen entdecken. Woher kam der Schmerz? Ich sah in die Augen meines Gegners und bemerkte den siegessicheren Ausdruck auf seinem Gesicht, ehe er ein schwarzes, handgroßes Stück Irgendetwas in sein Wams schob und seinen Gefährten hinterherlief, die flüchteten wie Hasen.

Ich hielt die Hand auf die blutende Wunde. Mit einem Mal war mir speiübel. Ich sackte nach hinten auf den Brunnenrand. Eithne bewahrte mich vor dem Sturz, ehe Calum und Gavin mich stützten.

Calum fragte bestürzt: „Was war das für ein Knall?“

Ich schüttelte unsicher den Kopf. „Mein Oberarm brennt wie Feuer!“

Die Leute waren inzwischen näher gekommen, drängten sich um uns, neugierig und schaulustig.

Sonderbar, so bemerkten sie uns doch. Ich ließ meinen Blick schweifen, um mich abzulenken. Da! Die Farben der MacBochras in der Menge! Die Füchsin? Schon war nichts mehr zu sehen. Ich suchte den Kreis nach ihr ab.

Ein schrilles Geräusch im Hintergrund wurde lauter, als käme es geradewegs auf uns zu. Es war unangenehm, den Körper durchdringend und rieb meine Nerven auf.

Ich sah die Leute wütend an. Unerwartet sprang Calum auf, fuchtelte wild mit seinem Schwert in der Luft herum und schrie: „Verschwindet! Wir haben euch nicht gerufen!“ er tat einen Ausfallschritt in ihre Richtung. „Grrar! Verschwindet, hab ich gesagt!“

Die Leute zuckten zusammen, traten zurück. Sie hatten sicherlich nicht die Worte verstanden, die Gebärde dafür um so besser. Schließlich zerstreuten sich einige wieder, doch andere blieben in sicherer Entfernung stehen.

Ich sah auf, unmittelbar in die hellbraunen Augen der Füchsin, die sich anscheinend durch Calum nicht hatte einschüchtern lassen. Sie tat ein paar Schritte auf mich zu. Gavin bemühte sich an die Wunde heranzukommen. Das laute Geräusch im Hintergrund zerrte weiter unnachgiebig an meinen Nerven. Konnte es nicht endlich schweigen!

Die Füchsin kam näher. Ich war verwirrt. Eben hatte ich die Farben der MacBochras auf der gegenüberliegenden Seite gesehen, wie konnte sie jetzt hier sein?

Calum sah sie wütend an: „Ich habe gesagt ihr sollt alle verschwinden, das gilt auch für dich!“ sagte er böse.

Ich schob die Hand von Gavin beiseite, da dieser sinnlos an meinem

Hemd herumfingerte, ohne wirklich etwas zu erreichen. Sie sollte nicht verschwinden. Nicht die Füchsin!

Flanna wollte so gern mit ihm reden, doch sie traute sich nicht. Eine ungewisse Angst hinderte sie. Was wußte sie denn über diese Leute? Nichts, außer daß einer mit einer Streifschußverletzung am Brunnenrand saß und sie mit großen verwunderten Augen ansah. Und, daß sie ihn bereits einmal gesehen hatte und er ebenso verloren gewirkt hatte wie jetzt. Damals hatte sie sich geschworen ihn anzusprechen! Weshalb tat sie es nun nicht?

Ein grünweißer Wagen mit einem flackernden grell-blauen Licht auf dem Dach, fuhr ohne Umweg auf uns zu. Ich begriff, daß der unangenehme Ton und das Licht zusammengehörten. Ich richtete mich auf. Ein Gedanke schoss mir durch den Kopf; wie wir alle vier von diesem Wagen und seinen Insassen eingefangen wurden und darauf hin zu Zwergen geschrumpft in einer dieser schwarzen kleinen Truhen gefangen gehalten wurden. Vermutlich fingen sie Fremde hier stets so ein, damit der Nachschub an Zwergen gedeckt war? Ich sah die anderen an und mir wurde klar, daß ihnen die gleichen Gedanken gekommen waren. Sie halfen mir auf.

„Wir müssen weiter." Ein letztes Mal sah ich die Füchsin an.

Überraschend lächelte sie und dieses Lächeln wärmte mich. Es war so herzlich, daß mir für wenige Augenblicke heiß wurde und weder die Kälte noch der Schnee, der stetig fiel, oder meine Schmerzen mir etwas anhaben konnten. Es war widersinnig, doch ich fühlte mich durch dieses Lächeln für all die Härte der letzten Stunden entschädigt.

„Komm!" drängte Gavin.

Mit einem eiskalten Schauer wurde ich mir plötzlich wieder der Gefahr bewußt, die uns bedrohte und ich sah ängstlich die grünweißen

Wagen an, die lärmend nahten. Unerwartet erstarb das Geräusch. Während die Dinger unweit des Platzes hielten und ihnen grün gekleidete Männer entstiegen, klingelte das schrille Geräusch in meinen Ohren nach. Sie wirkten alles andere als freundlich oder einladend. Ich war sicher, daß nur die Flucht uns vor schrecklicherem bewahren konnte. Wohin sollten wir fliehen? Alles in mir drängte fortzulaufen. Ich spürte wie sich meine Nackenhaare Gefahr witternd aufstellten. Ich sah die Füchsin ein letztes Mal an, während sie irgendwie verloren am Rande der Menschengruppe stand und meinem Blick begegnete, als habe sie darauf gewartet, daß ich sie noch einmal ansehe. Trotzdem floh ich so schnell es mir möglich war in die entgegengesetzte Richtung.

Es war einfacher als ich dachte, denn die Menschen ließen uns ängstlich, bereitwillig durch die Reihen schlüpfen. Wir liefen in die dunkelste Gasse, die wir fanden; den wenigen Schatten nutzend, den diese bot. Hatte ich mich getäuscht? Hatte ich nicht. Ich war sicher die Farben der MacBochras in der Menge gesehen zu haben, nur kurz. Und es war nicht die Füchsin gewesen. Das Gefühl, daß uns jemand folgte, verließ mich nicht mehr.

Spurlos

Ratlos sah Cameron MacDougal auf den Altarstein nieder. Auf dem Boden entdeckte er einen Stoffetzen. Er hob ihn auf. Ein Stück eines großen Tuches. Dougaltuch! Seine Söhne waren hier gewesen und es war schief gelaufen. Hatten sie ihren Auftrag erfüllt? Was war geschehen? Angst schnürte ihm die Kehle zu. Wenn sie ihren Auftrag ausgeführt hätten, wären sie geradewegs nach Hause gekommen. Was hatte sie aufgehalten? Oder sollte er lieber fragen wer? Es sah seinen Söhnen nicht ähnlich eine Vereinbarung nicht einzuhalten. Er bat Aed zu sich.

„Sieh nach. Vielleicht findest du eine Spur?"

Aed hockte sich hin und legte die Hände flach auf die Erde. Wenn es eine Spur gab, würde er sie finden. Er war Meister im Spurenlesen und Spurenfühlen. Nach einer Weile sah er auf.

„Sie waren nicht allein."

Cameron MacDougal sah ihn fragend an.

„MacBochras." Aed befühlte den Boden weiter.

„MacBochras?!" Cameron MacDougal hatte das Gefühl jemand zöge ihm die Beine unter dem Körper weg. Er wollte nicht glauben, daß Aed Recht hatte. Wenn tatsächlich MacBochras hiergewesen waren, dann waren seine Söhne in großer Gefahr. War der Stein womöglich ebenfalls in die Hände dieser räudigen Kerle gefallen? Er kniete vor dem Altarstein und begann die feuchte Erde aufzuwühlen. Hatten sie ihn hier versteckt? Aed hockte sich neben ihn und half. MacDougal grub weiter, doch er fand nichts.

„Wenn die Jungs wirklich in die Hände der MacBochras gefallen sind?" Er wollte diesen Gedanken nicht weiter denken. Er fragte sich, ob es ihnen gelungen war, den Stein rechtzeitig zu übergeben?

„Könnte sein, daß sie einer Folterung nicht standgehalten haben."

Aed blickte starr auf den Stein. „Männer wurden auf den Stein gezogen. Sie waren gefesselt."

Cameron war das Herz schwer, doch er konnte jetzt nichts für seine Söhne tun. Sie mußten auf sich selber aufpassen. „Wir warten verdeckt auf die nächsten Boten." Er umklammerte den Knauf seines Schwertes. „Wenn wir herausbekommen haben, ob der Stein weitergereicht wurde, kümmern wir uns um MacBochra!" MacDougal erhob sich schwerfällig. Er fühlte sich leer und ausgelaugt. „Es hat Verräter gegeben!" Er trat zwei Schritte zur Seite und sah in die Gesichter der wenigen treuen Männer, die ihn umgaben. Er weigerte sich zu glauben, daß einer von ihnen den Plan und seine Söhne verraten hatte.

Lebten die Jungen noch? Sie waren stark. Allerdings war nur Calum ein Kämpfer, und noch ein halbes Kind. Sie waren keine Krieger, wenn es jedoch darauf ankam wußten sie zu kämpfen! Und wenngleich Gavin und Dougal eher für das friedliche Miteinander waren, so wußten sie sich doch zu verteidigen.

Aed legte ihm die Hand auf die Schulter. „Wir könnten uns aufteilen?"

„Die Krönung des Königs ist wichtiger. Eins nach dem anderen" Er sah Aed geradewegs in die Augen. „Der König wird uns helfen!" MacDougal starrte ins Grau des Morgens. „Sie werden durchhalten." Er kniff die Augen zusammen. „Sie werden durchhalten!"

Fremd

Der Lärm hinter ihnen erstarb. Dauernd sah Gavin über die Schulter, ob ihnen jemand folgte. Es war keiner zu sehen und so fielen sie in eine langsamere Gangart zurück. Gavin hörte den röchelnden Atem seines Bruders. Sicherlich ging es ihm viel schlechter, als er zeigte. Schließlich hielt er an.

Calum und Eithne drehten sich fragend zu ihm um. Gavin bemerkte mit Entsetzen das kalkweiße Gesicht Dougals und den riesigen roten Fleck auf seinem Hemdsärmel. Er hätte sich ohrfeigen können. Allerdings war er sicher, daß Dougal alles dazu beigetragen hatte, damit sie seine Verletzung vergaßen.

„Wir müssen die Wunde reinigen!“ sagte er im Befehlston, aus Angst Dougal würde sich weigern.

„Aye. Dann tu es!“

„Und du mußt ein paar Kräuter schlucken.“ Während Gavin das sagte, zog er vorsichtig Dougals Hemd zur Seite über dessen Schulter. Er sah Calum fragend an.

Der schüttelte den Kopf.

„Hock dich an die Wand“, befahl Gavin mit Nachdruck.

Ich rutschte an der Wand nach unten und lehnte mich schwer dagegen. Ich schloss kurz die Augen, wartete ungeduldig und sah wieder Gavin an. „Nun mach schon.“

Gavin überlegte nicht lange, zog den Saum seines großen Tuches ein wenig hoch und reinigte meine Wunde mit seinem Urin.

„Verdammt, das brennt wie Feuer!“ presste ich zwischen zusammengebissenen Zähnen hervor.

Gavin nickte und drehte sich zu Eithne um. „Reiß ein Stück von deinem Unterkleid ab, wir brauchen Verbandszeug!“

Sie nickte, hob den Saum ihres Kleides an. Calum zog sein Messer und schnitt ein Stück Leinen heraus. Er reichte es Gavin.

Vorsichtig legte Gavin es zwischen Hemd und Wunde. Dann sah er mich sorgenvoll an, während er eine Handvoll Kräuter aus seinem Sporran holte und mir diese in den Mund schob. „Wir stützen dich!“ Er schob seinen Arm unter meine linke Achsel. Obwohl er versuchte so behutsam wie nur möglich zu sein, stöhnte ich unwillkürlich auf. Calum tat es Gavin auf der rechten Seite nach.

„Ehrlich gesagt weiß ich nicht was wir tun sollen oder wohin wir uns wenden wollen?!“ sagte Gavin müde. Er wollte nicht weiter nachdenken.

„Vielleicht finden wir in dieser Richtung ein freies Feld oder einen Wald, in dem wir unterkommen können?“ Calums Stimme klang müde und hoffnungslos, selbst in seinen eigenen Ohren. Ihn quälte die Angst womöglich niemals auf ein Feld zu gelangen! Andererseits spürte er in sich eine Wut wachsen, die ihm Kraft verlieh. Sie schleppten sich und Dougal weiter, während dessen Körper schwerer wurde und er von Schritt zu Schritt weniger mithalf.

„Der Weg wird dunkler. Ich sehe lange nicht mehr so viele Menschen wie zuvor.“ Calum hoffte das Beste.

„Dann könnten wir auf dem richtigen Weg sein?!“ Gavin hatte schon seit einer Weile festgestellt, daß die Beleuchtung spärlicher wurde und ihnen weniger Menschen begegneten. Die Gebäude waren klotzig und groß. Was ihm zunehmend Kummer bereitete, war das heftige Schneetreiben, das stetig zunahm und der Zustand Dougals, der sich mehr und mehr gehen ließ und abschwächte. Er stützte sich schwer auf sie.

„Laßt mich los“, sagte Dougal unvermittelt. „Ich kann nicht weiter. Ihr seid ohne mich mehr als doppelt so schnell. Wenn ihr schließlich einen Unterschlupf gefunden habt, holt ihr mich nach.“

Gavin schnalzte abwertend mit der Zunge. „Ein guter Einfall. Und wenn wir wiederkommen bist du bereits erfroren oder steckst in einer der schwarzen Truhen!“ Er schüttelte den Kopf. „So könnten wir uns den Weg sogar sparen!“ Gavin war sauer. „Du kommst sofort mit oder wir gehen nicht weiter!“ Er duldete keinen Widerspruch und hoffte sein Bruder begriff das.

Dougal nickte schwach. „Aye, wie du meinst.“

Gavin hatte aufgehört die Zeit zu schätzen die inzwischen vergangen war, doch schließlich schien sich ihre Hoffnung zu erfüllen, denn sie erreichten eine freie Fläche, welche allerdings von vielen schwarzgrauen Linien durchzogen wurde, auf denen die seltsamen Wagen entlangfuhren. Dennoch, sie waren zufrieden diesem Abgrund aus Lichtern, Menschen und unheimlichen, fremden Dingen entkommen zu sein. Sie brauchten lediglich einen Unterschlupf für die kalte Nacht zu finden, um Dougal besser verpflegen zu können und am nächsten Morgen würden sie sich auf den Heimweg machen. Der dicht fallende Schnee behinderte die freie Sicht zwar, doch glaubte Gavin weiter rechts einen dunklen Schatten auszumachen, der zu einer Baumgruppe gehören könnte. Er lenkte Calum und Dougal dorthin und vergewisserte sich, daß Eithne ihnen folgte. Dummes Ding! Sie brachte sich dauernd in Schwierigkeiten! Wenigstens war sie bei ihnen und nicht gefangen bei den MacBochras. Er wandte sich wieder dem grauschwarzen Pfad zu, auf dem sie entlangliefen. Anscheinend wurde das ganze Land von diesen Wegen durchzogen. Er stimmte einen heilsamen Gesang an. Konnte nicht schaden wenn sie abgelenkt wurden und ihre Körper durch die Stimme stärkten.

Nach einer weiteren anstrengenden Wanderung erreichten wir schließlich die Baumgruppe und entdeckten von dort aus unweit eine

Ansammlung großer viereckiger Gebäude, von denen ebenfalls ein starkes Licht herüberdrang. Eine zweite Siedlung mit Menschenmassen? War da nicht etwas? Eine Bewegung? Ein Tier? Oder ein MacBochra?

„Wollen wir dorthin?“ fragte Calum wenig begeistert. Er steckte seine freie Hand ablehnend in seinen Gürtel.

„Wozu?“ Gavin schüttelte den Kopf. „Wird doch nur wieder das selbe sein wie zuvor.“

Ich stöhnte. „Vielleicht sollten wir es uns doch einmal ansehen, wir können jederzeit zurückkehren.“

Gavin tauschte unsichere Blicke mit Calum und Eithne, ehe er mich wieder ansah. „Schaffst du es bis dahin?“

Ich nickte verbissen. Irgendwie hatte ich das Gefühl der heilige Stein in mir würde mir Kraft verleihen, wenn ich bereit war zu kämpfen. „Und bis ans Ende der Welt, wenn es nötig ist.“

Mutig näherten wir uns dem großen Gebäude, um das herum die seltsamen Gefährte abgestellt warteten. Alle paar Augenblicke, nachdem Leute voll beladen mit knisternden Beuteln einstiegen, leuchtete eins der Menschenträger auf und entfernte sich auf dem grauen Pfad, und wieder andere kamen auf den Platz um anzuhalten und Menschen herauszulassen, die dann geschäftig in das große, hell erleuchtete Gebäude eilten.

Beherzt folgten wir einigen Leuten. Eine stickige, stinkige Luft empfing uns, nahm uns jede Lust am Atmen. Wagemutig gingen wir weiter, obwohl sich die befremdlichen durchsichtigen Tore wie von Zauberhand öffneten sobald ein Mensch davor stand.

„Sollen wir wirklich da hinein gehen?“ fragte Eithne entsetzt.

„Ich will wissen was die hier treiben!“ Ich sah störrisch in das Innere des Gebäudes, das von Unmengen durchsichtiger Wände unterteilt schien und offensichtlich von eben so vielen Menschen bevölkert wurde. In meinem Inneren wuchs die Neugier so stark und schnell, daß ich neue Kraft bekam. Als hätte mir jemand einen Zaubertrank gegeben.

„Und wenn das hier der Ort ist, an dem sie Menschen in Zwerge verwandeln?“ Calum wäre viel lieber sofort umgekehrt, obwohl er sich dafür schämte. War er nicht ein Kämpfer? Hier war alles so ungeheuerlich! Wenn es um einen Kampf Mann gegen Mann ging, hatte er keine Angst, doch hier ereigneten sich unheimliche Dinge und denen konnte er nicht mit Scharfsinn oder einem starken Arm entgegentreten.

Eithne ließ ihre Luft abwertend pfeifend heraus. „Wie sollen wir mehr über diese Leute erfahren, wenn wir nicht einmal den Mut aufbringen uns umzusehen?“ Sie sah Calum herausfordernd an, ehe sie zu Dougal und Gavin schaute.

Dougal drückte sich den Ellenbogen in die Seite und hielt sich leicht schief, um seiner Schmerzen besser Herr zu sein. In seinen Augen loderte ein wildes Feuer, welches sich nicht unterkriegen lassen wollte. Er nickte, Eithnes Worte unterstützend.

Calum nickte verzagt, Dougal war der ältere, er fügte sich.

Langsam bewegten wir uns voran, ständig die Leute im Auge behaltend und die Schwerthand einsatzbereit am Griff. Durch das Menschengewühl gelangten wir an eine metallene Pforte, die sich ebenfalls von alleine öffnete, sobald wir nahe genug heran waren, um hindurch zu gehen. Wir sahen uns an, um dem Schrecklichen zu trotzen. Mutig gingen wir hindurch. Schließlich waren wir zu dritt und wenn ich Eithnes Schwertarm mitzählte sogar zu viert.

Auch hier beachteten uns die Menschen nicht. Sie schoben Karren aus Metallgeflechten vor sich her, hielten hier und hielten dort, langten in riesige Gefache in denen bunte Gegenstände standen und füllten ihre eigenartigen Wagen. Sie sprachen nicht einmal untereinander. Ich gewann den Eindruck, daß sie sehr in Eile waren.

Wir besahen uns die Fächer genauer. Eithne traute sich eine Schachtel in die Hand zu nehmen, sah sich ängstlich um, ob jemand einen Einwand erhob und begutachtete das Ding. Niemand störte sich an ihrer Handlung. Wir traten dicht an sie heran, um uns das Ding ebenfalls anzusehen. Eithne hob es an die Nase um daran zu riechen. Von außen war nicht zu erkennen um was es sich handelte, doch selbst das Riechen half nicht weiter. Die Schachtel war mehr als eigenartig. Solch ein Zeug hatte ich niemals zuvor gesehen. Und sie war, wie so vieles hier, durchsichtig. Drinnen befanden sich kleine, etwa daumendicke, rosa Teile, die keinen Anhaltspunkt boten, was sie enthielten oder darstellten. Calum nahm Eithne die Schachtel vorsichtig aus der Hand, er suchte eine Öffnung, doch sie schien wie durch Zauber versiegelt. Ärgerlich stellte er sie zurück.

Wir liefen weiter durch die vielen Gänge und kamen aus dem Staunen nicht heraus. Eine so große Vielfalt an bunten Farben und Gestalten hatten wir in unserem ganzen Leben nicht gesehen. In einem Lagerfach entdeckte ich Abbilder von seltsamen Frauen, mit viel zu langen Beinen, riesigen Brüsten, einer besonders schmalen Körpermitte und unnatürlich dickem Blondhaar. Gab es tatsächlich Frauen die solch einer Puppe als Vorbild gedient hatten?

Von der Decke des Gebäudes hingen riesige eiförmige bunte Beutel. Calum drückte mit einem Finger so tief hinein, bis es einen lauten Knall gab. Das Ding platzte und es fehlte die winzigste Spur eines Inhaltes. Erschrocken sahen wir uns um. Niemand schaute zu uns herüber oder störte sich an dem Knall.

Wie benommen folgten wir mal dem einen Menschen und dann wieder einem anderen und ließen uns von den erschreckenden Eindrücken berieseln. Von irgendwo her waren Musikanten zu hören, die auf mir unbekannten Instrumenten spielten und merkwürdig sangen und das ganze so laut, daß es in der riesigen Halle zu hören war. Ich wunderte mich, wie es die Leute schafften das Tageslicht in die Räume zu holen, obwohl doch draußen finstere Nacht herrschte. Die Luft machte mir zu schaffen und die Eindrücke, die ich nicht zu bewältigen wußte.

„Ich habe den Eindruck die Leute holen sich hier Nahrung und ...", ich deutete auf einige Metallständer, die mit seltsam geschnittenen Gewändern behängt waren, „... Kleidung!"

Gavin schluckte. „Aber ich verstehe nicht wieso sich das alles hier befindet." Er starrte eine Frau an, die ebenfalls einen Wagen vor sich herschob, in dem sich allerdings nicht nur seltsame Schachteln und Gegenstände befanden sondern auch ein kleines Kind von etwa einem Jahr.

„Glaubt ihr sie holen sich hier Kindersklaven?" fragte Eithne leise. Sie traute sich kaum die Frau anzusehen, weil ihr der Gedanke so ungeheuerlich erschien

Keiner gab Eithne eine Antwort. Bedrückt schlichen wir weiter. Ich hatte längst den Überblick verloren, als wir zu einem runden Platz gelangten. Auf abgeschrägten Tischen lagen Obst und Gemüse in Hülle und Fülle. Uns lief das Wasser im Munde zusammen.

Calum stürzte sich auf den nächstbesten Stand mit leuchtend roten Früchten. „Seht doch nur, zu dieser Jahreszeit!" Er griff in eine der Schalen und nahm sich eine Handvoll, die er sofort gierig verschlang. „Hier!" Er holte die Schale hervor und reichte sie den anderen. „Sie schmecken eigenartig, aber wir können sie essen." Er spuckte zwei Kerne auf den Boden.

Gavin schaufelte sich ebenfalls eine Handvoll in den Mund.

Ich war verunsichert und schaute mich um. „Glaubt ihr nicht, daß sie dafür einen Gegenwert erwarten werden?"

Calum schüttelte den Kopf. „Die Leute bedienen sich doch alle einfach so!“ Er langte nach einem dicken Apfel und biß hinein. Nachdem er jedoch zu ende gekaut hatte, spuckte er mit einem Mal das gekaute wieder aus. „Pfui! Widerwärtig!“ Unsanft beförderte er den Apfel wieder zu den anderen. Eithne schüttelte den Kopf.

Plötzlich kam uns mit festen Schritten eine Frau in einem weißen Gewand und mit wütenden Gesichtsausdruck entgegen. Sie fuchtelte mit den Armen hin und her.

„Ichhoffedochsehrwohl, daßsiedieWarenbezahlenwerden undihrenDreckwiederaufheben!“ Sie sah auf die ausgespuckte Nahrung auf dem Boden. Ihre aschblonden, mit roten und schwarzen Strähnen durchzogenen, dünnen Haare, die sich in winzigen Locken bis auf die Schultern kringelten wippten mit ihrem wütenden Herzschlag um die Wette.

„Ich wußte doch, daß sie eine Gegenleistung erwarten!“ Ich kramte in meinem Sporran und zog eine Münze hervor. Ich hielt sie ihr unter die Nase.

Die Frau wurde kalkweiß vor Ärger und schüttelte den Kopf. Während sie wegging nuschelte sie vor sich hin. *„IchholediePolizei. Dakommensieausirgendeinem Landdaherund bringenesnochnichteinmalfertigihrGeldzuwechseln. Unverschämtistdas.“*

Ich verstand kein Wort, doch meine Münze wollte sie offensichtlich nicht.

„IchholedenMarktleiter. Siewerdenschonsehen waswirmitsolchenmachen.“

„Ich denke es ist Zeit, daß wir von hier verschwinden!“ sagte Gavin eindringlich.

Ich nickte.

Calum hingegen ging zurück an die Tische mit dem Obst. „Aber nicht ohne Essen mitzunehmen!“ In Windeseile packte er das Stück seines Tuches, das vor seinem Bauch hing, mit den durchsichtigen Schalen, ein paar Birnen und anderen unbekannten Früchten voll. „Wenn sie uns des Diebstahls bezichtigen, so sollen sie einen Grund haben!“ Er lachte und eilte zu uns.

„Du bist nicht bei Trost!“ sagte Gavin. „Die Früchte im Magen hätten sie uns nicht nachweisen können, dagegen wirst du sicherlich mit dem vollen Tuch als Dieb überführt!“ Trotz seiner Worte war er stolz auf seinen Bruder, denn er war in ihrer Not schlau und mutig.

Wir beeilten uns zu den eigenartigen kleinen Gattern aus Metall zurückzufinden. Gavin und Calum ließen mich los, um kurzerhand hinüberzuspringen. Auf der anderen Seite empfingen sie mich wieder. Die Leute zollten den beiden tatsächlich kurz Aufmerksamkeit, wie ich befriedigt feststellte. Dafür spürte ich einen heftigen Schmerz in der Seite und in meiner Schulter. Ich fühlte mich wieder schwach und ausgelaugt. Die Kraft schwand, wie sie gekommen war.

Trotzdem, wir liefen weiter. Den Weg zurück, den wir gekommen waren. Nach kurzer Zeit standen wir wieder draußen in der eisigen Winterluft. Doch wir hielten uns nicht weiter auf, sondern eilten, so schnell es mir möglich war, zu der Baumgruppe zurück.

Die Füchsin

Als wir schließlich unter den kümmerlichen Bäumen zu stehen kamen, schnappte ich angestrengt nach Luft. Ich ließ mich schwer an einem der Baumstämme zu Boden gleiten. Wollte die Augen schließen und vor einem warmen Kamin schlafen. „Was gäb' ich für eine wärmende Feuerstelle", brachte ich müde heraus.

Calum nickte zitternd und sah Gavin an. Nie zuvor hatte Dougal sich ein warmes Feuer gewünscht, nicht einmal im kältesten Winter oder stärksten Unwetter. Sie sahen ihn müde am Stamm des Baumes lehnen, die Augen geschlossen, die Lippen zusammengepresst und die Hände im Schoß zu Fäusten geballt.

Calum hockte sich vor ihn. „Wir sollten unsere Beute essen, bevor der eisige Wind sie einfriert oder irgendwelche Leute kommen, um sie zurückzufordern."

Gavin und Eithne hockten sich daneben.

Ich öffnete die Augen. Ich hatte keinen Hunger, trotzdem zwang ich mich zu essen, denn wer wußte, wann wir die nächste Gelegenheit dazu bekamen. Die Früchte schmeckten fremd, als wären sie längst nicht mehr genießbar, mit einem unangenehmen Beigeschmack. Während des Essens betete ich. Ich dankte unserer Schöpferkraft für die Zuwendung durch die Nahrung und zum Anderen bat ich darum, daß wir am nächsten Morgen in unserer Heimat wieder erwachten. Ich wünschte unser Erlebnis würde sich nur als böser Traum herausstellen. Eine Geschichte für lange Abende im Familienkreis an der Feuerstelle. Ich schaute in die Gesichter meiner Geschwister, die ebenfalls das letzte Stückchen Obst hinunterschluckten. „Ich will weitergehen!" sagte ich entschlossen.

Gavin lachte trocken auf. „Du weißt wohl nicht wie du aussiehst."

Ich schüttelte den Kopf. „Wir sitzen hier viel zu nah an diesem grauen Weg."

„Ich sehe weit und breit keinen besseren Unterschlupf!" Er sah mich bestimmend an. „Außerdem hast du Blut verloren. Wir gehen morgen in der Frühe weiter. "

Wohin, fragte ich mich hoffnungslos. Wohin wollten wir denn gehen?

Eithne starrte den grauen Weg entlang und sprang auf.

„Seht mal!" Sie zeigte auf zwei Lichter, die sich unaufhaltsam durch das Schneegestöber auf uns zu bewegten.

Gavin bemühte sich, mich aufzurichten. „Komm weiter."

Plötzlich gab es einen erstickten, schleifenden Laut. Das Gefährt schlingerte mit einem Mal von einer Seite des grauen Weges zur anderen, während es weiter auf uns zukam. Genauso wie das Reh, das gehetzt an uns vorbeilief, ins Dunkel des Schneegestöbers.

Keine zwanzig Schritte vor uns, rutschte das Gefährt an die Seite des grauen Weges und kam dadurch zum Stehen. Das Licht erlosch jedoch nicht, so wie wir es inzwischen von diesen Dingern gewohnt waren, sondern strahlte uns weiterhin unangenehm an. Eine Klappe wurde geöffnet und ein Mensch stieg aus, eine Frau, die laut redete und ins Dunkel schaute, ehe sie sich umwandte und an das Gefährt herantrat.

„OmanwiesollichdenndenWagenherausbekommen? Deristmirdochvielzuschwer." Sie lief einmal um das Gefährt herum bis sie erneut vor den Lichtern hielt.

Da erkannte ich sie. „Die Füchsin!" sagte ich leise.

„Was?" fragte Calum nach. „Was meinst du?"

Ich sah ihn an. „Die Frau, die wir vorhin gesehen haben."

Calum starrte mich an ohne zu verstehen.

„Ich erinnere mich", sagte Gavin. „Sie war hinter der durchsichtigen Wand und das zweite Mal hat Calum sie wegjagen wollen, doch sie ist nicht gegangen."

Ich nickte. „Sprich sie an."

Gavin antwortete leise „Bist du irre? Wir können froh sein wenn sie uns nicht bemerkt."

„Vielleicht hilft sie uns, wenn wir ihr helfen", entgegnete ich hoffnungsvoll.

Gavin sah mich zweifelnd an.

Ich überlegte nicht weiter, stand entschlossen auf und ging auf sie zu. Ich war sicher, daß sie uns anders begegnen würde als die Übrigen.

Gavin griff mich stützend unterm Arm. „Sie wird einen Schock bekommen und ohnmächtig zu Boden fallen", flüsterte er mir zu.

Ich schüttelte entschlossen den Kopf.

Die Füchsin hatte uns nicht bemerkt, sie versuchte, wie es schien, das Gefährt aus dem Graben zu schieben. Ein aussichtsloses Unterfangen. Erst als wir bereits vor ihr standen sah sie auf und erschrak. Sie sprang aus ihrer stemmenden Haltung auf die Beine.

„*Ihr*!" rief sie entgeistert.

Wie kamen denn die vier hier her? Flanna beschlich ein unheimliches Gefühl. Waren sie ihr gefolgt? Was suchten sie hier in dieser einsamen Gegend? Der große dunkle lächelte und sein Lächeln war warm und gewinnend. An den Augen konnte sie erkennen, daß diese vier Menschen Geschwister waren. Sie hatte das Gefühl in die dunklen Tiefen eines unergründlichen Moores zu blicken, als er sie ansprach.

Ich bemühte mich ein vertrauenerweckendes Lächeln aufzusetzen. „Wir wollten unsere Hilfe anbieten und hoffen auf Gegenhilfe von dir." Meine Angst vor ihrem entgeisterten, verständnislosen Ausdruck ließ mich unnatürlich schnell sprechen.

„Die versteht dich genauso wenig wie alle anderen“, warf Eithne verdrossen ein.

Die Füchsin starrte uns schweigend an und zeigte uns mit keiner Gebärde, daß sie verstanden hatte.

Er sprach in einer uralten Mundart. Er redete schnell, viel schneller als beim ersten Mal, so daß sie zusätzliche Mühe hatte ihn zu verstehen. War cs Zufall? Erlaubte sich jemand einen Scherz mit ihr? Kurz ließ sie sich sämtliche Namen von Bekannten oder Freunden durch den Kopf gehen. So etwas würde niemand tun. Und wer könnte so was gemeines machen? Die Marktleute? Weil sie so vertrauensselig war? Womöglich fanden sie es witzig ihr diese Leute vorzusetzen, weil sie Schottland so liebte? Sie beschloss vorerst gute Miene zu zeigen und mitzuspielen.

Unerwartet geschah das Wunder.

„Was um alles in der Welt macht ihr hier? Mitten in der Nacht!“ Sie schüttelte mißbilligend den Kopf. „Solltest du nicht längst in einem Krankenhaus liegen.“

Sie sprach unsere Sprache! Ich schickte ein Dankgebet an unsere Schutzgeister. Endlich ein Mensch mit dem wir reden konnten. Sicher, sie benutzte Worte die mir nicht geläufig waren, doch es handelte sich eindeutig um dieselbe Sprache. Ich wußte nicht was das für ein Haus war, ein *Krankenhaus,* und außerdem war ich nicht krank, sondern verletzt.

Sie sah mich an als erwartete sie eine Antwort von mir.

„Oh, ich bin nur verletzt“, erwiderte ich verwirrt, weil sie mich verstand.

Eithne platzte überrascht mit einer Frage heraus: „Wieso sprichst du unsere Sprache und die anderen nicht?“

Ihr Blick war beharrlich und mißtrauisch auf uns gerichtet. Sie zögerte bevor sie antwortete: „Ich habe sie gelernt."

Wäre das ganze nicht so spannend, so wäre Flanna wahrscheinlich schreiend geflohen, aus Angst vor diesen riesigen, vierschrötigen Kerlen, die so gar nicht ins einundzwanzigste Jahrhundert passten. Doch ein Gefühl hielt sie zurück, bannte ihre Angst und hielt sie in Grenzen. Schließlich war auch ein Mädchen dabei. Sicher, sie sah ebenso kernig wie die Männer aus und beobachtete sie mehr als argwöhnisch, doch diese Menschen weckten ihre Neugierde, denn sie wirkten wie die wieder erwachten Gestalten aus den alten Sagen Schottlands. Die Neugier war zu übermächtig. Viel stärker als die Angst. Wie ein Schatten huschte ein seltsames Gefühl über sie hinweg, weil sie an ihre Vorfahren aus Schottland denken mußte, die MacBochras. Wo in Gottes Namen kamen diese Leute her? Wo in Schottland sprachen sie heutzutage diese Mundart und kleideten sich im überlieferten großen Tuch. Und weshalb war er nicht längst in den Händen eines Arztes? Hatten sie doch ein Geheimnis zu verbergen? Oder hatte sich das doch einer vom Markt ausgedacht? Womöglich hatte sie wieder zu viel von Schottland geschwärmt?

Die Füchsin schüttelte den Kopf, kaum sichtbar, als wollte sie ein Wort hinzufügen, ehe sie an das Gefährt zurücktrat, um hinten eine Klappe zu öffnen. Bevor sie dies allerdings zu Ende bringen konnte, sprang Eithne auf sie zu und hielt ihr ihren Dolch unter das Kinn. Die Füchsin wirkte völlig überrumpelt, entsetzt, dessen ungeachtet nahmen ihre Züge mit einem Mal eine dunkle Färbung an und die Wut sprach aus ihren Augen.

„Nimm sofort das blöde Ding da weg!" presste sie bissig hervor. „Ich dachte ihr wolltet mir helfen?"

Ich schluckte hart. Dumme Eithne, machte alles zunichte. „Steck deinen Dolch weg, Eithne!" zischte ich.

Eithne sah mich wütend an, beeilte sich dennoch meinem Befehl nachzukommen.

„Habt ihr nur einen Vorwand gesucht um euch an mich heran zu machen?"

„Ich dachte," antwortet Eithne beschwichtigend an mich gewandt, „sie wollte eine von diesen Waffen herausholen."

Ich ließ die Füchsin nicht aus den Augen.

Sie hob beschwichtigend die Hände und zeigte uns die leeren Handflächen. „Hier trägt doch nicht jeder eine Waffe! So ein Quatsch. Außer euch anscheinend!" sie zeigte auf mich. „Ich wollte dir nur die Tür aufmachen, damit du dich in der Zwischenzeit aufwärmen kannst, während wir den Wagen aus dem Graben schieben."

Ich schüttelte entschlossen den Kopf. „Ich steige nicht in dieses Ding da."

Die Füchsin sah mich seltsam an. „Dieses *Ding* hat eine Standheizung und obwohl alt, ist es trotz allem recht behaglich bei diesem Wetter." Sie holte Luft. „Besonders für jemanden, der eine Schußverletzung hat."

Ich hielt ihrem Blick stand. „Ich steige da nicht ein und wenn es noch so viel *Standheizung* hat wie du sagst, was eine *Standheizung* auch sein mag. Wer weiß, ob du mich nicht darin gefangen nimmst und mich dann zu einem Zwerg verzauberst, damit ich in einer der kleinen schwarzen Truhen lande."

Die Füchsin sah mich ungläubig an, ehe sie unerwartet zu lachen begann. Sie hob die Hände wie besiegt und sagte: „Na gut, endlich begreife ich's. Wo ist sie?" Sie drehte sich suchend nach allen Seiten um. „Ihr seid von der *Versteckten Kamera*, oder?" Sie sah sich ein weiteres Mal um, während sie schmunzelnd wiederholte. „Schwarze Truhen. So ein Blödsinn."

Ich tauschte vielsagende Blicke mit Gavin, bevor er den Kopf schüttelte. „Du solltest dich nicht über uns lustig machen“, sagte ich verzagt. „Wir brauchen Hilfe und du auch, ich dachte wir könnten uns austauschen.“

„Wir helfen dir den *Wagen* zu schieben und du zeigst uns den schnellsten Weg nach Dal-Riada. Mehr wollen wir gar nicht.“

Sie lachte erneut auf, doch dieses Mal schwang ein Spottlaut mit. „Den Weg nach Schottland, also *Dal-Riada*, den kann ich euch wohl sagen, aber das wird euch nicht viel nützen.“

„Warum nicht?“ entgegnete ich verärgert.

„Weil ihr zu Fuß und selbst wenn du nicht in dieser Verfassung wärst, einige Wochen bräuchtet um dorthin zu kommen. Zudem müßtet ihr anschließend, wenn ihr die Küste erreicht hättet, ein langes Stück schwimmen.“

Wie vom Donner gerührt stand ich da, fragte wie entrückt. „Wo sind wir hier?“

Sie lachte nicht mehr, sondern sah mich erneut seltsam betroffen und fragend an. „Wo ihr seid?“ Sie schaute zu Boden. „In Deutschland.“

„Deutschland?“

„Germanien!“

Wir befanden uns in Germanien? Wie hatte Gemmán das fertig gebracht? Mir fiel das Denken schwer. Alles drehte sich in meinem Kopf. Schlagartig hatte ich den rettenden Einfall. „Kannst du uns zu einem Druiden bringen?“

Wieder sah sie mich so eigenartig an, als zweifelte sie an meinem Verstand. „Ein Druide?“

„Aye!“

„In unserer Zeit?“ fragte sie ungläubig nach.

„Was heißt *in unserer Zeit?*“ fragte ich befangen, aus Angst vor ihrer Antwort.

„Jetzt! Im einundzwanzigsten Jahrhundert." Sie zog ihre Augenbrauen fragend in die Höhe, da sie offensichtlich merkte wie betroffen wir waren.

„Du meinst wir ...?" Ich konnte nicht mehr weiterreden.

„Es mag sein, daß es Druiden gibt in dieser Zeit, ich zweifle jedoch stark an, daß diese Fähigkeiten besitzen wie Druiden, die vor vielen Jahrhunderten lebten." Sie zog sich ihren sonderbaren Umhang fester um die Schultern. „Wie auch immer, ich kann mich bemühen einen guten, ernsthaften Druiden ausfindig zu machen, das wird allerdings nicht einfach sein. Und es wird nicht so schnell gehen!" Sie sah mich fragend an und überlegte laut, „wenn du durchaus nicht in den Wagen willst gut, dann nimm dir wenigstens den Verbandskasten. Er liegt im *Kofferraum*."

Ich starrte sie nur an. Es hatte keinen Sinn mehr zu fragen was *Kofferraum* wäre oder all die anderen fremden Dinge von denen sie so selbstverständlich sprach. Wenn sie recht hatte, dann war es Gemmán gelungen uns in eine andere Zeit zu schicken und in ein fremdes Land, weit fort von Dal-Riada.

Dies alles überstieg mein Fassungsvermögen. Ein unangenehmes, heißes Gefühl kroch meinen Nacken hinauf, lähmte all meine Gedanken und warf ein schwarzes Tuch über mein Augenlicht. Ich wurde das erste Mal in meinem Leben ohnmächtig. Was für ein Schwächling, schoß es mir durch den Kopf. Schwächling!

Gavin konnte ihn noch abfangen, so daß er nicht mit voller Wucht auf die Erde prallte. Die Füchsin, wie Dougal sie nannte, trat zu ihnen und kniete sich in den Schnee.

„Also los. Ihr helft mir ihn in den Wagen zu legen. Da decken wir ihn mit einer Decke zu und ich stelle die Standheizung an. Du", sie zeigte auf Eithne, „kannst bei ihm bleiben, bis wir den Wagen aus dem

Graben haben!“ Sie sah Gavin in die Augen. „Er stirbt vielleicht, wenn ihr ihn hier so liegen laßt. Es soll heute Nacht auf *Minus 15° Grad* runtergehen.“

Gavin hatte keine Ahnung was *Minus 15° Grad* waren, doch sie hatte vermutlich recht. Er nickte und winkte Calum und Eithne heran. „Helft mir und dann bleibst du bei ihm, in diesem ...?“ Er sah die Füchsin Hilfe suchend an.

„*Auto*“, sagte sie.

Er nickte. „Also *Auto*, während Calum und ich ihr helfen“, vollendete er den Satz.

„Schafft ihr das?“ fragte die Füchsin nach.

Gavin nickte.

„Ich mache inzwischen die Tür auf und stelle den Sitz auf Liegestellung.“ Sie ging um das Gefährt herum auf die andere Seite des *Autos*, während Calum, Eithne und er Dougal aufhoben und ihn hinter ihr herschleppten. Gavin hatte keine Ahnung ob das was sie taten richtig war, zumal sich Dougal so vehement dagegen gewehrt hatte in dieses *Auto* zu steigen; aber hatte er eine andere Wahl?

Eithne flüsterte „Und wenn sie nun doch eine Zauberin ist?“

Gavin schüttelte den Kopf. „Sie hat recht. Wir müssen ihr trauen und es wagen.“

Inzwischen hatten sie die andere Seite des *Autos* erreicht. Die Füchsin stand vor der Öffnung und werkelte im *Auto* herum, ehe sie sich ihnen zuwandte.

„Ich helfe von drinnen ihn reinzuziehen.“ Sie kletterte in das Gefährt hinein.

Gavin wagte es mißtrauisch und begutachtend in das Innere des *Autos* zu sehen und gewann den Eindruck, daß ihm von diesem Ding keine Gefahr drohte. Es schien sich wahrhaftig nur um einen Gegenstand zu handeln, mit dem sich die Leute fortbewegen konnten. Gut, er war verzaubert, denn weder Mensch noch Tier mußten ihn ziehen oder schieben, aber, die Füchsin lebte und war nicht auf Zwergengröße geschrumpft.

Mit vereinten Kräften hoben sie Dougal in das Innere auf den *Sitz*, wie sie die Liegestatt nannte.

„Gut so." Die Füchsin legte die Decke über Dougal und sah Eithne an. „Du kannst dich hinter ihn auf den Rücksitz setzen, dann bist du ansprechbar, wenn er wieder aufwacht."

Eithne nickte zögernd, während die Füchsin die hintere seitliche Klappe von innen öffnete und herauskletterte. Eithne versucht inzwischen einzusteigen, doch es gelang ihr nicht, da sie Dougals Schwert behinderte, das sie in der Hand hielt.

Die Füchsin verdrehte die Augen. „Leg doch dieses verdammte Mordwerkzeug im Auto auf den Boden."

Eithne sah Calum fragend an, ehe sie das Schwert auf den Boden des *Autos* legte und sich mit einem unsicheren Gefühl auf den ihr angewiesenen Platz setzte. Der Vordersitz auf dem Dougal noch bewußtlos lag, war soweit herunter gelassen, daß Eithne ihre Beine darunter schieben konnte und Dougal trotzdem fast waagerecht lag.

„Versuch ihn doch inzwischen wach zu kriegen", schlug die Füchsin vor, bevor sie die beiden Türklappen zufallen ließ.

Nun waren sie doch in diesem Ding eingeschlossen und Eithne befiel ein beklemmendes Gefühl. Sie bemühte sich es beiseite zu drängen und sich auf ihren Bruder zu besinnen, während die Füchsin, Calum und Gavin draußen an dem Gefährt werkelten. Plötzlich spürte sie wie das *Auto* sich Stück für Stück bewegte. Nebenbei nahm sie wahr, daß sich in dem kleinen Innenraum eine angenehme Wärme ausbreitete, die sich kriechend über ihre Beine bis hinauf verteilte. Unter ihren Händen, die auf Dougals Wangen lagen, wurde dieser plötzlich unruhig und erwachte. Ehe Eithne begriff was Dougal vorhatte, richtete er sich bereits auf und stieß an die Decke des Gefährts.

„Halt still!“ sagte sie entschieden und hoffte, daß sich ihr größerer Bruder wenigstens einmal an ihre Anweisungen hielt.

Ich ließ mich zurückgleiten. „Verflucht, ich wollte doch nicht in dieses Ding!“ Ich sah mich um. „Wo sind Gavin und Calum? Sind wir Gefangene?“

„Sie helfen ihr das Auto zu schieben und gefangen sind wir nicht“, sagte Eithne großspurig, obwohl sie kurz zuvor dieselben Ängste gequält hatten. Sie deutete auf Gavins Kopf, der ab und an zu sehen war.

„Weißt du denn wie sich die Klappen öffnen lassen?“

„Genieße lieber die Wärme“, wich sie einer Antwort aus.

„Genau das ist es doch. Sie lullt uns hier ein, bis wir schwerfällig sind und sie uns überrumpeln kann.“

Eithne schüttelte den Kopf. „Für dieses eine Mal tust du was ich dir sage. Und nebenbei, du warst es doch, der sie unbedingt ansprechen wollte!“ Sie drückte Dougal mit sanfter Gewalt wieder auf die Liege, da er sich schon wieder aufrichtete.

Ich seufzte ergeben, während ich mich so hinlegte, daß meine Rippen weniger schmerzten. Die Wärme tat ihr Übriges und allmählich tauten meine kalten Glieder auf. Wenn ich ehrlich war, dann wollte ich unter keinen Umständen wieder hinaus in die Kälte und doch plagten mich Angst und Mißtrauen. Ich schloss die Augen, um an etwas Schönes zu denken, wie unsere Heimat und unsere Familie. Doch die Bilder wollten nicht kommen, denn das Bild der Füchsin schob sich wieder und wieder davor. Schließlich spürte ich, daß das *Gefährt* wieder in die Gerade gebracht wurde. Keine drei Atemzüge später öffnete sich die Klappe neben Eithne und daraufhin die zur Linken von mir und ließen einen

Schwall kalter, unangenehmer Luft herein.

Zögernd stiegen Gavin und Calum in das Gefährt ein. Die Füchsin ließ die Türklappe zufallen und setzte sich vorne links neben mich, ehe sie auch diese Klappe zuzog. Sie setzte sich und sah in die Runde.

„Also, wohin soll ich euch fahren? Nach Schottland fahre ich heute allerdings nicht mehr!" Sie lachte. „Habt ihr Freunde oder Familie in der Nähe, oder wollt ihr zum Bahnhof?" Sie sah mich fragend an. „Oder vielleicht doch in ein Krankenhaus?"

Ich schüttelte nachdrücklich den Kopf. „Keine Familie, keine Freunde und kein *Krankenhaus* oder *Bahnhof* was auch immer das sein mag!" Ich wunderte mich wie müde und schwer meine Stimme klang. „Gibt es in der Nähe einen größeren Wald? Dorthin könntest du uns bringen."

Sie starrte den Mann erstaunt an. „Es ist doch viel zu kalt! Zudem habt ihr nicht einmal Schlafsäcke oder ein Zelt dabei!" Sie überlegte. „Ehrlich gesagt verstehe ich das ganze nicht. Weshalb seid ihr denn hier, wenn es nicht einmal Freunde oder Familie gibt?" Ihr war als schrillte ein Alarmglocke im Hirn. „Ich weiß nicht... Am besten wäre, ich würde euch zur nächsten Polizeistelle bringen", sie sah sich ein weiteres Mal fragend in der Runde um.

Ich schluckte laut. „Laß uns beim nächsten Wald raus. Wir sind gewohnt unter freiem Himmel zu schlafen. Außerdem, unsere Decken tragen wir stets bei uns!"

Gavin nickte bestätigend.

Das Lager der MacBochras

MacDougal beobachtete das Lager der MacBochras. Er konnte keinen seiner Söhne entdecken. Wo waren sie? Hatte MacBochra sie ermordet und bereits verscharrt? Und der Stein? War er in Sicherheit? MacBochra wirkte alles andere als zufrieden. MacDougal war Angst und Bange. Hatten sie seine Söhne erfolglos gefoltert? Sah MacBochra deshalb so unglücklich aus? Oder waren Dougal, Gavin und Calum entkommen? Möglicherweise hatten sie rechtzeitig bemerkt, daß sie belauert worden waren? Die Spuren bei den Steinen sprachen dagegen. Er zermarterte sich das Hirn. Was war geschehen? Er gab Aed und den anderen das Zeichen sich zurückzuziehen.

Sie mußten beraten. Die MacBochras waren ihnen an Männern weit überlegen. Es hatte keinen Sinn sie anzugreifen. Vielleicht gelang es ihnen einen MacBochra zu fangen und nach dem Verbleib der Jungen zu fragen. Leise kroch er auf dem feuchten, dunklen Boden zurück, bis die MacBochras sie weder hören noch sehen konnten.

Gefangen und Verlassen

Die Füchsin legte ihre Hände flach auf das Rad vor sich, starrte nachdenklich darauf, ehe sie hinaussah. Schließlich schien sie sich zu einer Entscheidung durchgerungen zu haben.

„Wenn ihr mir was antun wolltet, dann hättet ihr es längst getan, denke ich.“ Sie sah sich fragend um, „Ich nehme euch ein Stück mit, und wenn ihr irgendwo aussteigen wollt sagt ihr Bescheid.“ Sie sah wieder nach draußen. „Ich weiß ich bin närrisch, ... dennoch.“ Sie schaute Dougal an.

Ich erwiderte ihren Blick, ehe ich stille Zwiesprache mit den anderen hielt.

„Das ist ein großzügiges Angebot.“ Wieder bemerkte ich ihre fragend in die Höhe gezogenen Augenbrauen.

„Ich fahre jetzt los?!“ Sie steckte einen kleinen Metallstab unter das Rad und drehte ihn.

Das *Gefährt* begann zu beben und ich hörte das seltsame, brummende Geräusch. Ich griff neben mich um irgendwo einen Halt zu finden. Ich blickte ängstlich zu ihr, doch sie schien meine Sorgen gar nicht zu bemerken. Sie sah nach vorne und griff mit der rechten Hand nach unten neben sich, wo sie allerdings nur meine Hand zu fassen bekam. Erschrocken wandte sie sich mir zu.

Flanna bemerkte ihre leichenblassen Gesichter.

„Meine Güte, was ist denn los?“ Sie lachte verstört. „Man könnte meinen ihr wärt niemals zuvor mit einem Auto gefahren!“

Ich richtete mich auf. „So ist es. Und wir wollen es auch nicht, bitte, wir steigen wieder aus.“

Sie schüttelte den Kopf. „Ich dachte das hätten wir geklärt! Macht die Augen zu, wenn es so schrecklich ist!“ Sie beachtete uns nicht weiter.

Sanft, aber bestimmt nahm sie meine Hand zur Seite und schob einen Stab nach vorn. Das Gefährt setzte sich in Bewegung. Es gab einen leichten Ruck. Die Schneeflocken schienen sich gezielt zu sammeln, um alle gemeinsam auf die durchsichtige Wand vor uns zu zustürmen. Zwei Stäbe bewegten sich hin und her und schoben dadurch den Schnee zur Seite.

Ich wurde das Gefühl nicht los, daß wir zunehmend schneller wurden, denn die Landschaft schien nur so an uns vorbeizurauschen. Hinten begann Calum zu würgen.

Die Füchsin sah fragend in seine Richtung. „Soll ich anhalten?“

Calum brachte ein Nicken zustande.

Sie hielt.

Calum fingerte gehetzt an der Klappe herum.

„Da unten. Der Griff da. Ziehen“, sagte sie und zeigte zur Klappe.

Calum zog und die Klappe sprang auf. Er stürzte nach draußen, wo er sich sofort übergab.

„Seltsam“, sagte die Füchsin leise, mehr zu sich selber. „Als würde er das erste Mal Auto fahren.“ Sie wandte sich mir zu. „Bitte, und ehrlich, wer seid ihr und woher kommt ihr?“

Ich sah sie eine Weile still an, war versucht wie Calum aus dem Wagen zu stürzen, denn auch in meinem Magen rumorte es. Sie wartete auf eine Antwort, dabei war ich mir nicht im Klaren darüber, was ich ihr sagen sollte. Ich sah Gavin an, während Calum ächzend wieder einstieg und sich mit blassem Gesicht neben Eithne setzte.

Gavin nickte. „Ich werde alles erzählen“, sagte er leise.

Ich war froh, daß ich es nicht tun mußte.

Gavin räusperte sich. Die Füchsin starrte wie gebannt auf den schwarzen Weg hinaus. Ohne sich umzuwenden sagte sie: „Ich höre.“

„Wir sind drei der Söhne von MacDougal. Dougal MacDougal, Calum MacDougal und ich bin Gavin MacDougal und dies ist unsere Schwester, Eithne NicDougal“, er sah zu seiner Linken in den Schnee hinaus. „Alles begann gestern Morgen damit, daß die MacBochras ...“

„MacBochra?“ warf die Füchsin fragend ein und ihre Lippen wurden schmal.

Gavin ließ sich nicht aus der Ruhe bringen, obwohl ihn ihre Nachfrage verwirrte. „Aye, die MacBochras. Sie überlisteten uns drei, fingen uns ein und schleppten uns zu den heiligen Steinen und zu Gemmán, um uns ein Geheimnis zu entlocken.“

Sie drehte sich zu Gavin um, der sich ihr ebenfalls zuwandte. „Wer ist MacBochra und wer Gemmán und zu welchen Steinen?“

Gavin nickte ergeben. Er hatte eine rauhe, trockene Stimme. „Die heiligen Steine der Druiden und Gemmán ist ein mächtiger Druide. Und die MacBochras sind unsere Feinde.“

„Feinde?“

„Aye, seit vielen Jahrzehnten.“

„Und der Druide?“

„Sehr mächtig. Er beschäftigt sich mit Dingen, die er lieber auf sich beruhen lassen sollte.“

„Und was hat das mit den Steinen zu tun?“

Gavin schüttelte den Kopf. „Dort haben sie uns verflucht und entehrt.“

Ich mischte mich ein: „Sie schlugen Gavin bewußtlos und Calum grün und blau.“

„Und dir haben sie die Rippen gebrochen, diese Scheißkerle! Sie werden für alles büßen!“ Calum sprach sich in Zorn, doch ich brachte ihn mit einer Geste zum Schweigen.

Unter dem begutachtenden Blick der Füchsin, die sich anscheinend bemühte meine gebrochenen Rippen durch mein Hemd zu erkennen, sprach ich weiter. „Die MacBochras legten uns auf den Altarstein“, ich sah hinaus und konnte nur leise weiter sprechen. „Wir hofften, daß unser Vater uns helfen würde, doch uns wurde schnell klar, daß er und unsere Leute zu spät kommen würden. Gemmán sprach über uns magische Worte, die unsere Körper verschwinden ließen.“ Ich starrte auf meine Hände. „Eithne kam in diesem Augenblick zu uns.“ Ich versuchte Eithne anzusehen, doch sie wich mir aus. „Als wir wieder aus dieser eigenartigen Ohnmacht erwachten, fanden wir uns vor dem großen grauen Gebäude wieder, dort wo das Sonnenlicht eingefangen wurde und durch spitzzulaufende Lichteinwürfe wieder heraus will, mit dem hohen Turm.“ Wenn ich meinen eigenen Worten zuhörte, klang alles verwirrend, wie sollte das jemand glauben, geschweige denn verstehen?

„Die Kirche?“ warf die Füchsin ein.

„Wir haben keinerlei Ahnung wo wir uns befinden, oder wie wir wieder in unsere Heimat zurückkehren können. Hier ist alles so fremd, so seltsam und beängstigend.“

Die Füchsin sagte eine Weile gar nichts, lediglich ihre Finger schlossen sich so stark um das Rad vor ihr, daß ihre Knöchel weiß hervortraten.

Das Schweigen zermürbte mich, ich räusperte mich leise.

Schließlich wandte sie sich uns zu. „Man ... Ihr erzählt mir eine Geschichte von einem Druiden der euch hierher zauberte, obwohl ihr zuvor woanders wart?“ sie holte Luft. „Wann seid ihr tatsächlich geboren?“ In ihren Augen loderte etwas lauerndes, das mir Angst machte.

Ich wußte nicht bestimmt wann wir geboren waren. Das war unwichtig. Trotzdem, ich mußte ihr antworten. „Vor Beltaine bin ich geboren.“

Sie schüttelte den Kopf. „Quatsch Beltaine, ich meine in welchem Jahr?“

Ich zuckte die Schultern. „Unser König ist Coinneach MacAilpin wenn dir das weiterhilft", antwortete ich tonlos.

Ihre Augen weiteten sich, als sähe sie ein Ungeheuer. „Ihr wollt mir weiß machen, daß ihr aus einer anderen Zeit kommt! Genauer von 843 oder 844 nach Christi Geburt! Ist euch das klar?" Sie lachte bissig auf. „Glaubt ihr ich bin Plemm-plemm?" Sie schüttelte wütend den Kopf. „Das haben sich irgendwelche Leute vom Mittelaltermarkt ausgedacht, oder? Mit mir kann man's ja machen!" Sie lachte trocken. „Nur weil ich mich für Schottland begeistere bin ich doch nicht bescheuert!"

Sie suchte in unseren Gesichtern eine Bestätigung ihrer Vermutung, doch offensichtlich erhielt sie nicht die Antwort die sie erwartete, denn sie schlug zornig mit der flachen Hand auf das Rad. Als sie uns ihr Gesicht wieder zuwandte schien sie sich innerlich entschlossen zu haben und ihr Gesichtsausdruck gefiel mir gar nicht.

Gavin mußte es ähnlich gehen, denn mit einem Mal hielt er ihr seinen Sgian Dhub an die Kehle. Er, der sonst keiner Fliege ein Leid antat.

Sie schluckte hart.

„Wir sind keine Lügner!" presste er zwischen zusammen gebissenen Zähnen heraus. „Falls du das damit meinst!"

„Verflucht!" Sie schlug zornig mit der Hand den Dolch weg, daß er scheppernd zu Boden fiel. Es war ihr anscheinend völlig egal ob sie sich verletzte. „Steigt aus! Los verschwindet! Bestimmt warten irgendwo eure Auftraggeber auf euch, dann könnt ihr euch auf meine Kosten belustigen!" Ihre Augen schienen Funken zu sprühen. „Na los, raus!"

Wir sahen uns an und waren uns einig, daß jedes weitere Wort Zeitverschwendung gewesen wäre.

Calum rutschte im selben Atemzug herüber und hielt ihr seinen Dolch an den Hals, er war jedoch vorsichtiger als Gavin und legte seinen anderen Arm um ihre Schultern, so daß sie in ihrer Bewegungsfreiheit eingeschränkt war.

„Verdammte Scheiße!“ fluchte sie laut. „Was soll das?“
„Du wirst uns zu deinen Leuten bringen!“ zischte Calum ihr ins Ohr.
Ein kluger Einfall, fand ich.
„Meine Leute?“
Calum nickte.
„Ich lebe meistens alleine!“ Verflucht, wieso hatte sie ihnen das erzählt?
Ich sah Gavin ebenso erstaunt an wie er mich.
„Eine Frau alleine?“ Ich war mißtrauisch. „Dann bist du eine Priesterin?“
Sie lachte, doch es klang nicht überzeugend. „Ich bin keine Priesterin!“
„Warum lebst du dann alleine?“ Und wenn Gemmán uns dies alles vorspielte? Wenn sie auf diese Weise versuchten zu ergründen wo der heilige Stein war? Womöglich glaubten sie wir wären so dumm es zu erzählen, weil wir uns so verloren fühlten?!
Sie schüttelte unwillig den Kopf, soweit ihr Calum dazu Gelegenheit ließ. „Das ist so üblich.“
Calum beugte sich herüber zu ihr und flüsterte gefährlich klingend: „Nur Priesterinnen und Huren leben alleine.“
Sie wandte sich zornig um, wobei sich der Dolch stärker in ihre Haut drückte. „Nur weil ich alleine lebe, bin ich noch lange keine Hure!“ zischte sie wütend wie eine Kreuzotter.
Ich fand, daß sie beeindruckend reizvoll aussah, in ihrem Zorn.
Gavin lenkte ein. „Bring‘ uns zu einem Wald, einem richtigen Wald!“
Sie lachte auf.
„Was ist daran so witzig?“ fragte Calum ärgerlich.
Sie schloss die Augen, während sie sich nach hinten an den Sitz lehnte und ihren Atem verlangsamte.
Unerwartet sprach sie wieder, die Augen noch geschlossen. „Nimm den Dolch weg! Und dann verschwindet!“ In ihrer Stimme schwang ein

Ton mit, der keine Zuwiderhandlung duldete.

Calum schaute fragend erst mich und dann Gavin an. Gavin zuckte die Schultern, doch ich nickte. Calum zog die Waffe zurück und rutschte wieder auf seinen Platz!

Die Füchsin atmete sichtbar erleichtert aus und öffnete die Augen wieder. Kurz starrte sie hinaus in das Schneegestöber. Als sie sich uns zuwandte entdeckte ich Tränen in ihren Augenwinkeln.

„Ich möchte, daß ihr geht", sagte sie leise. „Oder möchtest du mir auch den Dolch an die Kehle drücken? Du fehlst noch in der Sammlung."

Ich schämte mich mit einem Mal für unser rohes Verhalten, trotzdem hielt ich ihrem Blick stand. Das hatten wir uns selber zuzuschreiben. Uns stand eine lange und kalte Nacht bevor. Unwillkürlich überlief mich eine Gänsehaut. Ich zog an dem Hebel und die Klappe sprang auf.

Ich spürte, daß die Füchsin mich scharf beobachtete.

In aller Hast entstiegen wir dem Gefährt und standen wie vor den Kopf geschlagen da. Sicherlich hätten wir mit Gewalt unseren Willen durchsetzen können; doch was, fragte ich mich, war unser Wille? Sie eilte mit dem Wagen davon. Die eisige Kälte schien unerbittlicher als zuvor und ein befremdliches Gefühl von Einsamkeit bemächtigte sich meiner.

„Mein Dolch!" entfuhr es Gavin.

„Sie ist die einzige, die uns verstanden hat", sagte ich leise. Ich wollte nicht wieder in die Kälte, nicht wieder gegen die Schmerzen und die Witterung ankämpfen müssen. Am liebsten hätte ich laut aufgeschrien und sie um Nachsicht gebeten. Sie auf Knien angefleht uns zu glauben und zu helfen. Ich starrte auf den Schnee und presste die Lippen zusammen. Meine Knie waren weich. Schwer stützte ich mich auf die Arme meiner Brüder, als wir uns auf den Weg zu der kleinen Baumgruppe machten.

Während Gavin und Calum eine kleine Senke mit den Händen und Dolchen aushoben, beobachtete ich sie. Ich lehnte schwer gegen den rauhen Stamm einer Fichte und kämpfte gegen den Schüttelfrost an. Eithne hatte ihr großes Tuch um meine und ihre eigenen Schultern gelegt und versuchte mich mit ihrem Körper zu wärmen. Der Schnee wirbelte selbst unter der kleinen Baumgruppe ungehindert, wie auf dem freien Feld. Weit entfernt nahm ich eine Bewegung wahr. Ich kniff die Augen zusammen, doch in dem Schneegestöber konnte ich nichts erkennen. Vermutlich ein weiteres Reh? Es hatte keinen Sinn.

Eithne strich mir zart über die Hand. „Es tut mir leid“, sie starrte ins Dunkel vor sich, „ich kann mich nicht beherrschen.“

Ich mußte leise lachen. „Das Schlimme ist, wir hätten es ahnen müssen,“ ich grinste. „Schließlich bist du uns nicht das erste Mal gefolgt.“

Sie nickte, an meine rechte Schulter gelehnt. „Ich bete darum, daß wir schnell wieder nach Hause kommen.“

Calum spuckte auf den Boden. Er haßte diesen Ort. Er haßte alles was damit zusammenhing, einschließlich der Füchsin, die sie im Stich gelassen und zudem Gavins Dolch gestohlen hatte. Er schaufelte die ausgeworfene Erde an den Rand der Grube. Seine Finger waren steif von der Kälte und wund vom harschen Schnee und dem gefrorenen Boden. Schließlich sah er auf den kleinen Schutzwall hinunter, den sie für die Nacht ausgehoben hatten. Zumindest würden sie ein bißchen Schutz vor dem Wind finden.

Gavin sah zu Dougal und Eithne hinüber.

Eithne schaute auf. „Er hat Fieber!“

Gavin nickte. „Wir sind fertig.“

„Du solltest ihn nach Ossians Art behandeln. Es wird die Schmerzen lindern“, sagte Eithne.

„Ich bin nicht Ossian.“

„Du hast aber gelernt deine Hände heilend wie Ossian zu gebrauchen. Und im Inneren von Dougal ist ein heiliger Stein, der die Kraft verstärken kann.“

Gavin nickte, Eithne hatte Recht. Schaden konnte es nicht, selbst wenn er sich nicht viel zutraute und es nicht den gleichen Erfolg hatte, wie eine Behandlung von Ossian. Und vielleicht half die Kraft des Steines tatsächlich.

Sie halfen Dougal auf, der versuchte seine Schmerzen und das Fieber vor ihnen zu verbergen, doch das fiel ihm auffallend schwer. Eithne legte ihren Gürtel ab, breitete ihr großes Tuch in der Grube aus und setzte sich darauf. Sie halfen Dougal sich in die Grube auf das Tuch und die darunter vorbereitete Erhöhung zu hocken. Währenddessen entkleidete sich Calum bereits, drängte sich neben Dougal und breitete sein eigenes großes Tuch über sie alle aus. Gavin schnappte sich das Ende und zog es stramm. Behaglich war ihr Lager nicht, aber sie hatten keine Wahl. Der ständig fallende Schnee würde bald eine schützende Schicht auf Calums großem Tuch bilden, so daß die Körperwärme sich halten konnte.

Calum schloss die Augen. Er zitterte ebenfalls. Verdammt, für ihn war es doch nichts Neues in der Kälte zu übernachten, doch er fühlte so viel Angst an seiner Seele nagen und das machte ihn schwach und empfindlich. Ein Gefühl das ihm nicht vertraut war. Dougal zitterte rechts neben ihm, während er unwillkürlich vor Schmerz, Anstrengung und Angst stöhnte. Diese Nacht würde keiner von ihnen vergessen. Calum lächelte plötzlich. Später konnte er seinen Enkeln von diesem Abenteuer erzählen. Von der Ungastlichkeit der Menschen und ihrer Welt. Vielleicht? Wenn es ihnen je gelang zurückzukehren? Eine kalte Hand schob sich in seine. Er streichelte Eithnes Finger sachte. War sie doch nicht so stark, wie sie immer tat?

Wütend trat Flanna auf das Gaspedal und fuhr zu schnell, dessen war sie sich bewußt. Eine falsche Bewegung und sie landete ein zweites Mal im Graben, diesmal auch ohne Reh. Ab und zu sah sie zornig in den Rückspiegel, doch von den Schotten war nichts mehr zu sehen. Wieso war sie so leichtgläubig? Und warum taten die Marktleute ihr das an? Nur weil sie glaubte Dougal zuvor einmal gesehen zu haben? Und weil er eine starke Anziehungskraft auf sie ausübte? Es war besser so wie es war.

Auch die lange Fahrt nach Hause hatte sie kaum abgekühlt. Sie war so sauer auf die, die sie auf diese niederträchtige Art täuschten. Andererseits konnte sie sich nicht vorstellen wer so etwas tun würde. Sie stellte den Wagen unter das Vordach, blieb eine Weile darin sitzen ohne ihn auszumachen. Sie starrte auf die Holzwand vor sich. Hatte sie das Richtige getan? Vermutlich sollte sie doch besser die Polizei anrufen? Sie schlug heftig die rechte Faust auf das Lenkrad. Mist! Sie stieg aus und atmete die kalte Winterluft ein. Ihre Einkaufstasche mit den CDs stand links auf dem Boden vor dem Beifahrersitz. Sie beugte sich hinüber, griff danach und schnitt sich.

Der Dolch! Sie stellte die Tasche wieder ab und langte, diesmal vorsichtig nach dem scharfen Metall. Sie hatte ihn vollkommen vergessen. Eingehend betrachtete sie ihn in der schwachen Innenbeleuchtung des Wagens. Was sie sah, ließ sie zutiefst nachdenklich werden. Dieser Dolch war alles andere als gewöhnlich und er schien nicht aus dieser Zeit zu stammen. Er befand sich im Bestzustand, als wäre er neu, und doch war er altertümlich und sicherlich, so wie er hier in ihrer Hand lag, äußerst wertvoll. Hatten die vier ihn absichtlich liegen gelassen, um ihre Unsicherheit zu schüren? Das war unwahrscheinlich, ihre eigene Handlung war unmittelbar gewesen, äußerst unbedacht und dumm. Sie hätte sich verletzen können und niemand hätte ihr Verhalten voraussagen können. Sie hatte nicht die größte Ahnung von solchen Sachen, doch diesen Dolch schätzte sie auf über tausend Jahre alt. Solche Waffen gab es nicht mehr, und wenn, dann nicht in so einem hervorragenden Zustand. Sie mußte plötzlich lachen, als ihr der Ausschnitt aus dem Film *Highlander* einfiel, in dem seine Liebste seine altertümliche Waffensammlung zu sehen bekam, doch ihr Lachen erreichte nicht ihr Herz. Eine feine Gänsehaut breitete sich auf ihrem Körper aus. Und wenn es stimmte? Was wenn sie die Wahrheit gesagt hatten?

Noch verwirrter schnappte sie sich ihre Tasche, warf die Wagentür zu und ging hinüber zur Haustür. Innen legte sie alles ab, nahm den Dolch und ging zum Telefon. Ihre Hand langte zum Hörer, doch sie hob nicht ab. Dougal mußte doch geholfen werden, wer könnte sich besser darum kümmern als die Polizei? Und wenn sie nichts zu verbergen hatten, was konnte ihnen dann geschehen? Ihre Finger strichen sachte über die flache Seite der Klinge.

Sie hatten die Wahrheit gesagt! Mit einem Mal war sie davon überzeugt. Diese unglaubliche Geschichte stimmte. Sie packte den Dolch am Griff, nahm den Schlüssel auf und ging hinaus zum Auto. Sie mußte sie wiederfinden! Womöglich trug sie sonst die Schuld am Tod von Dougal.

Der Wind trieb den Schnee über die Straße. Spuren konnte sie nicht mehr entdecken, es war zuviel Zeit vergangen. Und sie hatte trotz allem Angst. Sie gab auf. Es war unmöglich jemanden zu finden, der nicht gefunden werden wollte. Nicht in dieser Nacht!

Die seltsamsten Empfindungen teilten ihr Herz. MacBochras und MacDougals Feinde? Wenn sie Recht hatte und die Geschichte stimmte, dann wären die vier ihre Feinde? Lächerlich. Schließlich waren es weit entfernte Vorfahren, die sich MacBochras nannten.

Mittelalter ?

Calum schob die Hand nach draußen. Es war empfindlich kalt, wie gut, daß sie unter dem großen Tuch lagen. Er hob den Saum ein Stück an, um frische Luft hereinzulassen. Es dämmerte bereits. Er spürte Dougals warmen Körper rechts neben sich, links rekelte sich Eithne. Calum konnte ein Gähnen nicht unterdrücken. Die Nacht in der kalten Fremde, zusammengekauert neben dem verletzten Bruder war wenig erholsam gewesen. Was gäbe er für ein warmes Lager, in Wolle und Torf gebettet zwischen seinen anderen Familienmitgliedern. Sehnsüchtig fiel ihm der morgendliche Haferbrei ein. Sein Magen knurrte laut.

„Wir hätten sie nicht verärgern sollen!“ sagte Dougal leise.

Gavin sah ins Dunkel, in Dougals Richtung. „Wie geht es dir?“

„Oh.“ Dougal schaffte es trocken aufzulachen. „Bestens!“

„Dougal!“

Ich schnaufte ungehalten. „Wie soll‘s gehen? Die Wunde an der Schulter pocht, die Rippen drücken bei jedem Atemzug und ich habe das Gefühl zu erfrieren. Doch deine Behandlung hat die Schmerzen gelindert. Aye, ich hätte gern einen Haferbrei!“

„Es geht ihm besser!“ warf Eithne zufrieden ein.

„Aye“, antwortete Calum glücklich.

„Was haben wir vor?“ fragte ich und meine Stimme hörte sich in meinen Ohren müde an.

Gavin zuckte die Schultern. „Vielleicht können wir irgendwo Hafermehl oder Brot bekommen?“

Calum erhob sich, soweit das unter dem großen Tuch möglich war. „Alles ist besser, als hier untätig zu sitzen.“

Plötzlich schoß mir ein schrecklicher Gedanke durch den Kopf. Was wenn wir zurück mußten, an den schrecklichen Ort, den die Füchsin Kirche genannt hatte, um wieder in unsere Welt zu gelangen? Wahrscheinlich versuchten Vater und Ossian längst uns zurückzuholen und es war ihnen unmöglich, weil wir nicht mehr an dem schrecklichen Ort weilten? Ich behielt meine Bedenken jedoch für mich. Der allerletzte Ort an dem ich sein wollte, war der, wo es in finsterer Nacht taghell leuchtete, wo Menschen aneinander vorbeiliefen als kannten sie sich nicht und wieder andere verzaubert in schwarzen Truhen gefangen waren.

Calum, Eithne und Gavin standen vorsichtig auf, während sie das Tuch so hielten, daß der Schnee von Außen abfiel. Der eisige Wind trieb unerwartet heftig die Kälte durch das Gewebe meines Hemdes. Mir schauderte. Ich mochte kaum zusehen als die anderen sich im Schnee wuschen. Ich verspürte nicht den leisesten Drang es ihnen gleichzutun, aber es war lebenswichtig. Nur so würden unsere Körper die nötige Kraft bewahren, um die Kälte zu überleben und das Blut in Wallung zu bringen. Prustend beließ ich es bei den Beinen, Armen und meinem Gesicht. Den schmerzenden Oberkörper ließ ich aus. Ich nahm mir eine Handvoll Schnee in den Mund, um den Durst zu stillen. Er schmeckte abscheulich, wie das Wasser vom Vorabend. Hier war nichts wie es sein sollte, nichts wie wir es gewohnt waren. Ich hatte den starken Drang mich zu entleeren. Ob der Stein wieder hinaus wollte? Schweigend kleideten wir uns wieder an und ich verschwand hinter einem Baum. Der Stein drängte sich wieder nach Außen. Was für ein Schmerz, so ähnlich mußten Frauen sich wohl unter der Geburt fühlen? Das Schlucken des Steines war bereits unangenehm gewesen, aber ich hatte nicht daran gedacht, daß er wieder herauskommen mußte.

Ich wusch den Stein im Schnee, trat zu Gavin und überreichte ihn.

„Hier."

Gavin sah mich verständnislos an.

„Nimm du den Stein, bitte!“

Er nickte, nahm den Stein an sich und verstaute ihn in seinem Sporran.

Ich überlegte, ob Coinneach MacAilpin wohl einen anderen Weg finden würde, gekrönt zu werden oder ob wir Schuld sein würden, daß diese Krönung nicht zustande kam?

Wir machten uns auf den Weg zurück zu dem großen grauen Pfad. Zurück zum grauen Gebäude. Wieder und wieder mußten wir eine Rast einlegen, weil mir die Luft ausblieb. Meine Schulter und mein Oberarm pochten wild. Ich unterdrückte den Schmerz so gut ich konnte.

„Einhundertunddreißig“, zählte Calum laut.

„Einhundertunddreißig was?“ fragte Eithne nach.

„Das war das einhundertunddreißigste unheimliche *Auto*, das an uns vorbeigefahren ist.

„Du zählst sie?“

„Was soll ich denn sonst tun, um meinen Hunger zu vergessen?“

„Ich habe bisher keinen Tag erlebt an dem du einmal nicht hungrig warst, was ist daran so außergewöhnlich?“

Das Gespräch verstummte, wir liefen unermüdlich weiter. Das Gebäude mit den durchsichtigen Wänden ließen wir links liegen, obwohl wir alle ein Ziehen im Magen spürten. Ich war sicher, daß wir kein zweites Mal ungeschoren davonkämen. Ich atmete schwer. Meine Lunge brannte und meine Nase schien zu erfrieren. Die Luft war so bitterkalt. Bei Tageslicht sah alles noch grauer und schmutziger aus und je näher wir dem unwirklichen Ort kamen, umso mehr Autos waren zu sehen, zu hören und zu riechen. Ein unerträglicher Gestank verschmutzte die Luft.

Es mußte eine Ewigkeit vergangen sein, seit wir am Morgen aufgebrochen waren, doch schließlich, ich konnte es kaum glauben, hatten wir die *Kirche* wiedergefunden. Wie, war mir allerdings schleierhaft. Der Turm wirkte spitzer als zuvor. Wir folgten dem Weg bis zu der Stelle, an der wir aufgetaucht waren. Ich sah mich suchend um. Gab es Anzeichen, daß Ossian oder Vater einen Rettungsversuch unternommen hatten? Ich konnte nichts entdecken. Ich sah zu Gavin hinüber, doch der schüttelte den Kopf.

„Nichts."

„Alles umsonst. Diese stinkige Siedlung. Wir haben uns umsonst hierher bemüht." Calum sah mutlos den großen Stein an, der unweit der Kirche lag.

„Sie werden uns zurückholen! Und wahrscheinlich ist es unwichtig an welchem Ort wir dann sind." Das versuchte ich mir selber einzureden. „Wir sollten ein Zeichen hinterlassen", fiel mir ein.

Calum nickte, mit einem Mal wieder zuversichtlich.

„An was denkst du?" fragte Gavin.

„Ich weiß nicht? Vielleicht ein Zeichen im Mauerwerk?" Ich sah mich um. „Oder in einem der Bäume?"

Gavin zog seinen Dolch und ging mit großen Schritten zu der alten Eiche gegenüber.

„Was soll ich schreiben?"

„Unsere Zeichen, und daß wir in Richtung Norden gehen", sagte Eithne.

Ich nickte. „Zumindest wissen sie dann, daß wir hier waren und sie am richtigen Ort suchen." In meinem Herzen breitete sich ein warmes Gefühl aus. Vater würde uns suchen, bestimmt, und er würde uns finden, egal wie weit wir von dieser *Kirche* entfernt waren. Ich beobachtete Gavin, der mit geschickten Fingern Ogamzeichen in die rauhe Rinde der Eiche schnitzte. Plötzlich kam ein Mann in einem schwarzen langen Gewand mit einem engen weißen Kragen auf uns zu. Seine Miene wirkte unfreundlich. Er kam zügig näher. Eithne, die hinter

Gavin stand um ihm über die Schulter zu gucken, zog diesen am Arm.

„Komm! Ich glaube der Mann hat etwas dagegen, daß wir unsere Zeichen setzen."

„Ich bin gleich fertig." Er ritzte einen letzten Strich und wandte sich dann um.

Wir warteten nicht bis der Mann uns erreicht hatte, sondern folgten dem Weg weiter um das Gebäude herum. Auf der anderen Seite war ein großer Platz, der aussah wie ein Marktplatz. Und, wir hielten den Atem an, auf diesem Platz waren Menschen in vertrauten Gewändern. Zelte, Stände, Marktleute. Calum lachte erfreut auf, Gavin schlug ihm glücklich auf die Schulter. Eithne strahlte.

„Wir sind Zuhause!" rief Calum.

„Ich wußte es!" Eithne lachte mich an.

„Was?" fragte ich niedergeschlagen.

„Wir sind auf dem Weg nach Hause."

Ich schüttelte den Kopf. „Sieh genauer hin."

Sie starrten in die Menschengruppen.

Plötzlich wußte Gavin, was Dougal meinte. Zwischen den Leuten in vertrauter Kleidung gingen andere, die aussahen wie die Leute, die sie seit Stunden um sich hatten.

„Vielleicht gibt es ein Tor? Ein Weg zwischen den Welten?" Gavin biss sich auf die Lippen.

Calum starrte verbissen auf die Erde, Eithne presste die Lippen ebenfalls aufeinander.

„Das gibt es nur in unseren Träumen", antwortete ich.

„Und was ist das hier?" Gavin holte weit mit dem Arm aus und beschrieb einen Bogen. Seine Stimme klang unnatürlich rauh.

„Keine Ahnung?" Ich zuckte niedergeschlagen mit den Schultern.

Calum schritt plötzlich zielstrebig auf den nächstbesten Marktstand zu. Wir folgten ihm. Was hatte er vor?

Ach wäre doch nur die Füchsin hier. Sie würde uns erklären, weshalb die Leute sich kleideten, so wie es die Menschen unserer Zeit taten.

Der Mann am Stand trug einen blaugrauen ungepflegten Kittel zu einer braunen schmutzigen Hose, die sicherlich bessere Tage erlebt hatte. Die schulterlangen mausgrauen Haare hingen ihm strähnig ins Gesicht. Der Mann schien nicht viel Wert auf sein Äußeres zu legen und das obwohl er ein Händler war. Er lächelte uns trotz seines unansprechenden Äußeren freundlich an.

„SeidgegrüßthoheHerrenausdemNorden.“

Ich starrte auf den Boden. Es war wie ich vermutet hatte. Diese Leute schienen ein Fest daraus zu machen, daß sie sich anders als gewöhnlich kleideten. In Wahrheit gehörten all diese Menschen zu den ungastlichen Fremden, denen wir in den letzten Stunden begegnet waren. Und wir konnten ihre Worte ebensowenig verstehen, wie diese Leute uns nicht verstanden. Ich lächelte den Mann an, immerhin war er einer der wenigen, die uns freundlich begegneten. Nebenbei sah ich unbemerkt auf die Waren, die er feilbot. Schmuck, Kleider aus einem fremden Stoff und allerlei, was ein vernünftiger Mensch nie brauchen würde. Ein glühendes Stäbchen verströmte einen scharfen, süßlich schweren Geruch, der mir aufdringlich in die Nase zog. Wir gingen weiter, wie berauscht, fanden an den anderen Ständen ähnlichen Tand, wie beim ersten. Ich beobachtete meine Geschwister. Gavin schien bedrückt, als hätte er aufgegeben. Calum zeigte hier und dort auf die Waren, wirkte aber seltsam verloren.

Eithne konnte ihre Abenteuerlust nicht verbergen. Zwischen dem Kummer und dem Heimweh, lachte ihr Herz über die vielen neuen Eindrücke. Sie schaute sich neugierig um. In der Mitte des Platzes war eine Stelle freigelassen worden. Am Rand des freien Kreises stand eine aus Holz gezimmerte Erhöhung. Drei Männer und zwei Frauen in bunter Kleidung begannen Musik zu machen. Die Zuschauer sammelten sich um die Erhöhung auf dem Platz und sahen zu den Musikern hinauf. Einer der Männer spielte eine Harfe, ein anderer eine Trommel und der dritte, sowie die beiden Frauen bliesen ihren Atem in eigenartige Säcke mit Holzpfeifen daran.

Calum starrte mit offenem Mund hinauf. Die beiden Luftsäcke waren laut, tönten weit über den Platz.

„Hört sich an wie ein gequältes Tier", warf Gavin wenig begeistert ein.

Calum winkte ab. Dieser Luftsack fesselte ihn. Ob es wohl schwer war, darauf zu spielen? Er bahnte sich einen Weg durch die Menge, um näher an die Erhöhung zu gelangen.

Gavin verdreht die Augen. „Das kann doch nicht wahr sein?"

Ich lächelte. „Ich finde es klingt aufregend. Es fordert Bewegung."

Gavin zuckte mit den Schultern.

Die Musiker spielten vier Stücke, ehe sie sich verbeugten und mit lauter Stimme eine Ankündigung über das Volk riefen. Der Vorhang hinter ihnen öffnete sich und heraus trat eine Frau mit einem Überhang in den Farben der MacBochra. Ich erschrak!

Die Füchsin! Sie verneigte sich und stellte sich neben den Harfenspieler. Er begann ein mir vertrautes und doch fremd klingendes Stück zu spielen und unerwartet begann die Füchsin zu singen. Ihre Stimme zog mich vollkommen in ihren Bann, ich war unfähig mich zu bewegen. Sie sang ein trauriges Lied von Liebe und Tod. Als sie geendet hatte klatschten die Leute wild. Sie verneigte sich, sprach in der Sprache die ich nicht verstand und begann ein weiteres Lied mit Begleitung der Harfe zu singen. Und wieder konnte ich mich nicht rühren. Ich war benommen von ihren Worten und ihrer Stimme.

Nachdem sie geendet hatte verneigte sie sich erneut, und ein weiteres Mal, als die Leute nicht aufhörten zu klatschten, ehe sie sich wieder durch den hinteren Vorhang zwängte und aus meinem Sichtfeld entschwand. Die restlichen Musiker verbeugten sich abschließend und verließen den erhöhten Platz. Hatte sie uns gesehen? Wollte sie uns womöglich gar nicht sehen? Ich versuchte sie hinter der Erhöhung auszumachen, doch die Sicht wurde mir versperrt.

Die Zuschauer wollten sich verteilen, doch ein Mann mit lauter Stimme, ebenfalls in bunte Kleider gehüllt, rief etwas, das sie dazu brachte stehenzubleiben.

„WertesVolk! HierfindetinKürzeeinKampfstatt!“ Er zeigte nach rechts, von wo Männer mit Schwertern in die Mitte traten. Ich wollte nach hinten, hinter die Erhöhung, um mit der Füchsin zu reden und mich zu entschuldigen, doch die Menge ließ mich nicht durch.

„Seht mal!“ Calum streckte den Arm aus und zeigte auf die Kämpfer, die sofort mit Schwertern aufeinander einhieben. „Die schlagen gar nicht wirklich zu?!“ rief Calum verblüfft.

„Sie halten vor einem möglichen Treffer.“ Gavin sah ebenfalls wie gebannt die Kämpfer an.

Einer fiel, wie tödlich getroffen, in den zertretenen Schnee. Calum lachte auf. „Wenn die so weitermachen ...“, er sprach nicht zu Ende.

„Vielleicht soll es ein Schauspiel zum Lachen sein?“ fragte sich Eithne laut.

„Sie wollen sich nicht verletzen, so viel steht fest.“

Gavin nickte.

„Offensichtlich hat ihnen niemand gezeigt wie ein Übungskampf ausgetragen wird.“ sagte Calum.

Ich teilte die Belustigung meiner Brüder, doch diese jungen Männer gaben sich redlich Mühe. Es sollte wie ein echter Kampf aussehen, aber sie hatten anscheinend keine Ahnung, wie es bei einem wahren Übungskampf zuging. Ich sah zur Seite und erstarrte.

Zwei Scoten kamen auf uns zu. Hatte Gemmán weitere Menschen beschworen und verwunschen? Erwartungsvoll sah ich sie an, doch sie hatten keine Augen für mich. Sie waren in Wahrheit nicht wie wir. Die Enttäuschung legte sich wie ein Knoten in meinen Bauch. Und mit einem Mal spürte ich die Schmerzen wieder stärker. Ich bemühte mich meine Gedanken auf die beiden vermeintlichen Landsmänner zu sammeln.

Der hagere Jüngling im großen Tuch, das mindestens um die Hälfte zu klein wirkte, trug die schwarzen Haare zu einem eigenwilligen Halbglatzenschnitt, die obere Hälfte zu einem Schwanz am Hinterkopf zusammengebunden. Er stand im auffälligen Gegensatz zu seinem Begleiter, einem eher massigen Kerl, dessen Haut viel Fett überspannte und keinen Blick auf irgendwelche Muskeln zuließ. Auch er trug ein zu kleines, großes Tuch um seine Hüften und seltsam schwere, schwarze Stiefel. Ihre Breitschwerter schienen bestenfalls zur Zierde einer Hallenwand zu taugen als für einen echten Kampf. Sie trugen schwarze Lederriemen, die mit silbernen Nieten besetzt und um ihre Körper geschlungen waren. Ich sah erneut auf die Erde, als die beiden an uns vorbeigingen, denn ich wollte sie mit meinem wahrscheinlich spöttischen Gesichtsausdruck nicht auffordern.

Gavin sog scharf die Luft ein und ließ sie pfeifend wieder heraus. „Ich dachte sie wären ..."

„Aye, ich auch", antwortete ich betreten.

„Sie spielen Scoten?" sagte Eithne verständnislos. „Aber eben dachte ich, ich hätte in der Menge die Farben der MacBochras gesehen?"

Ich schluckte. Ich hatte mich demnach nicht getäuscht. Ich sah über die Köpfe hinweg, doch ich entdeckte niemanden, der die Farben der MacBochras trug. Auch nicht die Füchsin. Hatte Gemmán uns einen

Bewacher nachgeschickt? Oder einen Spitzel, der auf einen Fehler unsererseits wartete, um den Stein zu finden? Oder war es die Füchsin, die uns die Sinne verwirrte? Ich schaute Eithne an und nickte.

Mein Herz war schwer vor Heimweh. Ich schaute wieder zu den Kämpfern, die nach einem tosenden Beifall der umstehenden Zuschauer wichtig vom Platz schritten. Ich beobachtete die Menschen, die mir so fremd waren.

Gavin zog mich weiter. „Komm, wir werden Essen suchen."

Während ich Gavin und Calum folgte, stützte Eithne mich. Wahrscheinlich auch, um sich selber Halt zu geben, überlegte ich traurig. Wo wollten wir Essen finden? Und wo jemanden, der uns davon überließ, ohne dafür eine Gegenleistung zu erwarten? Der Nase nach waren wir allerdings auf dem richtigen Weg.

Ein riesiger Stand, umlagert von Menschenmassen, die Tonbecher und seltsame weiße Tücher in der Hand hielten, zeigte uns, daß wir zumindest den Ort gefunden hatten, an dem es Essen gab. Eine Weile lungerten wir herum, beobachteten mit knurrenden Mägen die Leute. Viele, stellte ich fest, warfen mehr als die Hälfte ihres Essens fort, in graue Tonnen oder auf den Boden. Schmeckte es so scheußlich, oder warfen sie es für die Bedürftigen weg? Deshalb die Tonnen? Ich wartete eine Weile, doch die Leute kamen nicht wieder, um sich ihr Essen zurückzuholen.

„Sollen wir?" fragte Calum mit hungrigen Augen. „Anscheinend haben sie es weggeworfen. Vermutlich für Bedürftige?"

„Solche wie uns?" warf Eithne abfällig ein. Sie mußte schwer mit ihrem Stolz kämpfen.

Waren wir wirklich so weit heruntergekommen, daß wir die Abfälle anderer essen mußten? Was hatten wir für eine Wahl? Die Natur hier war uns nicht nur fremd, sie war zudem ertraglos und unsere Barschaft war an diesem Ort wertlos. Oder sollten wir stehlen? Das widerstrebte mir. Ich ging auf einen der Eimer zu und starrte angewidert hinein. Calum erschien neben mir. Ein Mann und eine Frau kamen, Arm in Arm, geradewegs auf den Behälter zu. Ich schluckte. Zwischen ihren Lippen steckten wieder weiße Stäbe, die an der Spitze glühten. Sie zogen kräftig den Rauch durch diese Stäbe ein, so daß die Glut aufleuchtete und Rauch in ihre Lungen wanderte, ehe beide die Stäbe in den Behälter warfen und weitergingen. Wie vom Donner gerührt starrte ich in die Tonne. Sie warfen brennende, stinkende Stäbe auf das Essen?! Konnte es möglich sein, daß sie alles derart im Überfluß besaßen und in einer mir unbegreiflich achtlosen Weise Nahrung wegwarfen? Ich tauschte ungläubige Blicke mit Calum und Gavin und starrte in die Tonne, in der das Essen, inzwischen ungenießbarer als zuvor, unter den glühenden Stabresten lag. Ich schüttelte mich angewidert. Als ich mich wieder umschaute, entdeckte ich weitere Leute mit glühenden, rauchenden Stäben zwischen den Lippen. Es war unglaublich. Was taten sie? Welcher halbwegs gesunde Mensch steckte sich eine rauchende Stange in den Mund und zog dann, mit offensichtlichem Begehren, den Rauch in die Lungen? Ich bemühte mich, meiner Gefühle Herr zu werden und wandte mich wieder dem Kampfschauplatz zu. Unter günstigen Umständen entdeckte ich die Füchsin doch noch?

Calum sah in die gleiche Richtung, in seinen Augen konnte ich ein Leuchten sehen. „Mir fällt da was ein." Er sah uns an. „Wir könnten, ich meine Gavin und mich, einen Übungskampf ausfechten und Eithne sammelt dafür Münzen von den Zuschauern. Dann könnten wir uns Essen kaufen!"

Ich mußte erfreut lachen. Dieser Junge steckte voller Überraschungen, voll guter Einfälle. Ich nickte zustimmend.

In Gavins Zügen entdeckte ich Zweifel. „Wir können es versuchen", sagte er unsicher.

Eithnes Augen hätten Gift und Galle gespuckt, wären sie dessen fähig.

Sie schüttelte sich angewidert. „Was für eine Erniedrigung! Wie könnt ihr nur?“

„Ich habe Hunger!“ sagte Calum. „Und wenn du nicht hilfst, dann muß es eben Dougal tun.“

Sie starrte ihn wütend an. „Ich tu’s, aber ich fühle mich nicht wohl dabei.“

Uns unwohl fühlend, gingen wir hinüber zum Platz. Wir schauten uns um, gab es jemanden der Einwände erheben würde? Und wenn schon, wir würden beginnen, wenn es jemandem nicht gefiel sollte er eingreifen.

„Haben wir etwas, um die Münzen zu sammeln?“ Ich sah mich suchend um.

Calum zog sein Hemd aus und reichte es Eithne. „Versuchs damit.“ Er schob das Ende seines großen Tuches über die Schulter auf die Hüfte und steckte es in den Gürtel.

Gavin tat es ihm nach und reichte mir sein Hemd.

Ich schaute mich verstohlen um, die Leute wurden aufmerksam. Gavin und Calum stellten sich auf und begannen einen Übungskampf. Sie waren wunderbar auf einander eingestellt. Ihre Hiebe kamen voll Wucht, dennoch trafen sie sich nicht verletzend. Ich bewunderte Calums schnelle Schläge und Gavins verhaltenene Kraft. Und endlich schauten die Leute uns zu. Endlich hatte ich das Gefühl wirklich zu sein, und nicht bloß ein unbemerktes Abbild meiner selbst. Menschen blieben im Kreis stehen und schauten begeistert zu. Zu den Leuten in fremder Kleidung gesellten sich die Leute von den Ständen, die sich in uns vertrauter Gewandung bewegten. Schließlich standen sogar die jungen Männer am Rand, die zuvor gekämpft hatten. Unsinnigerweise spürte ich ein befriedigendes Ziehen im Magen. Selbst wenn es an meinem Stolz nagte, daß wir unser Essen auf diese Art verdienen mußten, so befriedigte mich trotzdem, daß wir damit vor dem Stehlen oder Betteln bewahrt wurden.

Eithne legte sich Calums Hemd in den Händen zurecht und begann zu den Leuten zu gehen. Lächelnd forderte sie diese mit einem Nicken auf, Münzen in die Kuhle des Hemdes zu legen. Die ersten begriffen und kramten Münzen aus ungewohnten Münzbeuteln hervor. Die Kuhle füllte sich. Ich beobachtete mit Freude, wie viel Eithne bereits zusammen hatte. Ich war froh und stolz auf Calum, seines guten Einfalls wegen und, weil wir nicht aus den abstoßenden Tonnen würden essen müssen.

Plötzlich kam einer, der gekleidet war wie ein Edelmann. In seinen Gesichtszügen las ich nichts gutes. Der Mann machte eine luftzerschneidende Bewegung mit seinem Arm. Ich vergewisserte mich, daß Gavin und Calum ihn gesehen hatten und aufhörten zu kämpfen. Der Mann trat auf uns zu.

„Estutmirleid, aberdiesisteinegeschlosseneVeranstaltung dahatniemandreinzupfuschen. AuchwennihranscheinendetwasvoneuremHandwerkversteht. Alsoverschwindet."

Ich lächelte ihn entschuldigend an, zuckte dann die Schultern und sagte:

„Es tut mir leid, ich verstehe nicht was ihr sagt."

Der Mann sah mich verständnislos an. Natürlich, was hatte ich erwartet, daß er unsere Sprache sprach, so wie die Füchsin? Ach wäre sie doch hier, bei uns! Warum war sie so schnell vom Marktplatz verschwunden? Ich hatte gehofft sie sprechen zu können. Ich warf Gavin sein Hemd zu und spürte einen Stich in der Seite. Verdammt, ich fühlte mich schrecklich eingeschränkt.

Eithne wickelte das Hemd von Calum zusammen, sie hatte offensichtlich Angst, daß der Mann womöglich die schwer verdienten Münzen für sich behielt.

Ich nickte dem Mann zu und ging voraus, durch den Kreis der Menschen, weiter bis an den Rand des Platzes. Calum, Eithne und Gavin folgten. Am Rand beeilten wir uns die Münzen aus Calums Hemd zu klauben. Calum durfte sich nicht erkälten. Eithne reichte ihm das Hemd, ehe sie mir die Münzen gab.

Auch die Münzen waren fremd, wie alles hier.

„Laß uns zu einem der Stände gehen und sehen was wir dafür bekommen“, sagte Gavin.

Eithne fragte: „Wie sollen wir feststellen ob sie uns nicht betrügen?“

„Uns bleibt keine Wahl, wir müssen es versuchen“, erwiderte ich.

Calum hatte sein Hemd wieder an und das Ende des großen Tuches zurück auf seine Schultern gezogen, er war bereit.

Wir gingen zu dem ersten Essensstand. Die Leute verkauften Brot und Gebäck. Das war nicht das Schlechteste. Ich bemühte mich, gewinnend zu lächeln, als wir schließlich an der Reihe waren. Ich zeigte auf vier Brote und die Apfelringe, dann legte ich die Münzen auf den Tisch. Der Mann packte die Brote ein und legte die Apfelringe in das siedende Fett, ehe er herantrat.

„MachtdreißigSilberlinge werterHerr.“ Er sah fragend auf.

Ich zeigte auf unser Verdientes.

Der Mann sah auf die Münzen und teilte sie in mehrere Haufen ein, steckte mehr als die Hälfte in einen metallenen Behälter und gab mir den Rest zurück.

Wir mußten nicht lange warten. Eine junge Frau mit einer weißen Haube reichte uns die Brote herüber und eine andere teilte die Apfelringe in Teig aus. Sie hatten die fettigen Teile in eine uns unbekannte Schale aus einem eigenartigen weißen Stoff gelegt. Auch das Brot war in weißes, knisterndes Tuch eingewickelt. Überglücklich und zufrieden kehrten wir an den Rand des Platzes zurück und setzten uns auf eine Bank aus Metall.

„Ich traue mich nicht.“ Calum leckte sich die Lippen.

„Fang an, sonst kommt jemand und macht es uns streitig.“ Eithne schüttelte den Kopf über den Unverstand ihres Bruders.

Ich sah dankbar auf die Apfelringe und das Brot. Ich gab den anderen je einen Laib, hob meinen hoch und zog den starken Duft ein.

„Ich habe lange nicht mehr so Gutes gerochen.“ Ich ließ den Laib in den Falten meines großen Tuches verschwinden und widmete mich endlich den einladend duftenden Apfelringen. Herzhaft biss ich hinein, und verbrannte mich. „Verdammt, ist das heiß!“ Ich pustete und versuchte den nächsten Bissen kühl zu bekommen. Allerdings war das nicht einfach, bei der Gier, die ich empfand.

Wir genossen unser selbstverdientes Mahl, als wäre es zugleich das Erste und das Letzte in unserem Leben. Zufrieden lehnte ich mich an und schloss die Augenlider.

„Ich bin froh, daß ihr bei mir seid“, sagte ich schlicht.

Gavin räusperte sich. „Ich wäre lieber zu Hause und, aye, ich bin froh euch bei mir zu haben.“

Calum nickte ernst, schaute zu Eithne auf, sagte aber nichts.

„Wie geht's deiner Schulter und deinen Rippen?“ fragte Gavin nach.

„Ich habe mich mit ihnen geeinigt. Es geht, wenn ich nicht zu tief Luft hole und niemand an die Schulter und die ganze Seite kommt.“

Gavin sah ihn an. Er ahnte welche Schmerzen Dougal hatte, und er ahnte, daß sein Bruder diese mehr oder weniger erfolgreich verdrängte und mit Nichtbeachtung strafte. Genauso wie er das an seiner Stelle tun würde. „Meinst du wir schaffen es heute zur Kuhle zurück?“ fragte er nach.

Ich sah nach oben und schüttelte zweifelnd den Kopf. „Ich glaube wir müssen uns einen anderen Platz suchen.“

„Wie wäre es, wenn wir die Dunkelheit abwarten und uns dann in einem der Stände verstecken?“

Erneut hatte Calum uns mit einem guten Einfall überrascht.

Gavin nickte. „Ich finde den Gedanken gut.“

Eithne nickte ebenfalls. Sie hatte keine Lust mehr auf weite Wege in der kalten Nacht oder auf kalte eingefrorene Füße.

Ich stimmte nickend ein. „Morgen in aller Frühe, werden wir zurückgehen. Wir sollten unseren Rest an Münzen für Brot ausgeben und uns auf den Weg in den Norden machen.“ Und vielleicht, die Hoffnung keimte in mir, würden wir morgen die Füchsin wieder treffen? Ich würde sie um Vergebung für unser Verhalten bitten und sie würde uns weiterhelfen!

Die Siedlung

Ich schätzte, daß wir nahezu seit vier Stunden unterwegs waren. Die Landschaft war öde gewesen, karg mit einzelnen Baumgruppen an deren Gesundheit ich stark zweifelte. Trotzdem war ich froh endlich wieder dieser riesigen Siedlung entkommen zu sein. Mit Schrecken erinnerte ich mich daran wie wir die eisernen Schienen überschritten hatten und wie die großen Wagen, die darauf fuhren, in hoher Geschwindigkeit auf uns zugerast waren. Hunderte von Menschen hatten darin gesessen. Mir lief ein Schauer über den Rücken. Ich dankte allen guten Geistern für die Rettung von Calum. Wenn wir nicht geschafft hätten, ihn vor diesem Ungetüm fortzuziehen? Ich wagte den Gedanken nicht zu Ende zu denken und fragte mich immer noch weshalb er auf den Eisenschienen stehen geblieben war?

Längst hatte ich aufgehört die Autos zu zählen, die an uns vorbeifuhren. Große, kleine, manche mit vielen Menschen darin oder mit nur einem. Und dann dieser schreckliche Weg, auf dem sechs Autos nebeneinander herfuhren, sich gegenseitig überholten, versuchten die anderen mit Schnelligkeit zu schlagen. Und es schien kein Ende zu nehmen, ein Auto nach dem anderen, dicht hintereinander. Sie sahen aus als jagten sie sich. Sogar Tiere fuhren in den großen Wagen, allerdings schienen sie dies nicht freiwillig zu tun. Als eins dieser großen Dinger auf einem offensichtlich dafür vorgesehenen Platz neben uns hielt, hatte ich in die ängstlichen Augen der Schweine gesehen. Ich hatte sogar gewagt in das Innere zu gucken und mir wurde erneut übel bei der Erinnerung, wie die Tiere darin eng zusammengepfercht gewesen waren. Einige lagen verletzt oder niedergetrampelt am Boden, andere bissen sich und versuchten über die nebenstehenden zu steigen. Ich konnte nicht verstehen, egal wie oft ich darüber nachdachte, weshalb uns der Mann mit der Faust drohte, als wir versuchten ihn auf den Mißstand in seinem Wagen aufmerksam zu machen. Und wie schnell er weitergefahren war, als hätte er Angst! Uns blieb keine Möglichkeit ihn an seinem Tun zu hindern.

Ich hatte in meinem Leben bisher wenige Menschen gesehen, die so roh und gefühllos mit einem Tier oder Menschen umgingen, hier schien es jedoch niemanden zu stören. Keiner der anderen Automenschen hielt den Wagen mit den Tieren auf oder stellte den Mann, der in ihm saß, zur Rede. Diese Welt verwunderte mich zutiefst.

Inzwischen hatte sich das Landschaftsbild verändert. Hier gefiel es mir deutlich besser. Etwa doppelt so viel Bäume, beinahe kleine Wälder, wechselten sich mit Feldern und Wiesen ab. Ich war froh, daß wir den Weg in den Norden nicht gestern Abend begonnen hatten. Ich fühlte mich schwer und wie zerschlagen, meine Schmerzen hielten sich allerdings in Grenzen. Wir hatten gar nicht versucht den Weg zur ausgehobenen Kuhle zu suchen, wir gingen geradewegs Richtung Norden.

Und die ganze Zeit wurde ich das Gefühl nicht los, daß uns jemand folgte.

Ein lautes Brummen erscholl über uns. Wir sahen hinauf in den Himmel.

„Bei allen guten Geistern, was ist das?“

„Was? Es ist riesig!“ Calum zitterte. „Ist es ein fliegendes Ungeheuer?“ Er starrte mit offenem Mund nach oben.

„Alles in dieser Welt ist ungeheuerlich!“ schrie Eithne.

Gavin streckte den Arm zeigend aus. Auf einem großen Platz standen weitere riesige weiße Vögel. Einige standen nur da, andere rollten, und weiter hinten konnten wir einen erkennen, der so schnell fuhr, daß er mit einem Mal vom Boden abhob. Ich konnte menschliche Gesichter hinter kleinen, runden Wandungslöchern entdecken.

„Sie haben fliegende Autos!?“ rief ich fassungslos.

„Ich will hier weg!“ jammerte Eithne.

Calum lief zügig weiter und schaute sich nicht um. Gavin und ich versuchten ihn mit einem flauen Gefühl im Magen einzuholen.

Der große Vogel aus Eisen flog unbekümmert weiter und hinterließ einen langen weißen wolkenartigen Schweif am Himmel. Er war meinem Blickfeld bald entschwunden, doch der Weg den er genommen hatte, war durch den *Wolkenstreifen* immer noch zu sehen.

„Ich will nach Hause!“ flüsterte Calum, mühsam die Tränen unterdrückend. Er, der Krieger unter uns. Der keinem Kampf auswich oder zögerte. Ich fühlte wie er. Ich holte ihn ein und legte meinen Arm um seine Schultern. Manchmal vergaß ich, daß er den Kindertagen erst entwachsen war.

„Wir werden zurückkehren! Ossian wird einen Weg finden!“ Ich sah Gavin an, der mit Tränen in den Augenwinkeln neben uns stand und seine Zähne fest aufeinander presste, um es Calum nicht gleich zu tun. Eithne starrte stur in den Himmel, doch sie weinte nicht. Sie hatte sich offensichtlich besser in der Gewalt als wir, ihre Brüder.

„Wir gehen weiter in Richtung Norden. Irgendwann werden wir in unserer Heimat sein und dann werden wir den Weg zu unseren Leuten finden!“ Starr sah ich auf den Boden vor mir. „Wenn es einen Weg hier heraus gibt, werden wir ihn finden!“ Ich drückte sanft Calums Schulter. Es gab kein einfaches Entrinnen! Kein schnelles, plötzliches Erwachen aus einem bösen Traum. Wir mußten unseren schrecklichen Weg bis zum Ende gehen, was auch geschah!

Calum blieb stehen und deutete auf einige Häuser in der Ferne. Im trüben Zwielicht des Tages, das sich die ganze Zeit kaum geändert hatte und welches eine Menge Schnee verhieß, duckten sich die seltsamen roten Häuser unter den schneeschweren Wolken und hockten dicht aneinander. Nur selten stieg Rauch aus einem Schornstein. Froren diese Menschen nicht, daß sie keine Rauchabzüge besaßen? Langsam kamen wir der Siedlung näher, obwohl sie nicht dazu einlud. Trotzdem gingen wir weiter, wenn auch bedeutend langsamer als zuvor. Nach einiger Zeit erreichten wir das erste Haus, welches von einem uns ungewohnten Gatter umgeben war. Das Gatter erfüllte offensichtlich keinerlei Aufgabe, außer dem Gast unfreundlich den Weg zum Haus zu versperren. Im Viereck umlief es eine kleine Fläche vor dem Gebäude. Eckig gewachsene Pflanzen stärkten den Eindruck unerwünscht zu sein und grenzten eine Fläche von der anliegenden ab. Beim näheren Betrachten erkannte ich, daß die grünen Pflanzen, die unter dem Schnee hervorlugten, wohl mit einer Sichel beschnitten worden sein mußten. Deshalb diese unnatürlichen eckigen Gebilde. Die Lichteinwürfe des Hauses starrten uns wie dunkle Augen an. Kein Licht lud zum Näherkommen ein. Bedrückt gingen wir weiter.

Plötzlich zuckte ich zusammen. Wir sprangen alle zur Seite. Ein schreckliches lautes Geheul erklang. Als unsere Füße auf dem erhöhten Weg zum Stehen kamen, fuhr ein Auto an uns vorbei. Der Mann, der es lenkte, drohte uns mit der Faust und schimpfte hinter den durchsichtigen Wänden. Offensichtlich hatten wir etwas falsch gemacht.

„Was für ein widerlich lautes Geräusch“, warf Calum ein.

„Offensichtlich gingen wir auf dem falschen Weg.“ Gavin zeigte auf zwei Leute in einiger Entfernung, die auf dem erhöhten Weg liefen und nicht auf dem breiten, auf welchem die Autos entlangrasten. Wir sahen uns an, doch wir schwiegen, während wir an den beiden Leuten vorbeigingen, die uns ebenfalls mißtrauisch musterten.

Egal an welchem Haus wir vorbeiliefen, überall versperrten die Gatter den offenen Zugang. Wir starrten auf das Haus, vor dem wir zum Stehen gekommen waren. Es wirkte noch bedrückender als die anderen. Die schmuddelige graue Farbe wurde von schwarzen

Schatten überzogen und obwohl aus jedem der Lichteinwürfe starkes, taghelles Licht herausdrang, konnten wir dennoch nicht im Einzelnen erkennen wer sich darin bewegte, denn ein feiner weißer Schleier nahm die Sicht.

Ich hatte das Gefühl, von einer unendlich schweren Last in die Tiefe, in ein schwarzes Loch gezogen zu werden. Ich sah die anderen an und mir schien, sie waren genauso bedrückt wie ich. Als wir uns zum Weitergehen wieder dem Weg zuwandten, kamen uns ein Mann und eine Frau entgegen, die eine Karre aus grellbuntem Stoff vor sich herschoben. Sie beäugten mich und die anderen noch mißtrauischer, als die anderen Beiden und gingen in einem weiten Bogen um uns herum. Ich sah in die sonderbare Karre hinein. Zu meinem Entsetzen entdeckte ich hinter einer wieder durchsichtigen Wand, unter einer dick aufgebauschten Decke, einen schreienden Säugling. Verständnislos schaute ich das Paar an, ehe ich Gavin fragend ansah. Warum nahmen sie das Kind nicht in die Arme, um es zu trösten oder zu stillen? Warum ließen sie eine so große Entfernung zwischen sich und das Kind kommen? Wie konnten sie da liebevolle Nähe aufbauen? Wenn sich alle Menschen hier so merkwürdig benahmen, dann wunderte mich gar nichts mehr. Weder, daß sie roh mit Tieren und anderen Menschen umgingen noch daß sie Fremden so teilnahmslos begegneten.

Wir schlichen weiter, den grauen Weg entlang, bis wir an die fünfzehn Häuser hinter uns gelassen hatten. Auf der anderen Seite des grauen Weges befanden sich ebenso viele Häuser. Alle glichen sich, überall gab es uneinladende Gatter. Einen Schutz gegen Feinde bildeten diese niedrigen Gatter allerdings nicht, höchstens, daß sie mit ihrer Ungastlichkeit vom Betreten abhielten. In manchen Häusern konnte ich Menschen erkennen, die im Inneren scheinbar ziellos herumliefen oder unverständliche Handlungen vollzogen. Mein Blick weilte auf dem letzten Haus das einen ganzen Raum aus dieser durchsichtigen Wand besaß, die, ich konnte es kaum glauben, von Holzbalken eingefaßt war. Endlich einmal etwas das mir bekannt vorkam. Die Leute dahinter waren so sichtbar, als stünden sie uns draußen gegenüber. Was diese Leute dort taten beunruhigte mich allerdings so sehr, daß ich am liebsten weit fortgelaufen wäre. Zwei Erwachsene und zwei Kinder saßen vor einer schwarzen Kastentruhe, starrten wie gebannt hinein und wurden von einem blauen, unwirklichen, flackernden Licht umhüllt, das die einzige Beleuchtung im Raum schien. Ich stöhnte. Wurden diese Menschen gerade von dem schwarzen Kasten geschluckt, verzaubert zu Zwergen? Es war unheimlich wie reglos sie dasaßen.

„Laß uns verschwinden!“ Calum zog mich am Ärmel.

Ich schaute ihn benommen an, folgte ihm dennoch.

„Ich schlage vor, wir folgen dem Weg solange, bis wir eine Abzweigung finden. Und dann gehen wir, bis wir eine einladende Schneise oder einen Wald finden?“ Gavin suchte in den Gesichtern seiner Geschwister Zustimmung.

Ich nickte abwesend. Calum sah entschieden aus und Eithne schaute nur geradeaus. Sie hatte keine Worte mehr und das Heimweh, das sie bis jetzt meisterlich verdrängt hatte, wurde mit jedem Atemzug unerträglicher.

„Von diesen Leuten brauchen wir genauso wenig Hilfe erwarten, wie von denen in der riesigen Siedlung.“ Gavin schüttelte den Kopf ungläubig. „Ich glaube, ich habe nie in meinem Leben so viele Menschen auf einem Haufen gesehen, nicht mal bei den großen Festen sind es so viele.“

Calum nickte bestätigend. „Stimmt.“

„Wer weiß?“ Ich sah mich unsicher um. „Vielleicht stecken wir längst in einer dieser schwarzen Truhen und wissen es nicht. Die Bilder, die wir gesehen haben, sahen doch aus wie das richtige Leben?“

„Hör auf!“ Gavin knetete seine eiskalten Hände.

„Vielleicht ist es besser wir wählen den Tod?“

„Das will MacBochra doch erreichen! Dann hat er sich die Finger nicht selber besudelt.“

Calum nickte. „Er brauchte vor den Stämmen keinerlei Rechenschaft abzulegen.“

„Gemmán treibt uns mit seinem Zauber in den Wahnsinn“, presste Eithne leise hervor.

„Aber unser Ende wird nicht sein, daß wir uns selber töten!“ Gavin war entschlossen sein Leben zu verteidigen und sein letzter Atemzug sollte nicht von Gemmán bestimmt werden, sondern von einer höheren Kraft.

Schweigend setzten wir unseren Weg fort, bis wir die Siedlung nicht mehr sehen konnten. Der Schnee fiel wieder stärker, doch er war nicht mehr weich, die Flocken nicht groß, sondern naß und schneidend. Wie der eisige Wind aus Nordost, der uns das Laufen und Atmen schwer machte und an unseren Tüchern riß, als wollte er uns verspotten. Er suchte sich seinen Weg durch die gewebten Fasern, um uns wie mit Nadeln aus Eisen in die Haut zu stechen. Tapfer gingen wir weiter, tiefer in den Wald hinein, dankbar, weil wir auf ihn gestoßen waren. Und wieder würden wir eine weitere Nacht in einer Kuhle im Schnee verbringen müssen.

Schließlich setzte ich mich in der zweiten Aushöhlung zurecht. Es tat mir leid, doch ich mußte die Arbeit meinen Brüdern überlassen. Ich hatte zur Zeit Mühe gerade zu stehen. Immerhin war es uns gelungen einen Baumbestand ausfindig zu machen, der annähernd einem Wald glich und uns ein bißchen vor dem Wetter schützte. Während des Weges hatten wir uns nach essbaren Pflanzen umgesehen, doch es schien aussichtslos. Nicht ein uns bekanntes Kraut war zu finden. So aßen wir jeder ein Stück Brot, nicht zuviel, denn es sollte auch morgen den ärgsten

Hunger stillen. Ein paar Tage weniger zu Essen würde uns nicht gleich umbringen, schließlich gab es am Ende des Winters immer weniger zu Essen. Und was, wenn die paar Tage nicht enden wollten? Was, wenn wir diesem Ort der Verdammnis nie mehr entkamen? Würden wir zu Verbrechern werden und andere Leute bestehlen? Ich hatte die ständigen Fragen so satt. Niemand konnte uns eine Antwort geben und wir waren vollkommen auf uns alleine gestellt.

Ich rieb meinen inzwischen wild wuchernden Bart, während ich Calum und Gavin begutachtete. Calum hatte Glück, an seinem Kinn sprossen die Haare erst, doch Gavin sah zerlumpt und verwegen aus. Wahrscheinlich glich ich ihm?

Eithne lächelte mich an. „Aye, du siehst nicht besser aus!" Ihr Lächeln wurde zu einem schadenfrohen Grinsen.

„Du hast gut lachen." Ich zwinkerte meine Tränen zurück. Sie sollte nicht wissen, wie dankbar und glücklich ich war sie bei uns zu haben. Nie hatte sie sich von den Verboten unseres Vaters oder ihrer Brüder abhalten lassen. Ich hätte wirklich ahnen müssen, daß sie uns folgen würde.

Unser Weg hatte uns stetig nach Norden geführt, Richtung Heimat. Heide und vertrautes Moorland hatten die karge Landschaft abgelöst. Ich fühlte in mir die aufkeimende Hoffnung doch den Weg nach Hause in unser Herkunftsland zu finden. Sicher, wir würden lange brauchen, aber ...! Und wenn die Füchsin doch Recht hatte? Was, wenn es Gemmán wirklich gelungen war uns in eine andere Zeit und in ein anderes Land zu bringen? Ich war der marternden Fragen und der Ängste so überdrüssig.

Gavin blieb jäh stehen und streckte den Arm nach vorne zeigend aus. „Seht!"

Vor uns lag wieder so eine eigenartige Siedlung und mehrere große

Gebäude, welche dem Durchsichtigen glichen. Ein kühner Gedanke breitete sich in meinem Kopf aus.

„Laßt uns hineingehen und Essen stehlen."

Calum strahlte über das ganze Gesicht, während sein Magen laut seine Zustimmung bekanntgab. Sogar Gavin nickte verhalten.

„Ich verstehe nicht, weshalb der Wald hier wieder zu Ende ist. Gibt es hier keine richtigen Wälder?" fragte Eithne grimmig.

„Offensichtlich nicht. Dafür jede Menge der schwarzgrauen Wege und Siedlungen ohne Ende."

„So viele Menschen kann es doch gar nicht geben!" Sie schüttelte den Kopf.

„Los, bevor uns der Mut verläßt!" Ich machte mich auf.

„Wie sollen wir es anstellen?" Calum hatte mich schnell eingeholt.

„Wir sehen uns um, stellen uns nahe zusammen und jeder packt sein großes Tuch so voll wie es geht."

„Aye, so könnte es gehen."

Zufrieden betrachtete ich den Berg Gemüse und Früchte, der vor uns in der Mitte lag und dankte unseren Schutzgeistern auch für das Verbandszeug. Ich lächelte Eithne an, die es entdeckt hatte. Wir aßen mit höchster Genugtuung. Es war uns gelungen die merkwürdigen Leute und ihre ungastliche Art zu überlisten. Ich fühlte mich stark.

Calum lachte. „Habt ihr die Frau in dem feuerroten Kleid gesehen? Sie hat uns angesehen als wären wir der Unterwelt entstiegen."

Gavin nickte kauend.

Ich sprach meine Gedanken laut aus. „Wir müssen unser Vorgehen ändern, aber ich denke, das können wir in nächster Zeit öfter tun."

Calum warf ein. „Wir könnten uns unauf..."

Unvermittelt wanderten meine Gedanken ab. Die Füchsin erschien vor meinem geistigen Auge. Sie lächelte warm. Warum hatten wir uns ihre Gunst verwirkt? Wir waren so dumm! Jetzt war es zu spät. Inzwischen waren wir so weit von dem Ort entfernt, an dem wir sie gesehen hatten. Ich würde sie nie wiedertreffen!

„Dougal?"

Ich sah zu Gavin hinüber. Ich hatte das Gefühl, als wäre ich erst erwacht.

„He, an was hast du gedacht?"

„Entschuldige."

„An was?" fragte Eithne anstelle von Gavin nach.

„An wen!" Ich spürte wie meine Lippen sich unwillkürlich zu einem leichten Lächeln verzogen. „Ich habe an die Füchsin gedacht."

Gavin zuckte niedergeschlagen mit den Schultern. „Aye, wir waren dumm. Nicht nur, daß sie meinen Dolch hat, sie zeigte zumindest die Bereitschaft uns zu helfen." Er behielt für sich, daß er sie gern näher kennengelernt hätte.

Calum und Eithne schnauften gleichzeitig abfällig, als hätten sie sich abgesprochen. Calum grinste Eithne an. „Wir brauchen ihre Hilfe nicht. Dougal geht es wieder viel besser und das Essen hier beweist, daß wir ohne Hilfe zurechtkommen."

„Aber kommen wir ohne Hilfe zurück?" warf ich ein.

Ein betretenes Schweigen legte sich über die anderen.

Finde die Kinder!

MacDougal starrte die Frau an seiner Seite ungläubig an. So waren nicht nur seine Söhne verloren, sondern auch seine Tochter. Er schwor sich, sie dermaßen zu verprügeln, daß ihr nie mehr der Sinn nach eigenmächtigen Ausflügen stand, wenn sie zurückkämen.

Dana legte ihre Hand zärtlich auf die Wange ihres Gatten. Ihr war das Herz genauso schwer wie ihm.

„Wenn sie nur gesund wiederkommen!" entfuhr es MacDougal.

„Wir werden dafür sorgen, daß sie gesund zurückkehren."

„Ich werde Ossian um Hilfe bitten."

„Du solltest Coinneach MacAilpin um Hilfe bitten. Schließlich ist es auch seine Angelegenheit!"

MacDougal nickte. „Aye, so soll es sein. Sieh du zu, daß unsere anderen Kinder nicht auch noch abhanden kommen."

Dana nickte traurig.

„Aed hat alles überprüft, sie scheinen nicht mehr bei den MacBochras zu sein."

„Dann kann nur ein Seher helfen."

„Wenn MacBochra es gewagt hat meinen Kinder ein Leid anzutun, dann werde ich den ganzen Stamm ausrotten, das schwöre ich, so wahr ich MacDougal bin."

Dana schüttelte den Kopf. „Bringe in Erfahrung was geschehen ist." Sie schaute den Mann an ihrer Seite eindringlich an. „Wir Frauen haben die Nase voll von diesem unsinnigen Krieg."

MacDougal sah seine Frau wie aus weiter Ferne an. Er versuchte seinen Kopf wieder klar zu bekommen. „Vielleicht müssen MacBochra und ich die Sache ein für alle Mal in einem öffentlichen Zweikampf bereinigen?"

Dana schauderte es bei diesem Gedanken. „Zur Zeit sind nur zwei Dinge wichtig. Finde unsere Kinder und hilf Coinneach MacAilpin auf den Thron! Wenn nötig ohne den Stein!“

MacDougal drückte seine Frau an sich. Sie war stark, viel stärker als er, und sie war ehrlich. Er liebte sie so sehr. „Ich werde sie nach Hause zurückbringen!“

Nur bis zum Licht – Wie ist das möglich?

Ich holte tief Luft. Die Rippen taten kaum noch weh, dank Ossian! Ich schickte ein Stoßgebet zu dem alten Druiden, der gegen die Ordnung verstoßen hatte, um Gavin und mir die Heilgriffe und Behandlungen zu zeigen. Selbst die merkwürdige Verletzung am Oberarm war in den letzten Tagen gut geheilt. Fünf Tage! Unglaublich. Und doch, wie lächerlich war die Strecke, die wir bis jetzt zurückgelegt hatten. Wäre ich unverletzt, hätten wir für diesen Weg höchstens ein bis zwei Tage gebraucht. Es nutzte nichts, es war wie es war.

Wir versuchten die offenen Flächen zu meiden und hielten uns soweit es ging in den Wäldern auf, doch ständig kreuzten wir grauschwarze Wege, auf denen beängstigend schnelle und große Autos fuhren. Selbst das Wetter schien hier wirr zu sein. Nachdem uns zwei Tage lang der starke Schneefall und die eisige Kälte gequält hatte, regnete es am dritten plötzlich und völlig unerwartet. Ein eisiger Regen, der uns bis auf die Haut durchnäßte. Und am vierten wurde es so kalt, daß der Regen jäh zu Eis wurde. Es hing schwer an den Ästen der Bäume und ließ sie zu Haufe brechen. Wie gut, daß wir einen Holzverschlag im Wald gefunden hatten, sonst wäre es uns schlecht ergangen. Und schon wieder schlug das Wetter um, es schneite. Selbst das Wetter wußte in dieser Welt nicht mehr was richtig oder falsch war. Als wir an den Rand einer größeren Siedlung gelangten, umrundeten wir diese, bis wir erneut auf eines der großen teils durchsichtigen und viereckigen Gebäude stießen. Wir deckten uns erneut mit Nahrung ein, um schließlich wieder in das nächste Waldgebiet zu flüchten.

Dieses Mal hatten wir Glück, denn der Wald schien größer zu sein als die anderen bisher. Zwar fehlte auch hier das Unterholz und wilde Kräuter oder Gemüse, doch wir konnten wenigstens einige Stunden gehen, ohne auf einen schwarzgrauen Weg zu stoßen.

Gavin wandte sich an Dougal. „Warum guckst du dich andauernd um? Ich habe dich beobachtet.“

Ich wand mich innerlich. Ich wollte die anderen nicht beunruhigen, dennoch hatte ich andauernd dieses dumme Gefühl verfolgt zu werden. Und Eithne hatte schließlich ebenfalls etwas gesehen.

„Erinnerst du dich, auf dem Markt als Eithne sagte, sie hätte die Farben der MacBochras gesehen?“

Gavin nickte. „Aye.“

„Ich habe sie auch gesehen, mehrmals. Und ich habe das Gefühl, daß wir verfolgt werden.“

Gavin sah seinen Bruder zweifelnd an. „Glaubst du ein MacBochra folgt uns?“

Ich zuckte mit den Schultern. „Ich weiß nicht, was ich glauben soll!“

„Vielleicht haben sie uns Fearchar hinterhergeschickt?“

„Und MacBochra opfert seinen Lieblingssohn?“

„Und warum zeigt er sich nicht?“

„Wir könnten ihm eine Falle stellen?!“ sagte Gavin überlegend.

„Ich wüßte nicht wie wir das anstellen sollen.“

Als wir weitergingen bemerkte ich, daß die anderen sich nun auch immer wieder umsahen. Gut so, dann waren wir sicherer.

Am Morgen steckte ich die Nase unter dem großen Tuch hervor. Auch an diesem Tag war der Wettergott uns nicht hold. Es schneite stärker. Den nassesten Schnee, den ich meinte je gesehen zu haben. Und zudem schien es kälter geworden zu sein. Zeitig brachen wir auf und folgten unserem Weg in den Norden.

Wir liefen weiter. Immer öfter mußte ich an die Füchsin denken. Wären wir bloß bei ihr geblieben. Im Notfall mit angedrohter Gewalt.

Gewiß, ich hätte ihr niemals etwas angetan, aber wenn sie das gedacht hätte, möglicherweise hätte sie uns doch geholfen. Es war mühselig. Ich bemühte mich, an etwas anderes zu denken.

Ich entdeckte ein Licht. Warm und einladend leuchtete es über den Schnee, der es glitzernd spiegelte. Was war das wohl? Eine Wohnhalle? Wieder eine Siedlung? Besser wir gingen nicht weiter. Im Schneegestöber verloren wir womöglich die Richtung, und obwohl es früh am Tag war, sollten wir uns zur Nacht vorbereiten.

„Besser wir rasten bis morgen früh“, sagte ich und wunderte mich über meine rauh klingende Stimme.

„Nein, ich will weiter.“ Eithne stapfte voran.

„Eithne, es ist unvernünftig. Womöglich verlieren wir die Richtung.“ Calum versuchte Eithne am Ärmel festzuhalten.

Eithne starrte auf den Schnee vor sich, als hätte sie weder mich noch Calum wahrgenommen.

„Eithne!“ Gavin packte sie ebenfalls am Arm.

„Nur bis zum Licht!“ presste sie eigenwillig hervor. „Nur bis zum Licht!“ wiederholte sie wie entrückt und schüttelte den Arm, um die beiden loszuwerden.

Gavin sah mich an.

„Vielleicht gibt es dort einen Stall oder ähnliches?“

Ich nickte ergeben und hoffte das Richtige zu tun. „Aye, bis zum Licht.“

Wir kämpften uns mit neu erwecktem Eifer und einem Ziel vor Augen nach vorne. Es handelte sich tatsächlich um ein Haus. Einsam, mitten im Wald. Ich wunderte mich, da alle anderen Menschen hier in dieser Welt eher auf einem Fleck hockten. Befriedigt stellte ich fest, daß es hier keine ungastlichen Gatter gab. Eine Raufe mit Heu stand unweit des Hauses am Waldrand und eine Scheune gab es auch. Das Licht drang durch bunte Vorhänge freundlich nach draußen. Ich roch Holzbrandgeruch und entdeckte einen Rauchabzug auf dem verschneiten Dach.

Ein unerwartet heftiges Heimweh durchzog mich. Das Gefühl von Einsamkeit wurde übermächtig. Ich sah vor meinem inneren Auge unsere Mutter, die an der Feuerstelle stand und in einem großen Topf rührte. Vater, der an einem neuen Schuh für seine Enkelin arbeitete, unsere Großeltern und die anderen Geschwister und Verwandten. Das Bild war so stark, daß ich glaubte wir brauchten nur über die Schwelle zu treten und schon wäre der Albtraum vorbei. Ich schüttelte den Kopf, um wieder klar zu sehen. Hier gab es das alles nicht!

Flanna lief unruhig auf und ab. Sie mußte wieder und wieder an die vier jungen Schotten denken. Ging es ihnen gut? Inzwischen wußte sie wohl, daß keiner ihrer Bekannten mit ihrem Auftauchen zu tun hatten. Der Beweis, daß sie die Wahrheit gesagt haben mußten, lag vor ihr auf dem Tisch. Sie hob den Dolch auf und starrte ihn wiederholt an, als könnte er ihr sein Geheimnis erzählen oder sie zu Dougal führen. Sie hatte vorsichtig Erkundigungen eingeholt und war inzwischen sicher, daß dieser Dolch über alle Maßen alt war und trotzdem bemerkenswert neu aussah. Wenn ihnen etwas zugestoßen war, würde sie sich das niemals verzeihen können. Sie starrte zur Haustür. Der Bewegungsmelder sprang an. Vielleicht standen sie vor der Tür? Unsinn! Doch ihre Schritte lenkten sie zur Tür. Sie lachte über sich selber und trotzdem, ein innerer Zwang ließ sie den Schlüssel im Schloss drehen und die Tür öffnen.

Mit großen Augen blickte ihr Dougal entgegen, völlig verschneit, einen wild wuchernden Dreitagebart an Kinn und Wangen, die dunklen Augen von tiefen Schatten umrahmt. Sie schlug die Tür wieder zu. Jetzt drehte sie durch. Unmöglich, daß die vier den Weg von Hannover bis zu ihr gefunden hatten. Sie konnten doch nicht ihrem Wagen gefolgt sein? Ihre Hand zitterte, während sie die Tür wieder öffnete. Davor standen noch immer vier verschneite und fassungslose Schotten.

„Das kann nicht sein?!“ entfuhr es ihr. Sie trat einen Schritt hinaus in den Schnee und ihre Hand streckte sich zögernd nach Dougals Brust aus. Sicherlich würde sie ins Nichts greifen. Doch sie konnte ihre Hand nicht weiterführen, denn der breite Brustkorb Dougals versperrte ihr den Weg. „Ihr seid es wirklich?!“ Sie mußte unwillkürlich auflachen.

Ich räusperte mich. Sie starrte uns so ungläubig an, als wären wir Geister. Dabei war doch sie einer! Ich mußte etwas sagen, um den Augenblick nicht verstreichen zu lassen und beeilte mich: „Wir haben es nicht darauf angelegt dich zu finden.“ Wie sie konnte ich es nicht fassen. Wie war es möglich, daß wir ausgerechnet wieder auf die Füchsin trafen? Unglaublich!

„Und trotzdem seid ihr hier!“ Sie schüttelte den Kopf. „Kommt rein.“

„Bist du sicher?“ fragte ich nach.

„Ich bin sicher, jetzt!“ Sicher es war unvernünftig, sie wollte diesen Menschen jedoch trauen. Wahrscheinlich war es kein Zufall, daß eine Nachfahrin der MacBochras auf MacDougal traf.

In mir erwachte erneut Mißtrauen. Was hatte sie beschlossen? War es gut für uns? Ich schaute sie fragend an.

„Seid willkommen und seid meine Gäste!“ Sie schaute jeden von uns eine Weile an. „Ich glaube euch, eure Geschichte. Es ist irrsinnig, der Dolch jedoch“, sie zeigte nachdenklich auf Gavins Dolch, den sie noch in der Hand hielt und betrachtete ihn erneut, ehe sie ihn Gavin zurückgab, „der Dolch ist alt!“

Gavin lachte und schüttelte den Kopf. „Ich habe ihn erst vor einem Mond vom Schmied erhalten.“ Er sah sie belustigt an.

Ich erkannte wie die Belustigung aus Gavins Augen verschwand, als er den Sinn ihrer Worte begriff. Wenn sie recht hatte, und daran zweifelte ich keinen Atemzug länger, dann befanden wir uns wirklich und wahrhaftig in der Zukunft. Mir wurde schlecht bei dem Gedanken. Warum schenkte sie uns soviel Vertrauen?

„Und du traust uns?“

Sie nickte. „Ich gebe euch Unterkunft, Essen und Hilfestellung was eure Heimreise angeht.“ Sie schaute auf. „Dafür erwarte ich eine Gegenleistung.“

Ich horchte auf. Was erwartete sie von uns?

„Solange ihr bei mir seid, will ich alles über euch und eure Zeit wissen, und“, sie überlegte kurz, „eure Sprache. Ich meine viele der Worte die ihr sprecht kenne ich nicht und sicherlich werdet ihr manch ein Wort von mir hören, welches euch seltsam vorkommt.“ Sie lachte schüchtern. „Diese neuen Worte sind im Laufe der Zeit entstanden und teilweise sogar Kunstworte.“

Unwillkürlich atmete ich erleichtert aus. „Ist das alles?“

Sie nickte. „Und euer Ehrenwort, daß ihr mir keine Messer mehr an den Hals drückt.“

Ich lächelte beschämt und sah die anderen an, ehe ich mich ihr wieder zuwandte.

Sie lächelte.

Vermutlich war das übertrieben, doch mir schien es nötig, um ihr unsere Gunst zu bezeugen. Ich kniete mich nieder und beugte den Kopf. „Ich schwöre bei meiner Ehre, beim Leben meiner Brüder und meiner Schwester, daß dir meine Treue sicher ist und ich dir niemals ein Leid zufügen werde!“ Ich erhob mich. Ein Stich in der Seite entlockte mir einen Schmerzenslaut. Ich ärgerte mich über meine Unzulänglichkeit. Trotzdem sah ich sie offen lächelnd an.

Gavin und Calum knieten sich ebenfalls nieder und wiederholten meine Worte, während ich meine Augen nicht von ihrer wilden Schönheit lassen konnte. Sie war der einzige Halt im wirbelnden Durcheinander. Wir durften nichts mehr unternehmen, was ihre Zuwendung gefährdete.

Eithne nickte, kniete sich dennoch nicht hin. Ihr Stolz verbot ihr eine solche Handlung. Entweder die Füchsin traute ihr oder sie tat es nicht, dann war es ihr egal. Herausfordernd sah sie wieder auf.

Die Füchsin nickte, offensichtlich verwirrt durch unseren Schwur.
Ich spürte ein warmes Ziehen im Bauch.

Wärme in der Fremde

Zögernd traten wir ein. Ich sah mich in dem Raum um. Er war lang und dünn, ein Gang, der andere Räume miteinander verband. In der Mitte befand sich eine Treppe die nach oben führte. Die Füchsin ließ die Tür zufallen, ging voraus und öffnete die zweite Tür rechts. Ein warmes Licht empfing uns. An der Wand links neben der Tür stand ein Kamin, in dem ein Feuer brannte. So wie zu Hause, ging es mir durch den Kopf. In der Ecke auf der rechten Seite entdeckte ich Bänke und eine Holzplatte davor. Zu meinem Entsetzen sichtete ich an der Wand gegenüber eine schwarze Truhe. Allerdings bewegten sich keine Menschen darin. Mir kam ein schrecklicher Verdacht. Was wenn ihre kleinen Menschen gestorben waren und sie neue brauchte? Ich starrte die schwarze flache Fläche an. Ich war versucht zu fliehen, so lange es möglich war. Sie lud mit einer freundlichen Geste zum Hinsetzen ein und Calum und Gavin setzten sich zögerlich zwischen die Kissen auf die Bank. Eithne blieb neben mir stehen.

„Macht es euch gemütlich.“ Sie sah mich fragend, durchdringend an. „Wie geht es deiner Wunde?“

„Schon viel besser, die Haut ist bereits geschlossen.“

Sie nickte. „Möchtet ihr etwas trinken oder essen?“

Calum nickte eifrig, bevor ihm einfiel, daß es unhöflich war, sich sofort auf das Essen zu stürzen. Gavin sah ihn ärgerlich an

„Etwas zu trinken wäre nett,“ beeilte sich Gavin zu sagen.

„Klar!“ sagte die Füchsin schmunzelnd. „Was habt ihr denn die ganze Zeit gegessen? Und wie um alles in der Welt seid ihr ausgerechnet hierher gekommen?“ Sie bewegte sich auf das Ende des Raumes zu, wo sich offensichtlich in einem Holzverschlag Essen und Getränke befanden. „Ihr müßt mir alles erzählen!“ Sie öffnete Türen und holte merkwürdige Schachteln und Beutel hervor, legte sie auf die Holzplatte vor sich und schnitt Brot zurecht. Sie holte aus einem anderen Verschlag Becher aus so durchsichtigem Glas hervor, daß alles darin zu erkennen war. Sie mußte außergewöhnlich wohlhabend sein, wenn sie sich so teures Glas leisten konnte. Mit einem Mal wurde mir klar aus was die durchsichtigen Wände bestanden, die wir die ganze Zeit gesehen hatten, es war Glas! Die Menschen mußten unermesslich reich sein. Mit einem Holzbrett beladen kam sie die wenigen Schritte zurück und stellte es auf die Platte.

„Hier ist erst einmal Wasser. Brot und ein paar Aufstriche hole ich gleich, wenn du versorgt bist“ Sie schaute mich fragend an. „Möchtest du dich waschen? Es könnte sein, daß ich ein passendes Hemd finde, dann kannst du dein blutiges in die Wäsche tun.“

Ich zuckte unsicher die Schultern. „Ich glaube waschen ist unnötig, aber ein sauberes Hemd wäre gut.“

Sie nickte. „Zieh deines schon mal aus, ich guck eben nach.“ Sie eilte durch die offene Tür in den Gang zurück.

Ich sah Gavin an. Jetzt wäre die Gelegenheit zu fliehen, womöglich die einzige, die uns blieb? Gavin schüttelte den Kopf und nickte Calum zu.

„Wir sollten unser Mißtrauen ablegen.“

„Aber die schwarze Truhe? Und sie ist leer!“ sagte Eithne leise.

„Das hab ich bemerkt, trotzdem.“

Ich starrte erneut zur Truhe, dann zur offenen Tür und auf meine Füße, ehe ich das übergeworfene Ende meines großen Tuches nach unten auf die Hüfte schob und vorsichtig mein Hemd auszog. Gavin erhob sich und half mir. Vorsichtig zog er den dünnen Verband ab.

Die Füchsin kehrte zurück.

Flanna sah im ersten Augenblick weder die Verletzung, noch das von getrocknetem Blut verfärbte Hemd. Was sie anzog und fesselte, war der muskulöse, halbnackte Mann, dessen Eigengeruch angenehm den Raum erfüllte. Sie bemühte sich, ihre Gedanken von der gebräunten Haut und dem wohlgestalteten Nacken- und Schulterbereich loszureißen. Sie trat näher und reichte ihm ein großes T-Shirt.

„Das sieht aber gut aus," sagte sie, „eh, die Wunde meine ich." Sie hoffte er würde ihre wahren Gedanken nicht in ihren Augen lesen können. „Ich könnte dir Notfallsalbe anbieten."

„*Notfallsalbe*?" Ich war verunsichert und verstand ihren Gesichtsausdruck nicht. Ihre Augen waren dunkler und ihre Wangen leicht gerötet. Hatte sie noch nie einen halbnackten Mann gesehen?

„Wolltet ihr nicht trinken?"

„Aye, gern."

„Möchtest du dich nicht setzen?" fragte die Füchsin Eithne, die unsicher neben mir stand und sich noch im Raum umsah.

Eithne war sich wohl im Klaren darüber, daß es unhöflich war. Sie zwang sich ihr Mißtrauen bei Seite zu schieben und setzte sich neben Calum auf eines der Kissen.

Gavin und ich setzten uns dazu.

Die Füchsin schien zu warten. „Ihr könnt euch bedienen." Sie zeigte auf die Glasbecher und den eigenartigen Glaskrug. Ich fragte mich wie wir den Verschluß öffnen sollten? Vermutlich befand sich ein Zaubergift darin, welches uns auf Zwergengröße schrumpfen ließ. Ich konnte mich nicht entschließen es zu berühren. Ich wagte kaum sie anzusehen. In ihren Augen erkannte ich Unverständnis und Unwillen.

„Was?" sie lachte auf. „Glaubt ihr ich will euch vergiften?"

„Ich weiß nicht wie ich den Verschluß öffnen soll", sagte ich schnell, um sie nicht weiter zu verärgern. Ich war so blöd. Warum konnte ich nicht endlich mein Mißtrauen ablegen?

Sie hob den Krug, drehte an dem Verschluß bis er abging und schenkte die vier Becher voll.

Ich schämte mich. Sie hatte Recht sauer zu sein. Wie selbstverständlich nahmen wir ihre Hilfe in Anspruch und brachten ihr gleichzeitig soviel Mißtrauen entgegen.

„Entschuldige." Ich sah sie um Verzeihung bittend an. „Es ist alles so fremd, so anders als wir es kennen." Ich langte nach einem der Becher und trank ihn mit großen Zügen leer. Die anderen taten es mir nach.

„Ich hole die Salbe." Sie ging erneut zu einem der Verschläge am Ende des Raumes und kam mit einem daumendicken, gelben Etwas und einem kleinen Korb mit allerlei Tüchern und Dingen, die ich nicht kannte, zurück. „Soll ich sie auftragen?"

Ich nickte. Ich wollte nicht wieder unhöflich sein, selbst wenn es mir in Wahrheit lieber gewesen wäre, sie hätte mich in Ruhe gelassen. Sie hielt das gelbe Etwas in der linken Hand und drehte mit der rechten einen weiteren merkwürdigen Verschluss auf. Großzügig und vorsichtig drückte sie einen weißgelben fingerdicken Wurm aus dem gelben Etwas auf die heilende Wunde auf meinem Oberarm. Ich biß die Zähne zusammen, doch der Wurm schmerzte mehr als erwartet und war fürchterlich kalt. Zart schmierte sie die Masse mit einem Finger um die Wunde und legte am Ende ein dünnes Stück weißen Stoff darüber. Sie griff nach einer roten Rolle, zog hautfarbene Streifen davon ab und biß diese mit den Vorderzähnen durch. Das wiederholte sie sechsmal, hielt die merkwürdig klebrigen Streifen mit einer Hand fest, ehe sie die einzelnen Streifen über den Wundstoff legte und ihn auf der Haut festklebte. Ich tastete vorsichtig die Streifen ab, sie klebten als wären sie in die Haut eingebrannt.

„So, das sollte halten." Sie hob das Hemd hoch, welches sie mitgebracht hatte. „Hier, das könnte passen, es ist von Micha, einem Freund."

Ich schaute das Hemd an. „Glaubst du es ist ihm recht?"

Sie nickte. „Er ist zur Zeit in Südamerika."

Wo das war wußte ich nicht, sie würde es mir zu gegebener Zeit erzählen?! Ich griff nach dem Hemd und war mir doch nicht sicher, wie ich es anzuziehen hatte. Ich fand keine Bänder. Sie half mir ohne ein weiteres Wort.

„Die Wunde ist gut verheilt!"

Ich nickte.

„Mit was habt ihr sie behandelt?"

Eithne lachte. Wußte sie denn nicht wie eine Wunde behandelt wurde, wenn keine Kräuter oder Heiler zur Stelle waren?

Ich sah Eithne böse an und beeilte mich der Füchsin zu antworten. „Pinkel natürlich", sagte ich, und konnte doch nicht verhindern, daß in meiner Stimme ein leiser Spott mitschwang, weil sie die einfachsten Dinge nicht wußte. „Und ein paar Druidengriffe und Behandlungen."

Die Füchsin nickte und schluckte eine Bemerkung herunter. Sie setzte sich und lehnte sich an ein Kissen zurück. Plötzlich sah sie mich geradewegs mit ihren klaren, hellbraunen Augen an. Sie lächelte, ehe sie den Kopf schüttelte. „Außer mir wird es kaum jemanden geben, der eure Geschichte glauben wird."

Gavin sah mich an.

Sie sprach weiter. „Es gibt keine Ausweise, keine Arbeit, gegebenenfalls könnte ich euch auf den Mittelalterlichen Märkten unterbringen?" sagte sie wie zu sich selber. „Und bestimmt gibt es jede Menge Ärger." Sie schaute betroffen durch einen Schlitz zwischen den Vorhängen aus dem Fenster. „Ich weiß, wenn ich ehrlich bin, gar nicht, wie ich euch helfen kann. Ich meine, wie ihr wieder in eure Zeit zurückkehren könnt." Sie schaute mir wieder in die Augen. „Ich weiß nicht, ob ihr jemals eure restliche Familie wiedersehen werdet."

In ihren Augen las ich ehrliche Anteilnahme. Mit einem Mal war ich müde. Ihr Zugeständnis, daß sie uns wider aller Vernunft glaubte, aber nicht wußte, wie sie uns helfen konnte, ließ mich unerwartet verzweifeln. Durch dieses Vertrauen, das sie uns vorbehaltlos schenkte und durch die Tatsache, daß wir, so unwahrscheinlich mir das erschien, wirklich und leibhaftig in die Zukunft verbannt worden waren, gab sie mir auf der einen Seite Sicherheit, auf der anderen stürzte sie mich in ein tiefes, dunkles Loch. Sie nahm mir jegliche Hoffnung, daß alles nur ein schrecklicher Traum war. Ich schloss die Augen, presste die Lider zusammen und konnte doch nicht verhindern, daß der Schmerz über die gewonnene Erkenntnis mir die Tränen aus den Augenwinkeln trieb. Ich kämpfte dagegen an, doch der grausige Gedanke zwang mich in ein lautes Schluchzen auszubrechen.

Gavin saß stocksteif da. Er konnte sich nicht erinnern, wann er Dougal das letzte Mal auf diese hoffnungslose Art hatte weinen sehen. Er sah hilflos zu Calum und Eithne. Die zuckten betroffen die Schultern, wußten weder was sie tun noch sagen konnten, um Dougal Trost zu geben. Sie fühlten sich selber elend.

Flanna schluckte. Sie hatte die falschen Worte gewählt. Es war ihre Schuld, daß er so niedergeschlagen war. Auf der anderen Seite fühlte sie sich bestärkt. Die Geschichte konnte nur echt sein, so unglaubwürdig sie war. Oder diese Leute waren begnadete Schauspieler! Sie erhob sich und stellte sich hinter ihn, legte ihm eine Hand auf seine Hände, die er vor das Gesicht geschlagen hatte. Mit der anderen fuhr sie ihm zärtlich tröstend durch sein braunes Haar. Sicherlich machte sie wieder einen Fehler, doch den Gedanken daran schob sie zur Seite. Der Kummer des Mannes berührte sie zutiefst; berührte ihr Herz. Es dauerte nicht lange, bis er seinen Kopf in den Nacken legte und sich den trostgebenden Berührungen hingab.

Ihre Hände waren so warm und kräftig. Ich fühlte mich sicher aufgehoben, während sie meinen Nacken, die unverletzte Schulter und meine Kopfhaut berührte. Schon nach kurzer Zeit beruhigten mich die angenehm, gleichbleibenden Kreisbewegungen ihrer Finger. Doch die Leere in meinem Inneren konnten sie trotzdem nicht vollkommen verdrängen.

Um die Beruhigung nicht wieder aufzuheben, wohl aber die Stimmung, fragte sie leise, doch entschieden in die Runde. „Wie wäre es jetzt mit essen? Die Aufstriche sind selbstgemacht." So ein Quatsch, da wo sie herkamen war alles selbstgemacht und nichts besonderes. Trotzdem wurden die Augen des Jüngsten groß und er begann unwillkürlich zu schlucken. Auch die Augen der anderen zwei weiteten sich. Sie schmunzelte.

Ich öffnete meine brennenden Augenlider. Sie hatte es fertiggebracht mich ohne große Worte zu trösten und mich anschließend ohne weiteres Aufhebens in die Wirklichkeit zurückzuführen. Mein erniedrigendes Benehmen verlor dadurch an Bedeutung.

Mitnichten war diese Frau eine Zauberin, die uns in Zwerge verwandeln wollte, sie war eine Frau und zweifellos eine Besondere. Ich konnte ihr ohne weiteres trauen. Sie würde weder mir, noch meinen Geschwistern etwas zu leide tun! Und sie würde uns zur rechten Zeit erklären was *Ausweise* waren. Ich lächelte zaghaft, meinen Gesichtszügen nicht trauend und nickte. „Etwas zu essen wäre wunderbar", sagte ich leise.

„Ich hole es." Sie eilte an einen Verschlag zurück und holte ein zweites Holzbrett, beladen mit Essen. „Hier." Sie verteilte je ein silberfarbenes Messer und einen silbernen Stab mit Zinken.

Calum nahm das Zinkenteil in die Hand und begutachtete es neugierig. „Was ist das?“

Die Füchsin sah in die Runde. „Eine *Gabel*!“

„Was tust du damit?“

Sie schüttelte den Kopf. „Essen aufspießen, aber ihr könnt auch nur mit den Messern essen.“ Sie langte nach einem der rechteckigen Brettchen, die auf dem großen Holzbrett standen, schnitt sich eine Scheibe Brot ab und legte diese darauf. Dann nahm sie ein Töpfchen aus Glas, drehte den sonderbaren Verschluß ab und langte mit ihrem Messer hinein. Von dem Inhalt schmierte sie sich etwas auf die Brotscheibe. „So könnt ihr euch die Brote beschmieren.“ Sie biß ab. „Ich stelle die süßen Sachen auf diese Seite und die salzigen auf die andere.“ Sie schaute in die Runde, suchte Bestätigung.

Ich nickte. „Danke“, sagte ich und griff nach dem Brot, machte es ihr nach.

Calum folgte mit zittrigen Fingern, weil ihn das Essen so lockte. Gavin und Eithne zögerten nur einen Atemzug länger.

„Eigentlich hätte ich Lust auf Bratkartoffeln.“ Sie sah in die Runde. „Sonst noch jemand?“

„*Bratkartoffeln*?“ wiederholte ich fragend.

Flanna fiel ein, daß die Kartoffel erst mit Kolumbus nach Europa kam. Die Frucht der Indianerin Potate. Sie nickte ihnen zu. „Ich kenne nicht viele Menschen, denen Bratkartoffeln nicht schmecken. Ich mach sie einfach.“ Sie stand auf und ging erneut auf die Verschläge zu.

„Ich habe keine Angst mehr vor ihr“, sagte ich leise. „Sie wird uns helfen. Ich bin überzeugt, daß sie von unseren Schutzgeistern geschickt wurde.“ Ich schloss die Augen. Wie dankbar war ich, daß wir auf die Füchsin gestoßen waren.

„Aye, wir sollten dankbar sein“, sagte Gavin nachdenklich.

„Ich muß mal raus.“ Calum sprach leise und presste die Schenkel zusammen. Er rutschte bereits eine Weile auf seinem Platz umher.

„Frag, wohin du draußen gehen sollst,“ antwortete ich ihm flüsternd.

Calum schüttelte den Kopf. „Ich warte.“

Gavins Züge verzogen sich mißbilligend. „Worauf?“

„Laß mich doch.“ Calum wandte sich ab und starrte auf den Boden.

Eithne schüttelte den Kopf, Calum benahm sich wie ein Kleinkind.

Ich lachte still in mich hinein.

Wir schwiegen eine Weile, doch nach einiger Zeit zog ein anregender Geruch durch den Raum. Ich mußte erneut lachen und bemühte mich, meine Rippen dabei nicht zu stark zu bewegen. „Bratkartoffeln!“ sagte ich befriedigt.

„Riecht gut.“ Gavin lehnte sich an die Wand zurück.

Calum sprang auf. Er sah weder nach rechts oder nach links, sondern ging zielstrebig auf die Füchsin zu.

Ich vermied es Gavin oder Eithne anzusehen, denn dann hätte ich losgelacht und das wäre für meine Rippen nicht gut gewesen.

„Ich muß mal raus!“ platzte Calum ohne Vorwarnung los.

Flanna drehte sich zu ihm um. „Raus?“

Calum war das ganze unangenehm. Zuhause machte niemand ein solches Gehabe, wenn‘s ums Wasserlassen ging. Mußten die Menschen hier denn nicht? Wundern täte es ihn kaum noch. Ihm fiel ein, daß er die ganze Zeit nur zwei Männer hatte an Bäumen stehen sehen. „Ich muß mal“, sagte er gereizt.

„Dazu brauchst du doch nicht nach draußen gehen.“ Sie lachte.

„Ich soll mich hier in deiner Halle entleeren?“ Calum wunderte sich nun doch. Wieso stank es nicht, wenn die Leute alle in ihre Wohnräume pinkelten?

„Komm, ich zeig dir wo.“ Sie wendete die Kartoffeln mit einem Holzlöffel, ehe sie vorging.

Er folgte ihr durch den langen Gang und in einen weiteren Raum.

„Hier ist das Bad und WC.“ Sie zeigte auf ein kniehohes Gefäß in einer Ecke.

Calum empfand das ganze als ekelig. Er räusperte sich. „Ich würde doch lieber nach draußen gehen.“

Flanna hörte nicht auf ihn. Sie ging zu dem Gefäß und hob den Deckel hoch.

„Das ist ein WC. Ein Rohr führt nach draußen in eine Grube. Und hier“, sie drückte auf eine kleine Erhebung und ein Schwall Wasser wurde durch das Gefäß gespült. „Hier kannst du alles mit dem Wasser durch das Rohr jagen.“ Sie bemerkte offensichtlich seine zweifelnden Gedanken. „Das *WC* ist eigens dafür hergestellt worden.“

Gavin erschien in der offenen Tür. „Ich werde es versuchen!“

Flanna nickte und verließ den Raum. Sie schloss die Tür hinter sich und schmunzelte.

Ich sah, wie die Füchsin schmunzelnd in den Raum zurückkehrte und ärgerte mich darüber. „Benehmen wir uns so lächerlich?“ fragte ich gereizt.

Sie sah wie ertappt zu mir herüber und schüttelte den Kopf. „Aber es ist seltsam!“ Sie schaute zu Boden, dann wieder in meine Augen. „Ich meine das nicht böse. Es ist nur ... Das alles ist für mich selbstverständlich.“ Sie schaute aus dem Fenster ins Schneetreiben. „Dabei ist in Wahrheit nichts selbstverständlich!“ Sie sah mich wieder an. „Es tut mir leid, ich habe es wirklich nicht böse gemeint.“ Ohne ein weiteres Wort ging sie hinüber zu ihrer Arbeitsfläche.

Ich bereute meinen Ärger und meine Worte bereits. Sie bemühte sich, traute uns, stellte keine unnötigen Fragen und ich hatte nichts besseres zu tun als meinem Vorsatz ihr zu trauen entgegenzuwirken. Ich beobachtete sie, wie sie an der Platte stand, und was sie tat. Woher kam eigentlich die Hitze, die sie für ihre Pfanne brauchte, fragte ich mich unvermittelt? Ich mußte sie danach fragen.

Calum öffnete die Tür und trat gefolgt von Gavin heraus. Sie kamen zurück zu uns. Eithne sah Calum spöttisch an, doch Calum beachtete sie gar nicht.

„Und?“ fragte ich.

Calum zog die Schultern hoch. „Ist dienlich so ein Ding.“ Er verdrehte die Augen. „Aber ich gehe trotzdem lieber raus an einen Baum.“

„Ich habe Wasser rauschen hören?“

„Viel zu viel, für so ein bißchen Pipi.“ Er sah Gavin an, ehe er nachprüfte, daß die Füchsin ihnen nicht zuhörte und vornübergeneigt flüsterte. „Sie muß Unmengen an Wasser gespeichert haben.“ Er setzte sich endlich entspannt auf die Kissen.

Gavin blickte durch den Raum. „Ich gehe sie fragen, ob ich helfen kann.“

Ein guter Einfall. Ich nickte.

Calum machte sich erneut über das Brot her. Er versuchte von jeder der Pasten eine Messerspitze.

Eithne beobachtete ihn. „He, laß mich einmal kosten.“

Calum grinste frech. „Lieber nicht. Schmeckt so und so nicht.“ Er lachte und reichte ihr ein Stück Brot.

Gavin kam mit einem Stapel Tonplatten in den Händen zurück. Flanna folgte, in der einen Hand die Pfanne, in der anderen eine Holzbrett. Das Brett legte sie auf die Tischplatte, so daß sie die Pfanne darauf abstellen konnte.

„Gib mir doch bitte die Teller nacheinander, dann fülle ich auf.“

Gavin tat wie ihm geheißen und verteilte anschließend die *Teller* an uns und sich selber. Die Füchsin behielt den letzten. Mir lief das Wasser im Mund zusammen. Diese Kartoffeln rochen wirklich gut.

„Greift zu." Flanna nahm sich eine *Gabel* und pikste sich eine Kartoffel auf.

Ich beobachtete sie genau.

„Paßt auf, die sind heiß." Sie pustete auf die Kartoffel, ehe diese in ihrem bezaubernden Mund verschwand. Ich starrte wie gebannt auf ihre Lippen. Am liebsten hätte ich sie geküßt!

Sie hob die Gabel in die Höhe. „Dazu ist eine Gabel gut, um heiße Sachen in den Mund zu schieben, ohne sich die Finger zu verbrennen oder zu beschmieren." Sie lächelte aufmunternd.

Calum ließ sich nicht länger bitten, herzhaft tat er es ihr nach. „Mm, schmeckt wirklich gut!" sagte er erstaunt, als hätte er es ihr nicht geglaubt.

Wir versuchten die heißen Scheiben. Wirklich, sie hatte nicht übertrieben, sie schmeckten beeindruckend gut. Ich nickte ihr kauend zu. An die *Gabel* würde ich mich gewöhnen müssen, aber sie war brauchbar. Trotzdem aß ich lieber nur mit dem Messer, Löffel und den Fingern, so kam ich nicht erst in die Gefahr mir zu heißes Essen in den Mund zu schieben.

„Und, schmeckt's?" Sie beobachtete mich.

Ich nickte erneut. „Aye, nicht schlecht!"

Flanna lachte kauend. Sie wurde das Gefühl nicht los, daß die vier viel lieber mit den Fingern gegessen hätten.

Die Füchsin schaute mit einem Mal auf und erhob sich. Sie sah abwartend zur Tür, die nach draußen führte. Ein Schlüssel drehte sich im Schloss, die Tür wurde geöffnet. Schritte waren zu hören und plötzlich stand ein Mann im Türrahmen.

Karsten

Im Gesicht des Mannes erkannte ich sofort die Ablehnung, als er uns musterte und dabei nicht einmal versuchte seine Gefühle zu verbergen. Mir war schlagartig klar, daß dort kein Freund stand.

Flanna stand auf. Sie wirkte erstaunt und verärgert. Trotzdem ging sie zu dem Mann. Offensichtlich kannte sie ihn gut, denn sie begrüßte ihn mit einer, allerdings eher flüchtigen, Umarmung. Was mich in dem Eindruck bestärkte, daß sie ihm lieber nicht so nahe getreten wäre. Warum tat sie es trotzdem? Sie begann in ihrer, mir fremden Sprache zu sprechen. Ich fühlte mich ausgeschlossen und hätte zu gern gewußt, was sie ihm zu sagen hatte. Ich lauschte dem Klang der fremden Worte.

„Was machst du hier?“ Flanna ärgerte sich. Wieso platzte er rein, ohne sich vorher anzumelden?

„Ich dachte du würdest dich freuen?“ Er lachte selbstsicher.

„Du bist ausgezogen, falls du dich erinnerst!“

„Na und, Frauen sind doch für ihre Wankelmütigkeit bekannt.“

Er brachte sie mit einem Satz auf die Palme. Sie räusperte sich ärgerlich, sagte aber nichts.

„Außerdem habe ich gehört, daß Sigrid im Krankenhaus liegt. Ich wollte dir Gesellschaft leisten!“ Er lachte wieder.

„Was sind das für Leute?“ Er beäugte die drei Männer mit unverhohlener Abneigung und Neugier. Über Eithne ließ er abschätzend seinen Blick wandern.

„Das geht dich gar nichts an. Du wohnst hier nicht mehr! Und obwohl Sigrid weg ist, brauch' ich deine Gesellschaft nicht. Ich habe Herbergsgäste über Weihnachten.“ Sie schüttelte den Kopf. *„Du wolltest deine Sachen im Neuen Jahr abholen!“*

„Ich hab's mir eben anders überlegt. Ist mein Zimmer frei? Oder wohnt da einer dieser Inselaffen?“

„Idiot!“

„Oder schlafen die Kerle in deinem Bett?“ Er lachte wieder. *„Ich kann die Kleine gern zu mir nehmen, damit du freie Bahn hast.“* Er sah sie überheblich grinsend an.

Sie starrte böse zurück. *„Hat dich deine Neue schon rausgeworfen, oder weshalb kommst du zurück?“*

Er packte sie grob am Oberarm. *„Hüte dich lieber und erzähl nicht solch einen Mist. Sie war nichts für mich.“*

Sie schob seine Hand fort. *„Laß mich los, du tust mir weh! Von mir aus, geh in das Zimmer. Micha hat ein paar Kartons hineingestellt, sonst ist alles beim Alten.“* Sie setzte ein künstliches Lächeln auf. *„Ich wünsche dir eine gute Nacht!“*

„Ich hab Hunger.“ Er ließ sie stehen und ging zum Tisch. *„Lecker, Bratkartoffeln, holst du mir einen Teller, Schatz?!“* Er setzte sich schwerfällig auf eines der Kissen neben Eithne.

Flanna bemühte sich ihre Wut zu beherrschen. Sie würde seine Dreistigkeit nicht belohnen und ihn bedienen. Sollte er sich doch selber einen Teller holen. Sie setzte sich auf ihren Platz und wagte nicht, einen der anderen anzusehen. Sie war sicher Dougal hätte ihren Unmut sofort bemerkt.

„He, hast du nicht was vergessen?“ Karsten zeigte auf einen der Teller.

„Hol dir doch selber, was du haben willst.“

„Ich bin gerade dabei.“ Er lachte und sah das Mädchen anmaßend an, ehe er sich ihr wieder zuwandte. *„Du bist so widerborstig, Flanna! Vielleicht sollte ich mich doch anderweitig umsehen?“* Er lachte erneut und erhob sich schwerfällig, Eithne wie nebenbei an der Schulter streifend, um zum Küchenschrank hinüberzugehen. Über die Schulte rief

er. *„Wo kommen deine Inselaffen her? Hast du deine Schottlandmacke erweitert?"* Er lachte wieder. *„Sie reden wohl nicht so viel, he? Können sie überhaupt lesen? Macht nichts, dumm fickt gut, heißt es doch, oder?"* Wieder lachte er über seinen dämlichen Scherz, während er zurückkam.

Flanna hätte ihn am liebsten rausgeworfen, doch er hatte seine Sachen oben im Zimmer, und schließlich waren sie bis vor wenigen Monaten zusammen gewesen. Sie beschloss sich nicht weiter von seinen üblen Scherzen, über die nur er selber lachte, den Abend verderben zu lassen. Sie lächelte ihn honigsüß an.

„Bleib' von mir aus, friß dich an meinem Essen satt und fühl' dich wie zu Hause. Wenn die Feiertage vorbei sind, wirst du deine Sachen packen und verschwinden! Für immer. Und das Mädchen läßt du in Ruhe!"

Sie schaute nun endlich doch zu Dougal hinüber, der sie beobachtete. Hatte er verstanden worum es ging? Sie wandte sich wieder an Karsten: *„Meine Freunde, sind Bekannte aus Schottland. Dougal, Gavin und Calum MacDougal und Eithne NicDougal. Sie werden ein paar Tage bleiben und sind meine Gäste!"*

„So, Bekannte aus Schottland! Ich seh' doch wie du den Kerl anstarrst! Glaubst du ich bin blöd?"

Flanna mußte unwillkürlich lachen. Was bildete er sich nur ein? Sie war doch nicht seine Untertanin. *„Geht dich das etwas an?!"*

Sie wandte sich an Dougal. „Das ist Karsten, ein ehemaliger Freund. Er sucht ein Zimmer für ein paar Tage und sein altes ist noch frei." Sie hob die Schultern bedauernd. „Ich hoffe das es euch recht ist?" Sie wagte es, sie der Reihe nach anzusehen. „Ich habe ihm erzählt, daß ihr Bekannte aus Schottland seid." Sie lächelte spitzbübisch. „Er kann kein Gälisch."

Ich nickte. Um so besser, ich hatte nicht die geringste Lust mich mit diesem Mann zu unterhalten. Wieso ein ehemaliger Freund? Wenn einer Freund war, dann doch für allezeit und nicht nur für eine gewisse, oder? Mußte sie diesen Menschen im Haus dulden? Es war doch offensichtlich, daß er ein mieser Kerl war, dafür brauchte ich ihn nicht einmal zu verstehen. Ich glaubte ihr nicht. Dieser Mann war nicht irgend ein Freund gewesen, er war mehr für sie. Irgendwie bereitete mir der Gedanke Magenschmerzen. Aye, der Mann sah gut aus, auffallend gut. Seine Lippen waren geschwungen, die Augenbrauen nicht übertrieben voll, die Wimpern üppig und schwarz. Seine graugrünen Augen passten zu seinen hellbraunen Haaren, die allerdings viel zu kurz geschnitten waren. Aber alle Männer die wir hier bisher gesehen hatten, trugen ihre Haare zu kurz, als wären sie Leibeigene oder geschorene Verbrecher. *Karsten* zog seine eigenartige Jacke aus, warf sie auf den Boden neben sich und wickelte das mehrmals um den Hals gewickelte Wolltuch ab, um es auf die Jacke zu schmeißen. Und wieder warf er Eithne einen anzüglichen Blick zu, der mir nicht gefiel. Er sollte wagen sie noch einmal anzurühren und wenn auch nur angeblich unabsichtlich! Karsten zögerte nicht lange, sondern langte nach der Pfanne und lud den Rest der Kartoffeln auf seinen Teller. Es schien ihm nicht in den Sinn zu kommen, die Anwesenden zu fragen, ob sie genug gehabt hatten. Genüßlich stopfte er sich das restliche Essen in den Mund. Flanna sagte bereits seit einer Weile nichts mehr, sie schien abwesend. Mir, wie vermutlich den anderen auch, war der Hunger vergangen. Dabei hatte sie sich soviel Mühe gegeben und es hatte köstlich geschmeckt. Sie tat mir leid.

Eithne sah Karsten von der Seite an. Ihr Gesichtsausdruck war alles andere als freundlich. Hätte mich eine Frau so angesehen, wäre jeglicher Gedanke an sie abgetan, doch Karsten schien nichts zu bemerken. Er schob sich genüßlich die Kartoffelscheiben in den Mund. Plötzlich erhob er sich und ging hinüber zu dem schwarzen Truhenkasten. Mir brach der Schweiß aus. Was hatte der Kerl vor? Ihm traute ich in keiner Weise.

Karsten griff nach einem schwarzen, handgroßen, ähnlich einem Knochen geformten Teil und hielt es an sein Ohr, *„Ich bestelle mir ne' Pizza, willst du auch, Schatz?"*

Flanna traute ihren Ohren nicht. Doch sie bemühte sich ruhig zu bleiben und schüttelte den Kopf. *„Findest du es einen guten Einfall, wenn du die Pizzaleute bei diesem Wetter den weiten Weg fahren läßt?"*

Karsten zuckte die Schultern. *„Ist doch ihre Arbeit, oder?"*

Ich beobachtete wie der Kerl mit seinen Fingerspitzen auf den schwarzen Knochen herumtippte, um es sich dann erneut an das Ohr zu halten, wobei er Eithne beobachtete. Unerwartet wandte er sich ab und redete in den schwarzen Knochen. Mir lief ein Schauer über den Rücken. Ordnete der Kerl unsere Verzauberung an? Ich beobachtete ihn scharf. Eine falsche Bewegung und ich würde aufspringen und dem Kerl meinen Dolch an den Hals pressen. Mißtrauisch beobachtete ich ihn. Was war das für ein Teil? Mit wem redete er? Er sah die Füchsin nicht einmal mehr an.

Karsten donnerte den Hörer zurück. *„Die kommen nicht."* Er warf Flanna einen bösen Blick zu, als hätte sie das durch ihre Gedanken beeinflußt.

„Vernünftige Leute", sagte sie nur.

Karsten sah schlechtgelaunt in die Runde. *„Ich fahre zurück in die Stadt."* Er stand auf, zog sich seine Jacke an und stapfte ohne ein weiteres Wort wieder hinaus.

Flanna atmete erleichtert aus, während sie ihm hinterhersah und murmelte:. *„Von mir aus brauchst du nicht wiederzukommen!"* Sie redete so leise, daß er sie nicht mehr hören konnte. Irgendwie machte er ihr Angst. Warum hielt er sich nicht an die Abmachung? Er hatte sich im letzten Jahr schrecklich verändert. Warum nur? Was war denn in ihn gefahren? Konnte der Alkohol daran Schuld sein oder die anderen Drogen, von denen er offensichtlich wieder welche einnahm? Sie würde kein zweites Mal auf ihn hereinfallen. Er konnte noch so schön reden und behaupten es wäre ein Ausrutscher gewesen, und daß es nie wieder passieren würde. Sie wollte nicht zu den Frauen gehören, die sich immer wieder von den Versprechungen der Männer einwickeln ließen. Sie würde sich nie wieder von einem Mann schlagen oder demütigen lassen. Sie schaute Dougal an, würde er ihr Verhalten verstehen oder dachte er wie Karsten? Hieß es nicht, daß die Männer der alten Zeit Gewaltherrscher über Frauen und Sklaven waren? Sie schob ihre Bedenken beiseite.

„Er ist für eine Weile weg, wird irgendwann heute Nacht wiederkommen", sagte sie zur Erklärung. Und dann war er wahrscheinlich wieder betrunken. Ein Schauer rieselte ihr über den Rücken. Sie wollte nicht weiter darüber nachdenken und widmete sich ihren Gästen. „Ich habe was Besonderes im Kühlschrank, habt ihr Lust auf Eis?"

„Danke, Eis hatten wir in den letzten Tagen ausreichend." Wieso fragte sie, ob wir Eis wollten?

Sie schüttelte den Kopf. „Ich meine nicht Eis von draußen." Sie erhob sich und ging zu einem Verschlag. Wieder hantierte sie herum, ehe sie fünf mit einer weißbraunen Masse gefüllte Schalen zurücktrug.

„Bitte, bedient euch." Sie reichte jedem eine Schale und begann selber eine Löffelspitze zu nehmen.

Ich tat es ihr nach.

Calum füllte den Löffel mit einem Berg und schob ihn in den Mund. „Hu..."

Er drehte das Eis im Mund hin und her. „Das ist köstlich.“ Er zog die Luft ein. „Aber kalt!“

Gavin warf ein. „Und du kannst es nur im Winter essen.“

Sie schüttelte den Kopf. „Es gibt sogenannte Eisschränke, darin ist es Winter wie Sommer eiskalt.“ Sie lachte. „Und ihr könnt mir glauben, im Sommer ist es doppelt so lecker.“

„Woraus wird es hergestellt?“ fragte Eithne nach.

„Dies hier aus Sojabohnen. Es gibt auch welches aus Kuhmilch, mit Früchten, Nüssen oder anderen Köstlichkeiten gemischt.“

„Es ist wirklich gut.“ Ich steckte mir einen Bissen in den Mund und ließ das Eis auf meiner Zunge zergehen. „Es ist allerdings unvergleichlich süß!“

Sie nickte. „Das ist das, was es besonders beliebt macht.“ Sie lächelte.

Schweigend und genießend aßen wir das Eis zu Ende. Calum schien nicht genug bekommen zu können. Eithne reichte ihm ihren Rest.

Die Füchsin lächelte still und beobachtete uns.

Gavin stand auf. „Wo sollen wir die Sachen abstellen?“

„Auf die Ablage, dahinten.“ Sie erhob sich, nahm sich ein Holzbrett und ging zu den Holzverschlägen.

„Danke, das ist nett.“ Sie räumte das Essen wieder zurück. Nachdem sie alles verstaut hatte, trat sie zurück an den Tisch. „Ihr seht müde aus, wollt ihr euch gleich hinlegen? Oder kann ich euch noch was anbieten?“

Ich sah die anderen fragend an. Eithne nickte. Calum ebenfalls, Gavin schien unentschlossen.

„Ich glaube Schlaf wäre nicht schlecht.“ Ich stand auf. „Wo sollen wir uns hinlegen?“

„Oben ist eine Dachkammer, da liegen Matratzen und Decken.“ Sie wandte sich der Tür zu, drehte sich aber noch einmal um. „Wollt ihr noch ins Bad?“

Ich nickte. „Gavin kann es uns zeigen.“

„Gut, dann geh ich schon nach oben, ihr braucht nur in den Gang und die Treppe hinauf.“ Sie drehte sich um und ging hinaus, kam aber gleich wieder zurück. „Handtücher sind im Schrank, im *Bad.*“ Dann verschwand sie.

Gavin und Calum gingen zum *Bad.* Eithne und ich folgten. Mit großen Augen sahen wir uns in den Raum um. Lachend zeigte Calum Eithne die Spülung des Beckens.

„Hier machst du rein, und schon ...“, er drückte erneut die schwarze Erhebung und Wasser lief in das Becken, „... läuft eine Unmenge Wasser herunter und nimmt alles mit, was du loswerden willst.“ Er schüttelte grinsend und ungläubig den Kopf.

Eithne schob ihn zur Seite. „Dann laß mich mal, ich muß.“ Sie hob ihren Rock an und setzte sich auf das seltsame Becken.

Gavin und ich standen an dem zweiten Becken, das höher an der Wand hing.

„Meinst du, das ist für Männer?“ fragte ich unsicher. Ich drehte den silbernen Hebel. Ein Schwall Wasser kam aus dem glänzenden Rohr und spritzte uns naß. Ich drehte schnell zu.

„Warte mal.“ Gavin drehte ebenfalls, aber vorsichtiger; wieder schoss Wasser heraus. „Könnte zum Waschen sein, da sie nicht mal zum Entleeren nach draußen gehen.“

Ich nickte und drehte an dem zweiten Hebel, auf dem ein rotes Zeichen zu sehen war. Plötzlich wurde das Wasser wärmer, bis es heiß herausfloß.

Gavin zog seine Hände zurück. „Heißes Wasser?!“ Er guckte das Wasser ungläubig an. „Wie kommt es hierher?“

Ich drehte den Hebel zurück. „Ich glaube uns werden in nächster Zeit noch mehr ungeheuerliche Dinge begegnen.“

Eithne spülte ab. „Jetzt im Winter! Das ist angenehm!“ Sie schaute bewundernd auf das Becken hinab.

Calum lachte seine Schwester wohlwollend aus. „Das ist das Erste, das du in dieser Welt wirklich gut findest."

Eithne knuffte ihn in die Seite. „Ihr Kerle habt gut reden, ihr müßt euch beim Pinkeln nicht den Hintern abfrieren."

Gavin und ich fielen in das Lachen ein.

Unerwartet stand die Füchsin in der offenen Tür. In ihren Gesichtszügen konnte ich Verwunderung erkennen, doch sie fragte lediglich: „Seid ihr fertig?"

Ich verkniff mein Lachen. Sie sollte nicht denken, daß ihre Gäste sie auslachten oder unhöflich waren. „Wir kommen gleich."

Sie nickte und verschwand wieder.

Eithne folgte ihr hinaus. „Ich gehe schon mal." Sie ließ ihre Brüder zurück. Wenn sie ehrlich mit sich war, wollte sie mehr von dieser eigenartigen Welt kennenlernen. Sie folgte der Füchsin in den großen Raum.

„Ich hoffe wir fallen dir nicht zur Last?" Sie wollte höflich sein. „Morgen weist du mich ein, dann helfe ich dir bei deinen Arbeiten." Sie lächelte. „Und die Männer können draußen irgend etwas tun."

Die Füchsin drehte sich zu ihr um. Auf ihrem Gesicht konnte Eithne Unsicherheit erkennen. Anscheinend wurde sie sich durch Eithnes Worte erst bewußt, was sie sich aufgebürdet hatte. Eithne fühlte Angst aufsteigen. Was, wenn die Füchsin sie rauswarf?

„Danke, so viel gibt es gar nicht zu tun", sagte Flanna. Sie ging zu den Kissen und richtete diese. Während ihrer Arbeit sprach sie weiter. „Wir müssen uns um euch sorgen. Damit haben wir genug zu tun." Sie grinste schief. „Außerdem muß ich mich um die Herbergsgäste meiner Tante kümmern."

Lachend kamen die drei Männer in den Raum zurück. Ihr Lachen erstarb allerdings als sie nähertraten.

„Dann zeig ich euch euer Zimmer." Flanna ging in den Gang hinaus.

Wir folgten der Füchsin schweigend die große Holztreppe hinauf, und eine zweite, kleinere, bis wir schließlich unter dem Dach in einem großen Raum standen. Der Raum mußte das ganze Haus überlagern, so groß war er. Rundherum war er mit Holz ausgeschlagen. In der Ecke rechts lagen einige Matten auf dem Boden. Ich vermutete, daß es sich dabei um unsere Schlafplätze handelte. Trotz der Größe des Raumes, war es angenehm warm.

„Ich habe euch einige Decken auf die Matten gelegt." Die Füchsin ging zu den Matten. „Wenn es zu kalt wird, könnt ihr hier wärmer drehen." Sie trat an die Wand, an der ein weißes, flaches Etwas hing und zeigte auf einen schwarzen Hebel. Gavin ging zu ihr, um sich anzuschauen, was sie erklärte und nickte.

Calum hob den Saum seines großen Tuches an. „Wir haben unsere Decken stets bei uns."

Sie lächelte. „Hab' ich vergessen. Aber die Tücher sind doch sicher klamm?"

Calum schüttelte den Kopf, obwohl sie recht hatte, doch sie hatten die letzten Tage auch darin gelegen.

„Ich lege euch für morgen früh ein paar große Handtücher hin, dann könnt ihr duschen."

„*Duschen*?" fragte Calum nach.

„Im Bad."

Ich schüttelte schnell den Kopf. „Was *duschen* ist, erklärst du uns morgen, aye."

Sie nickte während sie auf die Tür zuging. „Ach, wenn ihr frische Luft wollt, könnt ihr das Fenster dahinten aufmachen." Sie zeigte zu einem schräg im Dach liegenden Lichteinwurf.

„Flanna?" Ich hielt sie zurück. „Was ist mit dem Mann? Karsten? Kommt er zurück?"

Sie nickte. „Ich weiß nicht wann, er hat nur gesagt, daß er kommt." Sie verschwieg ihm, daß sie sich genau das nicht wünschte.

„Aye, dann ist es gut. Ich dachte wir hätten ihn vertrieben."

Sie schüttelte den Kopf. „Den vertreibt so schnell keiner."

Ich konnte nicht umhin mich zu fragen, weshalb ihre Stimme bei ihren Worten gar nicht glücklich klang.

„Gute Nacht! Ich hoffe ihr habt gute Träume, denn was in der ersten Nacht unter neuem Dach geträumt wird, geht in Erfüllung!" Sie lächelte herzlich, ehe sie hinausging und die Tür leise hinter sich schloss.

Es dauerte nicht lange, bis wir uns entkleidet hatten und uns auf den weichen Lagern ausstreckten. Es war ein gutes Gefühl; ein bißchen zu weich, zu warm und zu angenehm. Ich hatte Angst dies wäre ein Traum und ich würde im kalten Schnee wieder erwachen. Ich starrte in das nach oben spitz zulaufende Dach des Hauses. Ich war müde, doch ich konnte die Augen nicht schließen, konnte nicht einschlafen. Etwas hinderte mich daran, aber was? Ich sah die anderen an, es erging ihnen nicht anders. Wie Schuppen fiel es mir von den Augen; der Raum war noch taghell erleuchtet.

„Ich kann nicht einschlafen." Calum zog sich sein großes Tuch über das Gesicht, doch nach kurzer Zeit, streckte er es wieder hinaus. „Das ist zu warm."

Gavin richtete sich auf. „Ich gehe fragen, ob es eine Möglichkeit gibt, das Licht zu löschen." Er stand auf, um zur Füchsin zu gehen.

„Gavin?" Ich hielt ihn zurück.

Gavin sah mich fragend an.

„Willst du so zu ihr gehen?"

Gavin sah an sich herunter und grinste. „Wohl besser wenn ich mir mein Tuch überhänge, aye." Er wurde rot.

Wir lachten los. Plötzlich von der Angst befreit, welche uns die ganze Zeit gefangen gehalten hatte.

Unerwartet sprang die Tür auf und die Füchsin stand im Türrahmen. Wir verstummten. Einen Augenblick lang starrte sie Gavin an, der nackt vor ihr stand, ehe sie ihren Schreck überwand. Peinlich darauf bedacht nicht wieder zu Gavin zu schauen, wandte sie sich an mich. Ihr Gesicht war knallrot.

„Ich vergaß euch zu sagen, wo das Licht ein und ausgeschaltet wird." Sie langte neben sich, an ein handflächen großes, weißes Viereck, ohne den Blick von mir zu nehmen. „Hier." Sie drückte auf das Viereck, es gab ein knackendes Geräusch und das Licht erlosch. Ich hörte sie ein weiteres Mal drücken und es wurde wieder taghell im Raum.

Ich hatte die größten Schwierigkeiten zuzuhören, während sie es uns freundlicherweise zeigte und erklärte. Ich vermied bewußt den anderen ins Gesicht zu sehen, obwohl mit jedem unterdrückten Lacher meine Rippen mehr schmerzten. Ich wollte nicht wieder unhöflich sein, doch ein Blick Gavins, oder der anderen beiden und es wäre mit meiner Selbstbeherrschung aus und vorbei. Aber sie ging nicht! Ich konnte beinahe körperlich fühlen, wie die unterdrückten Lacher die anderen innerlich schüttelten. Und ich konnte sehen wie peinlich ihr alles war. Warum ging sie nicht endlich, meine Lunge platzte gleich, umso mehr, da sie versucht ihre Verlegenheit zu überspielen.

Sie schluckte und stellte ein silbernes längliches Etwas auf den Boden neben die Tür. „Ich stelle euch eine Taschenlampe hin, weil es dunkel ist und ihr euch nicht auskennt. Ich meine, falls ihr in der Nacht auf das WC müßt." Sie schaute zur Decke. „Da ist ein Schalter dran. Versucht es einfach, ihr werdet es finden." Sie wandte sich ab und floh aus dem Raum.

Einen Atemzug lang hielt ich es aus, doch als Calum sich seine Decke vor den Mund hielt und losprustete, konnte ich nicht mehr. Ich presste mir ebenfalls mein großes Tuch vor den Mund und lachte unter Schmerzen. Sie sollte nicht hören, daß wir uns über ihre Verlegenheit und die

Umstände lustig machten. Gavin griff nach der *Taschenlampe* und kam zu uns. Er kämpfte gegen sein Lachen, doch als er die Matten erreichte tat er es uns gleich. Von Eithne sah ich nur die zuckende Decke und ab und zu vernahm ich ein glucksendes Geräusch. Ich schämte mich. Ein wenig. Wir waren Kindsköpfe! Hoffentlich hatten wir unsere Gastgeberin nicht beleidigt. Doch ihr Gesicht war zu köstlich gewesen. Erneut fragte ich mich, ob sie noch nie einen nackten Mann gesehen hatte. Die Tränen liefen mir über die Wangen, weil mich das Lachen so schmerzte. Es dauerte eine Weile, bis wir uns nicht mehr gegenseitig ansteckten. Schließlich siegte Eithnes Neugier. Sie untersuchte die *Taschenlampe*, fand schnell den Hebel und schon wußten wir, wozu dieses weitere kleine Wunderding zu gebrauchen war. *Eingesperrtes Feuer, für dunkle Zeiten*! Gavin erhob sich, nahm das Wunderding und schaltete das Licht im Raum aus. Mit der *Taschenlampe* fand er schnell wieder zu seinem Bett.

Unruhig schreckte ich aus dem Schlaf. Ich hörte ein Geräusch. Nach wenigen Atemzügen begriff ich, wo ich mich befand. Eine Tür, unten im Gang? Der Raum war wirklich dunkel, kein Licht drang zur Zeit herein. Ich hörte laute Stimmen. Die Füchsin und ein Mann. Karsten? Ich richtete mich auf, um besser lauschen zu können. Sie sprach laut, doch ich hörte nur den Klang der fremden Sprache, keine Silben. Ich langte über Eithne hinweg nach dem *gefangenen Licht* und bekam es zu greifen. Ein leises klack, und das Licht leuchtete in meiner Hand. Ich stand auf, wickelte mein großes Tuch um mich und schlich zur Tür. Leise öffnete ich und lauschte weiter. Die Stimmen wurden lauter.

„*Laß mich in Ruhe!*“ Flanna hatte Angst. Er war nicht betrunken, und trotzdem schien er wie irrsinnig. „*Ich liebe dich nicht mehr, geh bitte!*“

Karsten lachte. „*Was hat Liebe mit Sex zu tun?*“ Er ging einen Schritt auf sie zu. *„Komm, nur heute Nacht. War doch immer schön bisher.“*

Ja für dich vielleicht, lag es Flanna auf der Zunge. Sie hatte lange nichts mehr empfunden. Es war kein Liebesakt mehr gewesen, sondern Selbstbefriedigung in einer Frau, das hatte er allerdings offenbar nicht einmal bemerkt?!

„Laß mich. Du bist betrunken“, sagte sie mit rauher Stimme.

„Blödsinn!“ Er stellte seinen Fuß auf ihre Schwelle. *„Jetzt zick nicht rum und laß mich rein.“* Sein Gesicht lief dunkelrot an. *„Du weißt, daß ich es nicht leiden kann, wenn du mich zappeln läßt!“*

Was sollte sie tun? Sollte sie die Männer auf dem Boden um Hilfe bitten? Konnte sie ihn hinauswerfen?

Seine Stimme wurde zu einem bedrohlichen Flüstern. *„Ich sag's nicht noch einmal. Du läßt mich in dein Bett oder ich gehe und hole mir die kleine Hexe von der Insel!“*

Flanna wurde übel, doch ihr fiel ein, daß er zuerst an Eithnes Brüdern vorbei mußte, und das würde ihm schwerlich gelingen. Sie hoffte er würde seine Worte wahr machen. Ein harter Ruck riß ihr die Tür aus der Hand. Ein Schlag in die Magengrube ließ sie zusammenkrümmen und nach hinten ins Zimmer fallen. Er hatte sie überrumpelt. Er warf die Tür zurück ins Schloss und war schon über ihr. Sie bekam keinen Ton heraus. Sie hatte Angst. Würde sie nicht einmal mehr um Hilfe rufen können? Und wenn die drei ihr gar nicht helfen wollten? Womöglich würden sie ihm recht geben? Schließlich war er ein Mann, so wie sie. Oder sie beteiligten sich womöglich an dem vermeintlichen Spaß?

Mit einem Ruck wurde sie von seiner Last befreit. Sie sah wie Karsten an die Wand knallte. Dougal stand breitbeinig im Raum, hinter ihm im Türrahmen die anderen drei. Wütend sah Dougal Karsten an, der sich wieder aufrappelte, doch Dougal ließ keinen Zweifel aufkommen.

Karsten hob beschwichtigend die Hand. *„Komm, Friede! Ich geh' schon.“* Er war schlau genug sich einer Übermacht zu beugen. Heute hatte sie gewonnen. Das würde er ihr nicht so schnell vergessen. Der große Kerl trat zur Seite, als er hinausschlich. Draußen starrten ihn die anderen beiden mit grimmigen Gesichtern an. Die kleine Hexe hätte ihn wohl gern mit ihrem Blick getötet, aber so stark waren ihre Hexenkünste doch nicht. Er grinste sie anzüglich an. *„Dich hol' ich mir noch, Schätzchen!"* Er beeilte sich in sein Zimmer zu gehen und schloss schnell die Tür hinter sich.

Ich trat die wenigen Schritte ans Bett und beugte mich zur Füchsin herunter. „Geht es dir gut?"

Sie nickte mit einem schiefen Lächeln. „Danke!"

Ich wußte, sie meinte nicht meine Nachfrage, sondern unser Erscheinen zum rechten Zeitpunkt.

„Wie habt ihr denn? Ich meine, waren wir so laut?"

Ich nickte. „Laut genug für unsere Ohren jedenfalls." Ich reichte ihr meine Hand und half ihr sich aufzusetzen. Plötzlich schluchzte sie los. Sie schlang die Arme um ihre angewinkelten Beine und weinte, den Kopf schwer auf ihre Knie gestützt. Ihre Körper bebte und das rote Nachtgewand rutschte ihr von der Schulter. Ich zögerte, doch meine Hand bewegte sich wie von alleine. Ich strich ihr sanft über den Hinterkopf. Als hätte ich dadurch alles verschlimmert, warf sie sich an mich und weinte hemmungslos. Ich sah zu Gavin auf, der mir mit Zeichen zu verstehen gab, daß sie wieder nach oben gehen würden. Unsicherheit befiel mich. Sie wollten mich hier mit ihr alleine lassen! Doch im gleichen Atemzug fiel mir auf, daß die Füchsin und ich uns längst benommen hatten, als wären wir allein. Ich nickte Gavin zu. Schließlich hatte sie mir ebenso Trost gespendet, als ich ihn brauchte. Ich strich ihr über die wildgelockten fuchsfarbenen Haare und ließ sie weinen. Ich genoß es. Ich mochte den Geruch ihrer Haare. Ich hielt sie, bis sie einschlief, während ich leise ein Kinderschlaflied sang.

Ein MacBochra

Ein angenehmer hungrig machender Geruch zog in meine Nase. Ich öffnete die Augen und sah zur Tür, die ich für den Rest der Nacht aufgelassen hatte. Ich konnte ihren weiblichen Körper nicht vergessen und ihren Duft, als hätte sich beides in meine Seele gebrannt. Schlief sie noch? Der lockende Geruch von Essen kam nicht von ungefähr. Sicher war sie bereits dabei etwas zuzubereiten. Ich horchte auf die Atemzüge der anderen, schliefen sie noch?

Calum richtete sich auf. „Das riecht verdammt gut!"

„Aye." Ich seufzte. Ich war froh. Froh, trotz des schrecklichen Erlebnisses. Froh hier zu sein. Hier auf einer warmen Liegestatt zu liegen. Froh einen Menschen gefunden zu haben, der uns nicht wie Luft behandelte und uns half. Und froh gut riechendes Essen zu bekommen. Und doch, ich hatte so gehofft am Morgen zu erwachen und wieder in meiner Heimat zu sein. Gab es ein Zurück? Hatte Gemmán uns womöglich unwiderruflich verdammt? Ich war nicht sicher, ob ich mich jemals an die fremden Dinge gewöhnen würde oder ob ich dies wollte. Zu Hause warteten die Menschen, die uns liebten und die wir liebten und vermißten. Wie sollte ich die Tage ohne ihre Gesichter, ihre Stimmen, ihre Liebe überstehen? Ich dankte allen guten Geistern, daß sie mir wenigstens Gavin, Calum und aye, auch Eithne mitgegeben hatten. Das war eigensüchtig, das war mir klar, trotzdem.

„Seid ihr wach?" Calum sah Gavin und Eithne nacheinander an.

„Ich schon", antwortete Gavin ihm.

„Ich auch." Eithne richtete sich auf. Sie wandte sich zu Calum um und kitzelte ihn an der Seite.

„Aye!" sagte er lachend. „Hör auf!"

Eithne hörte abrupt auf und sagte unvermittelt. „Je mehr ich über alles nachdenke, umso schrecklicher scheint es mir.“ Ihre Stimme hatte einen jämmerlichen Ton angenommen. Gavin sah in ihre Augen und griff nach ihrer Hand, drückte diese sanft.

„Vater wird einen Weg finden, um uns zurückzuholen.“ Gavin versuchte nicht nur Eithne zu trösten, sondern auch sich selbst Hoffnung zu machen. Er sah schnell zur Tür. Zu schnell. Als glaubte er seinen eigenen Worten nicht. Ich bewegte meinen Arm vorsichtig. Doch selbst die kurze Nachtruhe und obwohl ich unvorsichtigerweise diesen Kerl gegen die Wand gestoßen hatte, schien gut getan zu haben. Ich fühlte mich körperlich wohl. Ich sah Eithne an. Es war Zeit aufzustehen und sich angemessen zu verhalten. Schließlich waren wir Gäste in diesem Haus.

Ein Klopfen ließ uns gleichzeitig zur Tür schauen. Die Füchsin erschien im Türrahmen. Ihre Augen waren leicht gerötet, ansonsten sah ich ihr von dem nächtlichen Erlebnis nichts an.

„Hab ich euch geweckt?“

„Nein. Das war der Geruch. Was ist das?“

Sie lachte. „Guten Morgen.“ Sie lächelte mich geradewegs an und traf mich mitten ins Herz. Ich wußte nicht wie mir geschah, doch für Augenblicke schien mir, als habe es aufgehört zu schlagen. Ihr Lächeln durchdrang meinen Körper wie ein wärmender Sonnenstrahl. Ich war unfähig ihr zu antworten, brachte nur ein Nicken zustande und mußte selber lächeln. Sie war ansteckend, ich sollte mich in Acht nehmen.

„Guten Morgen“, sagten die drei anderen gleichzeitig.

„Ich wollte nur Bescheid sagen; das Frühstück ist gleich fertig.“

„Hört sich gut an“. antwortete Gavin.

„Und riecht gut“. warf Calum ein.

„Zu trinken habe ich Tee und Lupinenkaffe.“

Gavin zuckte die Schultern. Er wußte weder was *Tee* noch *Lupinen-*

kaffe war. „Was riecht so gut?“ fragte er nach.

Sie lachte. „Das ist wohl der *Kaffe* oder die aufgebackenen *Brötchen*?“

„Aye, egal was es ist, wir werden es versuchen.“ Gavin neigte seinen Oberkörper leicht und lächelte die Füchsin dankbar an.

„Was ist mit dem Mann ...?“ Ich stockte, da mir die nächsten Worte nur schwer über die Lippen wollten. „An deiner Seite?“ Ich konnte mir beim besten Willen nicht vorstellen, daß sie ihr restliches Leben mit diesem Kerl verbringen wollte.

„An meiner Seite?“ Sie schüttelte den Kopf. „Er ist nicht der Mann an meiner Seite. Er ist auf.“

„Will er bleiben?“ Nicht der Mann an ihrer Seite, schoß es mir durch den Kopf. Ein heißes Gefühl des Glücks zog durch meine Adern.

Sie schüttelte den Kopf. „Er ist dabei zu gehen.“

Ich sah sie durchdringend an. „Hat er sich entschuldigt?“

Sie lächelte unsicher. Das leichte Kopfschütteln hätte ich beinahe übersehen können. Verdammter Mistkerl. Nicht einmal eine Entschuldigung hatte er zustande gebracht. Nicht daß sie viel geändert hätte, aber es hätte wenigstens einen nicht vollkommen schlechten Kern gezeigt. Die Füchsin sah mich an. Ihre hellbraunen Augen bedankten sich für meine Hilfe und meinen Trost. Ihr Blick ging mir durch und durch. In mir tobten die Gefühle. Ich konnte mich an ihr nicht satt sehen. Sie hatte ihre Haare zu einem Knoten gebunden, so daß ich ihren zierlichen braunen Nacken sehen konnte. Nie hatte ich so für ein Mädchen empfunden, wie jetzt für die Füchsin.

„Du hast ihn vor die Tür gesetzt?“ Ich nickte zufrieden, denn ich war mir sicher. „Unsere Frauen hätten so einen längst fortgejagt.“

Die Füchsin sah mich mit großen Augen an. „Meinst du?“

Sie hatte ihn folglich nicht vor die Tür gesetzt! Ich war verwirrt. „Er hat dich behandelt wie ein Stück Dreck“, sagte ich befremdet. Ich wollte ihr gewiß nicht zu nahe treten.

Plötzlich lachte sie leise. „Vielleicht hast du Recht?!“

Ich wagte nicht zu nicken.

Sie schaute mich eine Weile an, ehe sie sich abwandte. „Ich gehe wieder nach unten, wenn ihr soweit seid, kommt ihr nach! Und erschreckt euch nicht, es sind ein paar Herbergsgäste da.“ Sie drehte sich um und ging wieder hinunter.

Ich fühlte Gavins Blick auf mich gerichtet und zwang mich ihn anzusehen. Was mir die Augen meines Bruders sagen wollten begriff ich nicht, meine Gedanken weilten bei der Füchsin. Ich wandte mich ab, um aufzustehen und mich anzukleiden. Doch während ich mich ankleidete, kreisten meine Gedanken um die Füchsin. Wie konnte sie sich von einem Mann so behandeln lassen? War es hier üblich? Hatten Frauen hier nichts zu sagen? Zuhause hatte ein Mann der die Frau an seiner Seite nicht gut behandelte kein leichtes Leben. Wurde er von der Frau gar hinausgeworfen, wollte ihn auch keine andere mehr, denn er taugte offensichtlich nichts. Er begriff diese Welt hier nicht.

Den Bauch vollgeschlagen, lehnte ich mich an ein Kissen zurück. Die Füchsin hatte uns mehr als ausreichend geboten und obwohl vieles fremd war, so schmeckte es doch gut. Ich hatte mißtrauisch die anderen Gäste beobachtet, bis diese laut schwatzend den Raum und das Haus verlassen hatten. Diese Leute machten offensichtlich eine Reise und die Füchsin hatte sie beherbergt. Sie kannten sich nicht, so wie es aussah. Die Füchsin riß mich aus meinem Gedankengang.

„Habt ihr übers *Duschen* nachgedacht?“

„Du wolltest uns heute erklären was es ist.“

„Ein wenig ist es wie ein Wasserfall. Ein Wasserfall im Haus und ich kann die Wärme des Wassers selber bestimmen.“ Sie dachte nach. „Aus einem Rohr in der Wand kommt das Wasser und wird durch viele kleine Löcher gedrückt.“

„Du mußt Unmengen an Wasser gelagert haben?!" warf Calum verblüfft ein.

Sie lachte und schüttelte den Kopf. „Das Wasser kommt von einer Wassersammelstelle und wird auf alle Häuser verteilt."

„Du meinst alle haben so eine *Dusche*?"

„Viele, wenn nicht sogar die meisten." Flanna vermied ihnen zu sagen, daß die meisten Menschen in den westlichen Ländern durchschnittlich bis zu einhundertunddreißig Liter am Tag verbrauchten. Eine ungeheure Menge für einen einzigen Menschen, fand sie. Annähernd eine Badewanne voll, die so unbedacht beschmutzt und verbraucht wurde. Und das würden diese Menschen der alten Zeit sicher nicht verstehen können.

Calum und Eithne sahen sich verständnislos an. Auch ich hatte nicht begriffen, was sie wirklich meinte. Ich kam mir wie ein Junge vor, dem alles neu und unbekannt war. Wir mußten alle vier von vorne anfangen.

„Ich werde nach draußen gehen", wagte Calum zu sagen. Er wollte nicht *duschen*, er wollte sich draußen im Schnee wälzen, so wie er es immer tat.

Gavin sprang auf. „Nein!" sagte er heftig.

Wir sahen ihn erstaunt an.

„Nur zusammen!" sagte Gavin erklärend.

Wer wußte was geschah, wenn wir uns räumlich trennten? Gavin hatte vermutlich Recht.

Calum schaute niedergeschlagen auf den Boden.

Flanna begriff nicht. Sie schien dennoch die Angst in Gavins Augen wahrzunehmen

Ich nickte, spürte wie ernst mein Gesicht aussehen mußte. „Wir werden alle vier hinausgehen."

„Aye!“ Gavin nickte zufrieden.

Ich wandte mich an die Füchsin. „Wir werden uns draußen im Schnee waschen, wenn du nichts dagegen hast?“

Flanna schüttelte den Kopf. „Was sollte ich dagegen haben?“ Sie lachte. „So lange noch Schnee liegt.“

Ich zuckte mit den Schultern.

„Aber ihr könntet es einfacher haben, wenn ihr *duschen* würdet. Ihr könnt das Wasser sogar kalt stellen.“

Calum hob abwehrend die Hände, während er die Füchsin mit den Augen um Nachsicht bat.

Sie lächelte, hob besiegt die Schultern und nickte. „Bitte.“ Sie zeigte zur Tür. „Wollt ihr wenigstens *Handtücher* haben?“

Ich sah sie fragend an. *Handtücher?*

Die Füchsin überlegte nicht lange, sie ging hinüber zum Bad und kam kurz darauf mit einem Stapel Stoff in den Händen zurück.

„Hier, damit könnt ihr euch anschließend trocknen.“ Sie drückte Gavin den Stapel in die Arme.

„Danke.“

Die Füchsin ging voraus. „Ich mache euch auf.“

Wir folgten ihr. Mir war irgendwie nicht wohl in der Haut. Ein Schwall eiskalter Luft kam uns entgegen als wir die Tür öffneten. Ich kannte mich selber nicht mehr, am liebsten wäre ich wieder zurück in die Wärme gegangen. Sollte Calum doch alleine im Schnee baden. Ich trat den ersten Schritt nach draußen und einen zweiten.

Die Füchsin blieb im Türrahmen stehen, während wir uns eine schöne Stelle aussuchten, doch plötzlich war sie nach drinnen verschwunden.

Verstohlen beobachtete Flanna die vier Schotten, die sich nackt im kalten Schnee wälzten. Selbst Eithne tat es ohne zu zögern. Flanna schüttelte sich, wenn sie an die Kälte dachte. Ihr Blick wurde vom muskulösen, männlichen Körper Dougals gefesselt. An diesem Mann war nichts wo es nicht hingehörte und nichts was nicht wunderbar zusammenpaßte. Nie hatte sie solch natürlich kräftige, schlanke Männer gesehen. Jäh hörte sie in sich die angenehme Stimme Dougals. Eine Schauer rieselte ihr über den Körper, als sie sich an seinen leisen, einfühlsamen Gesang erinnerte. Ein bißchen erinnerte sie seine Stimme an die von Donnie Munro, nur daß ihr Dougals weitaus besser gefiel. Sie beobachtete Eithne um sich abzulenken. Ihr Körper war jugendlich, doch ihre weiblichen Formen konnte sie nicht leugnen und sie besaß einen muskulösen, straffen Körper. Flanna fühlte Eifersucht in sich aufsteigen. Sie kam sich dagegen vor wie eine verwöhnte Prinzessin, deren Körper nur mit weichen Kissen in Berührung gekommen war und die es niemals nötig gehabt hatte ihn zu stählen. Calum warf Eithne einen Schneeball auf den Hintern. Sie schimpfte lautstark, lief zu ihm und brachte ihn zu Fall. Und sie gingen so selbstverständlich mit ihrer Nacktheit um wie Flanna es von keinem sonst kannte.

Offensichtlich gestärkt und zufrieden kamen sie wieder herein und setzten sich, bis auf Eithne. Sie trat zu Flanna an die Verschläge. „Soll ich dir helfen?“

Flanna schüttelte lächelnd den Kopf. „Danke, ich bin fertig.“

Plötzlich erklang ein lautes Klopfen von der Tür her.

Die Füchsin wirkte unsicher und sah zum Gang, der zur Tür führte. „Hat Karsten etwas vergessen?“ fragte sie sich laut, während sie zur Eingangstür ging.

Sie entschwand meinem Sichtfeld. Ich war gespannt, lauschte ihren Schritten, dem Drehen des Schlüssels im Schloss und dem Öffnen der Tür. Einen Atemzug lang war es still, dann rief sie plötzlich laut: „Wer?“

Flanna kam nicht weiter. Der Mann im großen Tuch, ebenso verwegen aussehend wie die drei anderen Männer, drängte sich durch den Türrahmen. Mit einem gezielten Griff legte er ihr seinen Arm um die Schultern und, fassungslos mußte sie feststellen, wieder hatte sie ein Messer an der Kehle. Der Kerl ließ mit dem Fuß die Tür ins Schloss fallen, ehe er sie mit dem Messer weiterdrängte. Wie viele kamen wohl noch aus der Vergangenheit, um ihr einen Dolch an den Hals zu drücken, schoss ihr durch den Kopf? Sie traten in den Türrahmen der Wohnzimmertür. Wie auf Befehl sprangen die Männer auf. Sie zogen ihre Dolche und starrten verblüfft, so schien ihr, den Fremden an. Kannten sie ihn? Flanna fiel die andere Färbung seines Tuches auf. Waren das nicht die Farben der MacBochra?

Ich schluckte. Wenngleich ich auf der einen Seite zufrieden mit mir war, ich hatte mich nicht getäuscht was unseren Verfolger anbelangte, so war ich doch zutiefst beunruhigt und voller Angst um die Füchsin. „Verflucht! Was tust du hier?"

Der Mann schüttelte den Kopf und verstärkte den Griff.

Flanna fühlte sich gar nicht wohl. Offenbar kannten sie sich, doch ebenso offensichtlich, mochten sie sich nicht.

Der Magen des Mannes grummelte laut. Er hatte anscheinend Hunger. Das war die Gelegenheit! Sie legte ihm mutig die Hand auf den Arm.

„Ich wäre dir dankbar, wenn du mich loslassen würdest. Dann könnte ich Essen holen?!" Sie spürte wie sich sein Griff lockerte. Wenigstens war er ansprechbar.

„Falls es zwischen euch Streitereien gibt, so würde ich vorschlagen, diese vorerst zur Seite zu stellen, jedenfalls in meinem Haus."

„Sie sollen mir erst beschwören, daß sie mich in Ruhe lassen!" Sein Griff verstärkte sich wieder.

Flanna sah Dougal hilfesuchend an. „Ist das möglich?“ Sie konnte den ängstlichen Ton in ihrer Stimme nicht verdrängen, obwohl sie doch viel lieber selbstsicher gewirkt hätte.

Ich hob die flache Hand und nickte. Wir durften das Leben der Füchsin nicht gefährden. „Aye, solange wir Gäste in deinem Haus sind, werden wir ihm nichts tun.“ Ich kniff die Lippen zusammen. „Das Gebot gilt andersherum auch für dich, Duncan!“ Ich steckte meinen Dolch wieder weg.

Flanna spürte, wie der Mann seinen Griff lockerte und schließlich die Hand fort nahm und die andere von ihrer Schulter löste. Er zog sein Messer zurück. Sie stürzte zur Seite, in Dougals Nähe. Endlich konnte sie den Mann aus sicherer Entfernung betrachten.

Er sah verlottert, verfroren und verängstigt aus. Er tat ihr leid. Seine dunkelblonden Haare brauchten dringend eine Bürste und er ein Bad. Seine Kleidung war feuchtschwer und hing an ihm wie ein Sack.

Dougal räusperte sich neben ihr. „Ich warte auf deine Antwort?“

Der Mann wand sich an Flanna. Sie konnte erkennen, daß er gegen Tränen ankämpfte. „Ich hole Essen“, sagte sie schnell und ging hinüber zur Küche.

Ich starrte unbeirrt zu Duncan herüber. Aye, er sah erbärmlich aus. Ein Wunder? Wenn er ebenso lang in dieser Zeit weilte wie wir, und das allein, dann wäre es wunderlich, wenn er besser aussehen würde. Hatte ihn denn sein Vater nicht ausgestattet? Ihn mit allen lebensnotwendigen Dingen bestückt? Ich wurde das Gefühl nicht los, daß Duncan nicht von seinem Vater geschickt worden war. Er tat mir beinahe leid. Allerdings nur beinahe, denn er war ein MacBochra.

Die fünf Menschen belauerten jede Handlung des anderen. Flanna konnte es körperlich spüren. Sie beeilte sich, ihm ein paar Scheiben Brot zu schneiden und zu belegen und stellte das Essen anschließend auf den Tisch. Die anderen standen wie erstarrt. Mit einer einladenden Geste bat sie den Neuankömmling sich zu setzen.

Duncan war unsicher. Konnte er es wagen sich zu setzen? Er beobachtete Dougal.

Flanna sah Dougal ärgerlich an. „Bitte setzt euch doch, sonst stehen wir noch morgen früh hier herum."

Dougal schaute sie ertappt an und kam ihrem Wunsch nach.

Schließlich kam Duncan zögernd an den Tisch und setzte sich auf die äußerste Kante eines Stuhls. Einen Atemzug lang hatte er sich in der Gewalt, doch unerwartet plötzlich griff er nach einer Scheibe Brot und begann zu essen. Er hatte geglaubt nie mehr in seinem Leben ein Brot essen zu können. Es schmeckte gut. Ungewohnt, aber durchaus genießbar. Er entspannte sich ein bißchen. Hätte er sich doch bloß eher getraut, schoss ihm durch den Kopf, doch die Angst war zu groß gewesen. Er spürte die beobachtenden Blicke auf sich gerichtet, trotzdem zwang er sich die Brote zu Ende zu essen. Schließlich schluckte er den letzten Bissen herunter und wandte sich dem ältesten der MacDougals zu. Dougal schien ihm besonnen und vernünftig. „Mein Vater wußte nicht was er tat." Er schaute auf den Boden. „Glaube ich jedenfalls. Er wirkte verstört, als ihr plötzlich verschwunden wart." Er sah wieder Dougal an. „Gemmán hatte das geplant. Er brauchte Menschen, mit denen er versuchen konnte, was er selber nicht wagte."

„Und wie bist du hierher gekommen?"

„Ich stand nahe dem Stein und sah auf die Stelle herunter, wo ihr zuvor gelegen habt, da erfaßte mich eine Kraftwelle und zog mich in einen Strudel aus Licht und Dunkel." Duncan schaute erneut zu Boden.

Er wollte nicht wagen, daß Dougal in seinen Augen las und darin entdeckte, daß er nur wegen Eithne hier war. Niemand brauchte das zu wissen. Besser sie glaubten er wäre unabsichtlich hier. Er wagte einen Seitenblick. Glaubte Dougal ihm? Er nickte, kaum sichtbar.

„Du bist uns die ganze Zeit gefolgt?“ Es war mehr eine Feststellung, denn eine Frage.

Duncan nickte ergeben. Im Geheimen folgen war er ein Meister. Er behielt für sich, daß er gesehen hatte, wie Dougal den heiligen Stein geschluckt hatte. Es war sicherer, sonst würden sie ihn womöglich doch umbringen. Seine Kehle war trocken, er schluckte hart und räusperte sich.

Die Frau erhob sich, ging zu den seltsamen Verschlägen und kam mit einem Becher voll Wasser zurück. Sie hatte eine schnelle Auffassungsgabe.

„Hier.“ Sie reichte ihm den Becher.

Gierig trank er ihn leer.

„Was hast du vor?“ Dougal sah ihn fragend, lauernd, aber nicht unfreundlich an.

Duncan zuckte die Schultern. Er wußte es nicht. Hatte er doch insgeheim gehofft, er würde sich ihnen anschließen dürfen. „Ich hoffe Gemmán holt uns bald zurück!“

„Warum sollte er das tun?“ Dougals Stimme hatte einen schneidenden Ton angenommen.

„Er muß doch wissen wollen, wie es uns ergangen ist?“ warf Duncan zweifelnd ein.

„Vielleicht, weil er mit den MacBochras unter einer Decke steckt. Außerdem will MacBochra doch sicher seinen Sohn zurück haben?!“ Eithne sah Duncan böse an.

Duncan bezweifelte das, doch auch das behielt er für sich. Er konnte Eithne nicht verdenken, daß sie ihn so böse ansah. Seit ihrer Geburt wurden alle MacDougals und jeder MacBochra gegeneinander aufgehetzt. War es richtig, daß Menschen einander haßten, selbst wenn sie sich nicht oder nur vom Sehen kannten? War es richtig, Haß und Wut, welche die Vorfahren einmal begonnen hatten, allezeit weiter zu tragen, von Kind zu Kind? Für Schuld zu büßen, die vor vielen, vielen Jahren entstanden war? Es war an der Zeit dem ein Ende zu setzen. Möglicherweise war diese mißliche Lage der Anfang für ein gutes Ende? Er schaute zu Boden und rang sich zu etwas durch. „Ich kann alleine nicht überleben." Er sah auf und musterte die anderen der Reihe nach. „Nur weil ich euch folgte, habe ich es bis hierher geschafft, allein wäre ich hoffnungslos verloren gewesen." Er sah Dougal fest in die Augen. „Ich werde keinerlei Handlungen unternehmen die feindlich sind, und ich bitte euch, es genauso zu halten!?"

Ich nickte. Offensichtlich hatte Duncan den gleichen Gedankengang gehabt wie ich zuvor. Und wer konnte sagen, ob wir je würden zurückkehren können oder wozu dieses Zusammentreffen gut war. Die Zwistigkeiten der MacBochras und der MacDougals waren mir von jeher zuwider. Im Grunde wußte niemand mehr, weshalb die Feindschaft bestand. Ich sah die anderen an.

Gavin nickte bestätigend. Nur Eithne schien Duncan am liebsten auf der Stelle erwürgen zu wollen. Nun sie würde sich fügen müssen. Und die Füchsin? Würde sie einen weiteren Gast in ihrem Haus dulden? Ich schaute sie fragend an.

Duncan wandte sich an sie, er erhob und verneigte sich. „Ich möchte mich zuerst für mein Betragen entschuldigen. Ihr könnt jedoch sicher sein, daß ich euch in Wahrheit kein Haar hätte krümmen können und wollen." Er sah einen Atemzug lang Eithne an, ehe er sich wieder an Flanna wandte. „Ich werde weder euch, noch einer anderen Frau etwas zuleide tun." Flüchtig begegnete er Dougals Blick. Duncan kannte die Wahrheit über die Schändung seiner Schwester. Niemand wußte, daß er Zeuge gewesen war.

Eithne schnaubte abfällig. Er war ein MacBochra. Was für ein dummes Gerede. Selbstverständlich hätte er ihr leid angetan, wenn er die Gelegenheit gehabt hätte. Es war Zeit, daß er das Haus verließ. Oder hatte er tatsächlich vor mit ihnen hier zu leben?

„Vorausgesetzt, ihr gestattet mir ebenfalls hier zu leben, würde ich draußen in der Scheune schlafen", fügte Duncan hinzu.

Flanna schüttelte heftig den Kopf.

Duncan schluckte. Aber warum sollte sie ihm auch trauen?

Ich staunte. Was hatte die Füchsin gegen Duncan? Sie kannte weder ihn noch unsere Feindschaft.

„Blödsinn!" sagte sie mit einem Mal. „Du wirst selbstverständlich hier im Haus leben, wie die anderen auch." Sie sah Eithne an. „Eithne kann ihr eigenes Zimmer bekommen, und du kannst bei den anderen schlafen."

Heftig warf Gavin ein. „Wir bleiben zusammen! Eithne wird nicht in einem getrennten Zimmer schlafen."

Die Füchsin sah ihn merkwürdig an, ehe ihre Augen verstehend aufleuchteten. Sie nickte. „Mir soll's egal sein, das könnt ihr unter euch ausmachen." Sie lachte unsicher. „Hauptsache, ihr schlagt euch nicht die Köpfe ein. Notfalls kann er ein eigenes Zimmer bekommen."

Ich erkannte die Angst in Duncans Augen. „Ich verbürge mich für uns, solange Duncan ebenfalls einen Eid ablegt. Wir können oben zusammen schlafen."

Duncan nickte schnell. „Bei meiner Ehre, so wahr ich Duncan MacBochra bin, ich schwöre Frieden zu halten."

Die Füchsin nickte erneut. „Ich gebe dir Kleidung zum Anziehen, dann kannst du deine Sachen zum Trocknen aufhängen.“ Sie erhob sich und verließ den Raum.

Es gefiel mir nicht. Warum kümmerte sie sich so ergeben um Duncan? Ich spürte ein unangenehmes Ziehen im Magen.

Duncan wartete bis Flanna nicht mehr zu hören war, dann wandte er sich an mich.

„Ich will meine Sachen nicht abgeben!“

„Du siehst erbärmlich aus, nimm ihr Angebot an.“ Ich mußte unerwartet lächeln. „Außerdem schaue ich nicht so gern die ganze Zeit die MacBochra-Farben an.“

Eithne lachte los

Duncan schluckte. Wie sollten sie es schaffen Frieden zu halten? Egal, er sollte sich andauernd die Sticheleien der anderen gefallen lassen, nur weil er allein war und sie zu viert?

Ich erkannte in Duncans Gesicht Zeichen der Kränkung. Egal, sollte er sich besser daran gewöhnen, wir waren in der Überzahl.

Calum beobachtete Duncan still. Sollte er nur den leisesten Ansatz einer feindlichen Handlung unternehmen, er würde ihn zerfleischen.

Die Füchsin trat wieder ein. Sie trug ein weiteres Hemd und ein Kleidungsstück aus blauem Stoff. Beides reichte sie an Duncan weiter.

„Hier, ein Hemd und eine Jeans, könnte passen, jedenfalls vorübergehend.“

Beinlinge! Warum hatte sie mir keine Beinlinge angeboten? Ich fühlte mich benachteiligt.

„Vielleicht könnt ihr, *Duncan?“* Sie schaute Duncan fragend an.

Der nickte bestätigend.

„Also, Duncan, mit allem bekannt machen?“

Duncan nahm ihr die Kleidung ab und sah mich fragend an. War ich bereit dazu? Ich nickte. „Das kann Calum machen!“ Ich sah Calum bestimmend an. Er sollte nicht wagen abzulehnen.

Calum sah seinen Bruder ärgerlich an. Wieso er? Doch Dougals Augen ließen ihm keine Wahl. Er nickte widerwillig.

Duncan hob ratlos die Beinlinge hoch. Flanna bemerkte seinen fragenden Gesichtsausdruck. Sie zeigte auf die Hose. „Da wo die Öffnung mit dem Reißverschluß ist, das kommt nach vorne.“ Sie zog den *Reißverschluß* einmal hoch und wieder herunter.

Duncan nickte, obwohl ihm das alles offensichtlich zu schnell ging.

Calum erhob sich. „Komm“, sagte er barsch. „Ich zeige dir das Bad und den Boden, da kannst du dich umziehen.“ Auf keinen Fall wollte er, daß Duncan sich vor Eithne umzog. Schlimm genug, daß ein MacBochra mit ihnen unter einer Dach wohnte. Und daß er wie ein Säugling war, um den sie sich kümmern mußten. Aye, dieser Vergleich gefiel ihm. Er ging vorweg nach oben.

Flanna sah den beiden hinterher. Ihr Leben war in den letzten Stunden reichlich durcheinander geschüttelt worden und nun tauchte dieser Duncan auf. Duncan MacBochra! Ein weiterer Besucher aus der Vergangenheit und möglicherweise ein Vorfahr von ihr? Ein seltsames Gefühl. Sie konnte die Feindschaft zwischen den fünf Menschen körperlich spüren, wie einen zu heißen Sonnenstrahl. Hoffentlich behielten sie sich in der Gewalt. Ratlos setzte sie sich zu den anderen. Es herrschte bedrückendes Schweigen.

Sie sind tot

MacDougal hatte einen freien Boden für ihr Zusammentreffen gewählt und er war froh, daß außer einigen MacBochras, den MacDougals, Ossian und einigen Druiden auch Lairds anderer Clans dabei waren. MacBochra wirkte wie versteinert und gebrochen. Als trüge er eine Last mit sich herum, die er nicht mehr schleppen konnte. MacDougal beschloss endlich anzufangen. Er trat vor:

„Werte Herren Lairds und Druiden." Er verneigte sich. „MacBochra!" Er sah den Mann unfreundlich an. „Ich weiß, daß meine Söhne und meine Tochter in deiner Hand waren, wo sind sie aber jetzt?"

MacBochra schien mit sich zu kämpfen. In seinem Gesicht arbeitete es. Schließlich sah er MacDougal haßerfüllt an. „Einer deiner Söhne hat meine Tochter geschändet und er hat die rechte Strafe dafür erhalten." Er nickte bestätigend.

MacDougal wurde schlecht. Konnte es möglich sein, daß MacBochra seine Söhne ohne ein Clansgericht verurteilt und bestraft hatte? Für etwas, was weder der eine noch der andere getan hatte! „Ich verstehe nicht."

„Sie sind aller Wahrscheinlichkeit nach tot!"

„Heißt das du weißt es nicht?" Warum mährte sich der Kerl nicht aus. „Und was ist mit Eithne?"

„Deine Tochter?" MacBochra überlegte, sollte er MacDougal die Wahrheit sagen? Oder sollte er ihm unendlichen Schmerz bereiten und ihm eine Geschichte erzählen? Er sah sich in der Runde um. Wenn es irgendwann doch ans Licht kam, wäre er geliefert. Es waren zuviel ehrbare Herren anwesend. Er räusperte sich umständlich. „Deine Tochter ist bei deinen Söhnen, unangetastet, wenngleich es uns schwer fiel sie nicht ebenso zu schänden, wie einer deiner Söhne das mit meiner Tochter getan hat!"

„Meine Söhne würden niemals eine Frau schänden, nicht einer von ihnen und sicher würden sie keine MacBochra berühren, in welcher Art auch immer."

„Willst du damit andeuten, daß mein Mädchen gelogen hat?" MacBochra baute sich vor MacDougal auf.

„Ich sage lediglich, daß meine Söhne keine Schänder sind! Wenn das bedeutet, daß deine Tochter ihren eigenen Vater belogen hat, dann ist das nicht meine Schuld!" Wütend starrte MacDougal MacBochra an.

MacBochra schüttelte den Kopf. Am liebsten hätte er MacDougal gleich den Schädel eingeschlagen. Dieser verdammte Mistkerl unterstützte Coinneach MacAilpin und seine Sache und jeder wußte, daß es nicht gut sein konnte, wenn die Stämme vereint wurden.

MacDougal sah auf den Boden. Er ballte die Fäuste und versuchte sich in der Gewalt zu behalten. „Wo verdammt, sind meine Kinder? Hast du sie ermordet? Dann sag mir wenigstens wo ich ihre Leichen finde."

„Ich mache mir doch nicht die Finger schmutzig." MacBochra seufzte. Wäre Duncan nicht mit hinterhergegangen, alles wäre viel einfacher. Er erwiderte den Blick MacDougals.

„Sie sind tot, reicht das nicht?"

MacDougal schnaubte. „Gib mir endlich eine Antwort oder hast du keine?"

„Sie sind fort. Du wirst ihre Leichen nicht finden, sosehr du auch suchst."

MacDougal verlor die Geduld. Er sprang auf MacBochra zu, um ihn zu würgen, doch die Umstehenden hielten ihn zurück. „Er tut es mit Absicht!" brüllte er. „Er will mich quälen!" Es fehlte nicht viel, er konnte die Tränen bereits fühlen, doch diese Genugtuung wollte er MacBochra nicht geben. Er drehte sich um und atmete tief ein und aus.

„Gemmán hat deine Söhne verflucht!" Nun war es raus. Mit einem Mal fühlte sich MacBochra leichter.

MacDougal drehte sich wieder um. „Was hast du gesagt? Gemmán?“

„Aye, Gemmán! Sie wollten nicht reden und sie haben geleugnet meine Tochter geschändet zu haben.“

„Mit Recht!“ MacDougal mochte nicht mehr denken. Was hieß verflucht? Er sah MacBochra herausfordernd an. „Ich werde Genugtuung von dir verlangen! Und kein anderer Mann wird sich daran beteiligen. Nur wir zwei!“ Er starrte auf den Boden. „Diese Kämpfe dauern schon viel zu lang an, das muß ein Ende haben!“

„Fordere was du willst! Von mir bekommst du es nicht. Beweise mir, daß deine Söhne meiner Tochter nichts getan haben, dann reden wir weiter!“ MacBochra wandte sich ab und schritt aus dem Kreis.

MacDougal wußte, es hatte keinen Zweck ihm an die Gurgel zu springen. So sollte es sein. Er mußte beweisen, daß seine Söhne unschuldig gestorben waren, dann würde er vermutlich Genugtuung erhalten und die Kämpfe würden aufhören!

Ein verpatztes Frühstück

Flanna starrte nach draußen. Es taute heftig. Überall tropfte es und der Boden war aufgeweicht und matschig. Und wie so oft in den letzten beiden Tagen, wanderten ihre Gedanken zu Dougal, seinen Geschwistern und deren Feind. Duncan tat ihr leid. Er hatte keinen leichten Stand. Besonders Eithne schien es darauf anzulegen ihm Sticheleien an den Kopf zu werfen wo sie nur konnte. Dabei hatte Flanna den Eindruck, daß er völlig andere Gefühle für Eithne hegte. In seinen Augen las sie mehr als einmal völlige Hingabe.

Wie sollte sie diesen Menschen helfen? Erstens mangelte es ihr an Geld, zweitens wußte sie nicht an wen sie sich wenden sollte. Wo sollte sie einen ernstzunehmenden Druiden finden? Männer und Frauen, die sich als solche fühlten oder bezeichneten, die gab es genug, aber ehrliche, wahre Druiden? Einen, der fähig war andere Menschen in der Zeit reisen zu lassen? Und dies gezielt, so daß sie am gewünschten Ort landeten? Sie mußte nach Schottland, soviel stand fest. Vielleicht konnte Runa ihr helfen? Wenn sie Glück hatten, fanden sie die heiligen Steine. Und gegebenenfalls konnte Runa ihr einen wahren Druiden nennen? Schließlich hatte sie ebenfalls seltsames erlebt und war seitdem ein anderer Mensch geworden. Womöglich war es kein Zufall gewesen, daß sie auf Runas Anzeige geantwortet hatte? Sie fragte sich allerdings, wie sie es schaffen sollte, die fünf Menschen ohne Papiere über die Grenze zu schmuggeln? Es gab nur eine Möglichkeit; sie mußte jemanden finden der sie mit einem Segelboot in der Nacht hinüberschiffte. Sollten sie auf dem Wasser angehalten werden, dann würden sie gälisch reden und hoffen, daß ihr Gegenüber das nicht sprechen konnte.

Sie sah zum Wecker. Es war Zeit aufzustehen. Sie mußte neuzeitliche Kleidung für alle besorgen. Sie fragte sich allerdings, ob sie diese tatsächlich tragen würden? Duncan jedenfalls hatte die Jeans und das T-Shirt nicht schnell genug wieder ausziehen können. Und Dougal war ebenfalls wieder überglücklich in sein gewaschenes Leinenhemd geschlüpft. Wie sollte sie ihnen die Welt da draußen zeigen, wenn sie aussahen wie Schotten, *aye*... Sie mußte schmunzeln; sie liebte es, wenn Dougal dieses Wort sagte, so lässig und doch so bedeutungsvoll. Nun, dann sahen sie eben aus wie Schotten des neunten Jahrhunderts. Wenigstens hatten sie ihre *großen Tücher* und Hemden gewaschen, so sahen sie nicht mehr völlig heruntergekommen aus. Sie mußte erneut schmunzeln. Zumindest Eithne hatte das Duschen gefallen. Bei den anderen war sie sich nicht so sicher. Doch Eithne war inzwischen offener für die Errungenschaften der Neuzeit. Die Männer zeigten eher Abneigung und deutlich den Wunsch wieder zurückkehren zu können.

Sie drehte sich zurück auf die Seite und schob ihre Hände unter die Wange. Nur fünf Minuten. Sie sah den vom Fensterrahmen herunterfallenden Tropfen zu und durch das eintönige Geräusch dämmerte sie wieder ein. Ein feiner Duft zog ihr in die Nase, aufgebackenes Brot und Lupinenkaffe. Offensichtlich war sie heute die Langschläferin.

Ich mühte mich mit dem *Backofen* ab. Eithne stellte den Kaffe auf das *Stövchen*. Soviel Neues! Mir schwirrte der Kopf. Und doch hatten wir in der kurzen Zeit eine Menge gelernt. Ich schaute über die Schulter. Calum und Duncan stritten sich, doch Gavin griff schlichtend ein.

Jeden Morgen wenn ich erwachte, hoffte ich aufs Neue, daß alles nur ein böser Traum war und ich im Familienbett neben unseren Eltern und Geschwistern erwachen würde, doch es war eine leere Hoffnung. Manchmal ertappte ich mich sogar bei dem Gedanken an eine Zukunft in dieser Zeit. Was blieb uns anderes übrig, als mit diesem Gedanken zu spielen. Ohne Frage betete ich jede Nacht für eine Rückkehr, aber ebenso könnten meine Gebete unerhört bleiben. Wer wußte ob Ossian die selbe Macht besaß wie Gemmán? Wie gern würde ich meine Mutter in die Arme schließen oder meinen Vater. Sicher machten sie sich große Sorgen! Wußten sie denn wo sie nach uns suchen mußten? Vermutlich hatte Gemmán ihnen erzählt wir seien tot? Dann wäre es hoffnungslos.

Verflucht! Ich warf die heiße Scheibe Brot auf die Arbeitsplatte. Jedesmal wieder vergaß ich wie heiß es war, weil dieser dumme Herd keine offene Flamme hatte. Ich pustete mir auf die Finger.

„Wer geht sie wecken?“ fragte Eithne und sah mich eindringlich an.

Ich zog die Brauen in die Höhe. Warum ich?

Eithne nickte zufrieden. „Also du.“ Sie nahm die *Kanne* und ging zum *Tisch*.

Ich gab mich geschlagen. Ob sie noch schlief? Möglicherweise konnte ich ein bißchen nackte Haut von ihr sehen, schoß es mir durch den Kopf. Ein heißes Feuer zog durch meinen Körper. Sie war unsere Gönnerin. Ich sollte meine Gedanken besser in der Gewalt haben. Und wenn wir nicht zurückkehren könnten? Durfte ich mir Hoffnung auf ein Leben an ihrer Seite machen? Mein Blick streifte Duncan. Sie war äußerst nett zu ihm. Mochte sie ihn womöglich mehr als nur ein wenig? Den Gedanken schob ich weit fort, doch los wurde ich ihn nicht. Zögernd ging ich durch den *Flur* und die Treppe hinauf, bis zu ihrer Tür. Ich horchte einen Atemzug lang. War sie bereits wach? Ich hörte kein Geräusch. Meine Hand setzte zum Klopfen an, doch mitten in der Bewegung verharrte ich. Ich zog die Hand zurück. Sollte doch Eithne kommen, um sie zu wecken. Das war nicht Aufgabe eines Mannes. Mit großen Schritten ging ich wieder nach unten.

„Eithne, das ist Frauensache“, sagte ich mit rauher Stimme.

Eithne lachte mich an. „Feigling!“

Ich starrte böse zurück.

„Ich kann gehen!“ bot sich Duncan an.

Ich konnte nicht verhindern ihn entsetzt anzusehen. Unter keinen Umständen würde ich das zulassen! Ich drehte mich wortlos wieder um und ging zurück nach oben. Von wegen! Dieses Mal zögerte ich nicht, ich hob die Hand entschlossen und klopfte, wahrscheinlich zu laut.

„Bitte?" kam die Antwort von drinnen.

Ich bräuchte nur zu sagen, daß es Essen gäbe und dann könnte ich wieder gehen. Ich drückte die Klinke nach unten und öffnete. Oh verdammt, warum war ich nicht wieder gegangen? Dummkopf. Ein schneller Blick durch den Raum und aufs Bett zeigte mir, daß sie nicht mehr darin lag. Ich atmete halb erleichtert und aye, ich mußte es zugeben, halb enttäuscht aus. Dann entdeckte ich sie. Sie stand, den Oberkörper unbekleidet, vor ihrem *Schrank* und sah mich erschrocken und fragend an. Schnell zog sie ihr Kleid über die Brust nach oben.

Ich räusperte mich, zwang mich aus dem Fenster zu sehen, obwohl ein innerer Drang meine Augen wieder und wieder in eine andere Richtung lenken wollte. Hatte ich nicht vor kurzer Zeit darüber gelacht, wie verlegen sie gewesen war?

„Wir haben uns erlaubt das Frühmahl zuzubereiten", brachte ich mühsam über die Lippen. „Wir warten auf dich." So ein Quatsch. Das hörte sich an wie, wir haben Hunger, kommst du endlich. Dabei hatten wir ihr eine Freude machen wollen.

„Danke, ich hab's bereits gerochen. Ich komme gleich nach."

Ich brachte ein Nicken zustande, ehe ich nach unten floh. Ich spürte, daß mein Kopf hochrot und heiß war, während ich mich zu den anderen setzte. Ärgerlich presste ich hervor: „Ich hab doch gesagt, daß es Frauensache ist."

Eithne prustete lachend los. „War sie nackt?"

Gavin sah mich verständnislos an. „Und wenn?" Er schaute Eithne fragend an. Sie zuckte die Schultern.

Ich schluckte. Was war dabei, ganz Recht! Ich spürte wie mein Gesicht erneut rot anlief, während ein Feuer meinen Körper durchzog.

Flanna lehnte ihre heiße Stirn gegen das kühle Holz der Schranktür. Warme Schauer rieselten ihr über die Haut. Hatte sie sich getäuscht, oder war er rot geworden? Sie zog sich zu Ende an. Traute sich kaum nach unten zu gehen. Machten sie sich wieder über sie lustig, wie an dem Abend, als sie Gavin nackt überrascht hatte? Egal, sie mußte da durch, sie wollte ihnen ihren Einfall mitteilen. Und es stand das erste Mal fernsehen an. Bisher hatten sie sich geschickt gedrückt, doch sie wollte ihnen die Angst davor nehmen. Sie mußten irgendwie begreifen, daß dort keine Zwerge oder geschrumpfte Menschen lebten.

Mit einem unsicheren Lächeln auf den Lippen betrat die Füchsin den Raum und ging zum *Bad* während sie uns im Vorbeigehen ansprach.

„Guten Morgen." Sie schaute einmal in die Runde.

Ich fühlte mich von ihrem Blick nur gestreift und doch wurde sie rot im Gesicht, als wir uns ansahen. Sie verschwand für eine Weile im Bad.

Nachdem die Füchsin wieder hergekommen war setzte sie sich zu uns an den Tisch. Ihr Atem roch nach frischer Minze.

„Danke, für das Frühstück." Sie nickte lächelnd und sprach weiter. „Ich hatte heute Morgen im Bett einen Einfall." Sie prüfte, ob wir ihr alle Aufmerksamkeit zollten. „Ihr habt mir von eurem Schaukampf erzählt, um Geld zu verdienen."

Gavin nickte und schaute sie weiterhin neugierig an.

„Wie wäre es, wenn ihr das weiterhin gezielt anbieten würdet? Damit könntet ihr Geld verdienen, was wir dringend benötigen wenn wir zu irgendeinem Ergebnis kommen wollen." Erwartungsvoll sah sie in die Runde.

Ich war mir nicht sicher, ob mir der Einfall gefiel. Sich zur Schau zu stellen um *Geld* zu verdienen? Es hatte mir bereits auf dem Markt nicht gefallen.

Eithnes Stimme klang schneidend als sie laut sagte: „Niemals! Wir sind doch kein fahrendes Volk." Sie lehnte sich wütend mit gekreuzten Armen an die Wand zurück.

Die Füchsin schien unsicher. „Und als Lehrer?"

„Du meinst wir sollen denen unsere Kampfkunst beibringen?" fragte Eithne entsetzt nach.

Flanna nickte. „Was wäre so schlimm daran?"

Ich hob beschwichtigend die Hand. Es war nicht richtig, daß Eithne sich dermaßen ereiferte, obwohl die Füchsin uns doch nur helfen wollte. „Wir werden darüber nachdenken und uns bereden", sagte ich entschieden.

Eithne starrte mich an, als wären mir Hörner gewachsen. Gavin nickte ergeben. Calum sah zu Duncan, der wiederum auf seine Hände starrte.

Das Frühmahl hatte sich anders entwickelt, als ich mir das vorgestellt und gewünscht hatte. Die Füchsin schmierte sich ihre Brotscheibe und war verstummt. Vielleicht hatte sie Recht? Vermutlich war es die einzige Möglichkeit. Und was war schon dabei?

Duncan schaute auf einmal auf, „Ich würde das machen." Er sah Flanna bedrückt lächelnd an.

Die Füchsin lächelte dankbar zurück und nickte.

Eithne schnaufte abfällig, wie so oft. „Natürlich, du bist ein MacBochra! Daß du dich dafür hergibst ist klar."

„Hör auf!" Ich wurde ärgerlich.

„Ist doch wahr!" erwiderte Eithne sauer.

„Die Füchs..." Ich schaute schnell zur Füchsin, hatte sie bemerkt, wie ich sie nannte? Wenn, dann zeigte sie es nicht. Ich begann noch einmal. „Flanna versucht uns zu helfen und ich finde, daß du nicht angemessen darauf eingehst.“

Eithne schaute mich an, ehe sie sich wütend erhob und nach oben eilte.

Flanna schaute ihr hinterher.

„Denk dir nichts dabei, die beruhigt sich wieder“, warf Gavin ein.

Calum erhob sich. „Ich finde nicht richtig, wie ihr auf Eithnes Einwände eingeht.“ Er folgte seiner Schwester nach oben.

Ich seufzte.

Die Füchsin klappte ihr Brot zusammen und während sie es in die Hand nahm erhob sie sich ebenfalls. „Ich fahre in die Stadt. Kann ich euch allein lassen?“

Ich stand auf. Wir hatten sie verärgert. Ich war sauer auf Eithne, auf Calum und auf mich selber. „Bitte es tut mir leid, ich ...“

Flanna schüttelte den Kopf. „Schon gut. Ich werde etwas anderes versuchen“ Sie ging in den *Flur*, zog sich eine Jacke an, schnappte ihre Schlüssel und verließ das Haus.

Ich schaute ihr durch den Lichteinwurf hinterher. Ich wußte nicht wie ich sie hätte aufhalten können oder was ich hätte sagen können um der Lage die Schärfe zu nehmen. Ich fühlte mich von ihr verlassen. Was wenn sie nicht wiederkam? Sie stieg in ihren Wagen und fuhr los. Am liebsten hätte ich meinen Zorn an Eithne ausgelassen. Konnte sie nicht mehr Einfühlungsvermögen aufbringen? Kaum war das laute Geräusch des Autos verklungen, kamen Calum und sie wieder herunter.

„Wo ist sie?“ Eithne suchte Flanna.

„Ist sie weg?“ fragte Calum mit schlechtem Gewissen.

„Aye, ist sie“, antwortete ich kühl.

„Für immer?“ fragte Eithne erschrocken nach. Ihr wurde flau im Magen bei dem Gedanken.

„Natürlich nicht, oder glaubst du, sie würde uns ihr Heim überlassen?“

Eithne schüttelte den Kopf und sah zu Boden. „Es tut mir leid."

„Sollte es auch." Ich war noch sauer.

„Laßt uns über ihren Gedanken reden solange sie fort ist," sagte Gavin und sah dabei Duncan an. „Wahrscheinlich hat sie Recht damit. Und wenn sie sagt, daß wir *Geld* brauchen, wird es so sein."

„Ich will nicht mit anderen kämpfen oder unsere Geheimnisse preisgeben!" Eithne starrte dickköpfig aus dem Fenster.

„Und was stört dich so daran?" fragte Gavin nach.

Sie zuckte die Schultern.

„Eindeutig Frau!" Gavin verdrehte die Augen. „Du willst nicht, weißt aber nicht warum du nicht willst."

Eithne sah Gavin herausfordernd an. Von wegen eindeutig Frau. Es war eben ein Gefühl. Blöder Gavin. „Ihr könnt tun was ihr wollt, ich stehe nicht dahinter."

Ich überlegte laut. „Was ist dabei? Wir brauchen ihnen nicht jedes Geheimnis unter die Nase zu binden."

„Oder ihm!" Eithne sah herausfordernd Duncan an.

Das war's also. Eithne hatte Angst, Duncan könnte unsere eigenen Kampfkünste gegen uns verwenden!

Duncan sah Eithne an als hätte sie ihn geschlagen.

Das traute sie ihm zu? Sie waren gemeinsam in einer schrecklichen Lage und sie traute ihm diesen schlimmen Verrat zu? Das schmerzte mehr, als hätte sie ihm ins Gesicht geschlagen, und hätte sie ihm einen Dolch in die Brust gestoßen, es hätte nicht mehr weh getan. Er zwang sich auf den Boden zu sehen. Seine Gefühle waren so und so viel zu offensichtlich. Sie sollte sich nicht an seinem Leid laben.

Plötzlich wurde mir einiges klar. Duncan liebte Eithne! Nur aus diesem Grund war er hier. Wie hatte er sich in sie verlieben können? Beim

Treffen der Stämme gingen sich verfeindete Gruppen aus dem Weg. Konnte es sein, daß Duncan ein Auge zuviel auf Eithne hatte werfen können?

„Wir warten ab", sagte ich beschwichtigend. Ich wandte sich an Eithne. „Und du wirst deine Worte zurücknehmen."

„Du willst, daß ich mich entschuldige?" Eithne platzte beinahe vor Empörung.

„Ich will nur, daß du deine Worte zurücknimmst."

Sie starrte mich grimmig und dickköpfig an, ehe sie sich plötzlich an Duncan wandte.

„Du hast es gehört. Ich soll die Worte zurücknehmen. Tu daher so, als hätte ich nicht gesagt, was ich denke."

Zack! Das hatte gesessen. Duncan sah aus, als hätte sie ihn mit dem Schwert geschlagen. Ich ärgerte mich. Besser ich hätte gar nichts gesagt.

Duncan sammelte sich, schluckte seine Kränkung und den Ärger herunter und sagte leichthin. „Schon gut. Ich mache mir nichts aus Worten, die im Zorn gesprochen sind." Er erhob sich. „Ich gehe eine Weile nach draußen, die Luft ist mir zu stickig hier drin." Er wollte hinausgehen als Gavin ihn aufhielt.

„Warte, wir wollten doch nur zusammen hinaus!"

Duncan schüttelte den Kopf während er Eithne ansah und sagte: „Das gilt nur für euch vier, nicht für einen MacBochra." Er ging weiter ohne noch ein Wort zu sagen. Die Tür fiel ins Schloß.

„Das hast du gut gemacht." Gavin sah Eithne böse an. „Ich finde ihn gar nicht so verkehrt."

„Ich versuche mir die ganze Zeit vorzustellen, wie ich mich wohl fühlen würde, wenn ich an seiner Stelle wäre?" warf ich nachdenklich ein.

„Er ist und bleibt ein MacBochra! Das vergesst ihr wohl?"

„Bestimmt nicht. Trotzdem ist er auch ein Mensch. Ein Mensch unserer Zeit in einer verflucht schlimmen Lage. Genauso wie wir." Ich beobachtete Duncan durchs *Fenster*. Er ging mit großen Schritten zum Wald. Ich hatte Angst, er würde nicht zurückkommen, doch Duncan war auf die Füchsin und auf uns angewiesen. So wie wir auch. Trotzdem, Eithne hatte sein Ehrgefühl tief verletzt.

Eithnes Blick folgte dem Dougals. Duncan wirkte traurig. Dennoch, er war ein MacBochra! Es war nicht Recht, daß sie ihm soviel Vertrauen schenkten. Aber, das gab sie nur ungern zu, sie war wohl doch zu hart gewesen. Sie wußte selber nicht weshalb sie so böse auf Duncan war. Er hatte ihr schließlich nie was getan. Im Gegenteil, sie hatte ihn und seine freundliche Art bei den Treffen der Stämme wohl bemerkt. Er war nie überheblich gewesen, wie seine Familie und auch nie so plump oder schmuddelig. Sie schaute hinunter auf ihre Füße.

Calum setzte sich auf einen Stuhl und schaute stumpfsinnig auf den Boden. „So ein Aufheben!" sagte er leise in die Stille hinein.

„Sollen wir nicht endlich essen?" Eithne setzte sich wieder dazu. Sie begann zu essen und hoffte, daß sich die Lage wieder entspannte.

Nacheinander begannen auch wir anderen. Ich hoffte, daß Duncan bald wieder hereinkam. Die Zeit schlich dahin und es wollte kein vernünftiges Wort mehr über unsere Lippen kommen. Als wir den Tisch abgeräumt hatten, kam Duncan auf das Haus zu. Ich sah ihn durchs *Fenster*, stand auf und ging um ihm die Tür zu öffnen, doch Eithne hielt mich zurück. Sie sah mich an und ging zur Tür.

Ich hörte den Schlüssel, dann das Öffnen der Tür. Leise redete Eithne los. „Es tut mir leid. Ich habe es nicht so gemeint."

Duncan antwortete nicht. Ich fragte mich, ob er ihr mit einer Geste verziehen hatte. Er trat ein, ging hinüber zum *Küchenschrank* und nahm sich zu essen. Mit keinem Wort, keiner Geste zeigte er ob Eithnes Entschuldigung bei ihm angekommen war.

Eithne kam mit zerknittertem Gesicht zurück. Auch sie zeigte keine Regung und gab kein Zeichen. Still setzte sie sich wieder auf ihren Platz.

Ein Feind unter ihnen?

Ossian trat aus dem Steinkreis auf MacDougal zu. Seine Miene wirkte bedrückt. MacDougal wollte die Nachricht, die er ihm überbringen würde, nicht hören, trotzdem sah er Ossian erwartungsvoll an.

„Nun?“

„Sie sind nicht tot. Jedenfalls besteht die Möglichkeit, daß sie am Leben sind.“

MacDougal konnte mit der Äußerung nichts anfangen. Er räusperte sich umständlich, wollte ein paar Worte sagen. Doch Ossian kam ihm zuvor.

„So unglaublich das in deinen Ohren klingen mag, Gemmán hat sie in eine andere Zeit verbannt.“

MacDougal hörte die Worte, doch er verstand ihren Sinn nicht. Verständnislos starrte er Ossian an.

Aed mischte sich ein. „Gibt es eine Möglichkeit sie zu retten?“

Ossian erwiderte den Blick von MacDougals Bruder geradeaus. „Wir sind uns nicht sicher.“

MacDougal trat einen Schritt auf Ossian zu. „Du sprichst in Rätseln, Druide. Gibt es eine Möglichkeit oder nicht? Werde ich meine Kinder wiedersehen?“

Ossian seufzte ergeben. „Wir werden unser Bestes geben. Doch das Reisen in andere Zeiten ist nur wenigen Menschen möglich. Manchen aus *Zufall* anderen mit Absicht.“ Er schaute auf die hohen heiligen Steine. „Gemmán hat dunkle Mächte zur Hilfe gerufen. Er wird sich vor allen Druiden verantworten müssen.“ Schwer legte Ossian seine Hand auf MacDougals Arm. „Wenn er deine Kinder mit einem Fluch belegt hat, dann ist es womöglich nur ihm möglich sie zurückzuholen.“

MacDougal schwieg betreten. Das durfte nicht sein. Er nickte Ossian zu. „Ich werde Gemmán suchen und zu euch bringen!“

„Wir werden in der Zwischenzeit daran arbeiten deine Kinder auch ohne Gemmán zurück zu holen.“

MacDougal nickte grimmig ergeben. Er wandte sich, um zu gehen. Ossian hielt ihn am Arm zurück.

„Da ist noch etwas.“

MacDougal fragte sich, welche Schreckensnachricht Ossian ihm noch bringen würde.

„Ein MacBochra ist bei ihnen!“

MacDougal wurde bleich. „Ein Feind unter ihnen?“

„Wir wissen nicht was das bedeutet, ob es gut oder schlecht ist, aber wenn MacBochra seinen Sohn wiederhaben will, wird er womöglich ebenfalls Schritte unternehmen.“

„Was ist mit dem heiligen Stein?“ MacDougal sah Ossian fragend an. „Wird Coinneach MacAilpin trotzdem König werden?“

Ossian zuckte mit seinen Schultern. Er wußte es nicht. Die Weisesten unter den Druiden berieten sich bereits. Ihm schien es das Beste die Andersweltwesen um Vergebung zu bitten und vielleicht einen neuen Stein weihen zu lassen, um das Vorhaben nicht weiter zu gefährden. Doch würden die Lairds unter ihnen, die einem gemeinsamen König so oder so mit Mißtrauen begegneten, nicht dagegen sprechen? Er sah MacDougal an, der auf eine Antwort wartete. „Rede mit den anderen Lairds. Wir werden anstreben einen neuen Stein zu weihen.“

„Aber dieser Stein ist seit Jahrhunderten dafür gebraucht worden!“

„Wenn wir ihn nicht rechtzeitig zurückerhalten, bleibt uns keine Wahl. Deshalb versuche die anderen zu überzeugen.“

MacDougal nickte und überlegte. „Kann ich meinen Kindern eine Nachricht zukommen lassen?“

Ossian dachte ebenfalls nach. „Ich weiß nicht ob sie diese finden.

Warte hier." Er ging zu den anderen Druiden. Nach einer Weile kam er zurück. „Komm."

MacDougal nickte. Er verneigte sich vor den anderen Druiden und folgte Ossian, zusammen mit Aed.

Lieber in den eigenen Schuhen

Als Flanna das Wohnzimmer betrat, schlug ihr eine schrecklich bedrückte Stimmung entgegen. Es war als hätte jemand einen schweren Stein auf das Dach gelegt. Duncan hielt sich abseits, hatte sich an eines der Fenster gesetzt und sah hinaus. Er gehörte nicht dazu. Was war geschehen? Wunden sah sie keine. Nun, würde sie die fünf mit ihrer Nachricht aufheitern können?

„Ich war bei der *Bank* und bei einigen Freunden."

Fünf erwartungsvolle Augenpaare sahen ihr entgegen. Trotzdem erkannte Flanna in allen Blicken Schwermut und Hoffnungslosigkeit.

„Ich habe das Geld zusammen. Runa und Lando werden uns helfen einen Schiffseigner zu finden, der uns hinüberschifft. Wahrscheinlich fahren wir morgen in der Nacht."

Ich fühlte wie mein Gesicht sich aufhellte und eine gewisse Leichtigkeit über mich kam. Ein Hoffnungsschimmer, der uns den Tag versüßte.

Die Füchsin freute sich mit uns, doch Duncan und Eithne schienen ihre Nachricht nicht begriffen zu haben. Ihre Gesichter wirkten erstarrt und Duncan sah aus, als hätte sie ihm sein Todesurteil überbracht. Fragend schaute sie uns, einen nach dem anderen, an.

„Was ist hier eigentlich los?" fragte sie nach.

Ich war erstaunt. Die Füchsin hatte sofort bemerkt, daß etwas nicht stimmte. Seit Stunden saßen wir schweigend zusammen. Eine tiefe Niedergeschlagenheit hatte sich über uns gelegt, doch am schlimmsten hatte es Duncan getroffen. Um so erfreuter war ich über die Nachricht der Füchsin. Ich mußte ihr antworten. „Es gab Unstimmigkeiten, doch nun wollen wir diese zur Seite stellen und uns auf die Reise vorbereiten." Ich erhob mich und trat auf die Füchsin zu. „Ich möchte mich bei dir bedanken, für all deine Bemühungen und dein Vertrauen!“ Ich lächelte sie an. „Ich weiß wohl, daß es nicht selbstverständlich ist, wie du uns begegnest.“

Die anderen nickten beipflichtend. Sogar Duncan schien aus seiner Teilnahmslosigkeit zu erwachen und nickte.

„Was gibt es zu tun?“ erkundigte ich mich.

Die Füchsin dachte nach. „Ich muß einige *Anrufe* erledigen. Die Pflanzen müssen gegossen werden und wir müssen packen.“ Plötzlich fiel ihr etwas ein. „Wir müssen euch neu einkleiden!“

„Neu einkleiden?“ Eithne wirkte mißtrauisch.

„Wir dürfen nicht mehr auffallen als nötig. Es wird so schon schwer genug!“

„Als wir hier ankamen hat uns niemand beachtet, außer dir!“ warf Dougal zweifelnd ein.

„In diesem Fall ist es anders. An der Grenze gibt es Leute deren Arbeit ist es, sich Menschen genau anzusehen die anders sind oder Dinge zu verbergen suchen. Und wenn es uns unter unglücklichen Umständen nicht gelingt unbehelligt über den Kanal zu kommen, dann müssen wir äußerlich so unauffällig sein wie es eben geht.“ Sie verschwieg ihnen, daß sie, egal in welcher Kleidung, so oder so auffällig genug waren.

„Was wird aus unseren Sachen? Was ist mit unseren Waffen?“

Die Füchsin schien erst jetzt an die Waffen zu denken. Sie wirkte verwirrt. „Die Waffen!“ Sie sah mich an. „Die laßt ihr sicherheitshalber hier“, sagte sie zweifelnd.

Calum stieß ein trockenes Lachen aus, als hätte sie einen dummen Scherz gemacht.

Auch mir war nicht wohl in meiner Haut. Meinte sie das ernst? Sollten wir unsere Heimreise ohne Waffen antreten?

Calum schüttelte ungläubig den Kopf. „Niemals lasse ich meine Waffen hier!“

Ich schüttelte unwillkürlich den Kopf. Calum hatte Recht. Ohne Waffen würden wir nicht gehen. Wie stellte sie sich das vor?

Die Füchsin schien verzweifelt. „Wenn sie die Waffen finden, dann seid ihr sie los und landet womöglich im Gefängnis.“

Ich konnte ihr nicht folgen. Jeder hatte ein Recht sich Waffen zum Schutz zu nehmen!

Calum wurde rot vor Ärger. „Das sollen sie versuchen.“

„Sie würden es schaffen, glaub mir. Die Waffe, welche Dougal die Wunde zugefügt hat, kann, richtig gezielt im gleichen Atemzug da sie dich verwundet, tödlich sein. Polizei und Zoll und andere Sicherheitsbeamte dürfen Waffen tragen und sie einsetzen, sonst keiner! Wenn ihr im Gefängnis wärt, gäbe es keinerlei Möglichkeit mehr für mich, euch zu helfen! Und ohne Ausweise seid ihr gar nicht wirklich!“

„So?“ Ich war wütend. Nicht auf die Füchsin, und doch, sie war es doch die uns diese Geschichten erzählte. Ich hielt ihr meinen angespannten Arm und die Faust vor das Gesicht. „Und was ist das? Ist das nicht wirklich?“ Dieser ganze Pergamentausweiskram machte mich wütend. Es war doch nicht wichtig ob einer ein Pergament besaß, das den anderen sagte, daß er lebte. Seine Person war der beste, der lebende Beweis!

Die Füchsin schluckte fahrig.

Ich zuckte zusammen. Was tat ich gerade? „Es tut mir leid!“ beeilte ich mich zu sagen, während ich mich schnell zurückzog.

Sie schüttelte den Kopf. „Für mich seid ihr wirklich und für euch auch. Dagegen gibt es in dieser Zeit eigenartige Menschen, denen *Papiere* wichtiger sind als lebendige Beweise.“

Duncan räusperte sich. Er hatte bisher geschwiegen wie Gavin, doch jetzt wollte er sprechen. „Wenn es besser ist, werde ich meine Waffen zurücklassen. Lieber ohne Waffen nach Hause, als mit Waffen in der Fremde gefangen!" Er wollte nichts lieber als nach Hause. Alles hatte sich zum Schlechtesten entwickelt. Eithne haßte ihn zutiefst. Sie würde ihn niemals als Mann sehen können, sondern ewig nur als MacBochra, als Feind! Besser daher schnell nach Haus und Schande ertragen, weil er ohne Waffen zurückkehrte.

Calum schnaubte wütend. „Wir können doch nicht ohne unsere Waffen nach Hause!" Dieser Gedanke war ihm fremder als alles andere und völlig unwirklich.

„Duncan hat Recht. Ich werde tun, was Flanna sagt!" Es fiel mir schwer diese Worte auszusprechen, doch es war besser; in dieser Welt wußte sie was gut für uns war.

„Und die Dolche?" warf Gavin ein.

Die Füchsin schüttelte den Kopf. „Besser wir hätten nichts aus der alten Zeit dabei, sonst halten sie uns für Schmuggler." Sie lächelte scheu. „Eure Waffen sind heutzutage außergewöhnlich viel wert!"

„Heutzutage?" Gavin lachte. „Weißt du wieviel Münzen und Schweiß so ein Schwert kostet?"

„Wahrscheinlich viel, jedoch nicht einmal ein Zehntel von dem, was ihr jetzt dafür bekommen würdet."

Ich mußte schlucken. Ein böser Gedanke breitete sich in meinem Kopf aus. Und wenn sie uns loswerden wollte, um die Waffen gewinnbringend zu verkaufen? Ich schob ihn weit fort. So ein Unsinn! „So ist es beschlossen, die Waffen bleiben hier!" sagte ich entschlossen.

Calum schüttelte den Kopf, sah Eithne an und sagte: „Ich bin dagegen, aber ihr seid die älteren. Ich hoffe nur, wir bereuen es nicht."

Die Füchsin zögerte, ehe sie sprach. „Da wäre noch die Sache mit der Kleidung."

Ich war es leid. Ich wollte nicht in die *Stadt*. „Kannst du diese Dinge nicht besorgen?"

Sie sah mich zweifelnd an. „Ich weiß eure Größen nicht."

„Wir haben doch die Sachen die du uns gegeben hast. Und vielleicht hast du noch etwas, was du nicht mehr brauchst?"

Sie schüttelte den Kopf. „Mischa hat ein paar Teile dagelassen, aber das reicht nicht!" Sie sah zu Eithne hinüber. „Ich könnte mir denken, daß wenigstens Eithne sich die Sachen selber aussuchen will?"

„Entweder alle, oder keiner!" warf Gavin ein.

Die Füchsin nickte ergeben. „Wie ihr meint. Ich muß noch *telefonieren*."

Duncan trat heran. „Ich werde mit dir fahren!" Er sah Gavin und Eithne herausfordernd an. Sie sollten nicht wagen ihn aufzuhalten. Er hatte nichts mit ihnen gemein.

Die Füchsin schien unsicher, nickte aber. „Auch das, wenn du willst." Sie wandte sich dem *Telefon* zu.

Verdammt. Ich hätte ihn gern davon abgehalten allein mit ihr zu fahren, doch wie konnte ich das, ohne mich lächerlich zu machen? Eben hatte ich mich geweigert mit ihr in dieses Dreckloch zu fahren. Ein unsichtbares Messer bohrte sich durch meine Eingeweide und wütete herum, bis mir schlecht wurde. Es konnte mir doch egal sein, ob Duncan nun mit ihr fuhr oder nicht!

Gavin nahm mich zur Seite und sprach leise. „Ich würde gern die Waffen im Wäldchen vergraben, während sie und Duncan unterwegs sind."

Wieso? Ich sah ihn erstaunt an, doch plötzlich verstand ich. Es war genau, was ich nicht wollte. Wir mißtrauten ihr und Duncan. Trotzdem, ich konnte es nicht ändern, Gavins Gedanke war gut.

Es war bereits dunkel, als sie wieder nach Hause fuhren. Duncan war die ganze Zeit über schweigsam gewesen und sie merkte wie bedrückt er war. Wenigstens hatte sie anhand seiner Größe für die anderen passende Sachen finden können, denn sie glichen sich in etwa. Eithne war ein wenig größer als sie, so hatte sie ein Maß, und sie würde es ihr nicht erzählen, doch Duncan hatte die Sachen für sie ausgesucht. Ihr war einiges klargeworden während sie mit ihm unterwegs gewesen war. Irgendwie brannte es ihr auf der Zunge ihm zu erzählen, daß sie Vorfahren bei den MacBochras hatte. Sie wußte jedoch nicht, wie sie anfangen sollte.

Duncan brütete über seinen Gedanken. Es war unhöflich, er sollte sich lieber mit Flanna unterhalten, doch ihm ging soviel durch den Kopf. „Danke!“ sagte er aus einem inneren Bedürfnis heraus.

Sie sah zur Seite. „Danke?“

„Daß du mich hast die Kleidung für Eithne aussuchen lassen.“ Er grinste schief. „Außerdem war es schön mit dir unterwegs zu sein.“

Flanna lachte leise. „Weiß sie von ihrem Glück?“

Duncan schüttelte heftig den Kopf. „Weiß sie nicht, und sie wird es nie erfahren!“

Sie nickte. „Meinst du nicht sie könnte dich eines Tages mögen?“

„Mögen, vielleicht? Aber lieben?“ Er starrte nach draußen auf die *Straße*. Etwas schummrig war ihm am Anfang gewesen, doch die anderen waren auch mitgefahren. Er wollte nicht nachstehen. „Weißt du eigentlich, daß du große Ähnlichkeit mit der Schwester meines Vaters hast? Ich meine so wie sie früher aussah“, warf er schnell ein.

Ein mulmiges Gefühl zog sich durch ihren Magen. War das ihre Vorfahrin? Sie mußte ihm antworten. „Ich wollte dir bereits die ganze Zeit erzählen, daß ich Verwandte, also Vorfahren bei den MacBochras habe.“

Duncan sah sie von der Seite an, sie konnte seinen durchdringenden

Blick spüren. Plötzlich lachte er erfreut auf. „Dann bin ich nicht allein hier!“ Er lächelte froh.

Sie lächelte zurück. „Das sollte vorerst unser Geheimnis bleiben, oder?“

Er nickte. „Aye, das sollte es. Die MacDougal sind nette Leute, meistens, sie brauchen allerdings nicht jedes Geheimnis zu kennen.“ Er nahm ihre Hand und drückte diese herzlich. „Ich fühle mich gestärkt dadurch und ich danke allen guten Geistern, die dich ausgesucht haben, um uns zu helfen.“

Sie lächelte scheu, wurde bis über beide Ohren rot, während sie unter ihr Vordach fuhr.

Schwer mit Einkaufskörben beladen traten sie ins Wohnzimmer. Es war jedoch dunkel. Sie legten die Sachen auf der Bank ab. Sie rief nach oben. „Hallo? Seid ihr da?“

Von oben hörte sie Dougal antworten. „Wir kommen.“

Flanna trat zurück ins Zimmer als sie die anderen die Treppe herunterkommen hörte. Erwartungsvoll zum einen, zum anderen argwöhnisch stellten sie sich vor ihr auf. Wie die Kinder, schoß es ihr durch den Kopf. Sie verteilte die Kleidung und mußte innerlich über das Mißtrauen der anderen lachen. Sie sah Duncan bedeutungsvoll an. Sie waren sich näher gekommen, darüber war sie froh. Er brauchte einen Freund zwischen den anderen.

Ich sah wie sie ihn anschaute. Da war mehr gewesen als nur eine Fahrt um Dinge zu kaufen. Mir war als teilten sie etwas, ein Geheimnis, von dem wir nichts wußten. Hatte Duncan sich eine neue Liebe ausgesucht? Hatte sie sich von ihm betören lassen? Eine Schlange wand sich in meinen Eingeweiden. Es gefiel mir nicht, wie sie sich ansahen!

„Beinlinge? Für mich?“ Eithne hielt die Beinlinge in die Höhe.

Die Füchsin nickte. „Ich besitze auch welche. Viele, die meisten Frauen tragen heutzutage ausschließlich Beinlinge und die heißen heute *Hosen*!“

Eithne schien nicht überzeugt. Sie hob mit spitzen Fingern die *Unterwäsche* an.

Inzwischen hatte ich ebenfalls zusammenhängende *kurze Beinlinge* in der Hand. Ich sah hilflos zur Füchsin. „So kurze Beinlinge für den Winter?“

Die Füchsin lachte. „Die ist für drunter!“

Ich begriff nicht. „Wieso drunter?“

„Die wird unter der *Hose* getragen.“ Ich legte das eigenartige Teil zur Seite und holte mir ein paar *Strümpfe*. Auch die schienen so fremd. Ich mochte die Kleidung nicht.

„Was ich leider vergessen habe, sind die Schuhe. Wir müssen sie dann morgen unterwegs kaufen.“ Sie dachte nach. „Ist so und so besser, wegen der Größen.“ Sie lächelte zu Duncan hinüber. „Mit Duncans Hilfe konnte ich wenigstens die Kleidung passend kaufen.“

Ich hatte ihr Lächeln gesehen. Es sagte mehr als tausend Worte. Ich sah Gavin an, hatte er es ebenfalls bemerkt? Fragend erwiderte er meinen Blick. Was war nur geschehen in der kurzen Zeit? Ich hätte sie nicht alleine fahren lassen sollen! Ich spürte ein saures Gefühl aufsteigen. Ich wollte keine Schuhe und keine *Kleidung*! Ich sah sie böse an, was sie gar nicht bemerkte, weil sie bereits wieder Duncan anlachte.

„Ich denke wir behalten unsere eigenen Schuhe an“, sagte ich unfreundlich.

„Dann hätte ich mir das andere sparen können!“ sagte sie enttäuscht. „Glaub mir es ist besser.“ Sie trat in den Flur. „Ich suche die Taschen zusammen, dann könnt ihr die Kleidung hineinlegen.“

Calums Magen knurrte laut. Flanna lachte. „Schon wieder Hunger? Wir können gleich essen.“

Ich sah ihr nach bis sie auf der Treppe verschwand, ehe ich mich Duncan zuwandte. Er bemerkte nicht, daß ich ihn beobachtete. Seine Augen verfolgten jede Bewegung Eithnes. Wollte er beide haben? Eithne würde er nicht kriegen. Sie war eine MacDougal und er ein MacBochra, das konnte niemals gut gehen. Er war anmaßend. In diesem Augenblick empfand ich beinahe den gleichen Haß für ihn wie Eithne.

Daheim

Ich atmete erleichtert aus. Drei *Schuhläden* hatten wir aufsuchen müssen, bis alle was passendes gefunden hatten. Die Füchsin hatte darauf bestanden lederfreie Schuhe zu kaufen und das war nicht so einfach. Trotz meines, wahrscheinlich unberechtigten Zorns auf sie, bewunderte ich doch ihre Geduld mit uns. Ohne Murren waren wir von einem Laden in den nächsten gefahren und sie hatte geholfen das Richtige zu finden. Ich bewegte die Zehen in dem engen Schuhwerk. Ich konnte mir kaum vorstellen eine Stunde, geschweige einen ganzen Tag darin herum zu laufen. Sonst lief ich die meiste Zeit barfuß. Aber ich wollte mich nicht wieder beschweren. Die Füchsin hatte es nicht leicht mit uns. Ich sah aus dem *Fenster* des *Autos*. Die Landschaft raste an uns vorbei. Ich wußte es war umgekehrt, doch diesen Gedanken schob ich weit fort. Die Vorstellung so schnell zu fahren, wie ein Pferd laufen konnte, oder schneller, war ungeheuerlich.

Heimlich beobachtete ich die Füchsin, die das Gefährt so sicher zu lenken schien. Sie hatte ihre Haare zu einem hohen Schwanz zusammengebunden, so daß der Schwung ihres Nackens zu sehen war. Beharrlich schoben sich ein paar eigenwillige Haarsträhnen heraus und kringelten sich auf ihrer Schulter. Eine seltsame Sehnsucht befiel mich. Sie ließ mich zweifeln, ob ich mehr danach gierte diese Frau neben mir zu berühren oder nach Hause zurückzukehren. Am liebsten hätte ich sie mitgenommen. Doch ich wußte, das kam für sie nicht in Frage. Ich versuchte meine Gedanken wieder auf andere Dinge zu lenken.

Als sie schließlich am vereinbarten Treffpunkt an der dänischen Küste ankamen, war Flanna doch müde. Hoffentlich ging alles gut. Sie stellte den Wagen ab. Das Segelschiff lag in dem winzigen Hafen und Runa winkte ihr zu, während sie schon angelaufen kam. Flanna winkte zurück und wandte sich an die anderen.

„Das ist meine Freundin Runa."

Runa war eine Schönheit und sie hatte offenbar ein sonniges Gemüht. Ihre blonden Locken versuchte sie mit einem *Haargummi* zu bändigen, doch das erschien mir ein hoffnungsloses Unterfangen zu sein. Runa und die Füchsin begrüßten sich herzlich, dann wandte sich Runa an uns.

„Das sind also deine besonderen Besucher?" Sie reichte jedem von uns die Hand, so wie es in dieser Zeit üblich war und lächelte uns freundlich und gewinnend an. Ich war erstaunt und froh, daß auch sie unsere Sprache sprach.

Vom Schiff kam inzwischen ein großer dunkelhaariger Mann herüber. Sein Gang war federnd, weit ausholend und ich hatte das Gefühl, daß uns ein Oberhaupt entgegenkam. Das mußte Lando sein.

Lando begrüßte uns wie zuvor Runa. Obwohl dieser Mann einnehmend war, spürte ich doch ein leichtes Ziehen in der Magengegend. Ich war eifersüchtig. Er sah gut aus und ich war sicher, daß sich sämtliche anwesenden Frauen sofort in ihn verliebten. Ich schob das unangenehme Gefühl zur Seite, schließlich wollte er uns helfen.

„Ich will nicht drängeln, aber wir sollten jetzt aufs Schiff", sagte er.

Runa nickte. „Habt ihr alles was ihr braucht?"

„Haben wir nicht." sagte Calum verärgert und sah die Füchsin böse an.

Die Füchsin warf ihm einen entschuldigenden Blick zu.

Runa sah sie fragend an.

„Ich habe sie gebeten die Waffen zu Hause zu lassen. Es schien mir zu gefährlich, falls wir doch angehalten werden." Die Füchsin versuchte sich zu rechtfertigen.

„Das war richtig so", sagte Runa bestimmend. „Und jetzt kommt."

Ein eigenartiges Gefühl war es schon, auf diesem großen Schiffe zu stehen und die Segel über sich gebläht zu hören. Es hatte was unheimliches, etwas geheimnisvolles. Die Dunkelheit hüllte uns ein. Im Takt klatschten die Wellen an die Bordwände und das Wasser schien ein gieriger dunkler Strudel zu sein. Das Schiff machte schnelle Fahrt; wir würden es bald über den Wassergraben geschafft haben. Ich beobachtete unbemerkt Lando, der seinen Arm um Runas Schultern gelegt hatte und mit ihr am Bug stand. Ab und zu hörte ich sie beide leise lachen. Sie wirkten sehr verliebt. Ich war neugierig auf ihre Geschichte und wandte mich an die Füchsin.

„Woher kennst du Runa?"

„Über eine Anzeige."

„Weshalb sprechen die beiden unsere Sprache?"

„Sie hatten gemeinsam ein sehr außergewöhnliches Erlebnis, eurem vielleicht gleichzusetzen." Sie schaute mich an. „Das ganze spielte sich in einer Zeit ab, die der euren viel näher war als der heutigen Zeit."

„Dann sind sie auch Menschen aus der Vergangenheit?"

„Sie waren nur mit dem Geist in der anderen Zeit, nicht mit ihrem jetzigen Körper."

„Hm..."

„Beide haben daraufhin gälisch gelernt, und sie haben Verwandte in Schottland."

Ich nickte, wenngleich ich nicht genau verstand, was die Füchsin mir zu sagen versuchte.

„Hast du auch schon mal ein Einhorn gesehen?" Sie sah mich mit großen fragenden Augen an.

„Wie kommst du darauf?"

„Hast du?"

Ich schüttelte den Kopf. „Leider noch nicht."

„Aber Runa."

Nun war es an mir sie fragend anzusehen. Runa hatte ein Einhorn gesehen. Ich sah sie mit erwachter Neugier an. Das geschah nicht alle Tage. Man erzählte sich, nur Menschen in großer Not und welche mit reinstem Herzen würden Einhörner sehen können. Ich fragte mich was sie wohl erlebt hatte, daß ihr ein Einhorn zu Hilfe gekommen war.

Die beiden kamen zu uns herüber.

„Na, wie geht es euch?“ fragte Runa nach.

„Danke gut.“ Die Füchsin sah mich fragend an.

Ich nickte.

Lando fragte mit angenehmer Stimme: „Seid ihr schon einmal mit so einem Segelschiff gefahren?“

Ich schüttelte den Kopf. Dieser Mann, der mir an Größe nicht nachstand, sah mich aus dunklen Augen geradewegs an. Er war mir nahe, obwohl wir uns erst heute kennengelernt hatten.

„Ich freue mich, daß wir euch helfen können.“

„Das ist sehr nett von euch.“

Er machte eine wegwerfende Handbewegung. „Nicht der Rede wert.“ Er legte seinen kräftigen Arm um Runas Schultern und ich konnte nicht anders, ich wünschte mir in diesem Augenblick, ich könnte das gleiche bei der Füchsin machen. Ich sah wieder auf das dunkle Wasser hinaus, auf dem das Schiff geisterhaft dahinglitt.

Runa nahm Landos Hand. „Kommt ihr mit nach unten? Ich wollte Tee aufgießen.“

Die Füchsin nickte.

Ich schüttelte lächelnd den Kopf. „Ich bleibe noch eine Weile hier.“

Die drei gingen unter Deck. Ich sah mich um. Gavin hatte sich mit dem Rücken an die Reling gelehnt und hielt die Lider geschlossen. Leise summte er tiefe Töne, die ihm halfen mit seiner Angst fertig zu werden. Weiter hinten stand Duncan, irgendwie verloren. Das war die Gelegenheit ihm auf den Zahn zu fühlen, ich ging zu ihm.

„Darf ich?“ Ich stellte mich neben ihn.

Duncan sah mich eine Weile an, ehe er sein Einverständnis mit einem Nicken kundtat.

Ich beschloss sofort auf den springenden Punkt zu kommen. „Ich weiß nicht wie es dir geht, aber mir wird es zurück in der Heimat schwerfallen dein Feind zu sein.“

Endlich schaute Duncan mich aufmerksam an. Er schüttelte den Kopf. „Mir ist es von jeher schwergefallen, zumal ich keinen Grund für eine Feindschaft erkennen konnte.“

Ich nickte. Doch ich hatte mich nie eingehender damit befaßt. Die MacBochras waren Feinde und jeder MacDougal mußte sich vor ihnen in Acht nehmen! „Und glaubst du, daß wir deine Schwester geschändet haben?“

„Würde ich dann so einträchtig neben dir stehen?“ Duncan schüttelte den Kopf. Er verschwieg Dougal allerdings, daß er den wahren Täter gesehen hatte. Dessen Bestrafung mußte leider warten.

Irgendwie stimmte mich sein Vertrauen glücklich. „Ich weiß mir keine Lösung. Wie sollen wir eine so tiefsitzende Feindschaft aufheben?“

Über Duncans Gesicht zog ein feines Lächeln. Er wußte eine Lösung, doch die Auserwählte hatte noch nicht eingewilligt. „Erst einmal bin ich froh, wenn ich dieser schrecklichen Lage entkommen bin und den schrecklich engen Kleidungsstücken!“

Ich mußte grinsen. „Aye, du hast Recht!“

„Sie bemüht sich besonders um uns.“ Duncan sah auf das Wasser hinaus.

„Aye, ohne weiter zu fragen und obwohl sie vier Messer an der Kehle hatte.“

Erstaunt grinste Duncan. „Ihr auch?“

„Aye.“

„Ist nicht die feine Art seinen Gastgeber zu behandeln."

„Ist es nicht." Ich sah zu Boden und fragte mich, wie ich das Gespräch auf mein eigentliche Anliegen lenken konnte?

„Was wird sein, wenn es uns nicht gelingt zurückzukehren?" Duncan mochte den Gedanken nicht zu Ende denken.

Ich zuckte die Achseln. Das war eine Frage, die ich mir nicht stellen wollte. Jetzt nicht. „Ich will das nicht in Erwägung ziehen."

Duncan nickte. Er lehnte sich zögernd wieder an die Reling zurück. Seine Augen suchten nach Eithne. Sie war im Gespräch mit Calum, doch ab und zu sahen sie verstohlen herüber, als gefiele ihnen nicht, daß Dougal sich mit ihm unterhielt.

„Ich bin mir nicht einmal sicher, ob wir die Steine wiederfinden." Ich war mir im Grunde sicher, daß wir sie nicht fanden, denn alles hatte sich geändert. Und was, wenn wir die Steine nicht wiederfanden? „Die Füchsin hat mich bereits gefragt wo wir gelebt haben, doch ich konnte ihr keine Antwort darauf geben."

Duncan nickte. „Vielleicht fällt uns der ein oder andere Hinweis ein?"

Ich überlegte. Die Steine, das Brooch. Von unserer Holzsiedlung war bestimmt nicht viel übrig geblieben. Ein heißer Schmerz zog durch meine Brust. Ich würde nicht nach Haus kommen und meine Eltern in die Arme schließen können. Unsere Eltern waren Jahrhunderte von uns getrennt. Und es half wenig, daß wir uns im selben Land befanden. Mir war als stünden wir auf der Schwelle ein und der selben Tür und konnten uns doch nicht sehen, weil der eine gestern und der andere heute dastand. Ich betete, daß wir den Weg zum Gestern finden würden. Unter Umständen würde die Füchsin doch mitkommen? Ich könnte ihr meine Welt zeigen. Alles was ich liebte und was ich gern mit ihr teilen würde.

Mit einem Mal wurde mir klar, daß sie die Erfüllung meiner Träume war. Auf sie hatte ich gehofft! Nun war sie bei mir und doch wieder nicht. Ich seufzte ergeben. Ich hatte keine Ahnung, wie ich Duncan fragen sollte, ob er und die Füchsin sich näher gekommen waren oder ob er Gefühle für Eithne hegte. Gegebenenfalls an einem anderen Tag.

Geheime Zeichen

Ich starrte an die Zimmerdecke. Die letzten Stunden hatten mir alles abverlangt, was mir an seelischer Stärke geblieben war. Der Abschied von Runa und Lando war mir schwer gefallen. Vielleicht weil sie unsere Sprache sprachen und uns somit näher waren als alle anderen Menschen dieser Welt, ausgenommen der Füchsin. Wenn wir keine Zeichen fanden und uns durch die Steine keine Heimkehr gelang, würden wir die beiden und den Freund der das Schiff zur Verfügung gestellt hatte wiedersehen. Ich hoffte so sehr ich müßte sie nicht wiedersehen, obwohl das ebenfalls Schmerz bedeutete.

Sicher, ich war froh eine Rast einzulegen, ich hatte auch verstanden, daß die Füchsin sich erst an den Leihwagen und die andere Fahrweise gewöhnen mußte und sie war es, die als einzige fahren konnte. Sie benötigte eine Rast, trotzdem drängte es mich unaufhaltsam weiter. Ich hätte gern auf das Vorrecht verzichtet, wegen meine Verletzung im Bett zu schlafen, doch Gavin hatte darauf bestanden. Ich drehte mich auf die andere Seite und sah Eithne ins Gesicht. Sie schnarchte erbärmlich. Ich mußte grinsen, wenn sie das wüßte, sie würde kein Auge mehr zu machen. Ich schloss die Lider, doch der Schlaf wollte nicht kommen. Das eintönig wiederkehrende Geräusch aus Eithnes Mund störte mich. Wenn ich glaubte, daß es aufhörte, ging es wieder los. Ich gab ihr einen sanften Tritt mit dem Fuß. Sie beschwerte sich im Schlaf, drehte sich aber um und hörte vorerst auf.

Ich schloss die Augen erneut. Das Bild der Füchsin erschien, wie sie halbbekleidet vor ihrem Schrank stand. Jetzt schlief sie im Nebenzimmer. Warum mußte ich ständig an sie denken? Wir hatten keine gemeinsame Zukunft!

In der Frühe fuhren wir weiter. Der Nebel hing tief auf dem Boden und gab der Landschaft ein träumerisches Aussehen. Ich war bemüht mich zu erinnern, was es an bleibenden Dingen in unserem Leben gegeben hatte, die wir in dieser Zeit finden könnten.

Die Füchsin hielt den Wagen an und kramte ein *Buch* hervor.

„Hier stehen alle wichtigen und bekannten Kultplätze Schottlands drin, teilweise mit Bildern. Seht sie euch doch einmal an!“ Sie reichte mir das *Buch*. „Kennst du welche davon?“

Die anderen beugten sich von hinten nach vorn, um ebenfalls zu schauen. Die Füchsin blätterte um. Wieder und wieder mußten wir die Köpfe schütteln. Nichts kam uns bekannt vor.

„Ich weiß nicht in welche Richtung ich fahren soll?“ Sie starrte auf die *Straße*. „Schottland ist groß.“ Sie überlegte laut. „War es warm, wo ihr gelebt habt? Kalt? Rauh? Gab es ein Meer in der Nähe? Wälder? Seen?

„Das ganze Land war vom Wald bedeckt!“ erwiderte ich.

Flanna sah Dougal an. Er hatte Recht. Die Wälder Schottlands wurden erst nach dem elften Jahrhundert abgeholzt, zur Schifffahrt und für Kriege. „Und das Meer?“ fragte sie nach.

„Aye, ein Meer gab es, doch nicht vor der Haustür.“

„Gab es kleine Inseln vor der Küste?“

„Bei schönem Wetter konnten wir sie sehen.“

„Und die Sonne? Ist sie hinter den Inseln untergegangen? Wenn du auf die Inseln geschaut hast, war die Morgensonne dann in deinem Rücken oder im Gesicht?“

„Die Sonne steht morgens im Rücken, wenn ich zu den Inseln sehe und abends geht sie hinter den Inseln unter.“

Flanna strahlte. „Das ist doch was. Wir fahren zur Westküste.“ Sie grinste fröhlich. „Wir fangen unten an und arbeiten uns nach oben.“

Es gab viele unbekanntere Steinkreise, doch Flanna nahm sich zuerst die bekannteren vor. Sie wollte nicht daran denken was wäre, wenn ausgerechnet der besagte Steinkreis zu den geschändeten oder zerstörten gehörte? Vielleicht hatten sie Glück?

Während der Fahrt beobachtete sie die anderen mit Hilfe des Rückspiegels. Und sie beobachtete auch Dougal heimlich. Er untersuchte mit großen Augen die Landschaft und erkannte offensichtlich gar nichts wieder. Sie wollte nicht an seiner Stelle sein.

Am fünften Tag war es schließlich so weit. Ich hatte bereits aufgehört daran zu glauben. Mein Herz schlug wild in meiner Brust, bis hinauf in den Hals, als wäre ich weit und schnell gelaufen. Die heiligen Steine! Ich konnte keinen Schritt tun, stand starr davor. Sie schienen unberührt, als gingen sie all die Bewegungen und Veränderungen der Jahrhunderte nichts an. Sogar der Altarstein stand beharrlich in der Mitte und trotzte der Zeit.

Eithne trat ein paar Schritte in den Kreis. Calum folgte ihr auf dem Fuß, wie Duncan. Gavin sah mich eine Weile schweigend an, ehe er den anderen folgte. Ich traute mich nicht. Soviel war geschehen durch diese Steine.

Calum ging zügig zum Altarstein, doch Eithne hielt ihn mit einem scharf gesprochenen „Halt!“ zurück.

Calum sah sie verwirrt an.

Eithne sah Duncan an, der ihren Blick erwiderte. „Was suchst du?“ Sie sah ihn eindringlich an. „Wenn Vater uns ein Zeichen hinterlassen hat?!“ Sie schaute verstohlen zu Duncan.

Duncan schüttelte den Kopf. Sie haßte ihn so sehr.

Ich trat in den Kreis und nahm Duncan ein Wort der Erwiderung ab. „Duncan steht auf unserer Seite und ein Zeichen für uns würde nichts ändern und wäre für ihn ebenso wichtig.“

Duncan schaute mich an und nickte.

Ich schüttelte den Kopf. „Calum geh nachsehen." Ein Messer wand sich in meinem Magen, so sehr hoffte ich auf ein rettendes Zeichen.

Calum beugte sich nach unten, ließ sich auf die Knie nieder und begann den Stein unten frei zu graben. Er warf kleinere Steine zur Seite, grub tiefer. Doch er fand nichts.

Ich hatte es geahnt. Wie hatten wir daran glauben können?

Leise stellte die Füchsin sich an den Rand der Gruppe. Ich konnte ihr Mitgefühl über unsere Enttäuschung erkennen, die auf unseren Gesichtern zu sehen war.

„Wir sind doch nicht nur hier, um ein Zeichen zu finden, oder?" warf die Füchsin ein. Fünf Augenpaare wandten sich ihr zu.

„Zumindest wissen wir jetzt, wo ihr gelebt habt", sagte sie abschließend.

Eithne starrte die Füchsin finster an. „Und was hilft das?"

Die Füchsin sah Eithne nachdenklich an. „Unter Umständen hilft es eurem Druiden euch wieder zurückzuholen? Oder einem heutigen Druiden zu wissen wohin ihr müßt?"

„Pfff." Eithne glaubte an gar nichts mehr.

„Wir werden Zeichen hinterlassen", sagte Gavin entschlossen. Was nutzte es im Kummer zu ertrinken? Sollte Ossian wirklich einen Weg finden, so wäre es gut, wenn er erführe, daß sie lebten. Nur, was konnte das für eine Nachricht sein?

Die Füchsin dachte laut nach. „Wir könnten ihnen mitteilen, daß wir zu bestimmten Zeiten hier sein werden! Zu Beispiel zu den Sonnenwenden, oder so?" Sie schaute fragend in die Runde.

Gavin sah sie bewundernd an. Das war ein guter Einfall. „Aber das heißt, daß wir allemal zu diesen Zeiten hier sein müssen."

„Dann müssen wir das irgendwie möglich machen", antwortete sie entschlossen.

Mir kam ein Gedanke. „Und wenn du allein zurückfährst und wir hier eine Weile leben? Wir könnten uns in der Wildnis verstecken?“

Die Füchsin wurde blaß. Hatte ich sie beleidigt? Ich hatte es doch gut gemeint?

„So wild wie es hier aussieht ist es nicht mehr. Auch wenn ausgerechnet zu euren Steinen weniger oder keine Besucher kommen, so sind doch Besucher da. Und überall drum herum leben Menschen, viel mehr als zu eurer Zeit.“

„Aye, du hast Recht, doch wir wissen wie wir leben müssen ohne gesehen zu werden“, sagte Duncan schlicht.

Ich beobachtete ihn von der Seite. Ich zweifelte nicht daran, daß Duncan ein Meister im unentdeckt bleiben war. Ich wandte mich erneut an die Füchsin.

„Warum möchtest du nicht, daß wir hierbleiben?“

Die Füchsin sah mich an. In ihren Augen konnte ich lesen, was sie dachte, glaubte ich, hoffte ich, denn ich las darin den unausgesprochenen Wunsch mit mir zusammen sein zu wollen. Wir hatten nie ein Wort darüber verloren. Ich hatte mich ihr nicht mitgeteilt und sie sprach nie über ihre Gefühle. Konnte es wahr sein? Mochte sie mich, so wie ich sie?

Ich schüttelte den unausgesprochenen Gedanken ab. Wahrscheinlich hatte sie auch dieses Mal Recht. Es wäre besser wieder mit ihr zu gehen.

„Wir wollten doch versuchen einen Druiden zu finden?“ sagte sie leise und sah zum Altarstein.

„Das werden wir auch.“

„Du weißt nicht was du willst“, warf Eithne hitzig ein. „Ich finde es viel besser hier in der Nähe zu bleiben.“

„Das Leben ist nicht wie früher. Es gibt keine Wälder mehr, keine von uns bestellten Felder und keine sichere Siedlung!“ Mein Herz wurde schwer, während ich das zu ihr sagte.

Gavin begann den Steinkreis abzulaufen. „Ich suche einen Platz für ein Zeichen.“ Er blieb bei einem hohen Stein stehen. „Und dann machen wir uns auf den Rückweg.“ Er sah zu Eithne herüber.

Sie erwiderte seinen Blick giftig. „Auf welchen?“

Gavin hielt es nicht für nötig ihr eine Antwort zu geben. Sie wußte was er meinte.

Ich folgte Gavins Beispiel und suchte einen passenden Stein um ein Zeichen zu setzen. Auch die anderen sahen sich um.

Plötzlich schrie Duncan auf. „Hier, kommt schnell!“

Wir sahen uns an, dann rannten wir zu ihm. Er stand am äußersten Ende, beim letzten Stein, der ein bißchen aus dem Kreis herausstand. Mit den Füßen hatte er den unteren Rand freigelegt und warf wie besessen weiter die Erde nach hinten.

Ich konnte erkennen, was er entdeckt hatte. Zeichen! Geheime Zeichen? Die Zeichen, die wir uns erhofften? Gavin beugte sich herunter und begann laut zu lesen, was Duncan bereits freigelegt hatte.

„Unsere Kinder.“ Er brach ab, während Calum mithalf weiter den Fuß des Steines freizuschaufeln.

Gavin las weiter. „Wir werden nicht ruhen ...“ Weiter kam er nicht.

Ich starrte den Rest der Zeichen an, die durch Menschenhand zerstört vor mir auf dem Stein zu sehen waren. War es ein Zeichen von unserem Vater gewesen? Oder was sonst sollten die Worte bedeuten? Eindeutig hatte dort einmal mehr gestanden als jetzt noch zu erkennen war. Hatte er uns mitteilen wollen, daß er nicht ruhen würde, bis er uns zurückgeholt hatte? Ich hoffte, betete, daß es so war.

Die Füchsin räusperte sich. Ich sah sie an.

„Sie holen euch zurück! Ganz sicher.“

Ich nickte, obwohl ich viel lieber geschrien hätte. Aber sie waren sich sicher, daß wir lebten, nur das zählte. Und sie glaubten an uns!

„Ihr braucht diese Zeichen doch gar nicht. Sie zeigen euch nicht den

Rückweg, oder wie ihr ihn zu gehen habt. Sie versichern euch einzig, daß ihr geliebt werdet!“ sagte die Füchsin leise.

„Wenn sie von Vater sind?“ Eithne hatte Mühe ihre Tränen zu unterdrücken. Sie sah mich entschlossen an. „Ich will nach Hause.“

Ich schüttelte den Kopf. „Das wollen wir alle.“

„Ich will nach Hause. Dorthin, wo einst unser Zuhause war.“

Endlich begriff ich was sie meinte. Ich bezweifelte allerdings, daß dies ein guter Einfall war. „Bist du sicher?“

Sie nickte. „Ich muß sehen, um begreifen zu können. Möglicherweise sind sie alle da und warten auf uns?“

Vermutlich hatte Eithne Recht. Wenn Gemmán uns alles nur in die Köpfe gepflanzt hatte? Womöglich wartete unsere Familie auf uns und wir brauchten nur den Weg nach Haus zu gehen? Ich nickte und ging los. Ich würde ihn mit dem Auto nicht finden so blieb nur der Fußweg. Ein Weg, den wir alle gut gekannt hatten und hunderte von Malen gelaufen waren.

„Hier entlang.“ Ich fühlte, daß ich dem Platz nahe war. Dem Platz auf dem wir geboren waren, auf dem wir gelebt hatten. Ich folgte zuversichtlich dem Pfad, den die Rehe und andere Wildtiere getrampelt hatten. Schließlich kam ich auf einem Wiesengrund zum Stehen. Ein paar bearbeitete Steine, ein Mauerrest, lag vor mir im Gras. Sonst wurde der Platz nur von Tieren bewohnt. Kein Zeichen kündete davon, wie viele Menschen und Tiere hier einst gelebt hatten. Die Zeit hatte sie ausgelöscht.

Eithne drehte sich im Kreis. Sie schluchzte. „Wir müssen noch ein Stück! Wir haben uns nur verlaufen!“ rief sie trotzig.

Ich spürte meine innere Zerrissenheit. Es wäre besser gewesen nicht herzukommen. Dieser Anblick war schlimmer als irgendetwas. Er war endgültig. Gemmán hatte uns verdammt! Es gab keine Träume, keine

Rettung. Niedergeschlagen ließ ich mich ins Gras fallen. Es gab kein Zurück! Dafür hatte Gemmán gesorgt. Wir würden nie mehr nach Hause kommen, nie mehr unsere Familie in die Arme schließen können. Ich sah mich auf dem Platz, der höchstwahrscheinlich einmal meine, unsere Heimat gewesen war, um und schloss schließlich die Lider. Hätte mir jetzt jemand angeboten mich zu töten, ich hätte ohne zu zögern zugestimmt. Hätte ich das? Ich öffnete meine Augen wieder und sah die Füchsin an, die abseits stand und uns mitleidig beobachtete. Duncan stand neben ihr. Obwohl dies nicht seine Heimat gewesen war, wirkte er vergleichsweise entmutigt. Sein Blick ruhte auf Eithne. Sie trug es mit Verbitterung und um ihre feingeschwungenen Lippen hatte sich ein harter Zug gelegt. Ich sah weiter zu Calum und Gavin. Calum Gesichtszüge wechselten wie seine Gefühle zwischen völliger Verzweiflung und Wut hin und her. Gavin schien mit allem abgeschlossen zu haben. Alles schien unvermeidbar, er mußte sein Schicksal annehmen.

Ich zwinkerte die Tränen fort. Was war nur los mit mir? Ich war ein Mann, ein Kämpfer wenn es sein mußte! Kein Gefühl sollte einen Mann um den Verstand bringen. Jeder Mann sollte Herr seiner selbst sein und nicht Sklave seiner Trauer und seiner unmittelbaren Gefühle. Ich verachtete mich dafür. Ich bemühte mich, meine Gedanken in andere Bahnen zu lenken und sah erneut zur Füchsin. Sie untersuchte mit ihren Augen die Wiese. Ich schüttelte mich. Ein kalter Schauer rieselte mir über den Rücken. Ich wollte fort. Nur weg von allem was Erinnerungen brachte, die mir doch nicht halfen zurückzukehren. Ich stand auf und während ich die Wiese verließ, rief ich den anderen zu: „Wir gehen!“

Der Weg zurück zum Auto war lang und wir schwiegen bedrückt und angespannt.

Auch die Rückfahrt auf dem Schiff und wieder in der Dunkelheit, hatte etwas bedrückendes an sich. Ich war so niedergeschlagen, daß ich nicht einmal fähig war, Runa oder Lando nach ihrem Erlebnis zu fragen, obwohl mir das auf der Seele brannte. Aber das was wir selbst erlebten, gerade in diesen Augenblicken, erschien mir zur Zeit wichtiger. Ich würde die beiden ein anderes Mal fragen.

Als wir zum Haus der Füchsin kamen, hatte ich das widersinnige Gefühl von Rückkehr ins eigene Heim. Aber es war der einzige Halt, den wir in den Wirren hatten.

Ein Geständnis

Ich saß im Garten. Die Sonne hatte bereits viel Kraft und die Pflanzen sprangen aus ihrer Winterstarre. Ich hörte dem eintönigen Gesang der Drossel zu, die im Wald wehmütig den Beginn des Frühlings ankündigte. Hatte ich anfangs geglaubt wir würden nach wenigen Tagen wieder in die eigene Zeit, in die eigene Heimat zurückkehren, so sah ich mich inzwischen arg getäuscht. Die Füchsin gab ihr Bestes. Sie kaufte *Bücher* über *Bücher;* diese seltsam gebundenen Schriftzeichen, die mir so fremd waren und die sich mit Druiden und Zauberei befaßten. Doch in keinem hatten wir etwas über Reisen durch die Zeit oder einen Hinweis der uns helfen konnte gefunden. Ich bewegte meine Zehen in den engen Schuhen. Daran würde ich mich niemals gewöhnen. Ich zog sie aus und streckte meine tauben, kalten Füße ins feuchte Gras. Das tat gut. Ich nahm mir vor, diese seltsamen Schuhe, welche die Füchsin mir für die Reise gekauft hatte, nicht mehr zu tragen. Hoffentlich verstand sie das?!

Drei Monde! Unfaßbar. Ich wollte ich wäre an diesem folgenschweren Morgen nicht aufgestanden. Die Füchsin war uns ein Geschenk der Götter. Sie half uns durch alle Tiefen und Höhen. Oh, aye, es gab auch spannende Sachen in dieser Zeit. Ich mußte schmunzeln. Niemals würde ich vergessen, wie sie uns die Angst vor den kleinen schwarzen Truhen nehmen wollte. Der *Fernseher* wie sie ihn nannte. Dabei konnte keiner damit wirklich in die Ferne sehen. Ich würde mich daran nicht gewöhnen können. In Wahrheit verdammte ich dieses Ding, das uns Sachen zeigte und vorgaukelte und uns unsere Zeit stahl. Mir war unbegreiflich wie Gavin Tage und Nächte davor verbringen konnte. Allerdings sah er hinterher aus als hätte er Wochen im Wachzustand verbracht. Seine Augen waren trocken, gerötet und er war unausstehlich und angriffslustig. In gewisser Weise verzauberte einen dieses Ding somit doch und nicht auf eine gute Art.

Es schepperte, ich drehte mich um. Duncan leerte den *Mülleimer* aus. Alles warfen die Menschen hier in Tonnen, weil sie zuviel besaßen. Andererseits banden sie sich an Dinge, die sie nicht mit ins Jenseits nehmen konnten. Und manches was in den *Müll* kam, war noch lange nicht unbrauchbar geworden. Mit Grauen fiel mir die *Müllkippe* ein, welche die Füchsin uns zum besseren Verstehen gezeigt und hatte riechen lassen. Besser begriffen hatte ich es deshalb trotzdem nicht.

Ich wandte mich dem zarten Grün der Blätter zu. Noch sah der Wald kahl auf mich herab, doch das erste Grün schimmerte bereits wie ein Schleier über den Ästen. Wie sah es wohl zu Hause aus? Als Gemmán uns verbannt hatte, war Sommer gewesen. Um so unvorbereiteter waren wir im hiesigen Winter gelandet. Das Heimweh zerriß mich innerlich. Und manchmal half kaum der Anblick oder die wohltuende Gegenwart der Füchsin mir darüber hinweg. Einzig die Gemeinschaft und die Liebe, aye, ich glaubte wirklich es war Liebe, hielten mich davon ab Dummheiten zu tun. Und doch traute ich mich nicht, offen mit der Füchsin über meine Gefühle zu reden. Ich war mir sicher, daß nicht nur mein Körper auf sie ansprach sobald sie in der Nähe war, es war auch meine Seele. Die Füchsin ging mir unter die Haut. Ein einziger Blick von ihr brachte mein Blut in Wallung. Ein Lächeln am Morgen rettete mich über den Tag und eine leichte Berührung am Abend ließ mich mit der Hoffnung auf mehr schlafen. Und wenn wir eines Tages einen Weg fanden zurückzukehren? Würde sie all dies hier verlassen und in eine ihr unbekannte Welt mitkommen? Meine Welt war ihr ebenso fremd wie die ihre mir, auch, obwohl sie alles was ich ihr erzählte mit ihren mir fremden Schriftzeichen auf hauchdünnes Pergament schrieb. Ich war ein Dummkopf. Wie konnte ich mir derartige Fragen stellen, ohne ihre Gefühle für mich zu kennen? Sie mochte mich, aye, doch wie sehr?

War ihr nicht Duncan viel näher? Ich sah die beiden öfter zusammen lachen und wenn einer von uns in die Nähe kam, verzog sich Duncan schnell. Was hatte das zu bedeuten? Es hatte bereits vor unserer Reise zu den Steinen begonnen, seitdem war Duncan seltsam ausgewechselt. Er hielt sich nicht mehr nur in unserer Nähe auf. Oft gewann ich den Eindruck, daß er die Nähe der Füchsin suchte. Und Eithne? Hatte ich mich doch getäuscht?

„Störe ich?" Duncan sprach leise.

Ich wandte mich ihm zu und schüttelte den Kopf. Aye, er störte, jeder hätte mich jetzt gestört, außer der Füchsin vielleicht, aber das mochte ich ihm nicht sagen. Er mußte bereits genug schlechte Laune und Stimmungen von Eithne ertragen. Ich bedeutete ihm sich neben mich zu setzten. Vielleicht ergab sich endlich die Gelegenheit ihn nach Flanna und seinen Gefühlen zu fragen?

Duncan setzte sich auf die kalte Bank neben Dougal. Er sah diesen stolzen Mann von der Seite an. Er bewunderte ihn, auch dafür, daß er stark genug war seine Gefühle zu zeigen.

„Was machen die anderen?" fragte Dougal, ohne auf Duncans sicherlich körperlich spürbaren Blick zu achten.

„Gavin sitzt vor dem schwarzen Loch, der Zaubertruhe, Calum und Eithne spielen ein Brettspiel."

„Unglaublich. Ich hätte nicht gedacht, daß Gavin einmal derartig abhängig wird."

Duncan nickte. Dougal hatte Recht. „Er sagt es lehre ihn Dinge, die er sonst niemals lernen könnte."

„Ich verzichte gern darauf." Dougal schüttelte den Kopf. „Wozu muß ich wissen wie eine Tasse zerschnitten aussieht. Ist sie zerlegt, kann ich nicht mehr daraus trinken, soviel weiß ich."

„Aye." Duncan sah erneut zu Dougal. Wie konnte er ihn auf sein eigentliches Anliegen bringen? Sollte er offen fragen? Er traute sich nicht. Wieder einmal. Möglicherweise war es klug ihn auf die Füchsin anzusprechen? Oder das Gegenteil? Es war zum verrückt werden! „Ich glaube nicht, daß es sinnvoll ist zur nächsten Sonnenwende zu den Steinen zu fahren?!"

Dougal sah ihn fragend an. „Warum?"

„Wir kommen nicht durch die Steine zurück, sondern nur durch die Hilfe eines Druiden." Duncan starrte auf den Boden. „Vielleicht muß es Gemmán sogar selbst tun?"

„Aye, dann wird es nie geschehen!"

„Womöglich hat dein Vater Gemmán getötet?"

„Das glaube ich nicht."

„Wenn er erfahren hat, was Gemmán euch angetan hat?"

Ich schüttelte mich. Daran wollte ich nicht denken. „Ossian ist ein ebenso großer Druide."

„Aber hat er Menschen in andere Zeiten gebannt?"

„Das würde er nicht tun."

„Weil er nicht will? Oder weil er es nicht kann?"

Duncan machte mich ärgerlich. „Hör auf! Worauf willst du wirklich hinaus?"

Duncan zuckte die Schultern. „Wir sollten beginnen unser Leben hier und jetzt zu leben. Es hat keinen Sinn, auf etwas zu warten, was womöglich niemals mehr eintreten wird!"

„Und was sollen wir deiner Meinung nach tun?"

Duncan zögerte einen Atemzug lang, dann sagte er schnell. „Du könntest die Füchsin fragen ob sie die Frau an deiner Seite werden will?" Endlich war es raus. Angespannt beobachtete er die Gesichtszüge Dougals. Was würde er zu seiner Äußerung sagen?

Eine Weile verschlug es mir die Sprache. Schließlich hatte Duncan es geradewegs auf den Punkt gebracht. Warum wußte mein *Feind* so gut über mich Bescheid? Ich entschloss mich zum Gegenschlag auszuholen. „Und, wirst du Eithne das gleiche fragen?"

Duncan wurde bleich, doch er faßte sich schnell wieder. „Sie würde mir vermutlich die Augen auskratzen."

Ich mußte lachen. „Da könntest du Recht haben."

Duncan sah mich erwartungsvoll an. „Und was würdest du dazu sagen?"

Ich überlegte. Das war offensichtlich die Frage, die er ursprünglich stellen wollte. Ich konnte es Duncan nicht verdenken. „Ich würde sagen, wenn es zwischen euch Liebe gäbe, dann wären wir dem Frieden zwischen den MacBochras und MacDougals einen großen Schritt näher gekommen."

Duncan atmete erleichtert aus. „Du hast nichts dagegen wenn ich mich um sie bemühe?"

„Ich habe nichts dagegen." Ich sah in die Baumkronen hinauf. „Ich glaube es würde mir um einiges besser gefallen dich zum Schwestermann zu haben als zum Nebenbuhler", sagte ich erleichtert.

„Nebenbuhler?" Duncan begriff nicht.

„Ich dachte du und die Füchsin. Ihr lacht oft miteinander und manchmal sieht es aus, als hättet ihr ein Geheimnis, seit eurer Einkaufsfahrt."

Duncan grinste. „Aye, so ist es."

Erschrocken sah ich ihn an. Hatte ich mich doch nicht getäuscht?

Duncan beeilte sich zu sagen. „Wir teilen ein Geheimnis, meine ich."

„So?"

„Sie ist eine MacBochra!"

„Was?" Ich konnte es nicht glauben. Sprach sie deshalb unsere Sprache? Hatte Gemmán sie zu einem früheren Zeitpunkt hier her gebracht? Ich verstand nicht, was Duncan meinte.

Duncan schüttelte den Kopf. „Sie ist eine Nachfahrin!"

Noch immer begriff ich seine Worte nicht, und offensichtlich sah ich dementsprechend dämlich aus.

„Genaugenommen ist sie eine Ur-, Ur-, Ur-, Ur- und so weiter Enkelin meiner Familie, oder sogar von mir?" Duncan nickte sich bestätigend.

Endlich begriff ich. Plötzlich mußte ich lachen. Wenn Duncan und Eithne zueinander fanden und die Füchsin womöglich, ich wagte den Gedanken kaum zu denken, zu mir, dann wären bereits zwei MacDougals und zwei MacBochras vereint!

Duncan sah mich erstaunt wegen meines Lachens an.

Ich schüttelte den Kopf. „Doppelt hält besser." Ich lächelte ihn an. Er war ein Gleichgesinnter und trug den gleichen Kummer mit sich herum. Ich war erleichtert.

„Vielleicht sollte ich zunächst einmal beginnen deine Schwester zu umgarnen, bevor ich Friedenspläne schmiede?" warf Duncan ein.

„Warum sollte es dir besser gehen als mir."

„Wenigstens läufst du nicht Gefahr zerfleischt zu werden, wenn du ihr deine Liebe gestehst!"

„Wer weiß das schon?"

„Ich bin mir sicher." Duncan lächelte Dougal an. Er hatte ihn von jeher gemocht, weil er sowohl Stärke als auch Besonnenheit ausstrahlte. Stets hatte er ihn während der Stammestreffen bewundernd beobachtet. Wenn Feind und Freund für kurze Zeit zusammen waren.

„Vielleicht hast du Recht. Wir müssen so tun als kämen wir nicht mehr nach Hause zurück." Dougal schaute in den graublauen Himmel. „Wir sind für die Füchsin eine Belastung und das sollten wir ändern!"

„Es wäre einfacher wenn sie wüßte, daß du sie liebst."

Dougal sah ihn zweifelnd an.

„Hm, hm."

Erschrocken drehten sie sich um. Duncan spürte sich leichenblaß werden.

„Wer liebt wen?" Eithne sah ihren Bruder herausfordernd an. Was hatte er mit diesem MacBochra zu bereden, was er nicht mit ihr, Gavin oder Calum hätte besprechen können? Dieser Duncan mischte sich in alle Angelegenheiten ein, die ihn nichts angingen.

Ich faßte mich wieder. Ich hatte Angst gehabt die Füchsin hätte sich geräuspert. Ich atmete erleichtert aus.

Duncan hingegen ging es anscheinend gar nicht gut. Er bemühte sich an Eithne vorbeizusehen und wirkte zerbrechlich. Ich überlegte was ich Eithne erzählen konnte, sie brauchte nicht alles zu wissen. Da hatte ich den rettenden Einfall. „Oh, wir haben uns gefragt ob dieser Karsten zurückkehren wird, und, ob die Füchsin ihn liebt?"

Eithne glaubte Dougal kein Wort. Sie wußte wenn er log und jetzt tat er es. Wahrscheinlich ging es um seine Liebe zu Flanna. Sie fühlte sich von ihm verraten. Weshalb redete er mit diesem blöden MacBochra darüber, aber sie log er ohne Scheu an?!

„Wie du meinst." Sie sah Duncan böse an. Sollte er doch im Erdboden versinken, dieser Stinker. „Im übrigen hat Mischa *angerufen*, er kommt aus *Südamerika* zurück, hat Flanna gesagt." Sie konnte nicht anders, sie wollte sich für Dougals Verrat rächen. „Sie hat so froh gelächelt, als sie es mir erzählt hat." Sie lächelte Dougal honigsüß an. Er wurde zuerst rot und dann weiß im Gesicht. „Es gibt Essen, deshalb bin ich hergekommen." Sie wandte sich um und ging zurück zum Haus. Im Grunde tat ihr Dougal leid. Sie stimmte ein munteres Lied aus ihren Kindertagen an. Weder Dougal noch Duncan sollten denken, daß sie sich etwas aus ihren Geheimnissen machte.

Duncan schaute ihr hinterher. Ihren federnden Gang, ihre wunderschönen rotbraunen Haare, die sie zu einem dicken Zopf geflochten hatte. Und die weichen Rundungen ihres Hinterteils, welches sie heute in eine enge *Jeans* gesteckt hatte. Ihre klare Stimme ließ ihn schlucken, sie war so schön! Oh wie er diese Frau liebte! Und wie sehr sie ihn haßte!

Fearchar

MacBochra sah hinauf in den dunklen Himmel. Nur die MacDougals waren Schuld, daß Duncan nicht mehr unter ihnen weilte. Egal wie oft er darüber nachdachte, es wollte ihm nicht klar werden, wie es so hatte kommen können? Gemmán war ihm eine Erklärung schuldig geblieben. Wenn er ihn in die Finger bekam, dann! Er senkte seinen Blick und schaute Fearchar an, der nahe dem Feuer saß. Wenigstens standen er und Uisdean auf der richtigen Seite.

Fearchar stocherte mit einem Stück Holz in der Glut herum. Sein Vater machte ihn fahrig. Jedesmal wenn er ihn beobachtete hatte er das Gefühl der alte Mann würde bald in Tränen ausbrechen. Er war zu alt ein Laird zu sein. Er konnte nicht gegen seine Gedanken an, doch wenn seinem Vater ein Unglück zustoßen würde, während ihrer Suche nach Duncan und den miesen MacDougals, er würde nicht lange trauern. Und um Duncan war es nicht schade. Sollte sein Vater ruhig denken er suche ernsthaft nach ihm! Ein Grinsen überzog sein Gesicht, er konnte es nicht unterbinden und so wandte er sein Gesicht zur Seite, damit sein Vater seine Gedanken nicht erraten konnte.

MacBochra setzte sich zu seinem Sohn ans Feuer. Täuschte er sich oder hatte Fearchar gegrinst? Er legte ihm die Hand auf die Schulter.

„Du wirst sehen Sohn, bald haben wir sie!"

Fearchar sah ihm ins Gesicht, doch MacBochra konnte nicht erkennen was sein Sohn dachte. Manchmal machte er ihm Angst.

Zwei neue Freunde

Das *Telefon* läutete schrill. Ich mochte diesen Ton nicht und noch weniger das Ding an sich, obwohl es offensichtlich gern und viel benutzt wurde. Gedankenübertragung war mir viel näher und lange nicht so unglaublich wie dieses Ding.

Die Füchsin sprach leise. Sie wirkte ernst während sie den Worten ihres Gesprächspartners zuhörte. Ab und zu warf sie ein „*Hm*" oder „*wie schrecklich*" hinzu, doch vielmehr sagte sie nicht. Zum Ende hin wurde sie gesprächiger. Schließlich legte sie nachdenklich den *Hörer* auf und wandte sich uns zu.

„Wir bekommen zwei Hunde."

„Hunde?" fragte Eithne nach, als hätte sie davon niemals gehört.

Die Füchsin nickte. „Aus einer Zucht, die aufgelöst wurde. Die Hunde waren unter schlimmsten Umständen im dunklen Keller untergebracht und mußten als Gebärmaschinen dienen." Sie setzte sich zu uns. „Wir bekommen Welpen, eine Hündin und einen Rüden, die einzigen überlebenden Hundekinder." Sie lächelte traurig, „Sie haben dreißig Hunde unterzubringen." Sie schüttelte den Kopf. „Ich begreife uns Menschen oft nicht. Könnt ihr euch vorstellen, daß er die Hundekinder in den Müll geworfen hat?"

„In den Müll?" Eithne schüttelte sich. „Hier wird alles in den Müll geworfen."

Ich sah die Füchsin fragend an. „Was sind das für Hunde?"

„Schottische Hirschhunde." Sie lächelte vielsagend.

„Kenn ich nicht."

Flanna überlegte. Laut Überlieferung kamen die Hirschhunde um eintausend nach Schottland, Dougal konnte diese Art demnach gar nicht kennen. „Das sind beliebte Hunde in Schottland gewesen, besonders während des frühen Mittelalters."

„So?" Ich mochte es nicht wenn sie redete als wären wir kleine Kinder und es war mir egal was, ob und wann etwas in *Schottland* beliebt war.

Flanna erhob sich wieder. „Ich muß einiges erledigen und zum Laden um *Milchpulver* und Flaschen zu holen und danach die Hunde." Sie schaute einmal in die Runde. „Möchte jemand mitkommen?" Ihre Augen ruhten länger auf Dougals Gesicht. Sie wünschte sich, daß er mitkäme, doch sie traute sich nicht ihn offen zu fragen. Sie schaute ihn bittend an.

Ich haderte mit mir. Ich würde sie gern begleiten, doch Gavins Angst war nicht unbegründet. Ich mußte an mein Gespräch mit Duncan denken. Wenn nicht jetzt, wann dann. Ich gab mir einen Ruck.

„Wenn du lieber in Begleitung fahren willst, dann komme ich gern mit." Ich wartete einen Atemzug lang, ob Gavin einen Einwand erheben würde, doch er schwieg. Anscheinend war er inzwischen zu dem selben Ergebnis gekommen wie Duncan und ich.

Die Füchsin lächelte erfreut, als hätte ich ihr ein besonderes Geschenk gemacht.

„Schön, wir können in einer halben Stunde los." Sie schaute auf meine nackten Füße. Ich wußte was folgen würde und bereute zugesagt zu haben. Ich nickte. „Aye, ich ziehe mir Schuhe und enge Hose an."

Flanna nickte, während sie zu Boden sah und sagte: „Das ist nett." Schnell verließ sie den Raum. Es war ihr höchst peinlich ihn so zu bevormunden. Abgesehen davon gefiel er ihr in seiner eigenen Kleidung und nackten Füßen viel besser, als in Jeans und Sweathirt. Sie ahnte wie unbehaglich er sich in den fremden Sachen fühlte.

Ich fühlte mich unwohl. Der enge Raum, *Laden*, wie Flanna ihn nannte, war voll gestellt mit Käfigen und allerhand Dingen, die Tiere angeblich zu Leben brauchten. Im hinteren Teil standen doppelt soviel Käfige wie vorn, doch in diesen befanden sich Tiere. Zusammengepferchte Vögel mit bunten Federn, wie ich sie nie gesehen hatte, Kaninchen, Ratten mit Schwanz und welche ohne, mit fleckigem Fell. Mäuse! Ich mußte zweimal hinsehen. Es handelte sich tatsächlich um Mäuse! Welcher Mensch holte sich freiwillig Mäuse ins Haus, die kamen doch von allein und waren schwer wieder zu vertreiben. In einem weiteren Käfig aus Glas entdeckte ich Schlangen und einen weiter, Molche und seltsame kleine Drachen. Ein grüner Vogel neben mir schrie laut. Er war so laut, daß ich erschrocken zur Seite sprang und ihn böse ansah. Das Tier saß jedoch in einem engen Gefängnis, höchstens eine Elle im Viereck und konnte nicht einmal seine Flügen ausbreiten. Mir tat es leid, daß ich ihm böse Gedanken geschickt hatte. Ich trat ein paar Schritte zur Seite. Auf einem Tisch entdeckte ich mit Wasser gefüllte Glasbehälter in welchen Fische und andere Wassertiere lebten. Mir drängte sich die Frage auf, was all diese Tiere verbrochen hatten, daß sie in enge Gefängnisse einsperrt, ihrer Freiheit beraubt wurden?

Die Füchsin winkte mich heran.

„Wir müssen weiter."

„Warum sind sie eingesperrt?" Ich konnte mir diese Frage nicht verkneifen.

„Das frage ich mich auch jeden Tag", antwortete sie mit mutlos klingender Stimme. „Sie fristen ihr Dasein in Käfigen, zur Freude und zur Befriedigung von uns Menschen."

„Warum kaufst du dann hier ein?"

„Zur Zeit bekomme ich nur hier das Milchpulver für die Hundekinder und die Flaschen."

Ich nickte und folgte ihr nach draußen. „Solche bunten Vögel habe ich nie in meinem Leben gesehen."

„Du meinst die Sittiche und Papageien." Sie schüttelte traurig den Kopf. „Diese Vögel leben ursprünglich in großen Scharen in den Weiten von Australien und den Wäldern von Südamerika."

„Aber hier saß einer allein."

„Das ist keine Seltenheit. Die Tiere sollen sprechen lernen, und das tun sie nicht, wenn sie glücklich mit einem Partner oder in einer Gruppe leben. Dazu brauchen sie Frust und Langeweile, und um nicht irrsinnig zu werden, wenn sie so in Einzelhaft sitzen, fangen manche an zu reden."

„Sie können sprechen?" Ich konnte es nicht glauben.

„Nicht richtig. Sie können sich nicht unterhalten, sie können Worte nachsprechen, ohne den Sinn zu verstehen." Sie seufzte. „Tiere sind die Sklaven der westlichen Welt."

„Der westlichen?"

„In anderen Ländern im Osten und Süden gibt es außer den Tiersklaven, die es oft noch schlechter haben als hier, auch menschliche Sklaven. Frauen, Kinder und Männer."

„Aye, das kenne ich."

Die Füchsin sah mich seltsam von der Seite an, als fiele ihr erst jetzt etwas ein, an was sie schon längst hätte denken müssen.

„Habt ihr Sklaven?" fragte sie leise nach und sah zur Seite, um mir nicht in die Augen sehen zu müssen, als fürchtete sie sich vor meiner Antwort.

Plötzlich verstand ich ihren Blick. Ich schüttelte den Kopf und mußte schmunzeln, „Haben wir nicht!"

„Weil ihr sie euch nicht leisten könnt?" Ihre Stimme hatte einen lauernden Unterton.

„Weil wir es ablehnen Sklaven zu halten." Ich lachte leise in mich hinein. Wofür hielt sie uns denn? Ich sah zu Seite. War sie mit meiner Antwort zufrieden? Sie schien mit ihren Gedanken weit weg zu sein.

Ich schaute auf die dunkel- und hellgrauen Fellbündel herab. Die beiden Hundekinder schliefen unruhig. Das Bein des Dunklen zuckte als träumte er vom Laufen und seine Zunge hing halb aus dem Mund, leicht zusammengerollt als saugte er an der Mutterbrust.

„Sind sie ruhig?"

Ich sah zur Seite. Die Füchsin fuhr schnell, sie wollte nach Hause, um die Hunde versorgen zu können. „Sie träumen von warmer Milch."

Die Füchsin lächelte. „Sind sie nicht süß?"

„Das sind sie immer, wenn sie klein sind."

„Jedes Alter hat seinen Reiz. Aber wir Frauen schmelzen eben dahin, wenn wir einen Säugling sehen, egal ob menschlich oder tierisch."

Ich lachte. „Dann bin ich wohl auch eine Frau."

Flanna fiel in mein Lachen ein, doch unerwartet schnell verstummte ihr Lachen. „So siehst du allerdings nicht aus." Sie sah mich kurz an, ehe sie sich der *Straße* widmete.

Ich schaute unauffällig zu ihr herüber. Wie sollte ich ihre Worte verstehen? Empfand sie diese Tatsache als gut oder schlecht?

„Es ist wohl in unseren Erbanlagen, daß wir uns gegen das niedliche Gehabe eines Kleinkindes nicht wehren können."

„Aye, so ist es wohl." Ich konnte nicht verhindern, daß meine Stimme belegt klang. Ich wollte nicht an Kinder denken und erst recht nicht ans Kinder machen! Derzeit nicht! Und doch konnte ich das Bild der halbnackten Füchsin vor ihrem Schrank nicht verdrängen. Wie gern würde ich ihre Haut berühren, nur um zu spüren, ob sie so weich war, wie sie aussah. Wie gern ihren Nacken mit den Lippen liebkosen, um zu schmecken, ob er mir so mundete, wie ich mir das vorstellte. Ich bemühte mich, meine Gedanken auf die beiden Hundekinder im Korb zu lenken.

Die kleine Hündin war struppig. Ihr hellgraues Fell schien nicht so flauschig wie das des Grauen. Sie war schwach. Ein Bein war geschient. Ich bezweifelte, daß sie die nächsten Stunden überleben würde. Vorsichtig deckte ich sie mit dem warmen Wolltuch ab, welches Flanna zu diesem Zweck in den Korb gelegt hatte. Ich wollte sie nicht durch eine unbedachte Bewegung wecken. Besser sie schliefen bis wir zu Haus waren.

„Machst du so etwas öfter?" fragte ich nach.

„Was meinst du?"

„Das mit den Hunden? Du scheinst dich gut auszukennen."

„Manchmal. Ich bin als tätiges Mitglied im Tierschutzverein gemeldet und ab und zu gibt es Tiere, die eine vorübergehende Hilfe benötigen, bis sich ein neuer Verantwortlicher findet."

„Und dann gibst du sie wieder ab?"

„Wir suchen gute Plätze. Und dann gebe ich sie wieder ab." Sie überlegte. „Aber so oft mußte ich nicht einspringen. Einmal ein Pferd, ein paar Katzen und eine Schildkröte."

„Schildkröte?"

Sie lachte. „Ich zeig dir ein Bild. Aber du könntest sie kennen."

Ich zuckte die Achseln. Ich war froh, sie und mich in ein Gespräch verwickelt zu haben. Das lenkte mich von ihrem reizvollen Körper ab.

„Bei uns gibt es keine Vereinigung die sich um den Schutz von Tieren kümmert", sagte ich überlegend.

„Aber wahrscheinlich gibt es bei euch nicht so viele gequälte Tiere? Oder Menschen, die sich keinen Deut um die Belange Tiere kümmern?"

„Es gibt insgesamt nicht so viele Tiere um die wir uns kümmern müssen."

„Nicht?"

„Keine Katzen, keine eingesperrten Vögel. Hunde, aye, die laufen meist frei herum. Ein paar Pferde, Rinder und Schafe." Hatte ich alle aufgezählt?

„Und was macht ihr wenn einer ein Tier mißhandelt?"

„Er wird zur Rechenschaft gezogen, denn einer der ein Tier mißhandelt wird dies ohne Weiteres auch mit einem Menschen tun."

Sie nickte eifrig. „Das sehe ich auch so." Sie überlegte offensichtlich und suchte nach Worten, bevor sie sprach. „Gibt es bei euch Menschen, die sich an ..." Sie brach ab, suchte wieder nach Worten. Konnte sie ihn das unverblümt fragen?

„Was willst du wissen?" hakte ich nach.

Sie zögerte.

„Hm?"

„Also gibt es Menschen, die sich an Tieren vergehen?" Sie atmete aus.

„Es gibt sie", antwortete ich leise und es war mir das Unverständlichste überhaupt.

Sie nickte. „Ich habe gehört, daß es im Altertum, in der Vergangenheit, somit in deiner Zeit gang und gebe war, und erlaubt?"

„Wer erzählt so einen Schwachsinn?" Ihre Worte verletzten mich.

Sie lächelte entschuldigend. „Dann ist es bei euch nicht an der Tagesordnung?"

„Ist es das bei euch?" fragte ich dagegen.

Sie schüttelte den Kopf. „Nicht öffentlich, aber im Geheimen. Und mir völlig unverständlich, es ist nicht verboten."

„Nicht?"

„Solange dem Tier keine blutige Wunde zugefügt wird."

„Unglaublich."

Der Graue begann zu fiepen. Ich steckte meine Hand unter die Decke und legte sie dem Kleinen auf den Rücken. Er war so winzig, daß er nur um weniges mehr meine Hand ausfüllte. Eine weiche nasse Nase schob sich zwischen meine Finger und suchte nach einer Milchquelle.

„Ich glaube er hat Hunger?"

Die Füchsin nickte. „Wir sind gleich da."

Ich versuchte den Kleinen mit der Wärme meiner Hand ruhig zu halten und summte eine beruhigende Weise, bis wir vor Flannas Haus hielten.

„Ich laß den Wagen hier stehen. Bringst du die Kleinen rein? Das Milchpulver nehme ich ." Flanna fühlte sich wie benommen von Dougals Stimme. Ihr fiel auf, daß alle fünf ohne Hemmungen sangen oder summten, wenn ihnen danach war. Sicher würde es den Menschen heute auch besser bekommen, wenn sie ihrer Stimme mehr Raum und Freiheit gaben?! Sie nahm sich vor, Dougal nach Liedern zu fragen. Wo sonst hätte sie so alte Lieder in richtiger Aussprache lernen können, als von einem Menschen aus der Vergangenheit?

Ich bemühte mich wenig zu wackeln, um die Tiere nicht wachzurütteln. Die Decke lag vollkommen über ihnen und schützte sie vor der Kälte.

Eithne öffnete wie bestellt die Tür und sah uns erwartungsvoll entgegen.

Keltenfernsehen und Sackpfeifen

Ich staunte wie schnell diese winzigen Wesen die Herzen so vieler Menschen erobern konnten. Die beiden Hunde brauchten nur lauter als gewöhnlich Luft zu holen und sofort eilte einer, wenn nicht gleich mehrere zum Korb, um nach dem Rechten zu sehen. Hatte ich für die Kleine kaum Hoffnung gehabt, sah ich mich glücklicherweise getäuscht. Sie entwickelte sich trotz des gebrochenen Beines gut und war bald über den Berg. Ich hatte keine Angst mehr, daß sie es nicht schaffen würde. Sie waren inzwischen gut doppelt so groß geworden. Der Graue füllte mittlerweile zwei Männerhände aus. Schmunzelnd schaute ich in den Korb, auf die im Schlaf zuckenden, weichen und wuscheligen Hundeleiber.

Mischa trat in den Raum. Ich beobachtete ihn unbemerkt. Ich mochte diesen Mann, dessen Hemd mir Flanna in den ersten Stunden nach unserer Ankunft in ihrem Haus gegeben hatte. Er war anders als Karsten. Leider hielt er es nie lange an einem Ort aus. Ich erinnerte mich daran, daß er laut Flannas Schilderungen nahezu die ganze Welt bereist hatte. Eine Welt, die viel größer zu sein schien, als wir uns das je würden vorstellen können. Wahrscheinlich mochte ich ihn, weil ich mich sicher glaubte? Flanna mochte Mischa ebenfalls, sehr sogar, doch in Freundschaft. Ein ungemein beruhigendes Gefühl.

Ich schob mir ein Stück Schokolade in den Mund. Das süße Zeug hatte es in sich. Ich würde es vermissen, wenn ich wieder zu Hause war. Und die beiden Kleinen vor mir? Die würde ich ebenfalls vermissen. Wenn ich jemals wieder nach Hause kam? Wer wußte das zu sagen? Und hier in dieser Zeit? Konnte ich mich daran gewöhnen? Mir fiel Flannas Vorschlag wieder ein. In dieser Welt lief nichts ohne *Geld*. Die Geißel dieser Zeit. War es wichtig Geld zu verdienen? Wenn wir nun tatsächlich unser

Wissen um unsere Kampfkünste verkauften? Was wäre dabei? Und wir könnten die Füchsin unterstützen.

Mischa schmierte sich eine Scheibe Brot und lehnte sich mit dem Rücken an den Küchenschrank. Er grinste breit. „*Niedliche Dinger*!" Er nickte zu den beiden Hunden herunter.

Ich nickte ebenfalls lächelnd, obwohl ich nicht sicher war ob ich ihn richtig verstanden hatte.

„*Morgen reise ich wieder ab*", redete er weiter.

Was hatte er gesagt? Er reiste wieder? Ich war überrascht. Ich sah ihn fragend an. Ich verstand das eine oder andere Wort, doch bei ganzen Sätzen war ich unsicher.

„*Wieder nach Südamerika*", ergänzte er.

Ich nickte und wunderte mich, wie ein Mensch so oft, so weit und offensichtlich gern von seinem Zuhause fortging. Vermutlich fühlte er sich hier nicht heimisch.

Calum und Eithne kamen lachend herein. Mischa widmete sich einer weiteren Scheibe Brot.

Eithne stürzte auf den Hundekorb zu. „Sind sie wach?"

„Sind sie nicht." Ich schüttelte den Kopf.

„Schade."

„Irgendwann wirst du sie totknuddeln", warf Calum grinsend ein.

„Du bist doch auch nicht besser."

„Und ob." Er lachte während er sich leise vor den Korb hockte. „Ob sie wohl aufwachen, wenn ich lange genug hineinschaue?"

„Werden sie nicht. Ich hab es eben versucht." Ich lachte leise.

Am Abend saßen wir zusammen. Ich beobachtete die Füchsin beim Hunde füttern. Wieso hatte ich nicht den Mut sie anzusprechen? Ich sah zu Duncan herüber, der wie so oft Eithne heimlich beobachtete. Sah ich auch so abgetreten aus, wenn ich die Füchsin ansah? Ich wünschte mir anstelle des Grauen zu sein, der einen Gutenachtkuß bekam. Sie deckte die beiden Kleinen zu und stellte den Korb an seinen Platz, neben die Heizung.

„Da kommt heute Abend ein Film über Kelten“, sagte Gavin in meine Gedanken hinein und unterbrach sie damit.

Die Füchsin hatte uns erzählt, daß unser Volk heute Kelten genannt wurde. Neugierig auf das was die Menschen über uns erzählten war ich schon.

„Flanna, ist es dir Recht wenn ich mir das ansehe?“ Gavin sah zu Flanna herüber, während sie zurück an den Tisch trat.

Sie nickte. „Von mir aus gern.“

„Kannst du nichts anderes mehr, als in dieses blöde schwarze Loch zu starren?“ Eithne hatte die Worte ausgespuckt und sah Gavin herausfordernd an. Sie konnte es nicht leiden, daß ihr Bruder ständig vor der schwarzen Truhe hing. Er war zu nichts anderem mehr zu gebrauchen.

Gavin antwortete ihr mit einem milden Lächeln. „Du weißt gar nicht wie viel Wissen ich dadurch erhalte.“

„Das ist doch nur eine faule Ausrede.“

Gavin ließ sich nicht aus der Ruhe bringen. „Wer weiß, wann ich das einmal gebrauchen kann?“

Eithne schnaubte unwillig. Überhaupt, die ganzen Kerle hier nervten sie. Dougal hatte nur Augen für die Füchsin. Gavin glotzte andauernd ins schwarze Loch und Duncan? Hatte der eine Lebensberechtigung? Er war ihr Feind! Sie würde ihm keine Freundschaft oder Vertrauen entgegen bringen und wenn er noch so nett tat. Calum war der einzige, der sie verstand. Ihre Gedanken waren sich nahe und er fühlte wie sie, auch wenn er ein Mann war und sie eine Frau.

Sie warf Duncan einen giftigen Blick zu. Manchmal hatte sie das Gefühl, daß er sie beobachtete, so wie Dougal die Füchsin. Sie konnte ihn nicht leiden. Wie auch immer, schließlich war er ein MacBochra!

„Ich gehe nach oben. Ich möchte allein sein.“ Sie ging umständlich zur Tür. Im Flur angekommen drehte sie sich noch einmal um. Wer würde ihr hinterhersehen? Natürlich, Duncan! Blöder Kerl. Ehe sie nach oben ging, warf sie ihm ein überhebliches Grinsen zu.

Duncan hatte wieder einmal mehr das Gefühl, daß sie auf seinen Gefühlen herumtrampelte. Es gehörte wohl bei ihr inzwischen zur Tagesordnung. Wenn er ihr die Wahrheit sagte, dann würde sie ihm an den Hals springen und das nicht aus Liebe! Traurig sah er ihr hinterher.

Flanna setzte sich in die Ecke auf die Kissen. Sie war müde und fühlte sich ausgelaugt. Sie sah keine Möglichkeit diesen Menschen, die ihr inzwischen ans Herz gewachsen waren, zu helfen. Und immer wieder ertappte sie sich bei dem Gedanken, daß sie Dougal gar nicht wieder gehen lassen wollte. Suchte sie aus diesem Grund nicht stark genug nach einer Möglichkeit? Unbemerkt beobachtete sie die Männer. Calum war in dieser Zeit gereift. Aus dem jungen Mann war ein Mann geworden. Gavin hatte womöglich Recht mit seiner Glotzerei, doch sie fragte sich, ob es nicht ein Vorwand für seine Fernsehsucht war? Duncan wirkte nach wie vor traurig und das jeden Tag mehr. Vielleicht sollte sie einmal mit Eithne reden? Es war offensichtlich für wen sein Herz schlug.

Und Dougal? Bildete sie sich seine Blicke nur ein? Oder mochte er sie mehr als nur ein wenig? Mehr als die Gefühle der Dankbarkeit von ihm verlangten? Sie schaute zu Boden. Ihre Geldvorräte waren bald aufgebraucht und ein weiteres Darlehen konnte sie sich nicht leisten. Als sie das letzte Mal davon angefangen hatte, war sie auf taube Ohren gestoßen und hatte Eithne gegen sich aufgebracht. Sie traute sich nicht es erneut zu versuchen. Kamen sie denn nicht selber auf den Gedanken, daß sie außer der Arbeit am und im Haus anderes beitragen mußten? Sie schaute wieder auf. Gavin schaltete den Fernseher ein. Er hatte sich gut an ihn gewöhnt. Viel zu gut, wie es schien. Wie sollte er in der Vergangenheit ohne ihn leben, schoß es ihr durch den Kopf?

Der Film über die Kelten und Wikinger begann. Ohne es zu wollen wurden Dougal, Calum und Duncan in den Bann gezogen. Die in Bildern und Geschehen dargestellte Geschichte mit Menschen in alten Gewändern fesselte die vier Männer. Ob sie den Fernseher nun ablehnten oder nicht. Das gab ihr die Gelegenheit Dougal von der Seite zu beobachten. Sein Gesicht war ebenmäßig und schön, eine bißchen zu kantig vielleicht, doch ihr gefiel das. Es lockte sie, ihm über die starken Wangenknochen zu streichen. Seine vollen Wimpern waren halb gesenkt und seine Wangenmuskeln stark angespannt. Er saß auf der äußersten Kante seines Sitzes, wie ein Kind, das ein spannendes Buch las. Alle vier waren angespannt. Offensichtlich traf der Film doch die Wahrheit. Plötzlich pfiff Calum abwertend durch die Zähne.

„So ein Blödsinn", rief er empört.

Gavin hielt die Hand in die Höhe, zum Zeichen, daß er ruhig sein sollte.

„Das kann sich doch keiner ansehen!" Calum war sauer. „Das ist rufschädigend." Er wandte sich zu Flanna um. „Glaub das nicht, das ist nicht wahr!"

Flanna hörte ihm neugierig zu. Endlich gab es eine Gelegenheit bei der sie mehr über die Vergangenheit erfahren konnte, so wie sie sich das erhofft hatte. Ein weiteres Mal danach zu fragen hatte sie sich nicht mehr getraut, aus Angst Heimweh hervorzurufen. Sie sah ihn auffordernd an.

„Wie war es denn in Wahrheit?"

Er schüttelte den Kopf und rückte näher zu ihr. „So ist das nicht!" Er wirkte empört. „Das mit dem Kopfkult zum Beispiel! So ein Quatsch. Als wenn wir alle die Köpfe unserer Feinde in den Hallen hängen hätten!"

Ich wandte mich um. „Du weißt das einige das tun. Denk an Gemmán“, sagte ich leise.

„Aber die wenigsten, und von denen redet keiner besonders gut.“

„Trotzdem, ein Funken Wahrheit ist dabei.“

Calum schüttelte den Kopf. „Das wäre das Gleiche, als wenn die Leute später sagen würden alle Menschen dieser Zeit lebten in lauten Städten.“ Er starrte mich an. „Alles was sie sagen entspringt ihrer Einbildung.“ Er sah Flanna fragend an. „Oder hab ich falsch verstanden, was die da reden?“

Flanna schüttelte den Kopf. „Ich glaube nicht.“

„Nicht alles ist falsch, Calum, obwohl vieles falsch gedeutet wird.“ Ich suchte nach Worten, fand sie nicht und sah die Füchsin an. „Morgen beginnen wir dir die Wahrheit zu erzählen!“

Flanna freute sich. „Das wäre schön.“

„Wir haben es dir schließlich versprochen.“

„Außerdem ist es nötig!“ warf Calum ein, der noch ärgerlich wirkte.

Gavin kümmerte sich nicht um uns, er starrte in den Fernseher.

Duncan hatte schweigend zugehört. Er fragte sich, ob es wichtig war, daß ein heutiger Mensch von der alten Zeit wußte? Was würde es ändern? Kriege gab es auch in dieser Zeit, wenn er Flanna Glauben schenken durfte und das tat er. Die Menschheit hatte nichts gelernt aus den Fehlern ihrer Vorfahren.

Ich räusperte mich umständlich und sah die Füchsin an. „Ich möchte auf deinen Vorschlag zurückkommen, wie wir Geld verdienen könnten. Wir sind dir lange genug zur Last gefallen, ohne dir eine wirkliche Hilfe zu sein.“

Ich suchte in ihren Augen eine Antwort auf meine Worte, doch sie sah wie ertappt zur Seite. So hatte sie ebenfalls daran gedacht?!

Ein paar gequälte Töne drangen aus der schwarzen Kiste. Ich wandte mich dem Bild zu.

„Da ist es wieder!“ Calum zeigte auf die Luftsäcke, ehe er sich an Flanna wandte. „Was ist das?“

Sie sah ihn fragend an. „Was meinst du?“

„Die Luftsäcke mit Flöten.“

„Oh, der Dudelsack oder Sackpfeife!“ Sie lächelte wissend.

Ich haßte dieses Lächeln an ihr, obwohl ich sonst alles an ihr liebte. Dieses Lächeln, das besagte, ich weiß etwas, was ihr nicht wißt.

„Das ist das Wahrzeichen Schottlands.“

„Wie?“ Calum war erstaunt. „Aber wir kennen es nicht einmal.“

„Dieses Instrument ist lange Zeit verboten gewesen und noch gar nicht so lange in Schottland, aber inzwischen sind die großen Kriegspfeifen eines der schottischsten Dinge die es gibt.“ Sie lachte. „Zusammen mit euren Kilts, in anderer Form und dem Golf.“

„Golf?“ Calum schaute sie fragend an.

Sie nickte. „Ein Spiel bei dem ein kleiner Ball über größere Strecken in ein kleines Loch geschossen wird.“

Calum lachte. „Das spielen die Schafhirten, wenn ihnen langweilig ist. Sie benutzen ihren Schäferstab und den getrockneten Schafsdung.“

Flanna fiel in sein Lachen ein. „Das hören die Golfer sicher nicht gern.“

Calum begriff nicht, doch er sagte lieber nichts. Er wollte sich nicht lächerlich machen. Er würde gern mehr über diese Sackpfeife erfahren. Er wandte sich an Flanna. „Glaubst du ich könnte so einen Dudelsack spielen?“

„Warum nicht?“ Sie nickte. „Wenn du magst, werde ich mich umhören, vielleicht finde ich einen Gebrauchten?“

Calum spürte ein Ziehen der Vorfreude in seinem Magen. Sie würde ihn glücklich machen, wenn sie ihm dies ermöglichte. Er lächelte sie dankbar an.

Sie widmeten sich erneut dem Film.

Flanna spürte eine innere Unruhe in sich aufsteigen. Sie würde morgen mehr über die alte Zeit erfahren. Mehr als ein lebender Mensch je erfahren hatte. Und noch etwas ließ ihre Unruhe wachsen. Wenn Dougal sich entschieden hatte Geld zu verdienen, dann glaubte er offensichtlich, daß sie länger bleiben würden, ob nun gern oder ungern. Möglicherweise gefiel es ihm inzwischen doch ein wenig und er wollte gar nicht mehr unbedingt fort? Sie mochte nicht daran denken, wie es ohne ihn, ohne die anderen sein würde.

Ein giftiger Plan

MacDougal starrte MacBochra sorgenvoll an. Konnte dieser Mann nicht im Sinne ihrer Kinder einmal die Feindschaft vergessen? War ihm sein Sohn so egal? Er war nur froh, daß es nicht Fearchar war, der mit den anderen in der fremden Zeit weilte. MacDougal hatte Duncan gut im Gedächtnis. Der junge Mann war ihm bedeutend lieber als alle anderen MacBochras. Er hatte ihn während der Treffen beobachtet und ihn als ehrenwerten und ehrlichen Gegner bei den Kämpfen erlebt. Das hätte er von Fearchar nicht sagen können.

Das Mädchen von MacBochra war offensichtlich mißhandelt und womöglich wirklich vergewaltigt worden, allerdings nicht von seinen Söhnen. Wie sollte er dies beweisen? Es gab keine Zeugen und wenn sie bei ihrer Geschichte blieben schien es hoffnungslos. Wenn Dougal, Gavin und Calum je zurückkehrten, stand ihnen eine Verhandlung vor dem obersten Rat bevor. War es besser sie in der fremden Welt zu lassen? MacDougal schüttelte unwillig den Kopf. Er liebte seine Kinder, alle, und er wollte sie zurück haben. Wenn es nicht anders ging würde er Blutgeld anbieten, obgleich er damit die Schuld bestätigte.

MacBochra sah MacDougal voller Haß an. Am liebsten hätte er diesen Mann sofort in Stücke gehauen. Und trotzdem, er wollte seinen Sohn zurück haben. Ungern gab er MacDougal in diesem Punkt Recht. Sollten sie sich zusammentun, um die Söhne zurückzuholen? Ein Magengrimmen durchzog ihn als er an Gemmán dachte. Verdammt sollte er sein. Womöglich war er gar nicht mehr fähig sie zurückzubringen? Duncan war nicht sein Liebling, allerdings nicht, doch er war sein Sohn! Und es würde ihm unendliche Freude bereiten die Söhne des MacDougal vor dem Clangericht sitzen zu sehen und anschließend das Urteil vollstrecken zu können. Sein Frau machte ihm das Leben schwer, weil er nichts für die Genugtuung ihrer Tochter tat. Doch was sollte er tun, da alles aus den Fugen geraten war? Er schüttelte seine Gedanken ab und wandte sich an MacDougal.

„Gut, so soll es sein. Wir werden gemeinsam unsere Kinder zurückholen, um deine stinkenden Söhne vor den Rat zu bringen!"

MacDougal schluckte seine Bemerkung herunter. Besser er machte gute Miene zum bösen Spiel. Wenn er dadurch erreichte, daß MacBochra Gemmán suchte und dazu brachte die Kinder zurückzuholen, gut so! „Dann wirst du dich um Gemmán kümmern?"

„Aye! Er soll uns nicht entkommen." MacBochra nickte grimmig entschlossen.

In Fearchars Kopf reifte ein giftiger Plan. Wenn es Gemmán gelang nur Duncan zurückzubringen und die kleine Dougalschlampe, dann könnte es eine Rache geben, von der die MacDougals sogar in den nächsten Jahrhunderten sprechen würden. Es war wichtig Gemmán als erster zu finden und ihm klar zu machen, was er zu tun hatte.

MacBochra würde Duncan gehörig den Kopf waschen, wenn dieser wieder vor ihm stand. Wie konnte er den MacDougals nachspringen, als sie verschwanden? Er war von allen guten Geistern verlassen. Das war er schon als kleines Kind gewesen. Während die anderen Jungen kämpften, hatte er versucht sich zu drücken und ständig war er zu den MacDougals geschlichen. Damals hatte MacBochra gedacht sein Sohn würde besonders starken Haß empfinden und eine Gelegenheit suchen seine Feindschaft auszuleben, doch irgendwann hatte Duncan seine wahren Beweggründe mitgeteilt. Er würde nie vergessen, wie sein Sohn, ein MacBochra, in die Halle gestürzt kam und fragte, ob eine Verbindung mit den MacDougals möglich wäre! Unglaublich!

Eine Verbindung in Freundschaft, um die Feindschaft niederzutreten! Damit trat er die Ehre der MacBochras in den Dreck! Seither mußte Duncan mit der Feindschaft seiner Brüder ihm gegenüber leben. Selbst das schien ihm nichts auszumachen. MacBochra nickte. Er würde die Dinge wieder richten!

Der neue Druide – Duncan und Eithne

Als ich das *Wohnzimmer* betrat, legte die Füchsin den Telefonhörer auf die Gabel. Ihr Gesicht spiegelte eine seltsame Mischung von Gefühlen wieder, die ich nicht zu deuten wußte. Sie schaute aus dem Fenster, als bemerkte sie mich nicht.

Ich räusperte mich und sie drehte sich erschrocken um.

„Ist was passiert?“ fragte ich unsicher nach.

Sie nickte, suchte nach Worten und trat zwei Schritte auf mich zu. „Da hat ein Druide angerufen.“

Ich konnte sie nur anstarren. Würde sie sagen, was ich erwartete, erhoffte?

„Er hat sich auf unsere *Anzeige* gemeldet.“ Sie schaute wieder aus dem Fenster. „Er glaubt, daß er euch zurückbringen kann.“ Sie sah ihn an, schwieg und bemühte sich in seinen Augen zu lesen. War er glücklich, oder fiel es ihm ebenfalls schwer loszulassen?

Ich fühlte mich unfähig ein Wort zu sagen. Endlich! Da war jemand der uns helfen konnte. Wieso stellte sich kein Gefühl der Freude ein? Im Gegenteil. Ich spürte einen Knoten der Angst meine Kehle zuschnüren. Was, wenn dieser Druide uns in die falsche Zeit zurückschickte? Oder in eine andere Zukunft? Was, wenn wir in irgend einem Nichts erwachten? Zwischen dieser und der anderen Zeit? Was, wenn die Füchsin nicht mit mir gehen wollte? Ich bemühte mich ein erfreutes Gesicht zu machen, denn sie sah mich erwartungsvoll an.

Hinter uns wurde es laut. Die anderen traten ein. Ihr Gerede erstarb, als sie die seltsame Schwingung im Raum wahrnahmen.

„Was ist los?“ fragte Duncan leise.

Ich drehte mich zu ihm um, wollte sprechen, doch meine Kehle war wie zugeschnürt.

Flanna trat zu den anderen. „Ein Druide hat sich gemeldet. Er kann euch zurückbringen!“ Sie setzte ein erzwungenes Lächeln auf und sagte leise hinterher: „Sagt er!“ Sie schien an ihren Worten zu ersticken.

Allmählich sickerten die Worte zu den anderen durch.

Plötzlich jauchzte Calum auf und sprang um Eithne herum wie ein junger Hund. Er nahm sie in die Arme und drehte sie glücklich.

Gavin lächelte über die beiden, doch die Freude wollte sich auch bei ihm nicht so recht einstellen.

Duncan starrte aus dem Fenster. Die Worte bedeuteten eine Trennung von Eithne, eine Trennung von seinen Freunden, die seine Feinde sein sollten. Er wollte nicht zurück zur Feindschaft seiner Brüder und dem Krieg der MacBochra. Ein Leben ohne Eithne. Selbst da sie ihn nicht leiden konnte, so durfte er doch in ihrer Nähe sein. Das alles wäre vorbei, wenn sie zurückkehrten. Er empfand keinerlei Freude über den Anruf. Er tauschte Blicke mit Dougal. Auch bei ihm stellte sich offensichtlich keine Freude ein.

Eithne hatte sich inzwischen von Calum anstacheln lassen. Und umarmte ihre Brüder ausgelassen. Gavin grinste sie an, doch er erwiderte ihre Umarmung nur halbherzig.

Eithne war so ausgelassen, daß sie sogar zu Duncan trat und das Unglaubliche tat, sie umarmte ihren Feind. Bei solch einer Gelegenheit durfte sie das doch, oder?

Duncan machte sich steif wie ein Brett. Träumte er? Sie versuchte sich mit ihm zu drehen, doch er blieb stehen. Erstaunt schaute sie ihm in die Augen. Sie begriff nicht. Es gab doch Grund zur Freude!

„Ihr seht aus als hätte euch einer den Tod eines geliebten Menschen mitgeteilt.“ Sie ließ Duncan unvermittelt los und wandte sich an Flanna.

„Wann?"

Flanna zuckte mit den Schultern. „Ich weiß nicht." Sie sah Eithne in die Augen, die vor Freude zu glühen schienen. „Wann ihr wollt wahrscheinlich."

„Nicht zu irgendeiner Sonnenwende, oder so?"

Flanna schüttelte den Kopf. „Er hat gesagt wir sollen uns melden."

„Ich faß es nicht. Und ihr steht hier herum wie Steinsäulen." Eithne ging zu Calum und legte den rechten Arm um seine Körpermitte. „Wenigstens teilst du meine Gefühle."

„Aye. Ich freue mich auf unsere Eltern. Auf die Kleinen und alle anderen. Ich freue mich auf die klare Luft, die tiefen Wasser und die saftigen, wilden Wälder." Er drückte Eithne an sich und verbarg sein Gesicht in ihrem Haar. Oh, aye, er freute sich; so sehr, daß ihm die Tränen kamen.

Ich ertrug es nicht länger. Fluchtartig verließ ich den Raum. Es zerriß mich innerlich.

„Was hat er bloß?" Eithne sah ihm nach.

Gavin schaute Duncan an. „Ich gehe zu ihm."

Flanna hob ihre Hand. „Ich gehe." Sie folgte Dougal aus dem Raum.

Dougal saß auf seinem Lieblingsplatz in der Frühlingssonne und starrte in die Wipfel der Bäume. Auf seinem Gesicht tanzten die Schatten der Äste und Blätter mit der Sonne um die Wette. Als er sie kommen sah, wandte er ihr sein Gesicht zu. Seine Wangen waren von Tränen feucht.

„Du freust dich nicht?" begann sie leise, ohne Einleitung.

Ich schüttelte den Kopf. „Wie sollte ich?"

„All die Gründe die Calum aufgezählt hat."

Ich schnaufte geringschätzig. „Natürlich, und wäre es nur ein Anlaß, so wöge er genug, um Grund zur Freude zu haben. Aber, ...“ Ich sah wieder in die Baumkronen hinauf. „... aber es gibt auch Gründe die mich zurückhalten.“

Flanna wagte kaum zu hoffen, daß sie einer dieser Gründe sein könnte. „Und die wiegen so schwer, daß du dich nicht freuen kannst?“

Ich wußte jetzt war die Gelegenheit gekommen ihr die Wahrheit über meine Gefühle zu sagen. Die Gelegenheit sie zu fragen, ob sie mich in meine Zeit begleiten wollte. Die Worte wollten nicht über meine Lippen. Sie blieben im Hals stecken und die Angst, sie könnte mich ablehnen, lähmte mich.

Stockend begann ich zu reden, nur um etwas zu sagen. „Da sind die beiden Hunde, sie werden mir fehlen. Dein Haus, das Leben bei dir und mit dir. Und eine gewisse Neugier auf alles, was wir bisher nicht kennengelernt haben.“ Ich sah meine Füße an. „Ich, ich würde dich vermissen.“

„Du wirst darüber hinwegkommen.“

Ich sah sie an. Sie hatte so leichthin gesprochen, als läge ihr nicht viel an mir.

Flanna sah ihm geradewegs in die Augen. Er sollte nicht merken, wie es wirklich um ihre Gefühle stand. Sie bemühte sich nicht zu blinzeln. Warum nur? Warum sagte sie ihm nicht einfach, daß sie ihn liebte? Sie schluckte. Liebte sie ihn? Oh, aye, sie liebte ihn, das wurde ihr in diesem Augenblick klar.

„Und, würdest du uns vermissen? Oder bist du froh die Last endlich los zu sein?“ fragte er leise.

Sie nickte, aus Angst ihre Stimme könnte ihren Dienst versagen. Doch sie bemühte sich trotzdem. „Natürlich werde ich euch vermissen!“

Ich schaute wieder in die Baumwipfel. Plötzlich trat die Füchsin die wenigen Schritte zu mir. Sie kam so nahe, daß ich ihr auf den Scheitel sehen und ihren Duft einatmen konnte. Sie schaute zu mir auf. Ich spürte ein kaum zu bändigendes Verlangen in mir aufsteigen. Ein Verlangen sie in die Arme zu reißen und zu küssen. Doch ich konnte mich zurückhalten.

Flanna spürte eine Kraft, die sie nach vorne zog. Sie lockte den letzten Schritt zu wagen und ihn in die Arme zu nehmen. Doch sie hielt sich zurück. Es war besser so. Sie hatten keine gemeinsame Zukunft. Jeder hatte eine andere und die lag weit auseinander. Sie atmete ein und trat wieder von ihm weg. Sie wehrte sich gegen seinen anziehenden Körpergeruch, gegen seine männliche Ausstrahlung und seine lockende Zärtlichkeit. „Mach dir keine Sorgen", sagte sie mit belegter Stimme.

Ich schüttelte den Kopf, während ich schwer um Luft rang und gleichzeitig versuchte mir nichts anmerken zu lassen. Ich sah zum Haus. „Und wenn er uns in die falsche Zeit bringt?"

Sie schüttelte heftig verneinend den Kopf. „Wenn er dazu fähig ist, dann wird er euch sicher in die richtige Zeit bringen."

Sie hatte wohl recht. Ich nickte halbherzig.

Flanna trat weiter von ihm ab und drehte sich zum Haus um. Ohne ihn anzusehen, sagte sie: „Ich gehe zurück zum Haus, wenn ihr euch beraten habt, gebt mir Bescheid, dann rufe ich ihn an."

Ich nickte, obwohl sie meine Geste gar nicht mehr sehen konnte, doch zum Antworten fehlte mir der Mut. Was gesagt werden mußte, war gesagt worden. Es war besser so. Wir würden niemals zusammenkommen. Ich presste die Lippen aufeinander und zwinkerte mit den Augen, bis die Tränen wegblieben. Ich war ein Mann! Ein Kämpfer, wenn es sein mußte! Ich würde nicht verzweifeln weil ich eine Frau liebte, die meine Liebe nicht erwiderte. Eine Frau, die viele Jahrhunderte später geboren war als ich. Es war eine unmögliche Liebe! Entschlossen wandte ich mich dem Haus zu und folgte ihr.

Ich schlief unruhig, wälzte mich von einer auf die andere Seite. Wieder und wieder gingen mir die Worte der Füchsin durch den Kopf. Und das bevorstehende Ereignis mit einem unbekannten Druiden ließ mich nicht los. Schon morgen Abend würden wir wieder zu Hause sein und unsere Familie in die Arme schließen können. Und ich würde ihnen von dieser außergewöhnlichen Frau erzählen, die meine Träume nie wieder verlassen würde. Eine Frau mit einem großen, ehrlichen Herzen und wildgelockten rotbraunen Haaren. Eine Frau, die mir so unter die Haut ging, daß ich glaubte keinen Augenblick ohne sie leben zu können.

Ich war ein Feigling. Warum hatte ich ihr nicht vor Wochen meine Liebe gestanden, als Zeit dafür war? All die verlorenen Stunden! Ich warf mich auf die andere Seite und öffnete die Lider. Im Mondlicht sah ich die Körper der anderen und meine Augen gewöhnten sich an das Dämmerlicht.

Gavin sah mich schweigend an. Somit schlief er auch nicht. Ich richtete mich halb auf, um die anderen anzusehen. Selbst Eithne und Calum waren wach. Ich sah nach rechts, wie stand es um Duncan? Seine Augen waren geschlossen, doch an der Art und Weise wie er atmete konnte ich hören, daß er nicht schlief.

„Ich habe Angst“, sagte ich leise. Sollten sie es ruhig alle wissen.

„Aye, ich auch“, antwortete Gavin so leise, daß ich ihn kaum verstand.

„Aye“, sagte Duncan nur.

Eithne zog den Inhalt ihrer Nase hoch. Sie würde niemals gestehen, daß sie Angst hatte, selbst wenn es so war.

Calum schwieg ebenfalls. Nicht weil er keine Angst hatte; ein dicker Kloß versperrte seinen Hals.

„Was ist wenn der Druide uns in die falsche Zeit schickt?“ sagte ich leise.

„Wir kennen ihn und seine Fähigkeiten nicht“, warf Gavin ein. „Ich wünschte er wäre wie Ossian.“

„Es könnte doch alles gut gehen?“ Eithne wollte nicht, daß sie ihren Traum kaputt redeten, ihre Hoffnung zerstörten.

„Ich weiß nicht, ob ich den Mut haben werde zu gehen“, sagte ich müde und trotzdem hellwach.

Gavin nickte. „Alle oder keiner! Ich werde nicht ohne dich gehen. Ohne dich werde ich auch nicht den nötigen Mut aufbringen.“

„Ich glaub‘ das nicht! Flanna hat endlichen einen Druiden gefunden, und ihr wollt einen Rückzieher machen?“ Eithne war den Tränen nahe, viel näher als je zuvor. „Ich will nach Hause, aber offensichtlich bin ich die einzige!“

„Ich will auch nach Hause.“ Calum brachte endlich einen Ton heraus. Die paar Worte die ihm auf der Seele brannten. „Und wenn wir nur diese eine Gelegenheit haben? Und wenn es ein Wagnis ist, so müssen wir es doch versuchen.“

„Calum hat Recht“, warf Eithne hitzig ein. „Es mag für eine gewissen Zeit nett sein hier in dieser Welt, wir haben viele Dinge kennengelernt und ich gebe zu, ich war anfangs begeistert davon, doch jetzt, ...“ sie hielt inne und schaute mit Tränen in den Augen aus dem Fenster in die Dunkelheit, „ ... jetzt, will ich wieder nach Hause! Unter Umständen haben wir nur diese eine Möglichkeit? Wenn MacBochra Vater hat glauben machen können, daß wir tot sind, dann können wir von unserer Familie keine Hilfe erwarten.“

„Ihr vergeßt Ossian!“ sagte ich heftig. Sie sollten nicht alles so schwarz sehen.

„Nur weil du nicht von hier fort willst!“ Eithne war erhitzt vor Angst und Wut.

Ich wagte nicht zu antworten.

Duncan antwortete an meiner statt. „Das ist doch verständlich, er liebt diese Frau!"

„Was verstehst du von Liebe? Du bist ein MacBochra!" rief Eithne wütend.

Duncan wurde sauer. Sie war anmaßend und eingebildet. „Ich verstehe mehr von Liebe als du!"

„Blödsinn!" Sie konnte ihn nicht leiden. Besser lieben als sie! Pah! Nichts von Liebe verstehen! Eingebildeter Kerl.

Duncan schluckte. Sollte er es wagen? Dougal lag zwischen ihnen. Sollte sie ihn anspringen wollen, müßte sie zuerst an ihrem Bruder vorbei. Und was hatte er davon, wenn sie über seine Gefühle Bescheid wußte? So hätte sie eine Angriffsfläche mehr. Er spürte sein Herz bis hinauf in den Hals klopfen. Wie vor einer Schlacht. Aye, schlimmer. Sollte er es wagen? Dann war es raus und kein Geheimnis lag mehr zwischen ihnen. Er lauschte seinem Herzschlag, der schneller wurde und dem Rauschen seines Blutes im Ohr.

„Eithne", begann er stockend.

Dougal schaute ihn unvermittelt und erschrocken an, ahnte wohl was er vorhatte. Er beachtete ihn nicht weiter.

„Eithne."

„Ich höre, wenn noch anderes kommt", antwortete sie schnippisch.

„Eithne." Verdammt, warum war es so schwer ein paar Worte über die Lippen zu bringen? Er stockte wieder.

„Eithne, Eithne, Eithne! Kannst du noch was anderes sagen?" Eithne lachte überheblich.

„Ich liebe dich!" Endlich war es raus. Die folgende Stille war schlimmer als jede Beschimpfung von ihr.

Eithne war sich nicht sicher, bestimmt hatte sie sich verhört. Ihr Herz schlug hinauf bis zum Hals. Das konnte er doch nicht ernst meinen? Er hatte es nur gesagt, um sie zu verunsichern. Sie lachte auf. „Natürlich, und ein Wasserfall fließt den Berg hinauf."

„Ich liebe dich!" wiederholte er und dieses Mal klang es leichter als das erste Mal.

Dieses Mal mußte sie sicher sein. Seine Stimme klang so ernst, so voll von Trauer und Liebe. Sie mußte es glauben! Sie konnte es nicht fassen. War es möglich? Ein MacBochra? War es möglich, daß ein MacBochra Liebe empfand. Liebe für eine MacDougal? Verdammt. Er war ihr Feind! Fieberhaft überlegte sie. Was konnte sie ihm antworten? Was um ihn wieder auf den Boden der Tatsachen zurückzuführen und ihn in seine Schranken zu weisen?

Plötzlich spürte sie Gavins Hand auf ihrer. Er drückte sie sanft, bestimmt. Er sagte ihr ohne Worte, daß sie Duncan bereits genug verletzt hatte und daß er dies nicht verdiente. Sie schluckte. Mit einer Stimme die sie selber nicht erkannte, sagte sie leise: „Ich muß darüber nachdenken." Sie schob Gavins Hand zur Seite, griff nach ihrem großen Tuch und erhob sich, während sie sich geschickt einwickelte. Sie verließ den Raum schnell.

Duncan stöhnte auf. Er ließ sich auf die Matte zurückfallen, legte seine Rückhand auf die Stirn und sah starr vor Angst in die Dunkelheit. Was hatte er getan? Alles war verloren! Nun brauchte sie ihn nur abweisen und jegliche Hoffnung war dahin. Er verfluchte sich.

Unerwartet legte sich eine warme Hand auf seine Schulter. Er schaute neben sich, in Dougals Augen, die ihn im Dunkel des Raumes, nur beleuchtete durch das fahle Mondlicht, das durch das Fenster leuchtete, ansahen.

„Das war mutig!" sagte ich.

„Und blöd", warf Calum von der Seite her ein.

„Sei still." Ich konnte nicht verhindern, daß meine Stimme gereizt klang.

„Es war mutig ihr zu sagen wie es um ihn steht und es war richtig", sagte ich noch.

„Sie haßt ihn!" sagte Calum trotzig.

„Woher willst du das wissen?" fragte Gavin ihn.

„Weil ich alles weiß, was Eithne denkt, sowie sie weiß, was ich denke."

„Vielleicht täuschst du dich dieses Mal?" Ich drückte Duncans Schulter trostspendend, ehe ich meine Hand zurückzog. „Du warst mutiger als ich", sagte ich leise und schluckte. „Und es ist gut, daß sie es weiß, bevor wir wieder zu Hause sind."

Duncan biß sich auf die Lippen. Am liebsten hätte er laut losgeschrien. All sein Zorn. All seine Liebe herausgebrüllt. „Danke." Er wandte sich zu Dougal um. „Ich weiß deine Freundschaft zu schätzen."

„Du glaubst doch nicht, daß Dougal dein Freund ist?!" Calum lachte trocken auf, als wäre dieser Gedanke unglaublich.

„Genau das bin ich aber, Calum." Ich sah Calum im Halbdunkel an.

„Aber?" Calum brachte nicht mehr heraus.

„Kein aber, so ist es! Und ich werde dafür sorgen, daß es meinerseits auch in unserer Welt so bleibt."

Calum schwieg. Aye, auch er wünschte sich Frieden. Und wenn er ehrlich mit sich war, dann mochte er Duncan auch. Er hatte ihn in der Zeit hier schätzen gelernt. Besser er sagte nichts mehr.

Gavin lehnte sich ebenfalls wieder entspannter zurück. In seiner Brust stritten die Gefühle. Er wußte um Dougals Gefühle für die Füchsin. Gut, daß Duncan Eithne liebte, das hatte er bisher erfolgreich verdrängt, nun aber mußten sie alle, besonders Eithne, den Tatsachen in die Augen sehen. Duncan war ein guter Mann, obwohl er den Namen MacBochra trug. War dies der erste Schritt in eine friedliche Zukunft?

Blut muß fließen

Flanna hatte bemerkt, daß alle fünf auffallend still waren, doch am schlimmsten schien es Eithne erwischt zu haben. Sie vermied es Duncan anzusehen oder in seine Richtung zu blicken. Selbst Duncan war stiller als sonst und er wirkte heute besonders schwermütig. War in der Nacht etwas vorgefallen von dem sie nichts wußte? Sie mochte weder fragen, noch mochte sie daran denken, wie es sein würde, wenn diese Menschen nicht mehr hier waren. Ihr ganzes Leben hatte sie sich nach einer Familie gesehnt. Eine Familie, die sie in ihrer Kindheit so sehr vermißt hatte. Würde sie diese Menschen einfach wieder vergessen? Niemals! Ihr Leben lang würde sie Dougal und den anderen hinterhertrauern. Selbst die vielen Gäste konnten nicht darüber hinweghelfen.

Langsam brachte sie den Wagen auf dem Parkplatz zum Stehen. Sie schaute die sechs bereits auf dem Platz stehenden Autos an. Gehörte eines dem Druiden? Niemand stieg aus, um sie zu begrüßen. Hoffentlich kam er. Nicht auszudenken wie enttäuscht besonders Eithne und Calum sein würden. Sie wußte nicht was sie wollte. Gewiß wünschte sie sich, daß Dougal blieb, doch sie wußte, er würde in dieser Welt niemals dauerhaft glücklich sein können. Und sie konnte sich nicht vorstellen in der alten Zeit zu leben. All der Wohlstand den sie gewohnt war. Sie glaubte nicht ohne diesen leben zu können, obwohl sie zu den Menschen gehörte, die eher einfach lebten und keinen unnützen Tand anhäuften. Und wenn sie mitging? Was wenn sie dann feststellte, daß sie mit dem Leben dort nicht zurechtkam oder Dougal sich anders zeigte, als hier in dieser Welt? Was wußte sie schon? Es war besser so. Sie gehörten nicht der gleichen Zeit an und so sollte es bleiben.

Sie stieg aus und suchte die Autos erneut nach Insassen ab. Dougal trat an ihre Seite. Flüchtig berührten sich ihre Hände. Sie fühlte eisige Kälte den Arm heraufsteigen. Und das obwohl er sonst stets warme Hände hatte. Still hob er den Korb mit den Hunden aus dem Auto. Sie suchte mit den Augen den Platz ab. In ihr keimte die eigennützige Hoffnung auf, der Druide würde nicht kommen, um ihr Dougal wegzunehmen.

Sie setzten sich alle an den Waldrand und warteten schweigend. Nicht einmal die Hunde rührten sich.

Flanna bemerkte, daß Eithne sich an den äußersten Rand rechts gesetzt hatte und Duncan außen links. Eithne benahm sich anders als sonst. Weder beschimpfte sie Duncan noch lachte sie ihn aus. Das erste Mal in der ganzen Zeit, so schien es Flanna, nahm Eithne Duncan ernst.

Mir war das Herz schwer. Anstatt Freudensprünge zu machen, saßen wir schweigend und bedrückt nebeneinander. Aye, wir saßen nicht zusammen, sondern nur nebeneinander. Ich mußte gehen! Zudem hatte die Füchsin mich mit keinem Wort gebeten zu bleiben. In Wahrheit war sie womöglich froh, daß wir endlich wieder gingen? Und wir hatten nicht einmal unsere Schuld begleichen können. Kaum ein Wort außer den wenigen zufälligen war über die *alte,* unsere Zeit gewechselt worden, so wie die Füchsin sich das gewünscht hatte. Und ich hätte gern ein paar Dinge klargestellt. Doch nun war es zu spät.

Ein Wagen fuhr auf dem Platz. Weiß mit einem eckigen Kasten hinten. War das der auf den wir warteten? Der Wagen hielt, die Tür öffnete sich und ein Mann um die fünfzig stieg aus. Ich bemühte mich, ihn zu mustern ohne aufdringlich zu sein. Sein Haar war graubraun und sein Bart sauber gestutzt. Er hatte einen Bauch über den sich ein blaues Hemd spannte. Der Mann suchte den Platz ab, bis er uns entdeckte. Zielstrebig kam er auf uns zu. Mir wurde schlecht. Es war soweit. Wir würden die unheimliche Reise erneut antreten.

„Hallo, ich bin Amerinth. Flanna?“ Er trat auf Flanna zu, die bereits aufgestanden war und reichte ihr seine Hand. *„So, das sind also unsere Zeitreisegäste*?!“ Er begutachtete uns wie ein Händler seine Ware.

Flanna fühlte sich in Amerinths Nähe nicht im geringsten wohl. Sie mochte ihn nicht und wußte doch zugleich, daß dies ungerecht war. Nicht er war Schuld, daß die fünf zurück wollten, auf ihn durfte sie nicht böse sein. Es war besser so, sie wußte es. Diese Menschen gehörten in ihre Zeit, denn wenn sie nicht mehr dort waren, wer wußte, wie sich die Geschichte durch ihre Abwesenheit veränderte?

Es war an der Zeit zu reden, sonst wirkte sie unhöflich. *„Hallo, ich bin Flanna. Und das ...“*, sie zeigte auf die anderen, *„... sind die MacDougals und ein MacBochra.“*

„Dann kann es also losgehen.“

„Das kann es wohl“, sagte Flanna betrübt.

„Ich muß ein paar Dinge holen, kann mir jemand helfen?“

Flanna nickte und wandte sich an Dougal. „Er fragt, ob jemand beim Tragen helfen kann?“

Ich nickte. Ich mochte die Stimme des Mannes nicht, sie war schneidend und hoch. Er redete so leichthin, als wäre das alles nur ein Spaziergang. Als hätte es keinerlei Bedeutung, daß fünf Menschen von einer in eine andere Zeit reisen wollten.

Ich beobachtete wie Amerinth zwei kleine Kästen und eine Tasche aus dem Wagen holte und an uns weitergab. Unerwartet holte er einen Behälter mit Aussparungen aus einem Drahtgeflecht heraus und reichte diese Eithne, die ihn mit fragenden Augen ansah.

Flanna trat näher. *„Was haben Sie denn da*?“

Amerinth lächelte abwinkend und zeigte auf die Javataube. *„Eine kleine Absicherung.“*

Flanna war nicht sicher ob ihr gefiel wie die Dinge sich entwickelten. Sie nahm Eithne den Behälter mit der Taube, die wieder und wieder gegen das Gitter stürmte, aus der Hand und sah Dougal an, der die Welpen trug. Sie hielt die Taube mit gemischten Gefühlen. Was hatte Amerinth mit dem Tier vor? Sollte sie womöglich wahrsagen, so wie Hen Wen aus den Taran Büchern? Sie ging voraus bis zum größten Platz der sieben Steinhäuser. Jedesmal wieder war sie wie gefangen von der Mächtigkeit dieser großen Steine. Und immer wieder fragte sie sich, wie es gelungen war diese riesigen Steinplatten aufeinander zu stellen? Jedenfalls ursprünglich, denn die Steine, so wie sie hier standen, waren erst vor wenigen Jahrzehnten wiederaufgebaut worden.

Amerinth holte sie ein. „*Ein guter Einfall hier zu den Steinen zu gehen.*“ Er grinste sie breit an.

Flanna nickte nur. Sie hatte keine Lust sich näher mit ihm zu unterhalten.

Ich beobachtete den schweren Schritt des Mannes. Je mehr ich ihn beobachtete umso weniger gefiel er mir und umso weniger schien er mir fähig andere eine Zeitreise antreten zu lassen. Sicher, auch Ossian mochte das Scherzen und hatte Witz, zudem strahlte er jedoch Weisheit und Vertrauen aus. Ich folgte still den Windungen des Pfades, bis wir auf einen größeren Platz gelangten. Auf flache, eiförmig aufrecht gestellte, große Steine hatte jemand eine riesige ebenfalls flache Steinplatte gelegt, so daß sich eine kleine Höhle im Inneren bildete. Die gesamte Platte und die haltenden Steine wurden wiederum von einem weitläufigeren Steinkreis umrahmt.

Menschen, die wohl zu den parkenden Autos gehörten, liefen zwischen den Steinen umher und besahen sich alles. Dieser Platz war sicher einmal heilig gewesen, doch heute wirkte er wie ein Abklatsch seiner Selbst. Trotz allem konnte ich die heiligen Kräfte spüren. Sie waren da, wenn auch verborgen und zertreten. Der Mann der sich Amerinth nannte, stellte seine Sachen ab und hieß uns ebenfalls alles daneben zu stellen. Nahe dem Eingang zur Höhle. Ich sah zur Füchsin hinüber, die noch die Taube in der Hand hielt und offensichtlich nicht gewillt war sie abzustellen.

Amerinth packte seine Sachen aus. Er kümmerte sich nicht um die Leute, die umherliefen und schon bald entfernten diese sich mißtrauisch. Er stellte Kerzen, Schalen mit Wasser, Federn und kleine Steine in einen Kreis in der Höhle auf, die sich unter der großen liegende Steinplatte befand. Schließlich entzündete er ein winziges Feuer in einer Feuerschale. Er zog seltsame, mir unbekannte Zeichen in den Boden, während wir ihn durch die Zwischenräume der Steine beobachteten. Unerwartet schaute er auf und trat aus der Höhle.

„So, ich bin so weit. Wir können beginnen.“ Er sah einmal in die Runde. „*Die anderen Besucher sind nicht zu sehen, es ist ein günstiger Zeitpunkt.*“ Er zog ein Messer aus einer der Taschen. „*Wenn Sie mir die Taube geben*?“ Fragend sah er Flanna an und hielt die ausgestreckte Hand hin.

Flanna starrte erschrocken und ungläubig zurück.

Ich entdeckte das Messer in der Hand Amerinths und die ausgestreckte andere, die nach der Taube verlangte. „Was will er mit der Taube machen?“ fragte ich die Füchsin.

Sie zuckte die Schultern und wandte sich an Amerinth. „*Dougal möchte wissen was Sie mit dem Tier vor haben?“*

„*Ein Blutopfer, nichts weiter Schlimmes.*“ Er lachte, „*Sonst kommt niemand zu Schaden.“*

„*Nur die Taube*!“ sagte Flanna wieder auf dem Boden der Tatsachen gelandet. „*Wollen Sie das Tier töten?“*

Er nickte.

„Gibt es keine andere Möglichkeit?“

„Nein, Blut muß fließen!“

Unmöglich. Das würde sie nicht zulassen. Dann mußte er eben Blut von ihr nehmen. Dougal sah sie fragend an. Sie mußte ihm eine Antwort geben.

„Er braucht ein Blutopfer“, sagte sie steif. „Ich werde ihm Blut von mir geben! Ich lasse nicht zu, daß er das Tier tötet!“ sagte sie entschlossen.

„Blutopfer?“ Ich schüttelte ungläubig den Kopf. „Ossian hat niemals ein Blutopfer gebraucht.“ Ich sah der Füchsin in die Augen. Daß sie sich verwunden mußte, würde ich nicht zulassen. Ich trat zu Amerinth, zog meinen Dolch aus der Scheide und zog die Klinge über meine Handinnenfläche, bis Blut tropfte. „Hier hast du dein Blutopfer.“ Ich hielt ihm meine Hand hin.

Amerinth sah mich erschrocken an. *„Ich weiß nicht. Wir brauchen den Tod!“*

Ich schaute die Füchsin an. Was hatte er gesagt?

„Er meint er braucht den Tod!“

Ich schüttelte den Kopf. Ich wußte wie die Füchsin leiden würde, wenn Amerinth das Tier tötete und mir gefiel es mittlerweile auch nicht mehr.

„Entweder so oder gar nicht.“ Ich sah die anderen fragend an und versicherte mich, daß sie meine Meinung unterstützten. Ich erkannte den Schmerz in Eithnes Augen über die Schlußfolgerung, falls der Kerl auf den Tod des Tieres bestand, doch sie nickte.

Die Füchsin wandte sich an Amerinth. *„Das muß reichen!“*

Amerinth zog seine Stirn faltig. *„Wie Sie meinen. Wenn es nicht klappt, ist es nicht meine Schuld!“* Er führte Dougal in die Höhle zu einer der leeren Schalen und hielt die ausgestreckte Hand darüber, bis genug Blut hineingetropft war. *„Gut, das sollte reichen.“* Er ließ seine

Hand los. *„Die sollen sich in der Höhle im Kreis hinhocken und sich bei den Händen halten",* wandte er sich an Flanna.

„Er sagt ihr möchtet euch im Kreis hinhocken und an den Händen halten", übersetzte die Füchsin uns.

Eithne sah sie zweifelnd an. „Und dann? Sind wir dann gleich weg?"

Die Füchsin zuckte mit den Schultern, sie wußte es nicht. Sie stellte den Käfig mit der Taube neben den Welpenkorb.

„Ich möchte mich vorher von dir verabschieden!" sagte Eithne, während sie auf die Füchsin zuging.

„Aye, das wollen wir alle", warf Gavin mit rauher Stimme ein. Er trat ebenfalls zur Füchsin. „Ohne dich hätte unser Leben in dieser Zeit anders ausgesehen! Ich werde dich niemals vergessen." Er nahm die Füchsin in die Arme und drückte sie herzlich an sich.

Flanna erwiderte seine Umarmung, während ihr die Tränen über die Wangen liefen. Es kam alles so schnell. „Ich dich auch nicht, Gavin."

Calum kam und wechselte den Platz mit Gavin. Er flüsterte ihr ins Ohr. „Aye, du bist eine besondere Frau. Ich werde dich in meinem Herzen tragen." Er ließ sie los.

Eithne stand bereit. Ihre Umarmung war viel herzlicher, als Flanna es von ihr erwartet hätte. War Eithne bisher stets verschlossen mit ihren Gefühlen ihr gegenüber gewesen, so konnte sie jetzt keine Zurückhaltung mehr erkennen. Flanna drückte sie ebenfalls fest an sich.

„Ich werde dich vermissen", sagte Eithne leise und trat zur Seite, um Platz für Dougal zu machen.

Sollte ich sie ebenfalls in die Arme nehmen? Womöglich ließ ich sie nie mehr los? Ich brachte es nicht über mich. Meine Herz würde brechen und mein Körper vor Verlangen zerbersten.

Flanna stand dicht vor ihm und starrte unsicher auf seinen breiten Brustkorb. Er nahm sie nicht in die Arme, so wie die anderen. Vermutlich war es besser so, sonst brach sie womöglich vor unerfüllter Liebe und Verlangen nach seinen Berührungen zusammen.

Duncan konnte nicht glauben was er sah. Da standen die beiden und litten offensichtlich höchste Qualen und keiner traute sich den ersten Schritt zu tun. Er beschloss nachzuhelfen. Ein kräftiger Stoß in Dougals Rücken und dieser stolperte nach vorn, in Flannas Arme.

Flanna fing in ab.

Ich sah ihr in die Augen und zog sie heftig an mich. Wahrscheinlich würde ich sie erdrücken, doch ich konnte nicht anders.

Flanna legte ihre Wange an seine Brust und betäubte sich mit seinem Geruch. Oh Gott, wie würde sie ihn vermissen! Und alles andere, was nicht einmal begonnen hatte. Sie drückte sich fest an seinen Körper und weinte.

Ich küßte sie auf den Scheitel. Konnte ich fortgehen? Jetzt, wo sich alles auf so wundersame Art geöffnet hatte? Ich hielt sie fest und konnte meine Tränen nicht zurückhalten. Es mußte sein. Keiner der anderen würde ohne mich gehen. Ich flüsterte in ihr Ohr „Komm mit mir!“ Ich kannte ihre Antwort. Und es schmerzte so sehr.

Sie schluchzte in mein Hemd, vergrub ihr Gesicht in den Falten meines großen Tuches. „Ich kann nicht“, weinte sie leise. „Ich kann nicht!“

Ich nickte. So wie ich gehen mußte, mußte sie bleiben. Ein letztes Mal zog ich sie an mich und atmete ihren Duft ein. Ich wollte diesen Wohlgeruch für immer in meine Nase, in mein Herz brennen. Ein unsäglicher Schmerz zog durch meinen Körper und setzte sich in meinem Herzen fest. Ich schob sie sacht von mir fort. Keinen Atemzug länger würde ich diese Qual ertragen können. Ich trat ein paar Schritte zur Seite und atmete besonnen ein und aus, um mich zu sammeln. Ich starrte hinauf in die Baumkronen und spannte die Muskeln meines Kiefers unwillkürlich an.

Flanna liefen die Tränen über die Wangen, während sie zu Boden sah.

Duncan trat zu ihr. Er legte seine Hände auf ihre Schultern und zog sie sanft an sich. „Und wenn es nur diesen einen Zweck hatte, Frieden zu bringen zwischen die MacBochras und die MacDougals und daß wir deine Bekanntschaft gemacht haben, so soll es sein! Ich werde dich endlos in meinem Herzen tragen!“ Er drückte sie an sich und ließ sie dann vorsichtig los.

Flanna konnte kaum noch stehen, der Schmerz war niederschmetternd. Sollte sie gehen? Einfach so? Und Sigrid? Und die Aufgabe, die sie hier in dieser Zeit zu erledigen hatte? Kurzerhand in die Vergangenheit reisen? Alles zurücklassen, ohne ein Wort? In einer fremden Zeit leben, von der sie meinte sich eine Menge Wissen angelernt zu haben? Bei dem Mann, der sie liebte? Und wenn sie in der anderen Welt waren? Womöglich liebte er sie plötzlich gar nicht mehr und sie wäre für ihr restliches Leben verdammt? Ihr fehlte der Mut! Traurig schaute sie in die Mitte des Kreises.

Ich beugte mich hinunter zum Korb mit den Welpen. Sie schauten mit ihren dunklen Augen zu mir auf und begriffen doch nicht was mich bewegte. Oder doch? Waren sie erhaben über diese Gefühle? Sie waren Säuglinge. Ich hob sie einzeln an meine Lippen und gab jedem einen Kuß. „Lebt wohl ihr Kleinen“, sagte ich leise und flüsterte ihnen ins Ohr: „Paßt gut auf meine Liebe auf!“ Steif erhob ich mich. Es war Zeit!

Die anderen streichelten die Hunde und sagten ihnen Lebewohl.

Ich sah in die von Tränen feuchten Augen der Füchsin. Mit Gewalt riß ich meinen Blick los und zwang mich Amerinth anzusehen.

Er stand am Eingang zur Aushöhlung und schien genervt, während er mich starr beobachtete. Ich mochte ihn nicht, und ich traute ihm nicht.

„Seid ihr dann endlich soweit?“ fragte er nach.

Die Füchsin nickte. *„Ich glaube schon.“*

Wir gingen in die Höhle und hockten uns zusammen, bildeten einen Kreis und hielten uns bei den Händen. Die Höhle war so niedrig, daß wir nicht hätten stehen können. Ich sah auf die Schale mit meinem Blut hinunter. Ich wagte nicht hinaus zu sehen, zur Füchsin. Womöglich wäre ich geradewegs aus dem Kreis gerannt! Ich schaute in die Augen der anderen.

Amerinth begann mir unverständliche Worte und Laute zu murmeln, ähnlich wie Gemmán. Möglicherweise war er doch der Richtige für diese Aufgabe? Er warf Zweige in das Feuer, das er entfacht hatte und es qualmte stark. Ich mußte husten, dadurch ging mir die Heiligkeit der Handlung verloren. Er warf einen Gegenstand durch die Luft, ich konnte jedoch nicht erkennen welchen. Die Beschwörung wurde lauter, drängender.

Ich spürte meinen Körper leicht werden und schloss meine Lider. Der Geruch des Geräucherten wurde stärker, unangenehmer. Ich fühlte die Hände der anderen nicht mehr. Der Wunsch mich fallen zu lassen wurde mit jedem Herzschlag größer. So groß, daß ich schließlich nachgab. Ich ließ mich auf die Erde nieder, konnte sie jedoch nicht wahrnehmen. Ich fiel ins Nichts, ins Dunkel. Wo waren die anderen? Wo war die Füchsin? Ich versuchte die Augen zu öffnen, doch die Lider versagten ihren Dienst. Mir kroch das Schwarz den Nacken hinauf.

Liebe

Mein Körper fühlte sich schwer an. Mühsam öffnete ich die Lider. Ich sah auf die Farben meines Clans. Ein großes Tuch lag geradewegs vor meinem Gesicht.

Zu Hause! Endlich zu Hause, schoss es mir durch den Kopf. Mein Herz war in der anderen Welt zurückgeblieben, aber ich war wieder im Schoß meiner Familie. Es kostete mich unendlich viel Mühe mich zu sammeln. Ich richtete mich auf. Unmöglich!? Gavin lag neben mir, Duncan auf der anderen Seite. Gegenüber Eithne und Calum.

Eine warme Hand strich mir die feuchten Strähnen aus dem Gesicht. Ich richtete mich auf und sah hinter mich, geradewegs in die unergründlichen Augen der Füchsin. Ich ließ mich wieder zurückfallen. So war sie doch mitgekommen! Glücklich schloss ich die Augen.

Nur stockend drang die Wahrheit bis zu meinem Bewußtsein vor. Ich war nicht zu Hause! Wir alle waren weder Daheim, noch war die Füchsin mit uns gekommen. Wir befanden uns noch auf dem Platz der *sieben Steinhäuser.* Voller Wucht traf mich diese Erkenntnis und schlug in meinem Körper wie ein Breitschwert ein. Ich öffnete meine Augen wieder. Die Füchsin saß bei meinem Kopf. Ihre Augen waren kummervoll auf mich gerichtet. Leise sprach sie mich an.

„Er hat es nicht geschafft!" sagte sie.

Ich bemühte mich erneut mich aufzurichten. Sie half mir. Ich sah mich suchend um.

„Wo ist er?"

„Geflüchtet."

„Mistkerl."

„Vielleicht ist es meine Schuld." sagte die Füchsin leise.

„Deine Schuld?"

„Ich, mein Herz wollte dich nicht gehen lassen.“

„Dann ist es meine ebenfalls, denn ich wollte bleiben.“

Sie neigte sich zu mir herunter und gab mir einen Kuß auf die Stirn, auf die Nase und auf meine Lippen.

„Ich weiß es ist eigensüchtig von mir, ich bin dennoch froh, daß du hier bist.“ Sie schaute beschämt zur Seite.

Ich richtete mich so weit wie möglich auf, nahm sie in die Arme und drückte sie an mich. „Dann bin ich ebenfalls eigensüchtig.“ Ich lächelte in ihr Haar hinein. „Ich hätte nicht sagen können ob ich lieber nach Hause wollte oder lieber bei dir bleiben.“ Ich hielt sie auf Abstand, ließ die Hände an ihren Schultern hochwandern, bis zum Nacken. Sachte zog ich sie an mich, bis sich unsere Lippen berührten. Endlich konnte ich sie küssen, so wie ich mir das die ganze Zeit gewünscht hatte. Ich legte all meine Zärtlichkeit, meine Liebe und mein Verlangen in diesen Kuß. Ich fühlte mich Zuhause, obwohl mein Zuhause Jahrhunderte entfernt lag!

Ein Gefühl der Vollkommenheit, des Verlangens wanderte Flanna vom tiefsten Inneren bis hinauf in ihre Kehle. Sie konnte nicht reden. Er hätte alles mit ihr machen können. Sie öffnete sich ihm, offenbarte ihr Herz. Ein dunkles Stöhnen drang aus ihrer Kehle.

Ich öffnete meine Augen erstaunt. Ich hatte es gespürt, strich ihr sanft mit den Daumen über die Wangen und über die Lippen, die sich unter meiner Berührung leicht öffneten. Ich hätte sie jetzt und hier lieben können, sie war bereit für unsere Liebe, für unsere Vereinigung, so bereit wie ich! Sie legte ihren Kopf in den Nacken, ergab sich meinen Händen. Ich küßte sie wieder, dieses Mal ließ ich meiner Zunge freien Raum. Jäh ließ ich von ihr ab und räusperte mich rauh. Mit kehliger Stimme sagte ich: „Wir müssen nach den anderen sehen!“

Langsam erwachte sie aus ihrer Entrückung und sah mich aus dunklen, verheißungsvollen Augen an. Sie nickte schwach.

Wir wandten uns den anderen zu.

Gavin war bereits aus seiner Ohnmacht erwacht. Calum regte sich gerade. Die Füchsin trat zu Eithne und berührte sie sachte an der Wange. Ich tat das gleiche bei Duncan.

Schwerfällig kehrten die anderen aus ihrer Ohnmacht zurück. In Duncans Augen erkannte ich Zufriedenheit. Eithne sagte nichts, doch merkwürdigerweise suchten ihre Augen eine Verbindung mit Duncan. Nachdem sie einen Blick gewechselt hatten, sah sie zu Calum, der weinend auf dem Rücken auf der Erde lag und seine Hand mit der Rückseite auf die Augen gelegt hatte. Ich trat zu ihm, legte ihm meine Hand tröstend auf die Brust. Gavin erhob sich schwerfällig und schaute sich um.

„Er hat nicht einmal seinen Kram eingepackt."

„Warum hat er uns belogen?"

Die Füchsin schüttelte den Kopf. „Er hat andauernd gerufen: Das lag an der Taube." Sie schaute zum Käfig mit der armen Taube, die inzwischen zusammengekauert in der Ecke saß und der Dinge harrte die da kamen. „Vielleicht hat er geglaubt, daß er es könnte?"

„Er wußte es. Doch er wollte es versuchen", sagte Gavin verbittert.

Die Füchsin zuckte mit den Schultern.

„Ich werde es nie wieder versuchen!" sagte ich entschlossen. „Meine Leben ist jetzt hier!" Ich sah in die Augen der Füchsin. „An deiner Seite!"

Schweigend packten wir die Habseligkeiten von Amerinth ein. Flanna trug wieder die Hunde und die Taube, die erneut gegen das Gitter flog. Sie setzte die Tiere ab, zog sich die Jacke aus und legte sie über das Gitter. Bedrückt gingen wir weiter zum Auto, luden Tier, Mensch und Sachen ein und fuhren schweigend nach Hause zurück. *Nach Hause?!* Sollte das so sein?

Flanna konnte ihre Augen nicht von Dougal lassen. Hoffentlich würde er die Nacht, die nächsten Nächte, alle Nächte in Zukunft bei ihr verbringen. Sie traute sich trotzdem nicht ihn zu fragen.

Nachdem wir bedrückt das Abendessen hinter uns gebracht hatten und die Füchsin die Welpen mit Essen und allem Nötigen versorgt, sowie die Taube in einen größeren Käfig mit Ästen, Wasser und Futter untergebracht hatte, war es an der Zeit ins Bett zu gehen. Ich beschloss ungefragt bei ihr zu übernachten.

„Ich werde nicht mit nach oben kommen!" sagte ich in die Runde.

Gavin schaute mich an, sagte aber nichts. Calum und Eithne sahen sich an und Duncan war bemüht einen Blick von Eithne zu erhaschen.

Die Füchsin sagte nichts, doch auf ihrem Gesicht erschien ein strahlendes Lächeln.

Ich war willkommen. Glücklich lehnte ich mich zurück.

Die Füchsin ließ die Tür offen. Sie drehte sich nicht um, sondern wartete darauf, daß ich eintrat, die Tür schloss und ihr von hinten die Arme um den Körper legte.

Sie lehnte sich mit dem Kopf und Rücken an meinen Brustkorb. Ich schloss zufrieden die Augen.

„Ich habe mir das so lange gewünscht", sagte sie leise.

„Aye, ich auch."

Sie drehte sich zu mir um und schaute in meine Augen. „Wie heiratet ihr bei euch?" fragte sie nach.

„Indem wir körperliche Liebe teilen", antwortete ich mit tiefer Stimme, die sogar in meinen Ohren fremd klang.

„Und, muß der Mann die Frau fragen oder umgekehrt?"

„Wer sich zuerst traut, der fragt." Ich lächelte schelmisch.

Sie lächelte zurück, setzte zum Reden an.

Ich unterbrach ihren Redefluß indem ich ihr meinen Zeigefinger auf die Lippen legte.

„Möchtest du die Frau an meiner Seite sein?"

Sie lächelte, nickte. „Aye, das möchte ich!" Ihr Lächeln wurde breiter. „Und möchtest du der Mann an meiner Seite sein?"

Ich mußte lachen und spürte wie das Versprechen mich unruhig werden ließ. „Aye, möchte ich." Ich zog sie an mich, um sie zu küssen und dort weiter zu machen, wo wir vorhin aufhören mußten. Dieses Mal gab es keine Geschwister, Freunde oder Tiere, um die wir uns kümmern mußten. Dieses Mal würde ich ihr Stöhnen herausfordern, solange bis auch mir die Sinne schwanden. Zärtlich begann ich ihr Kleid zu öffnen, während sie sich an meiner Gürtelschließe zu schaffen machte. Innerhalb weniger Augenblicke standen wir nackt voreinander. Begehrend drückte sie ihren Körper an meinen. So lange hatte ich mich danach gesehnt, so lange darauf gehofft. Wir bewegten uns auf das Bett zu, tanzten einen liebevollen, wild verlangenden und gebenden Tanz, der die ganze Nacht währen sollte!

Gnadenlos weckte uns am Morgen das nach Essen und Zuwendung jammernde Fiepen der Welpen.

Ich gab der Füchsin einen Kuß. „Zeit aufzustehen!" Ich lachte, während ich aus dem Bett sprang. Ich fühlte mich stark und frisch wie noch nie.

Die Füchsin zog sich die Decke über den Kopf. „Ich will nicht!"

„Bleib' liegen, ich versorge sie."

Sie murrte unter der Decke. Das wollte sie auch nicht, schließlich waren es ihre *Babys*. Sie richtete sich auf.

Ich kniete mich aufs Bett und sah auf sie herunter. „Traust du mir nichts zu?"

Sie überlegte, grinste und ließ sich zurückfallen.

Ich lachte, zog mich zu Ende an und verließ den Raum.

Die Füchsin erwachte erneut, weil ihr zwei feuchte Zungen über das Gesicht schleckten. Ich saß grinsend auf der Bettkannte, während der Graue und die Kleine sie unerbittlich liebkosten. „Vollgefressen und ausgepinkelt. Ich dachte du wolltest dich selber davon überzeugen."

Die Füchsin lachte und bemühte sich die liebevollen, aber aufdringlichen Hunde zur Seite zu schieben. „Das ist gemein!"

„Aye", war alles was ich ihr darauf antwortete während ich ihr half die quirligen Kleinen vom Bett zu nehmen. Sogleich tollten sie auf wackeligen Beinen durch das Zimmer. Der Graue biß in einen herumliegenden Socken und die Kleine fiel in das Zerr- und Knurrspiel ein, bis sie beide auf dem Po landeten, um gleich darauf von vorn zu beginnen.

„Du solltest deine Sachen besser aufräumen, die Hunde spielen damit! Wer weiß ob die Socke das aushält!" Ich lachte.

„Dann tu doch was!" Die Füchsin lehnte sich über die Bettkannte und lockte die beiden mit einem zuckersüßen: „Kommt ihr Kleinen, kommt!"

Die beiden schauten kurzzeitig herüber um sich dann wieder wichtigeren Dingen zuzuwenden.

„Was ist mit der Taube?" fiel es Flanna ein.

„Hat frisches Wasser und Futter." Ich strich ihr sachte mit zwei Fingern vom Nacken über die Wirbelsäule bis zu deren Ende hinunter. „Was hast du mit ihr vor?" fragte ich nach während ich die Berührung genoß.

Die Füchsin drehte sich schnell um. „He, das ist verboten!" Sie gab mir einen Kuß. „Jetzt jedenfalls."

„Und?"

„Ich werde sie zu jemandem bringen der viele Tauben hat und sich gut auskennt. Soweit ich weiß kann diese Art gut wild leben."

„Aye." Ich hob den Grauen hoch, als dieser sich an meinen Füßen zu schaffen machen wollte und knuddelte ihn. „Kommst du zum Frühmal herunter?"

„Ist es denn fertig?“ fragte Flanna schelmisch.

„Nicht ganz.“ Ich erhob mich, schnappte mir die Kleine und ging zur Tür. „Wir arbeiten daran.“

Die Füchsin lächelte mich warm an. Eine heiße Welle des Glücks zog durch meinen Körper.

„Bin gleich da“, sagte sie.

Ich verließ zufrieden das Zimmer der Füchsin. Von oben kamen die anderen herunter. Ich schaute sie an und spürte wie ich errötete. Schnell senkte ich den Blick wieder.

Ein schadenfrohes Gekicher von Eithne und Calum war die Antwort. Gemeinsam gingen wir hinunter ins *Wohnzimmer*.

Die Tage vergingen wie im Flug. Ich beobachtete die spielenden Hunde, die inzwischen so groß waren, daß sie bis an meine Knie reichten.

Ich trauerte jeden Tag um den Verlust meiner Familie und meiner Heimat, doch zugleich frohlockte ich, denn ich hatte Liebe und eine neue Heimat gefunden. Ich fand mich damit ab nie mehr in meine alte Welt zu kommen. Ich würde meine Eltern nie mehr wiedersehen! Nie mehr die würzige Luft des Waldes riechen oder in das dunkle Wasser eines Lochs blicken können. Selbst wenn die anderen einen weiteren Vorstoß unternehmen wollten, ich würde nicht daran teilnehmen! Ich wollte bei der Füchsin bleiben.

Wie manche Ereignisse oder die Zeit doch die Dinge in ein anderes Licht rückten?! Ich sah unauffällig zu Eithne und Duncan herüber, die auf dem gepflasterten Platz vor dem Hauseingang in der Sonne saßen und Kartoffeln schälten. Eithne hatte nach Duncans Geständnis aufgehört auf ihm herum zu hacken. Sie hatte sogar angefangen an seinem Leben teilzunehmen. Und sie mochte ihn mehr und mehr, das war offensichtlich. Ich freute mich für beide, denn ich mochte Duncan und hoffte auf einen guten Mann für Eithne. Möglicherweise war Duncan fähig die MacDougals und die MacBochras zu vereinen!? Wenn es mit einer Ehe begann, war dies nicht der schlechteste Beginn.

Sorgen bereitete mir Gavin. Er betäubte sich mit der schwarzen Kastentruhe und hockte Stunde um Stunde davor! Calum stürzte sich hingegen voll auf die Sackpfeife. Ich erinnerte mich gern an sein strahlendes Gesicht, als die Füchsin ihm den Dudelsack geschenkt hatte. Sogar einen Lehrer hatte sie ausfindig gemacht. Seitdem tat Calum alles für sie.

Beharrlich gab die Füchsin Anzeigen auf, doch Gavin hatte anscheinend längst alle Hoffnung aufgegeben. Er wirkte so ernst wie nie und vollkommen unzugänglich. Und er konnte nicht an der Freude teilnehmen, die mich und die Füchsin erfüllte. Nur der Graue verstand ihn aufzumuntern. Hartnäckig bedrängte er Gavin, entweder daß er mit ihm hinaus ging oder ihn auf seinen Schoß nahm. Als wüßte er genau welcher Kummer Gavin das Leben schwer machte und als wüßte er welche Heilbehandlung er brauchte.

Die Kleine hingegen liebte es hinter den Fersen der Füchsin herzurennen, so nahe, daß sie des Öfteren zwischen ihren Beinen landete und die Füchsin mehr als einmal beinahe stolperte oder die Kleine sich das Kinn an ihren Hacken stieß. Die Füchsin verstand es jedoch trotzdem geschickt die kleine Hündin nicht zu sehr an sich zu binden. Zwischendurch mußten auch wir die Tiere versorgen oder uns um sie kümmern, so daß die Füchsin nicht der einzige Bezug war.

Ein schräger, gequälter Ton drang an meine Ohren und riß mich aus meinen Gedanken. Calum. Wieder quälte er die Luft. Ich mußte unwillkürlich lachen.

Ein Auto fuhr die Auffahrt herauf. Die neuen Herbergsgäste! Ich erhob mich, um sie ins Haus zu führen. Noch lastete diese Arbeit auf der Füchsin, doch Sigrid würde nächste Woche ihre Arbeit wieder aufnehmen können.

Die Leute stiegen aus dem Auto. Ein Mann, eine Frau und zwei Kinder, die ich auf etwa drei und sechs schätzte. Die Frau öffnete die Hintertür, holte ein weiteres Kind heraus, einen Säugling. Der Mann öffnete den Kofferraum und hob einen Wagen heraus, wie ich ihn bereits auf dem Weg hierher gesehen hatte, wohl um den Säugling hineinzulegen?

„*Hallo*!“ sagte ich in gebrochenen Deutsch. „*Wenn Sie bitte folgen?*“ Ich machte eine einladende Geste zum Haus hin. Die Leute legten ihr Kind in den Wagen, wie ich es vermutete hatte und folgten mir zum Eingang.

Die Füchsin trat heraus. „*Hallo, herzlich willkommen.*“ Sie reichte den Leuten die Hand. „*Gleich gefunden?*“

Der Mann nickte muffig. Die Frau antwortete. „*Danke. Wir sind müde, können wir uns gleich nach dem Essen hinlegen?*“

„*Natürlich, wie sie wollen.*“

„*Kann ich in der Küche die Milch für den Kleinen zubereiten, oder gibt es auf dem Zimmer eine Möglichkeit?*“

„*Sie können gern die Küche benutzen*“, antwortete die Füchsin.

Sie gingen hinein. „Brauchst du Hilfe?“ fragte ich nach.

„Brauch ich nicht, danke.“

„*Was ist das für ein lautes Quitschen? Können Sie das abstellen?*“ fragte die Frau nach.

Flanna zog hinter ihrem Rücken eine Grimasse. Was verstand die von Musik? Als sie sich ihr zuwandte setzte sie ein künstliches Lächeln auf. „*Das ist ein Dudelsack, wenn es sie stört, sage ich Bescheid.*“

Die Frau nickte. „*Das wäre nett, sonst kann der kleine Lukas nicht einschlafen. Er braucht grundsätzlich Ruhe.*“ So sah die Frau aus. Das Kind von jeglichem Geräusch und Leben fernhalten, damit es beim leisesten Mucks zu schreien begann. Diese Leute gefielen Flanna nicht besonders. Sie wandte sich an Dougal, der noch vor der Eingangstür stand. „Kannst du Calum bitten aufzuhören oder in den Wald zu gehen. Das Baby muß schlafen."

Ich nickte und wunderte mich über das genervte Gesicht der Füchsin. „Ich gehe zu ihm."

Sie wandte sich wieder den Gästen zu. Ich fand es war eine eigenartige Sitte Gäste einzuladen und sie für die Gastfreundschaft bezahlen zu lassen, doch die Füchsin hatte erklärt, daß es heutzutage üblich sein. Und die Gäste waren keine Freunde, sondern Fremde, die sich die Gegend anschauen wollten und ihren sogenannten *Urlaub* hier verbrachten. Ich klopfte an Calums Fenster. „Du mußt aufhören oder in den Wald gehen, die Gäste wünschen Ruhe!"

Calum sah mich genervt an, nickte aber.

Ich ging wieder um das Haus herum. Inzwischen hatte ich einen Menge über die *alte Zeit* gelernt und über die *Wahrzeichen* meines Landes. Des Landes, in das ich hineingeboren war und in welchem ich viele Jahre glücklich gelebt hatte. Ich hatte die Macht und Kraft gespürt, die von dem Dudelsack ausging. Ich war jedoch lange nicht so hingerissen von diesem Instrument wie Calum oder die Füchsin.

Als ich um die Ecke kam, trat die Füchsin aus dem Haus. Sie winkte mir zu. Ich ging zu ihr und genoß unterdessen ihren Anblick.

Sie gab mir lächelnd einen Kuß. „Ich mag die Leute nicht besonders." Sie grinste beschämt. „Ich bin froh wenn Sigrid ihre Arbeit als Hausmutter und Gastgeberin wieder aufnimmt."

Ich nickte, sah sie fragend an.

„Es haben sich die ersten Leute für euren Kampfkurs angemeldet!"

Ich schluckte, insgeheim hatte ich gehofft, daß sich keiner melden würde und nickte.

„Ihr solltet euch auf regen Zuspruch gefaßt machen", sagte die Füchsin lachend, als sie mein gequältes Gesicht bemerkte. „Das frühe Mittelalter ist im Kommen!"

„Ich dachte es wäre gegangen."

Sie nahm mich in die Arme. „Wie geht's dir?"

„Aye, es geht mir gut." Ich küßte sie auf den Scheitel. „Ich mache mir Sorgen um Gavin!"

„Ich auch." Sie starrte auf das Fliesenbild unter ihren Füßen. „Ich weiß nicht wie ich ihn aufmuntern könnte."

„Vielleicht schaffen wir es mit den Kämpfen? Körperliche Arbeit hat die Lebensgeister jederzeit belebt."

Die Füchsin nickte. „Ich habe nie gefragt ob er eine Frau hat, in eurer Zeit."

„Hat er nicht." Ich biß mir auf die Lippen. „Er war am überlegen ob er zu den Druiden geht!"

„So?" Die Füchsin wirkte erstaunt. „Das hätte ich nicht gedacht, er wirkte so lebensbejahend, vorher."

„Glaubst du das sind die Druiden nicht?"

„Doch. Ach ich weiß nicht."

„Wenn er eine Frau finden würde?" sinnierte ich. „Vielleicht wenn wir mehr unter Menschen sind und die Kurse laufen?"

„Bestimmt ergibt sich etwas." Flanna war kaum selber von ihren Worten überzeugt, trotzdem bemühte sie sich Dougal die Sorgen zu vertreiben. Sie schaute hinauf zu den Schwalben, die sich im kalten Wind treiben ließen und zwischendurch auf den Birken rasteten. Sie fröstelte.

„Ich wünschte unsere Sommer wären wärmer und wirkliche Sommer." Sie strich sich über die Oberarme.

„Aye, da hätte ich nichts gegen." Ich mußte über meinen Gedankengang grinsen. „Dann hättest du sicherlich weniger Kleidung auf dem Leib!"

„Vielleicht.“ Sie entzog sich mir lachend. „Ich muß wieder rein.“
Ich ließ sie gehen.

Am Abend saßen wir in der Gästestube. Die Füchsin wollte nicht zu weit von den Leuten entfernt sein, falls sie etwas brauchten, dementsprechend aßen wir mit ihnen.

Eithne mußte wieder und wieder ungläubig zu der Frau blicken, die umständlich eine Flasche mit artfremder Milch gefüllt hatte und diese ihrem Säugling zu trinken gab.

Sie sah zu Flanna, doch die schien das gängig zu finden. Hatte die Frau vielleicht eine Verletzung und konnte ihr Kind nicht mit ihrer eigenen Milch ernähren?

Eithne räusperte sich. „Flanna?“ Sie sah Flanna eindringlich an. „Warum gibt diese Frau ihrem Kind nicht die Brust?“

Die Füchsin sah die Frau an, ehe sie sich an Eithne wandte. Sie schüttelte den Kopf. „Das ist vielerorts so üblich.“

„Aber warum? Und was ist das für Milch?“

„Milch von Kühen, meistens.“ Die Füchsin überlegte. „Viele Frauen meinen sie würden dadurch mehr Freiheit behalten. Eine Flasche können auch die Ehemänner, oder andere füttern. Und sie glauben, sie tun ihrem Kind etwas Gutes.“

„Aber dann fehlt den Kindern doch alles das, was die Muttermilch für sie bereithält?!“ Eithne konnte es nicht fassen. Wie konnte eine Mutter freiwillig das Vorrecht aufgeben ihr Kind zu stillen? Und es zudem mit artfremder Milch vollstopfen, die gar nicht auf den Körper des Säuglings abgestimmt war?! Sie schüttelte fassungslos den Kopf.

Mir war nicht wohl in meiner Haut, während ich das Gespräch von Eithne und der Füchsin verfolgte. Sollte ich die Füchsin geradewegs fragen, ob sie es ebenso handhaben wollte? Sie sah mich an und lächelte mit einem Mal. Ich war sicher sie kannte meine Gedanken.

Ich spürte die beherrschte Wut und Kraft in Gavins Schlägen. Ich war dankbar darum. Endlich hatte mein Bruder eine Möglichkeit gefunden seinen Schmerz, seine Wut und seine Enttäuschung herauszulassen.

Unsere Schüler standen kreidebleich am Rand des abgesteckten Kreises. Ich mußte schmunzeln.

„Gavin?“ rief ich ihm zu.

„Aye?“ presste Gavin zwischen zusammengebissenen Zähnen und dem nächsten Schlag heraus.

„Ich glaube sie haben Angst, daß wir mit ihnen genauso üben.“ Ich lachte.

Gavin sah zur Seite. „Aye, da könntest du Recht haben.“ Er grinste Dougal an und fiel in sein Lachen ein. Endlich lachte er wieder. Er war froh. Mochte es noch so schrecklich sein in dieser Welt, so waren sie zusammen und Dougal hatte sogar sein Glück gefunden. Aye, es war grausam an unser Zuhause zu denken und die Angst zu spüren, daß es niemanden gab, der ihnen helfen konnte, doch er sollte dankbar sein über das Schicksal. Dankbar über alles Gute, was ihnen widerfuhr. Dankbar über die Fügung, die sie zu Flanna geführt hatte und nicht in der wilden, fremden Welt herumirren ließ. Er schaute zur Seite, und zack! Dougal erwischte ihn und setzte ihm die Waffe an den Hals. Er neigte den Kopf zum Zeichen der Niederlage und trat einen Schritt zurück!

Der Pakt

Fearchar schlich leise weiter. Wie gut, daß er Gemmán als erster entdeckt hatte. Er hielt inne. Folgte ihm einer? Wieder Uisdean? Er schüttelte den Kopf, er sah Gespenster. Schließlich trat er in die Höhle. Ein winziges Feuer flackerte in der Mitte der Aushöhlung und beleuchtete Gemmáns häßliches Gesicht. Der Druide rührte sich nicht, drehte ihm nicht einmal sein Gesicht zu, als er zu sprechen begann.

„Was willst du? Ich glaube so wie du hier herumschleichst, wissen nicht viele von deinem Besuch?"

„Aye, und so soll es bleiben."

„Was hast du für einen Vorschlag?"

„Ich helfe dir nicht gefunden zu werden."

„Und was verlangst du dafür?"

„Duncan und die Dougalschlampe."

„Tss." Gemmán sah mit einem Mal doch herüber. „Wie soll ich das anstellen?"

Fearchar zuckte mit den Schultern. „Bist du der Druide oder ich?" Er räusperte sich umständlich. „Also?"

Gemmán sah in die Glut seines Feuers zurück. „Dein Wort, daß niemand mich findet?"

„Mein Wort!"

„Ob das so viel wert ist wird sich zeigen. Aye, ich werde versuchen nur die beiden zurückzuholen!"

Fearchar atmete erleichtert aus. Sein Plan nahm Gestalt an und sein Feldzug begann.

In guter Hoffnung

Die Blätter färbten sich bereits und fielen vereinzelt von den Bäumen. Der Spätsommer kam schnell und hatte den Herbst im Schlepptau. Die beiden Hunde saßen zu unseren Füßen. Wenn der Graue so weiter wuchs, dann war er in spätestens einem Monat so groß, daß er mir bis an die Hüfte reichte. Die Kleine war in ihrer Entwicklung zurück und sie würde so oder so nicht die Größe des Grauen erreichen. Ich liebte die beiden mittlerweile struppigen Hunde, die so freundlich und treu waren. Der Graue hing Gavin am Rockzipfel, was mich glücklich machte, denn Gavin war mit seiner Hilfe durch die schweren Tage gekommen. Der Graue leckte sich seine Pfoten. Ich grinste Gavin an.

„Ich glaube sie sind müde."

„Aye, das denkst du nur. Ich bin sicher wir könnten den gleichen Weg ein weiteres Mal durch den Wald gehen und am Ende würden wir erschöpft aufs Lager fallen, nicht die Hunde."

Ich lachte. Wahrscheinlich hatte Gavin recht. Die Hunde waren stark und dank unserer täglichen Wanderungen gesund.

Eithne kicherte. Duncan hatte sie in die Seite gekniffen. Ich war glücklich. Die beiden hatten schließlich zueinander gefunden. Es schien wahre Liebe daraus zu erwachsen. Hätte mir das jemand vor einem halben Jahr gesagt, ich hätte es sicher nicht geglaubt. Eithnes Haß war vollkommen umgeschlagen. Und Duncan war ein aufmerksamer Mann. Eithne brauchte nur zu denken und Duncan führte es aus, als könnte er ihr alles von den Augen ablesen.

Ich genoß den warmem Spätsommerwind, der die Blätter rauschen und tanzen ließ. Einer der wenigen schönen Tage. Wir waren nicht so reich damit beschenkt worden, wenn ich es recht überlegte.

Wo blieb sie denn? Die Füchsin benahm sich in den letzten Tagen äußerst seltsam, zickig und überempfindlich. Sagte ich etwas Falsches, begann sie zu weinen oder sie zog sich beleidigt zurück. Ich traute mich kaum den Mund aufzumachen. Wenn ich ehrlich mit mir war, konnte ich gar nicht damit umgehen. Mochte sie mich mit einem Mal nicht mehr? Traf sie sich wieder mit diesem Karsten? War ihre Liebe zu mir bereits erloschen? Am liebsten würde ich diesen Kerl kräftig durchschütteln, von morgens bis abends. Er war ein widerlicher Schleimer. Was hatte er bloß bei seinem letzten Besuch von der Füchsin gewollt? Daß er sie nicht mühelos zurückerobern konnte, mußte ihm doch klar geworden sein? Oder nicht? Täuschte ich mich? Mußte mir womöglich einiges klar werden? Wenn ich zurückrechnete trat ihre launische Art nach seinem Besuch das erste Mal auf. Daß die Füchsin sich wieder in diesen Karsten verliebt hatte, war eine schreckliche Vorstellung. Möglicherweise wußte sie nur nicht wie sie mir die Wahrheit sagen sollte? Wenn ich recht hatte, dann gab es nur einen einzigen Weg für mich! Ohne die Liebe der Füchsin wollte ich keinen Tag mehr leben.

Flanna trat auf die *Terrasse*. Sie war so glücklich und doch hatte sie Angst, besonders vor der Geburt. Sie stellte den Tee auf den Tisch und konnte nicht verhindern, daß sie bis über beide Ohren grinste. Wann sollte sie ihm sagen was ihm bevorstand?

„Wer hat angerufen?“ Ich konnte es nicht ändern, daß ich eifersüchtig war. Ich hörte den lauernden Unterton in meiner Stimme. „Karsten?“

Sie wirkte so froh, lächelte bis zu den Ohren hinauf.

„Karsten?“ fragte sie erstaunt nach. „Wie kommst du denn auf den?“ Sie schüttelte den Kopf. „Runa, die mir ein Buch empfohlen hat.“

„Was für ein Buch?“ fragte Eithne neugierig.

„Eine Geschichte über noch eine Zeitreise.“

„So?“ Ich kam nicht gegen mein Mißtrauen an.

„Vielleicht hilft es uns weiter?“ Flanna setzte sich zu den anderen an den Tisch. Sollte sie es Dougal alleine sagen? Die Neuigkeit brannte ihr auf der Seele und auf der Zunge.

„Dougal?“

Ich sah sie an. Sicher konnte sie meinen Augen ansehen wie es mir ging.

„Ich möchte dir etwas erzählen.“ Es war so schwer.

Ich wurde unruhig. Warum zog sie es so in die Länge. Kam nun das Geständnis, auf das ich wartete? Ich sah sie fragend an.

Die Füchsin schob ihren Stuhl näher an meinen heran und gab mir einen Kuß. Sie nahm meine eiskalte Hand in ihre. „Wir bekommen Nachwuchs!“ Sie strahlte mich an. Sie wirkte so glücklich.

„Schon wieder Hunde?“ Ich wunderte mich schon. Weshalb machte sie so ein Aufheben.

Eithne erhob sich, ging um den Tisch und umarmte die Füchsin lächelnd. Gavin folgte, dann Calum und zum Schluß Duncan. Was war da an mir vorbeigerauscht? Ich begriff nicht? Warum freuten sich alle so übertrieben? Ich liebte die Hunde auch, aber? Ein ungeheuerlicher Gedanke schoss mir durch den Kopf. Ich sah sie an, wie sie strahlte und wie glücklich sie aussah. Ich war ein Dummkopf! Die Launen, ihre Art, ihre Empfindlichkeit. Sie bekam ein Kind! Wir bekamen ein Kind! Ich schüttelte ungläubig den Kopf.

In den Augen der Füchsin sammelten sich Tränen, ihr Lächeln wurde dünner. Ich sprang auf, zog sie heftig an mich und flüsterte ihr ins Ohr.

„Bist du sicher?“

Sie nickte zaghaft. „Ich dachte du würdest dich freuen?“ Sie schmiegte sich an mich.

„Ich freue mich! Aye, und wie ich mich freue! Aber ich bin offensichtlich schwer von Begriff!" Ich hielt sie fest, wiegte sie wie ein Kind. Allmählich drang es bis zu meinem Bewußtsein vor. Ich wurde Vater! Ich wurde Vater!!! Ich war mit einem Mal dankbar und zufrieden. Könnte nur meine restliche Familie mein Glück mit mir teilen!

„Ich bin schon im dritten Monat!"

„Dann brauchen wir gar nicht mehr so lange zu warten."

Sie strich mir über die Wange.

Ich war glücklich, auch wenn ein Wehmutstropfen dabei war.

Ich lehnte mich an die Holzwand des Schuppens zurück, während ich das gereinigte Schwert zurück in die Scheide schob. Ich dachte offensichtlich bereits wie die Menschen dieser Zeit? Das Geld, welches wir mit unseren Kursen verdienten war gut und wichtig.

Da Sigrid beschlossen hatte die Herberge aufzugeben und in die Stadt zu ziehen, mußte die Füchsin jede Münze in den Erhalt des Hauses stecken. Wie schnell hatten wir uns an all die kleinen und großen Wunderdinge dieser Zeit gewöhnt! Ich wusch mich nicht mehr draußen, sondern unter der Dusche. Ich ging auf ein WC. Unser Essen kauften wir uns in Läden. Und ich nahm sogar einen Telefonhörer in die Hand und telefonierte mit Menschen, die ich nie zuvor gesehen hatte. Ich erwischte mich bei der Frage, ob ich in meiner eigenen Zeit noch zurechtkäme, so verweichlicht schien ich mir. Gäbe es nicht die Übungskämpfe zwischen uns, womöglich würde ich alles vergessen?

Gavin erschien im Türrahmen. „Darf ich mich zu dir setzen?"

„Darfst du." Ich freute mich über seine Anwesenheit, gerade in diesem Augenblick.

„Woran denkst du?"

„An Zuhause?!"

„Aye, ich muß andauernd daran denken wie es ihnen geht? Was sie wohl tun?"

„Wir verweichlichen allmählich."

„Die langen Wanderungen mit dem Grauen machen mir den Kopf wieder klar."

„Ich sollte so etwas auch öfter tun!"

„Du bekommst ein Kind." Gavin legte mir die Hand auf die Schulter und sah mich eindringlich an. „Dein Platz ist hier!"

Ich nickte. „Das weiß ich und ich liebe sie, dennoch, ich wäre so gern wieder zu Hause."

„Wir sind jetzt hier zu Hause." Gavin sah auf den Lehmboden, der ihn mehr an sein zu Hause erinnerte, als ihm lieb war. „Ich bezweifle, daß wir jemals zurückkehren werden."

„Und wenn? Ich würde ohne sie nicht gehen wollen." Die Füchsin schleuderte mich mit ihren Launen in tiefe Unsicherheit. Was in einem Augenblick gut war, war es im nächsten lange nicht mehr. Manchmal sehnte ich den Tag der Geburt herbei, damit sie wieder die alte wurde.

„Aye, du solltest nicht ohne sie gehen! Möglicherweise besinnt sie sich und folgt dir?" Wenn es ein Zurück gab, fiel es Gavin entmutigt ein. Er strich mit seinem nackten Fuß durch das zottige Fell des Grauen, der vor ihm auf dem Boden lag.

„Ich bin froh und dankbar über diesen Freund!"

„Aye, sie sind beide einfühlsam." Ich streichelte den Grauen unter dem Kinn. „Glaubst du Eithne und Duncan schaffen es?" Seitdem Eithne wußte, daß sie Tante wurde, hatte sie sich Duncan gegenüber noch mehr verändert. Manchmal glaubte ich, es würde nicht mehr viel Zeit vergehen und das zweite Kind wäre unterwegs.

„Es ist alles eine Frage der *Zeit.*" Gavin lachte. „Ohne unsere Zeitreise wäre das wohl nie geschehen!"

„Wäre es nicht, du hast recht."

Der Graue spitzte die Ohren und sprang auf um nach draußen zu laufen, der Kleinen entgegen. Sie war inzwischen nicht mehr klein, kleiner als der Graue, doch groß im Vergleich zu anderen Hunden. Hinter ihr erschien die Füchsin.

„Hier seid ihr?!"

Ich fand sie wirkte bedrückt. Was war wieder über sie gekommen? „Was gibt es?"

„Ich habe Frau Linden-MacRua erreicht."

„Welche Frau?"

„Die das Buch geschrieben hat."

Ich überlegte. Welches Buch meinte sie?

„Das Buch über die Zeitreise", erläuterte sie, als sie meinen verständnislosen Gesichtsausdruck bemerkte.

Ich nickte. „Aye, ich erinnere mich."

„Ich auch", sagte Gavin nachdenklich.

„Sie hat eine Zeitreise unternommen!" platzte Flanna heraus und hatte endlich die Aufmerksamkeit der beiden. Fragend sahen sie zu ihr herüber. „Sie hat in einer legendären Zeit gelebt und sie ist durch die magische Kraft einer Linde durch das Zeittor gegangen."

„Und? Gibt es diese Linde noch?"

„Es gibt sie und es gibt sie nicht!"

„Was heißt das?" Gavin wurde ungeduldig. Warum sagte sie nicht alles, was sie erfahren hatte?

„Die Linde ist da, allerdings nicht sichtbar. Nicht für heutige Menschen."

„Und für Leute aus der Vergangenheit?" fragte Gavin hoffnungsvoll.

Die Füchsin schüttelte zweifelnd den Kopf und schaute auf die beiden Hunde herunter. „Die Frau, sie heißt übrigens Helene, hat mir einen Namen und eine Telefonnummer gegeben."

„Von wem?"

„Anscheinend ist es gar nicht so selten, daß Menschen Zeitreisen unternehmen.“ Sie sah auf, in Gavins Gesicht. „Von einer weiteren Frau, die eine Zeitreise unternommen hat, mit Hilfe eines magischen Steines.“

Gavin spürte eine unbestimmte Unruhe in sich. „Hast du schon angerufen?“ Schließlich hatten auch sie einen heiligen Stein!

„Hab ich.“ Flanna schwieg erneut.

Ich spürte Gavins Ungeduld körperlich und fragte deshalb vorwurfsvoll. „Nun laß dir doch nicht alles aus der Nase ziehen.“

Die Füchsin sah Gavin wieder an. „Wir treffen uns morgen mit ihr.“

Gavin sagte nichts mehr. Zu groß war die Angst wieder nicht zu erreichen was er sich so sehnlichst wünschte.

Ich fuhr ihm mit der Hand durch sein Haar und sah dann die Füchsin an. „Es ändert nichts. Wenn es wirklich eine Möglichkeit gibt. Ich werde hier bei dir und unserem Kind bleiben.“

Die Füchsin reichte mir wortlos die Hände. „Ich weiß, und ich weiß auch wie es dir dabei geht.“

Ich nahm sie in die Arme. „Laß uns abwarten, was uns die Frau zu erzählen hat.“

„Ich sage den anderen Bescheid.“ Gavin ging an uns vorbei nach draußen. Die Hunde folgten ihm.

Ich hielt die Füchsin fest umschlungen und war mir gar nicht sicher, wie ich den Verlust meiner Geschwister überleben würde. Selbst da die Frau an meiner Seite war, die ich über alles liebte. Ich hatte Angst.

„Hättest du es nicht für dich behalten können?“

Die Füchsin sah mich betroffen an. „Ich wäre mein Leben lang nicht mehr froh geworden.“

„Aye, und trotzdem!“ Ich hatte das Gefühl in ein tiefes Loch zu fallen. Warum hatte Gemmán uns das nur angetan?

Elriam – Abschied

Das kleine Haus am Ende der Straße wirkte einladend und freundlich. Es war vollkommen von Efeu und Wein bewachsen.

Flanna klingelte. Wenig später öffnete sich die Haustür. Ein Junge von etwa zwölf Jahren stand drinnen und lächelte freundlich.

Ich mochte ihn auf Anhieb. Er trug sein braunes, lockiges Haar schulterlang und hatte ein offenes ehrliches Gesicht.

„*Hallo.*“ Er streckte der Füchsin die Hand hin. „*Sie sind bestimmt Flanna?!*“

Als er sprach hörte sich das fremd an, selbst in meinen Ohren, als spräche er eine andere Sprache als die Füchsin. Doch sie verstand ihn anscheinend.

Die Füchsin reichte ihm ihre Hand und nickte. „*Richtig, und wir sind leider zu spät gekommen.*“

Der Junge nickte verständig. „*Meyne Eltern sind im Garten.*“ Er lächelte wieder. „*Ich bin übrigens Lovis.*“ Er wandte sich zum Gehen.

Die Füchsin gab uns ein Zeichen und wir folgten ihr.

Um die Ecke im Garten saß ein Mann mit schulterlangen Haaren, dessen Farbe ich schwer bestimmen konnte. Eine seltsame Mischung aus braun, blond, rot und irgendwas. Er war riesengroß, bestimmt ein, vielleicht sogar zwei Köpfe größer als ich. Die Frau neben ihm trug ihre goldblonden Haare zu einem hohen Pferdeschwanz gebunden. Sie war schlank und auffällig hübsch.

Als wir um die Ecke traten, erhoben sich beide und kamen ebenfalls freundlich lächelnd auf uns zu.

„*Oh hallo, ich habe die Klingel gar nicht gehört.*“ Sie reichte der Füchsin die Hand. „*Ich bin Amber. Das ist mein Mann Elriam.*“ Sie zeigte auf den Mann neben sich, während dieser der Füchsin ebenfalls die Hand gab. Eifersucht flammte in mir auf. Er sah verdammt gut aus.

Die Füchsin zeigte auf uns. *„Das sind die MacDougals und ein MacBochra."*

Wir reichten uns alle umständlich und lächelnd die Hände.

„Sie verstehen kaum Deutsch, da sie aus Schottland kommen", warf die Füchsin ein.

„Und das sogar aus eyner anderen Zeyt." Elriam lächelte wissend.

„Woher?" Flanna sah den Riesen ungläubig an. *„Ich habe doch am Telefon nichts erzählt?!"*

„Das wäre auch nicht nötig gewesen, ich weyß es von alleyn." Er grinste Flanna an. *„Ich bin auch nicht aus dieser Zeyt."*

Flanna schluckte. Bestimmt war sie kreidebleich geworden. Sie bemerkte Dougals fragenden Ausdruck und bemühte sich ihrem Erstaunen Herr zu werden. „Er kommt wie ihr, aus der Vergangenheit!"

Ich konnte es nicht fassen und starrte ihn unhöflich an.

Mit Gesten bat Elriam uns höflich Platz zu nehmen. *„Möchtet ihr etwas zu trinken haben?"* Er sah mich fragend an, hob seinen Becher an den Mund und nickte mir zu.

Ich nickte zurück. „Wasser, danke."

Die Füchsin übersetzte für uns. *„Wasser für alle wäre nett."*

Wir setzten uns auf die Bank und die Stühle um den Tisch herum.

„Lovis, holst du Wasser, bitte?" fragte Amber den Jungen.

Lovis nickte und lief leichtfüßig zum Haus. Amber blickte ihm hinterher und in ihrem Blick konnte ich große Liebe und Stolz erkennen.

Elriam wandte sich an Flanna. *„Seyt wann sind diese Menschen in dieser Zeyt?"*

„Seit letztem Weihnachten.“

„Und sie wollen zurück in ihre Heymat?“

„Sicherlich!“ Flanna sah auf die Wiese. *„Könntest du ihnen helfen?“*

„Ich weyß nicht ob ich der Richtige für diese Aufgabe sey.“ antwortete Elriam nachdenklich. *„Ich könnte versuchen Hilfe zu holen. Ich bin nicht sicher.“*

Amber legte ihm ihre Hand auf den Unterarm, während sie sich an Flanna wandte. *„Vor etwa sechs Jahren sind Elriam und Lovis in diese Zeit gekommen, um hier mit mir zusammen zu leben.“* Sie schaute ihren Mann liebevoll an.

Ich sah den innigen Blick, den die beiden Menschen miteinander tauschten und fragte mich, ob ich womöglich doch in dieser Zeit glücklich sein könnte?

„Und bist du glücklich hier?“ fragte die Füchsin unsicher nach.

Elriam nickte zufrieden. *„Ab und zu besuche ich meyne Familie.“*

„In der Vergangenheit?“

„In der Vergangenheyt!“ Elriam lachte leise mit tiefer, wohltönender Stimme und schmunzelte.

Flanna drehte sich der Kopf. *„Aber wenn es dir möglich ist hin und her zu reisen, dann geht das unter Umständen auch mit den anderen?“*

„Ich muß mit meynem Großvater darüber reden.“

Flanna nickte.

Dougal hielt es nicht mehr aus und zog sie am Ärmel. „Was hat er gesagt? Ich hab nicht alles verstanden.“

Flanna verstand seine Ungeduld und übersetzte das Gespräch.

Während sie uns alles erzählte konnte ich ihn nur ungläubig anstarren. Sollte es wirklich möglich sein in den Zeiten umherzureisen? Hoffnung breitete sich in meinem Herzen aus. Wir könnten die Zeiten wechseln wann immer wir Lust hatten. Ich würde meiner restlichen Familie meine neue Familie vorstellen können! Ich schluckte. Dort saß ein Mann der ähnliches erlebt hatte wie wir und der offensichtlich glücklich schien. Und ich glaubte ihm seine Geschichte. Er wirkte ehrlich. Ich traute ihm viel mehr als dem vermeintlichen Druiden.

Lovis kam mit einem großen Tonkrug und Bechern zurück, die er auf den Tisch stellte.

Amber lächelte. Sie legte Lovis die Hand auf den Rücken. *„Die beiden kommen aus dem Jahr 1284, als in Hameln die große Rattenplage herrschte."*

Flanna nickte. Sie suchte nach Worten. *„Das ist alles ziemlich, ich weiß nicht, das haut mich irgendwie um."*

„Ihr dachtet ihr wärt die einzigen?"

Flanna nickte erneut.

Lovis goß die Becher voll und reichte jedem einen.

Elriam lächelte aufmunternd. *„Wir werden eynen heyligen Steyn brauchen, wenn es uns gelingen soll."*

Flanna wurde hellhörig. Sie übersetzte den anderen.

„Er sagt, wir brauchen einen heiligen Stein. Habt ihr nicht von einem Stein gesprochen, der zur Krönung gedacht war?"

Ich nickte. Bisher hatten wir Duncan verschwiegen, daß der Stein noch bei uns war, wobei ich glaubte, daß er es wußte. Würde dieser Stein uns helfen können? Der Stein des Anstoßes, wenn ich es recht überlegte. Ich sah die anderen an, ehe ich mich an die Füchsin wandte.

„Der Stein ist da."

Elriam hatte das Gespräch mit den Augen verfolgt und sah die Füchsin erwartungsvoll an.

„Ein Stein wäre da“, antwortete sie ihm.
„Ich weyß nicht ob wir ihn gebrauchen können, es muß eyner aus der Unterwelt seyn.“ Er nickte den Schotten zu, *„Ich werde meyn Bestes geben!“*
Hatte ich richtig verstanden? „Der Stein ist aus der Unterwelt!“ sagte ich zur Füchsin.

Flanna nickte während sie Elriam unbemerkt beobachtete. War er womöglich ein Betrüger, wie der selbsternannte Druide? Sie wandte sie ein weiteres Mal an ihn.
„Dougal sagte mir gerade, daß der Stein aus der Unterwelt kommt!“
„Das ist sehr gut!“ Elriam lächelte in die Runde.

Auf der Rückfahrt schwirrte mir der Kopf. Elriam und Lovis hatten uns ihre Geschichte erzählt und die Füchsin hatte sie für uns übersetzt. Sie schienen wirklich glücklich miteinander zu sein. Doch war ich mir nicht im Klaren darüber, ob ich ebenso glücklich sein könnte. Elriam war es vergönnt in den Zeiten und zwischen den Welten zu wandern. Lovis zog es aus verständlichen Gründen nicht wieder in die Vergangenheit zurück. Würde ich wie Elriam in den Zeiten wandern können?
Nun hieß es warten bis sich Elriam mit seinem Großvater getroffen hatte und uns Nachricht gab.

Trotzdem traf Elriams Anruf uns unvorbereitet. Zweifellos hatten wir darauf gewartet und doch wieder nicht. Ich schob den Gedanken an die Trennung von meinen Geschwistern weit fort. Doch es war soweit. Ich traute Elriam weitaus mehr zu als diesem Amerinth. Unruhe ließ mich von einem Platz zum anderen wandern. Ich ging in den Garten und wieder ins Haus. Und wieder hinaus. Ich sollte Holz hacken, das würde mich auf andere Gedanken bringen! Wieder und wieder schwirrten mir

Elriams Worte durch den Kopf. Es würde nicht möglich sein, durch die Zeiten zu wandern, denn wir waren nicht wie er. Wir waren keine Innerirdischen. Die Trennung würde endgültig sein! Endgültig!!! Mir war schlecht.

Am Abend lag ich wach neben der Füchsin. Unvermittelt nahm sie meine Hand und legte diese auf ihren bereits strammen Bauch. Ich konnte ein feines Klopfen wahrnehmen. Ich lächelte und legte mein Ohr auf die kleine Rundung. Dort lebte bereits unser Kind. Ein unglaubliches Wunder und doch so natürlich. Nach einer Weile schob ich mich wieder nach oben und bettete meinen Kopf neben den der Füchsin. Sie sah mich lächelnd an, doch ich wußte, daß sie meine Gefühle kannte und von meinem Schmerz wußte. Gleichwohl war sie nicht fähig mir zu helfen, wie auch kein anderer. Ich konnte nicht von ihr verlangen mit mir zu kommen, genauso wenig wie sie von mir erwartete zu bleiben. Ich hatte mich entschlossen und trotzdem riß mein Gefühl mein Herz beinahe entzwei. Ich drängte mich eng an ihren Körper und sie hielt mich, daß ich nicht in ein dunkles Loch stürzte. Schließlich wurden mir die Lider so schwer, daß ich nicht weiter gegen die Dunkelheit und den erholsamen Schlaf ankämpfte.

Wir standen mit zitternden Knien auf dem Platz vor der Höhle, auf dem Berg Ith. Ein großer Findling lag in der Mitte des Platzes. Mit bangem und wild klopfendem Herzen sah ich dem Geschehen zu.

Garredoin war Elriams Großvater und führte die anderen auf den richtigen Weg.

Ich konnte nichts gegen die Tränen tun, die mir über die Wangen liefen. In meinen Gliedern zuckte es. Ich war versucht zu den anderen zu laufen und mich mit ihnen aufzustellen. Doch neben mir stand die Frau die ich liebte und in ihr wuchs das Kind, dessen Vater ich sein wollte. Eithne hatte den Stein in der Hand. Garredoin sprach leise Worte, die ich nicht verstand. Der Stein wurde weitergereicht. Das Schauspiel erinnerte mich an das letzte der Art und ich hoffte, daß es nicht in gleicher Weise endete. In mir wuchsen Angst und Bedenken. Ich tauschte einen letzten Blick mit den Menschen meiner Geburtsfamilie. Einen letzten Blick mit dem Feind von einst. Ich betete, damit die beiden in unserer Zeit zueinander fanden. Ich sah Gavin und dessen Unsicherheit. Ich wußte er überlegte ernsthaft bei mir zu bleiben. Ich schüttelte leicht den Kopf, lächelte ihn warm an. Calum sah Eithne haltsuchend an. Sie war sein Fels in der Brandung. Schließlich waren sie nicht umsonst zusammen geboren worden.

Der Stein war bei Duncan angekommen. Er hielt ihn fest umschlungen und schloss die Augenlider einen Atemzug lang. Garredoin gab ein Zeichen. Die vier nahmen sich bei den Händen, bildeten einen geschlossenen Kreis. Duncan und Eithne hoben ihre sich haltenden Hände zusammen hoch und warfen den Stein in die Mitte des Kreises.

Ich konnte fühlen wie sie. Ich sah meine Familie, unser Zuhause. Das Land, die Menschen und Tiere und alles was ich so liebte. Ich konnte mich den Bildern nicht entziehen. Ich öffnete angstvoll die Lider. Ich wollte nicht trauern. Ich hatte mich entschieden!

Was ich sah erschreckte mich. Eithne und Duncan waren nur schemenhaft zu sehen. Nur ein heller Schein ihres Körpers war geblieben, der gänzlich entschwand. Ein starkes Licht ließ mich die Augen zusammenkneifen. Ich konnte nicht weiterverfolgen was geschah!

Frieden

MacBochra kniete vor dem Stein nieder. Niemand sollte sehen, daß er um seinen Sohn trauerte. Er beugte sein Haupt und schloss die Augen. Warum hatte er sich darauf eingelassen? Er hörte die säuselnde Stimme Fearchars noch in seinem Ohr. Fearchar, er war Schuld an dem Übel!? Er hatte ihm den Einfall mit Gemmán eingepflanzt. Und nun waren nicht nur die MacDougals fort, sondern auch Duncan.

Er hörte ein Geräusch und öffnete wieder die Augen. Still suchte er den Steinkreis und seine Umgebung ab. Da kam ein Mann den Hügel herauf. Wohin konnte er laufen um nicht gesehen zu werden? Es war zu spät, der Mann sah geradewegs in seine Richtung. Endlich erkannte er ihn. Ein MacDougal. Der MacDougal! MacBochra erhob sich und erwartete ihn.

MacDougal sah MacBochra vor dem Stein knien. Hatte dieser Mann womöglich doch Gefühle?

MacBochra überlegte fieberhaft. Welchen Nutzen konnte es haben MacDougal gefangenzunehmen und als Geisel zu behalten? Aber er war allein. MacDougal war mindestens gleich stark wie er, wenn nicht stärker.

MacDougal nickte ihm zu. „Betet ihr für euren Sohn?“

„Beten?! Wenn er sich in diese Lage bringt, muß er selber sehen, wie er wieder herauskommt.“

„Selber?“

„Duncan meinte er müßte euren mißratenen Sprößlingen hinterher springen.“

Das war neu. Hatte Duncan etwa vor, sich einen Vorteil zu verschaffen indem er die Söhne der MacDougal in der Fremde umbrachte? Mit ihren Köpfen als Preis zurückkehrte? MacDougal mochte nicht weiter denken. Soviel Zeit war vergangen und weder gab es eine Nachricht, noch hatten sie Gemmán gefunden. Und die Druiden waren uneinsichtig. Der König wartete auf den Stein und das Volk auf den König. Und Schuld waren die MacDougals! Ihnen war es mißlungen den Stein an seinen vorgesehenen Platz zu bringen. Er verfluchte diesen unsinnigen Krieg mit den MacBochras.

„Wenn es nach mir ginge, würde ich den Krieg zwischen uns ein für alle Mal beenden!“ sagte MacDougal leise aber bestimmt.

„Es geht aber nicht nach euch, der Schöpferkraft Dank!“ erwiderte MacBochra müde. Nicht auszudenken, wenn der Krieg vorbei wäre. „Ich warte noch auf die Bestrafung eurer Söhne! Und eines Tages werde ich die Möglichkeit bekommen Rache zu üben!“

MacDougal schüttelte den Kopf. Es hatte keinen Sinn mit diesem Mann zu reden. Er war unverbesserlich. Er nickte ihm zu, mehr aus Höflichkeit, denn aus echter Ehrerbietung und wandte sich zum Gehen. Er würde einen anderen Platz zum Beten finden.

Ein Haufen MacBochras vertrat ihm den Weg. Wo kamen die auf einmal her? Egal, er drängte sich durch die unhöflich enge Gasse, die sie ihm machten und schritt mit weit ausholenden Schritten fort vom Steinkreis.

MacBochra sah ihm hinterher.

„Was hat er gewollt?“ fragte Fearchar grimmig.

„Frieden!“ antwortete MacBochra, während er auf den Altarstein blickte. Sollte MacDougal recht haben?

Plötzlich leuchtete der Altarstein auf. Ein helles, gleißendes Licht blendete ihn. Er hielt sich die Hand schützend vor die Augen.

Als das Licht nachließ, konnte er Menschen auf dem Stein ausmachen. Sein Herz schlug bis hinauf in den Hals. Duncan! Dort lag Duncan! Und die Dougaltochter! Welch eine Fügung!

Fearchar traute seinen Augen kaum. Wie konnte das angehen? Er wußte nur zu gut, daß Gemmán nicht der Urheber dessen sein konnte. Eithne NicDougal! Ein Ziehen in seinen Lenden ließ ihn aufatmen. Hier in seiner Hand! Welch ein glücklicher Umstand. Er wandte sich erregt an seinen Vater. „Überlaß sie mir!"

MacBochra sah seinen Sohn eigenartig an.

Fearchar gefiel der Blick seines Vaters nicht.

„Wir werden sehen", sagte MacBochra und stürzte auf Duncan zu.

Angst und Trauer

Gavin und Calum lagen bewußtlos auf der Erde. Ich verstand es nicht. Wie war das möglich? Wie hatte das geschehen könne? Ich stürzte auf den Kreis zu. Garredoin beugte sich über Gavin und hielt mich mit einer Geste davon ab näher zu kommen.

Nach kurzer Zeit erwachten die beiden aus ihrer Ohnmacht. Mit wirrem Ausdruck sahen sie sich suchend um.

„Wo ist Eithne?" schrie Calum verzweifelt.

Gavin sah Calum traurig an.

Ich sah mich hilfesuchend nach der Füchsin um.

Sie trat näher und wandte sich an Elriam. *„Wo sind die beiden?"*

Elriam sah seinen Großvater fragend an. Der wiegte sein weises Haupt nachdenklich hin und her. Er schloss die Lider, legte den Kopf in den Nacken und murmelte weitere Worte. Plötzlich öffnete er die Augen wieder und wandte sich an Elriam und Flanna.

„Sie seyn wo sie seyn wollten. Am rechten Ort, in der rechten der Zeyt. Sie täten die Reyse ausführen können."

„Und die anderen beiden?" fragte Flanna leise nach, während sie spürte wie ihr Blut ihr Gesicht verließ.

„Die anderen beyden stehen unter eynem Bann! Ich tät ihnen mit meyner Kraft nicht helfen können!"

„Das heißt sie müssen hierbleiben?" Flanna spürte das unbändige Verlangen fortzulaufen, weil sie nicht wußte wie sie es Gavin und Calum sagen sollte.

Garredoin nickte. *„Sey denn, aus ihrer Zeyt tät sie eyn Magier zurückrufen!"*

Flanna schluckte und wußte nicht wie sie es anfangen sollte.

Ich sah sie eindringlich an. „Bitte rede!"

„Duncan und Eithne sind zu Hause!“ Sie lächelte schwach. „Sie konnten gehen, weil sie nicht unter einem Bann standen.“

„Ein Bann?“

Sie nickte. „Er kann nur von Menschen aus eurer Zeit gelöst werden.“

Ich schluckte. Calum fiel schluchzend auf die Knie. Gavin legte ihm den Arm um die Schultern, obwohl ihm selbst die Tränen über die Wangen liefen.

„Sie standen nicht unter dem Bann? Weshalb?“ Ich überlegte. „Weil sie freiwillig mit uns gekommen sind?“

Calum schluchzte auf. „Ich will sterben!“

Gavin hockte sich zu ihm. „Calum!“

„Laß mich!“ Calum schlug um sich. „Sie ist fort und hat uns allein gelassen.“ Er wollte aufspringen und fortrennen, doch Gavin hielt ihn fest.

„Denk nach Calum!“

Calum schüttelte den Kopf.

„Wir sind zu dritt unter diesem Bann. Stell dir vor wir wären zurückgekehrt und sie hätte bleiben müssen?“

Calum hielt inne.

„Denk an sie und nicht an dich. Duncan wird sich um sie kümmern!“ Ich hatte Mühe zu sprechen.

Calum schüttelte sich ehe er sich auf die Erde zurückfallen ließ.

Garredoin wandte sich an Flanna und Elriam. „*Ich tät nicht weyter helfen können!*“

Elriam nickte. „*Ich weyß.*“

Flanna gab dem alterlos erscheinenden Mann ihre Hand. „*Ich danke ihnen für ihre Bemühungen. Immerhin sind zwei wieder heimgekehrt.*“

Garredoin schaute verwundert auf ihre Hände und nickte dann. *„Ich tät zurückgehen, Elriam."*

Flanna ließ seine Hand los. Er schien sich unter ihnen unwohl zu fühlen. Sie lächelte ihn freundlich an.

Elriam wandte sich an sie. *„Es liegt nicht an euch, er ist es nicht gewohnt so lange hier oben zu verweylen."*

Flanna nickte, obwohl sie nicht begriff, was Elriam ihr erklärte. Sie schaute auf die drei Brüder herunter, die elend auf dem Boden hockten. Calum schluchzte erbärmlich und ungehemmt. Gavin hielt die eigenen Tränen zurück und bemühte sich Calum zu trösten. Dougal sah sie aus verzweifelten Augen an.

Flanna kam ein Gedanke. „Jetzt wo die beiden in der richtigen Zeit sind, werden sie euch helfen!" Sie hockte sich zu den dreien. „Calum, du wirst Eithne wiedersehen, ich weiß es."

Er schaute auf. Er wollte ihr so gern glauben.

Ich nahm ihre Hand in meine. „Vielleicht hast du Recht?!"

„Und was wenn die MacBochras Eithne in ihre Gewalt bringen?" Calums Blick war starr vor Angst.

„Duncan wird sie schützen", warf Gavin leise ein.

„Ich glaube, das hat er bereits öfter getan!" sagte ich. „Die Füchsin hat Recht Calum. Sie werden unsere Rettung sein. Du wirst Eithne wiedersehen und sie selbst wird alles dafür tun." Ich stieß erleichtert die Luft aus. „Es ist eigensüchtig von mir, dennoch, ich bin froh, daß ihr nicht alle auf einmal verschwunden seid."

Calum starrte mich verständnislos an, während Gavin nickte.

„Ich weiß nicht wie ich den Verlust von euch allen auf einmal verwunden hätte?"

Die Füchsin sah mich mit traurigen Augen an. Ich wußte, daß sie sich fragte, ob es gut gehen würde, wenn ich blieb und die anderen gingen.

Die folgenden Tage ließen mich wünschen, nie geboren worden zu sein. Calum war völlig entmutigt. Gavin saß nur draußen mit dem Grauen und starrte Stunde um Stunde in die Weite und den Wald. Nur die Angst um die Füchsin und unser Kind ließ mich selbst nicht in ein weiteres Loch fallen und die Eigensucht, daß meine Brüder und ich nicht getrennt waren. Und von Neuem begann das Warten und die Hoffnung, daß Eithne und Duncan die beiden zurückholen konnten. Waren sie wirklich in unserer Zeit gelandet? Und Eithne? Wenn sie nun tatsächlich in die Hände der MacBochras gefallen war? Wenn Duncan uns die ganze Zeit etwas vorgespielt hatte? Oder ihm ein Unglück zugestoßen war und Eithne sich den MacBochras allein stellen mußte? Die Ungewißheit ließ mein Herz schneller schlagen. Verflucht sollten Gemmán und der Rest der MacBochras sein. Sie hatten großes Unglück über uns gebracht.

Je mehr ich darüber nachdachte, um so seltsamer erschien mir das Auftauchen von Duncan. Wieso hatten wir ihn nicht gleich bemerkt? Hatte Gemmán ihn womöglich doch mit Absicht hinterhergeschickt? Ich stellte mir Eithne in den Händen der Männer vor. In den Händen Fearchars, der sie mit wachsender Begeisterung foltern und quälen würde. Die Angst schnürte mir die Kehle zu. Duncan ein Verräter? Duncan hatte sich in unsere, besonders in mein Herz geschlichen. Hatte er dies mit Absicht getan? Er hatte den Stein zuletzt in den Händen gehalten, war nun alles verloren? War dies das eigentliche Ziel Duncans gewesen, den Stein an sich zu bringen? Und Eithne war diesem Mann und seiner Familie hilflos ausgeliefert?! Ich vergrub mein Gesicht im Kissen, aus Angst ich würde gleich aufschreien vor Entsetzen. Doch ich hielt es nicht aus. Ich mußte mit Gavin darüber reden!

Leise verließ ich das Zimmer, damit die Füchsin nicht aufwachte.

Weder Gavin noch Calum schliefen. Sie lagen mit offenen Augen auf ihren Matten. Ich setzte mich zu ihnen.

„Mir ist ein schrecklicher Gedanke gekommen.“

„Mir auch“, antwortete Gavin leise.

Calum starrte uns angstvoll an. „Es hat mit Eithne zutun?!“

„Aye, mit Duncan und Eithne.“

„Er liebt sie!“

Ich war mir nicht sicher ob ich seine Hoffnung zerstören sollte und sah Gavin fragend an.

„Ich weiß was ihr meint.“ Calum schüttelte den Kopf. „Ich kann fühlen, daß es Eithne gut geht. Selbst da sie nicht in meiner Nähe ist.“

„Über Jahrhunderte hinweg?“ Ich bezweifelte das.

„Aye, ich bin sicher. Eithne geht es gut!“

„In den letzten Tagen ging es dir aber nicht gut.“

„Weil sie mir fehlt.“

„Ich hoffe du hast Recht.“ Ich wollte nicht weiterbohren, selbst wenn mich der Zweifel zerfraß.

„Wie sollen wir jemals herausbekommen, wie es ihr ergangen ist?“

„Wenn sie uns holen!“

„Wenn sie uns holen?“

„Natürlich werden sie uns zurückholen. Sie wissen doch wie sehr wir uns das wünschen.“

Ich teilte Calums Hoffnung nicht, schwieg jedoch. Ich legte mich zu den beiden, ich wollte ihnen nahe sein, trotz meines schlechten Gewissens der Füchsin gegenüber.

Als wir zum Frühmahl heruntergingen, hatte die Füchsin bereits alles vorbereitet. Ich nahm sie in die Arme und gab ihr einen Kuß.

„Tut mir leid.“

„Nicht schlimm, ich hab mir gedacht, daß du oben bist.“ Sie lächelte.

„Setzt euch, ich habe eine Neuigkeit.“

Ich setzte mich neugierig, was gab es zu erzählen?

„Ich habe heute morgen Rundfunk gehört. Es gab einen Bericht über eine Ausstellung schottischer Wertgegenstände in Hamburg.“ Sie holte umständlich aus, um weiterzureden. „In dieser Ausstellung ist die Rede von einem Krönungsstein, der Anstoß vieler Kriege und Streitigkeiten war.“

Ich atmete ruhig aus. Konnte das unser Stein sein? „Werden wir hinfahren?“

Die Füchsin lächelte. „Aye, werden wir.“

Fassungslos starrte ich auf den heiligen Stein herunter oder das, was von ihm übrig war. Ich legte meine Hand auf die Glasscheibe, war versucht sie einzuschlagen und ihn herauszuholen. Lieber hätte ich ihn nie wiedergesehen als in diese Form gepresst. Als Schmuck für eine reiche Engländerin, welche die Güte besaß ihren Reichtum in der Öffentlichkeit zur Schau zu stellen. Wie konnte ein einziger Mensch so einen kostbaren Stein besitzen wollen?

Schweres Gold hielt seine außergewöhnliche Form zusammen, hielt ihn gefangen. Erdrückt vom Prunk und Tand! Ich lehnte meine Stirn an die Scheibe. Und wagte nicht zur Seite zu sehen.

„He!“

Ich sah den Mann in blauer Kleidung, der einen Hut mit Schirm auf dem Kopf trug. Was wollte er von mir?

„Treten sie von dem Glas weg!“ Er fuchtelte mit der Hand herum.

Am liebsten hätte ich ihm eine reingehauen. Ich trat einen Schritt zur Seite, atmete tief ein und aus, mühte mich ruhig zu bleiben.

Flanna brauchte nicht zu übersetzen, Dougal hatte verstanden worum es ging. Sie wollte auch nicht übersetzen, schließlich gehörte der Stein in Wahrheit diesen drei Männern mehr als jedem anderen, und erst recht nicht einer einzigen Frau! Sie las was auf der Tafel unter dem Glaskasten stand:

„Dieser kostbare Schmuck gehörte einst den Königen von Schottland. Kenneth MacAlpin war der erste König, zu dessen Krönung der Stein nicht benutzt wurde, da er lange Zeit als verschollen galt. Während seiner Amtszeit vereinte MacAlpin die vier schottischen Reiche. Die Aufwertung des Steines durch den Goldschmuck kam erst im vorletzten Jahrhundert hinzu. Ein Meisterwerk der Goldschmiedekunst.“

Ein Meisterwerk? Flanna wollte nicht darüber nachdenken.

„Was steht da?“ fragte ich sie, während ich ihr bleiches Gesicht beobachtete.

„Das willst du gar nicht wissen!“ antwortete sie mir und wollte schnell weitergehen.

Ich hielt sie am Arm zurück. „Doch will ich!“

Sie war bemüht mich mit ihrem Blick zu überzeugen, erreichte damit jedoch, daß die anderen beiden sie ebenfalls erwartungsvoll ansahen. Sie nickte besiegt und übersetzte uns den Schrieb.

Calum wurde bleich. Er spannte seine Kiefermuskeln an und verließ den Platz.

Mit einem Mal mußte ich laut loslachen. Ich konnte mich kaum halten. Ich spürte die fragenden Blicke der anderen auf mir. Als ich wieder sprechen konnte, sagte ich gepresst:

„Wenn die wüßten, wo der Stein überall gewesen ist.“ Wieder mußte ich losprusten.

Gavin fiel ein und sogar Calum schmunzelte ein wenig.

Die Füchsin sah mich fragend an. „Was ist denn so lustig?"

Gavin übernahm das Sprechen für mich. „Hat Dougal dir nicht erzählt, wie er den Stein unbemerkt vor den MacBochras in diese Zeit brachte?"

Flanna schüttelte den Kopf.

„Er hat ihn geschluckt!" sagte Gavin lachend.

Sie bekam große Augen. „Was?" Sie sah sich den Stein genauer an und begann zu schmunzeln. „Diesen großen Stein? Wie hast du das denn angestellt?" Sie lachte. „Ob sie ihn mit spitzen Fingern anfassen würden, wenn sie es wüßten?"

Calum sah wieder ernst in die Runde. „Versteht ihr nicht was dort steht?"

Ich nickte. „Aye, ich verstehe es."

Auch Gavin nickte. „Der Stein ist nicht zur rechten Zeit zurückgekehrt."

„Das heißt Duncan und Eithne sind niemals zu Hause angekommen!" Calums Stimme klang zerbrechlich.

Flanna schüttelte den Kopf. „Doch sind sie, sonst wäre der Stein nicht hier!"

Sie hatte Recht. Nur warum war der Stein dann nicht zur Krönung benutzt worden? Spielte Duncan doch ein falsches Spiel? Mir schwirrte der Kopf.

Gavin folgte Flanna, die von dem Stein wegtrat. Er wünschte sich die kalte Nase des Grauen zur Seite, doch der hatte zu Hause bleiben müssen, da Hunde hier nicht erwünscht waren. Der Graue wußte stets wann sein Trost gebraucht wurde und gab diesen gern, aus vollem Herzen. Am liebsten hätte er auf den glatten, glänzenden Boden gespuckt.

Calum war schweigsam. Er wollte nicht, daß die anderen sahen, was er vorhatte. Plötzlich spürte er Gavins festen Griff auf seiner Schulter.

„Du brauchst gar nicht daran zu denken!“

„Was meinst du?“ fragte Calum scheinheilig.

„Aye, genau das! Frag Flanna.“

Flanna drehte sich um als sie ihren Namen hörte. „Hm?“

Gavin fragte sie. „Was würde geschehen, wenn einer versuchte den Stein zu stehlen?“

Flanna begriff. „Er würde ins Gefängnis kommen. Mit Schwerverbrechern und verantwortungslosen Menschen. Und wahrscheinlich müßte er eine Strafe zahlen.“

„Und wenn er sich nicht erwischen ließe?“ fragte Calum trotzig.

„Dazu müßte er sich mit den Verfahren und den Dingen auskennen, die diesen Stein zur Zeit vor Diebstahl schützen. Er sollte dies nicht zum ersten Mal gemacht haben, müßte die geheimen Zahlen zu knacken wissen und unsichtbare Strahlenbündel umgehen können, ehe er nur in die unmittelbare Nähe des Steines käme.“ Sie sah Calum eindringlich an. „Glaub mir, daran sind schon Leute gescheitert, die nur solche Dinge machen.“ Sie schaute sich unsicher um. „Hast du gesehen wie wertvoll der Schmuck inzwischen eingeschätzt wird?“

„Aye, und sie haben keine Ahnung, wie wertvoll er in Wahrheit ist“, antwortete Calum ihr ärgerlich.

„Er gehört den Druiden!“ warf Gavin ein. „Er wurde einst von Andersweltwesen an sie weitergereicht um Gutes zu bewirken.“

Sie nickte und wandte sich erneut an Calum. „Wenn sie dich einsperren würden, und das würden sie, wäre das besonders unangenehm. Du hast keine Papiere und bist in deren Augen völlig rechtlos. Es wäre schrecklich wenn das geschehen würde.“

Calum sah seiner Bruderfrau in die Augen. Er erkannte die Angst um ihn darin und mit einem Mal mußte er an das Kind in ihr denken. Er nickte und trat zu ihr.

„Ich werde nichts unternehmen. Wenn die Anderswelt ihren Stein wiederhaben will, dann muß sie ihn sich selber holen. Mein Wort darauf!“ Er nahm sie in die Arme. Sie sollte keine Angst haben müssen.

Sie drückte ihn zufrieden und lächelte ihn an. „Danke!“ sagte sie leise. „Ich weiß das zu schätzen!“

Ich legte meinen Arm um Calums Schulter. Ich war ihm dankbar für seine Rücksichtnahme. „Ich auch, Bruder!“

Bis zum nächsten Abschied würde ich die Zeit, die uns blieb, nutzen. Ich brauchte eine Weile um mich von meinen Brüdern zu verabschieden und ich war dankbar für die Gnadenfrist.

Gefahr

Duncan erwachte. Ein unangenehmes Klatschen auf seiner Wange zwang ihn die Augen zu öffnen. Er starrte in das Gesicht seines Vaters, der ihm einen weiteren Klatscher auf die Wange geben wollte. Duncan hob seinen Arm um den Schlag abzuwehren, doch der Arm war so schwer.

Eithne!? Er wandte sich um. Dort lag sie, noch bewußtlos. Er richtete sich mühsam auf. Wo waren die anderen? Fearchar stand hinter seinem Vater und sah ihn von oben herab an. Duncan begriff nicht, hatte sein Vater Calum und Gavin gefangen genommen? Er spürte den Stein neben seiner Hand und schloss die Faust fest darum. Fearchar würde ihn nicht bekommen.

Eithne rührte sich neben ihm, er wandte sich um.

„Eithne?!" Er legte seine Hand auf ihre Wange.

Eithne öffnete die Augen und sah nach oben, in das grinsende Gesicht Fearchars. Ein Schauer lief über ihren Rücken. Sie wandte sich Duncan zu. Er lächelte. Sie verstand nicht. Sie schaute sich suchend um. Wo waren Calum und Gavin? Sie sah Duncan erschrocken an. Hatten die MacBochras die beiden etwa getötet? Duncan versuchte ihre Hand zu fassen zu kriegen. Sie sträubte sich, doch er blieb hartnäckig. Schließlich gab sie nach. Er nahm ihre Hand in seine, da spürte sie den Stein. Er drückte ihre Hand und nickte ihr kaum sichtbar zu. Sie nickte zurück. Der Stein schien ihr zur Zeit die kleinste Schwierigkeit zu sein, wenn sie an den Blick Fearchars dachte. Duncan würde sie beschützen! Würde er das? Sie sah ihn mit angsterfüllten Augen an. Er lächelte erneut, warm und Sicherheit gebend. Sie atmete erleichtert aus.

Von hinten drang ein Schrei herüber. „Eithne!" MacDougal drängte sich durch die Männer, die eng um die beiden Heimkehrer standen. „Eithne!" Er stürzte nach vorne und ließ sich vor ihr auf die Knie fallen.

Weinend nahm er seine Tochter in die Arme und drückte sie an sich. Eithne konnte nicht mehr reden. Die Tränen verschlossen ihren Hals und nahmen ihr beinahe die Luft zum Atmen.

Duncan richtete sich vollends auf. Er wandte sich an seinen Vater, der sich bemühte, seine Wiedersehensfreude zu verstecken. „Wo sind die anderen beiden?"

MacBochra verstand nicht. „Wen meinst du?

„Gavin und Calum!" Duncan spürte wie seine Stimme an Kraft gewann. Er würde sich keine Vorschriften mehr machen lassen, weder von Fearchar noch von seinem Vater. Er war Duncan MacBochra und wenn sie bereit war, dann würde Eithne NicDougal die Frau an seiner Seite werden.

Sein Vater schüttelte den Kopf. „Ihr seid nur zu zweit gewesen. Es gab keine anderen!"

Duncan sah Fearchar an, sprach sein Vater die Wahrheit?

Fearchar grinste bösartig, ehe er zu sprechen begann. „Gut so, mit dem alten und der Schlampe werden wir leicht fertig!"

Duncan schüttelte entschieden den Kopf. „Niemand wird hier einen Dougal anfassen!"

„Glaubst du, daß du das zu bestimmen hast?"

„Aye! Sie ist das Weib an meiner Seite!" Duncan schluckte. Würde Eithne mit ihrer aufbrausenden Art alles zerstören? Oder MacDougal? Er wartete auf einen Einwand.

Eithne sah zu ihm auf. Sie sagte nichts, drückte nur ihren Vater an sich.

MacDougal flüsterte in ihr Ohr. „Ist es wahr? Hast du dich mit einem MacBochra eingelassen?"

Sie überlegte nur einen Atemzug lang bevor sie nickte und endlich wieder ihre Stimme zurückgewann. „Wir lieben uns und daran kann keine Feindschaft etwas ändern. Wenn ihr dagegen seid, müßt ihr uns töten!"

Fearchar spuckte wütend auf die Erde. „Verpisstes Dougalpack!" schrie er. „Wie konntest du nur, Duncan? Du hast sie wohl nicht mehr alle!?" Er packte Duncan grob am Halsausschnitt. „Du hättest sie doch haben können soviel du Lust hattest, was soll das Gerede von Heirat?" Er drückte den Ausschnitt zusammen.

Duncan griff mit der freien Hand nach Fearchars Arm und drückte dessen Handgelenk. „Laß mich sofort los!" Er starrte ihn böse an. „Sie ist die Frau an meiner Seite und daran wirst du nichts ändern."

„Sie wäre die vollkommene Rache für unsere Schwester."

Duncan sagte nichts, er sah Fearchar an als wollte er ihn auf der Stelle umbringen.

Fearchar ließ Duncan los, spuckte erneut auf den Boden und zischte leise in dessen Ohr: „Irgendwann einmal wirst du sie nicht beschützen können."

Duncan zischte ebenso leise zurück. „Irgendwann wird die Wahrheit ans Licht kommen und dann gibt es Gerechtigkeit!"

Fearchar warf Eithne und MacDougal einen letzten verhaßten Blick zu, ehe er sich unerwartet abwandte und aus dem Steinkreis schritt.

MacDougal erhob sich und half Eithne auf. Er sah sie aus müden Augen an. „Was ist mit deinen Brüdern?"

Eithne zuckte die Schultern. „Gavin und Calum waren bei uns, um zurückzukehren. Sie standen im Kreis wie wir und warteten auf die Reise. Ich habe keine Ahnung was mit ihnen ist."

MacDougal schluckte. „Du redest nur von Gavin und Calum?"

Eithne tauschte einen Blick mit Duncan, bevor sie ihren Vater wieder ansah. „Dougal hat dort die große Liebe gefunden, er wird niemals zurückkehren!"

MacDougal war es als zöge ihm jemand den Boden unter den Füßen weg. War das die Wahrheit? Oder wollten sie ihn schonen? Und in Wirklichkeit war Dougal gestorben? Egal wie, Dougal war verloren! Für alle

Zeit verloren. Warum brachte er die Frau nicht mit? Warum suchte er sich nicht eine von hier? Und warum waren Gavin und Calum nicht mit den anderen zurückgekommen? Was hatte sie aufgehalten? Seine Hand schloss sich fest um ihr Handgelenk. „Wenn du mit diesem Mann zusammen sein willst, muß er mit zu uns kommen, ich lasse dich nicht alleine bei den MacBochras."

Eithne war das Herz schwer. Würde Duncan sich, durch ihres Vaters Rede, gekränkt fühlen? Sie sah ihn um Nachsicht bittend an.

Duncan nickte. „Ich werde mit euch kommen."

MacBochra schluckte. „Wenn du gehst, brauchst du nicht wieder an meine Tür zu klopfen."

Duncan sah seinen Vater ruhig an. Wenn er es so meinte, so sollte es sein. Er nickte. „Wie du meinst. Ich denke jedoch die Zeit des Kampfes ist vorbei! Es ist Zeit für Frieden!" Er verneigte sich ehrerbietig vor seinem Vater. „Ich ehre dich und meine Mutter und danke dir, daß ihr mich geboren und großgezogen habt!"

MacBochra konnte nicht mehr sprechen. Wenn Duncan es so wollte! Es war schrecklich. Warum war er nicht fortgeblieben? Er wandte sich zum Gehen.

Duncan hielt ihn am Arm zurück und neigte sich zu ihm. Leise sagte er: „Suche den Vergewaltiger meiner Schwester nicht unter den MacDougals!" Er ließ seines Vaters Arm los und wandte sich an MacDougal: „Wenn ihr wollt, ich bin bereit."

Noch ein MacDougal

Ich stützte die Füchsin unter den Achseln. Die Presswehen kamen knapp hintereinander. Die Hebamme war zuversichtlich, doch ich wünschte mir gerade nichts sehnlicher, als daß es endlich vorbei war und das Kind wohlbehalten in unseren Armen lag. Nie fühlte ich mich nutzloser als in diesen Stunden. Ich konnte lediglich unterstützen und seelischen Beistand leisten, mehr nicht. Wie gern hätte ich ihr die Hälfte der Wehen abgenommen. Doch die Füchsin trug die Geburtsarbeit allein.

Und wieder presste sie. Mir lief der Schweiß von der Stirn. Gavin reichte mir ein Tuch und sah mich aufmunternd an.

Die Hebamme redete der Füchsin gut zu. *„Gleich ist es soweit. Ich kann bereits das Köpfchen sehen! Du machst das toll!“*

Und wieder presste die Füchsin.

„Sieh nur, der Kopf ist draußen!“

Ich beneidete Calum und Gavin, da sie den Kopf unseres Kindes, ihres Neffen oder ihrer Nichte, bereits sehen konnten. Ich widmete meine Gedanken wieder der Füchsin, die laut unter ihrer Presswehe stöhnte. Ich war überwältigt von ihrer Kraft und der Ursprünglichkeit, die ihr Körper in diesen Stunden ausstrahlte. Meine Knie zitterten wie ihre.

Calum strahlte glücklich und stieß Gavin in die Seite.

Flanna presste und der Körper des Kindes rutschte heraus.

Die Hebamme tätschelte Flannas vor Anstrengung zitternde Beine. „Jetzt hast du es geschafft!“ Sie wandte sich an Dougal. *„Leg dich hinter sie.“* Sie unterstrich ihre Worte mit Gesten, da sie wußte, daß Dougal nicht alles verstand.

Ich war froh inzwischen Worte und Sätze von Flannas Sprache gelernt zu haben. Ich nickte und legte mich so hinter die Füchsin, daß sie sich mit dem Rücken an meine Brust lehnen konnte.

Gavin stützte uns mit Kissen, die er zwischen mich und die Wand schob.

Die Hebamme legte unser Kind auf den Bauch der Füchsin.

„Was?“ flüsterte die Füchsin atemlos.

„Ein Junge. Und alles ist dran und gesund!“ Die Hebamme lachte. Sie legte ein leichtes Leinentuch über Flanna und das Kind.

Erschöpft lehnte sich Flanna an Dougals Brust und sah auf ihr Kind herab. Sie war so glücklich. So geschafft und so glücklich.

Calum und Gavin hockten sich schüchtern lächelnd neben sie. Flanna entspannte sich und genoß die ersten Augenblicke mit dem neugeborenen Kind, das bereits wach durch die Gegend zu schauen schien. Flanna hatte das Gefühl, daß der Kleine sie aus grauen Augen musterte, obwohl sie wußte, daß laut Wissenschaft ein Säugling gar nicht sehen konnte. Ihr Gefühl sagte ihr anderes.

Der Blick meines Sohnes ging mir durch Mark und Bein. Hatte ich je ein Neugeborenes gesehen, welches so wach herumsah? Hatte ich je ein schöneres Kind gesehen, als dieses hier? Unmöglich.

Plötzlich durchzog die Füchsin eine weitere Wehe. Sie biß die Zähne zusammen. Ich bekam Angst. Was war falsch gelaufen? Kam noch ein Kind?

Die Hebamme winkte ab. „Nur die Nachgeburt!“

Ich atmete erleichtert auf. Oh, wie ich die Füchsin brauchte! Glücklich und stolz erfüllt sah ich Gavin und Calum an, die lächelnd neben uns saßen. Ich war so dankbar, daß sie bei mir waren in dieser Stunde meines Glückes und daß sie es mit mir teilen würden.

Spät in der Nacht, wir lagen eng beieinander, unser Kind rechts neben der Füchsin, wachte der Kleine auf und wollte trinken. Die Füchsin lächelte müde und gab ihm, so wie die Hebamme es ihr gezeigt hatte, auf der Seite liegend die Brust. Sie war so froh, wie leicht ihr das Stillen fiel und froh, daß sie nicht nachts aufstehen mußte, um irgendwelche Fläschchen mit artfremder Milch fertig machen zu müssen. Es ging doch so einfach und kraftsparend! Der Kleine trank als hätte er niemals anderes gemacht. Ich strich ihr zärtlich die Haare aus dem Gesicht. Sie lächelte mich an.

„Ich bin so glücklich, daß du bei mir bist."

Ich nickte und gab ihr einen Kuß auf den Nacken. „Und ich erst. Stell dir vor ich hätte ihn ohne dich auf die Welt bringen müssen?!" Ich lachte in ihre Haare hinein.

„Du bist unmöglich. Ich meine das ernst."

„Ich auch. Ich bin glücklich."

„Er ist wunderschön!" Sie sah ihren Sohn verliebt an.

„Aye, wunderschön, du hast Recht." Ich sah über ihre Schulter auf das Kind herunter. Der Kleine trank mit großen Zügen und schluckte laut. „Da ist offensichtlich viel Milch drin?" Ich war erstaunt. Ich hatte öfter gesehen, daß die Milch nach ein, manchmal sogar erst nach zwei Tagen einschoß. Offensichtlich gab es große Unterschiede.

Im Nebenraum schnarchten Gavin und Calum um die Wette. Ich grinste. Ich hatte sie lange nicht mehr so zufrieden gesehen. Das Kind würde sich vor Zuwendung kaum retten können, und dann waren noch die beiden Hunde, die bereits vor dem Bett lagen um aufzupassen. Ich lachte leise.

„Warum lachst du?"

„Ich denke dieses Kind wird viel Liebe bekommen."

„Das ist richtig so."

„Aye!"

„Wenn wir uns anstrengen, kommt bald ein zweites und dann verteilt sich die Liebe besser." Sie lachte zufrieden.

„Du hast nicht genug vom Kinderkriegen?“

„Es muß nicht gleich morgen sein.“

Ich biß ihr zart in den Nacken. „Ich werde mein Bestes tun.“

„Wie heißt er?“ fragte sie leise.

Ich überlegte. Darüber hatte ich mir am wenigsten Gedanken gemacht. Wie unser Brauch es wollte, mußte die Hebamme den Namen aus dreien herausfinden.

Flanna sah mich fragend an.

„Wir werden drei Namen wählen und drei Gegenstände, die für die Namen stehen. Die Gegenstände legen wir auf das Kind und die Hebamme wird den richtigen Namen finden.“

„Ist das so Brauch?“

„Aye.“ Ich lächelte sie an. „Wir werden den Namen der auf ihm ist, morgen finden.“

Flanna nickte, viel zu müde um Widerworte zu haben. Sie ließ den Kleinen nicht aus den Augen. Er hatte einen Atemzug lang aufgehört zu trinken und sah ihr in die Augen. Sie war sicher, daß er ihr in die Augen sah. „Ich glaube wir gefallen ihm!“ sagte sie lächelnd.

Nach einer Weile schlief er wieder ein und Flanna lehnte sich dankbar an Dougals Brust zurück, ehe auch sie die Augen vor Müdigkeit wieder schloss.

Ich strich ihr mit zwei Fingern zart über den Arm und summte mein liebstes Liebeslied, bis mich der Schlaf einholte.

Douglas war ein schöner Name. Die Hebamme hatte den richtigen Gegenstand gewählt, den richtigen Namen aus dreien gefunden. Ich trug Douglas MacDougal summend und wiegend durch das Zimmer, bis er einschlief. Ich hatte Recht behalten, mit zwei vernarrten Onkeln, einem besessenen Vater und einer verliebten Mutter hatte das Kind Zuwendung ohne Ende. Wie hatte die Füchsin gesagt; so sollte es sein. Ein Kind konnte nicht genug Liebe bekommen, solange die Liebe nicht erdrückend oder eigennützig war. Daß Douglas sich wohl fühlte war jedoch offenbar. Er weinte selten, war wach und aufmerksam und entwickelte sich schnell.

Ich liebte die Füchsin und war dankbar, weil sie stets für den Kleinen da war, so wie ich mir das von der Frau an meiner Seite erhofft hatte. Obwohl, das gestand ich mir nur ungern ein, mich manches Mal ein Gefühl wie Eifersucht überkam. Die Füchsin war mehr Mutter als Ehefrau, doch ich war sicher, daß sich dies wieder änderte. Es mußte wohl so sein, es war der Lauf der Dinge und wenn ich mich recht erinnerte, dann hatten die Männer zu Hause in gleicher Weise geklagt, weil ihre Frauen nach der Geburt nur Mütter waren.

Ich legte den schlafenden Douglas in seinen Hängekorb im Wohnzimmer. Die Kleine kam herbei geschlendert und schnupperte ob alles seine Richtigkeit hatte, ehe sie sich zu seinen Füßen niederlegte, um über den Schlaf des Säuglings zu wachen.

Ich sah mich nach dem Grauen um, doch der lag wie immer zu Gavins Füßen und beobachtete still mit bewegten Augenbrauen das Geschehen. Wer hätte gedacht, daß der Hund sich dermaßen an Gavin band? Sollten Gavin und Calum jemals nach Hause zurückkehren, müßte er den Hund mitnehmen.

Rückkehr! Dieses Wort verlor von Tag zu Tag mehr an Bedeutung. Obwohl ich mir nichts sehnlichster wünschte als mit meiner neuen Familie zu meiner Geburtsfamilie zurückzukehren. Und doch war ich auch hier zufrieden. Ich lernte die Sprache der Füchsin mehr und mehr verstehen und sprechen. Und die Arbeit in den Kursen mit den Schülern gefiel mir. Es war auch gut, daß wir unser Angebot um Gesangskurse erweitert hatten. Ich wußte Gavin und Calum gefiel das Lehren der Kampfkunst inzwischen und trotz allem spürte ich ihren starken Wunsch nach der Heimat. Würden sie hier Frauen kennenlernen wäre es wahrscheinlich anders. Doch sie schienen es gar nicht darauf anzulegen. Gavin war in dieser Hinsicht so und so ein Einzelgänger, er hatte nie empfunden wie andere Männer, nie diesen starken körperlichen Drang gespürt wie Calum oder ich. Und Calum? Ich konnte ihm nicht übelnehmen, daß er die Gunst der Stunde nutzte und mit den Mädchen von den Märkten, die sich ihm reihenweise und freizügig anboten, körperliche Liebe teilte. Aber mehr empfand er nicht für sie, nicht für eine. Wenigstens hatte er das kleine Glück, wenn ihm das große zur Zeit noch vorenthalten blieb.

Vielleicht wäre Gavin in unserer Zeit ein großer Druide geworden, wenn er nicht von einem Druiden der dunklen Seite ins Unglück gestürzt worden wäre? In dieser Zeit gab es keine wirklichen Zauberer mehr. Gavin würde hier keine Gelegenheit erhalten sich in dieser Richtung weiterzubilden.

Ich blickte auf Douglas herab, der so friedlich in seinem Korb schlief und keine Ahnung hatte vom Krieg zwischen den MacDougals und den MacBochras. Keine Ahnung von dem Kummer, der uns drei bedrückte. Und wäre uns dieser Kummer erspart geblieben, dann läge er womöglich nicht hier vor mir. Sollte alles doch einen tieferen Sinn haben, den ich mit meinem menschlichen Verstand nicht begreifen konnte? Ich bemühte mich, mir vorzustellen, wie Douglas mit Flanna und Karsten als Vater aufwuchs. Ich schüttelte mich angewidert. Eine schreckliche Vorstellung.

„Was denkst du?“ fragte Gavin leise in die Stille hinein.

Ich lächelte ihn an und setzte mich zu ihm. „Nichts besonderes.“

„So sah dein Gesicht nicht aus.“

Ich schmunzelte. Gavin kannte mich viel zu gut. „An alles mögliche. An unser Zuhause, an dich und dein Leben, an Calum und an Karsten, als Vater meines Kindes.“

„Du meinst wenn du nicht hergekommen wärst?“

„Aye, so ähnlich."

Gavin lachte. „Er wäre vermutlich nie geboren worden."

„Wer kann das sagen?"

„Glaubst du wir werden zufällig geboren? Egal bei welchen Eltern?"

„Natürlich nicht. Ich weiß das und trotzdem."

Gavin stieß mich freundschaftlich mit der Seite an. „Ich weiß was du meinst."

„Vielleicht war er der Grund, daß ich herkommen mußte?"

„Und warum wir?"

Ich zuckte die Schultern. Ich hatte keine Ahnung. Mein Hirn war verwirrt.

Von draußen erklang ein lauter anhaltend gequälter Ton herüber. Calum wieder mit seinem Dudelsack. Er war nicht zu bremsen und konnte inzwischen eine Menge Stücke spielen. Ich hatte mich an die Töne gewöhnt, ich mochte sie sogar. Sie hatten kraftvolles an sich, etwas mitreißendes. Ein Zauber der unter die Haut und in die Beine ging. Allerdings konnte ich die Menschen verstehen, die mit diesen Tönen nichts anfangen konnten. Wie hatte die Füchsin gesagt? Entweder du liebst den Dudelsack oder du haßt ihn, dazwischen gibt es nichts. Wahrscheinlich war es möglich ihn lieben zu lernen, sofern er nicht von Anfang an verhaßt war.

Ich hatte viel in den Büchern von Flanna gestöbert, mir die Bilder angesehen und mir von ihr die Schriften übersetzen lassen, und es erstaunte mich, egal wie oft ich darüber nachdachte, daß der Dudelsack einmal das Wahrzeichen Schottlands werden würde. Und was mich weiter erstaunte war die Tatsache, daß unser Volk als eines der kriegerischsten bezeichnet wurde. Gewiß gab es Kriege, wenn ich allerdings zufällig die Nachrichten in der schwarzen Truhe sah, dann mußte ich feststellen, daß es derzeit, und zwar auf der ganzen Welt, Kriege gab! Wegen Nichtigkeiten! So wie bei uns. Niemand wußte mehr warum die

MacBochras und die MacDougals sich bekriegten. Dennoch bestand unser Leben nicht nur aus Krieg oder Feindschaft. Es gab viele Künstler unter uns, Druiden, weise Menschen, freundliche und besonders lebensfrohe und lustige Menschen. Auf jeden Fall hatte ich das Gefühl, daß wir unser Leben zufriedener lebten, als es die Menschen in dieser Zeit taten.

„Er wird ein Meister auf diesem Gebiet werden!" sagte Gavin in meine Gedanken hinein.

„Aye, auf diesem und auf einem anderen!" Ich lachte, leise, um Kleindouglas nicht zu wecken. Würde der Kleine eines Tages mit schnellen Autos herumfahren? Stunden um Stunden vor einem Kasten verbringen, der mit Tasten verbunden war und einem das Denken und das Leben abnahm? Mir war dieses Gerät noch unheimlicher als der schwarze Kasten, von dem ich inzwischen wußte, daß keine Zwerge darin gefangen waren. Richtig erklären, so daß ich es verstand, konnte die Füchsin es mir allerdings trotzdem nicht.

Douglas nuckelte an seinem Gaumen. Ich sah wieder auf ihn herunter. Würde mein Sohn einer dieser Geschäftsmänner werden, dem das Geld wichtiger war als das Leben? Würde er wie all die anderen Menschen dieser Zeit ein ganzes Jahr auf einen wenige Wochen langen oder kurzen *Urlaub* hinarbeiten, um sich von der Arbeit zu erholen? Ich fand das Leben der Menschen dieser Zeit widersinnig und unverständlich. Und wieder einmal mehr flammte der Wunsch in mir auf, in das geruhsame, leise und zufriedene Leben meiner Zeit zurückkehren zu können.

Die Füchsin trat ein. Sie trug die trockene Wäsche in einem Korb herein, setzte ihn ab und ging zu Douglas. Lächelnd, stolz und liebevoll schaute sie auf das kleine Geschöpf herab. Sie zog die Decke höher.

Mütter! Ich verdrehte grinsend die Augen, während ich Gavin ansah. Die Füchsin kam zu mir, gab mir einen Kuß, bemerkte Gavins enttäuschten Gesichtsausdruck, gab ihm einen Kuß auf die Wange und verließ mit dem Korb wieder das Zimmer.

Ich lachte. „Sie merkt gar nicht, daß sie mich unterschätzt."

Gavin schüttelte den Kopf. „Das tut sie nicht. Ich glaube es ist ein angeborener Zwang, andauernd nach dem Rechten sehen zu müssen und alles zu richten, selbst wenn es bereits gerichtet ist." Er grinste mich an und legte mir seinen Arm um die Schultern. Zufrieden und schmunzelnd saßen wir da und schwiegen, während wir auf das Kind achtgaben.

Ossians Kraft

MacDougal sah seinen Tochtermann an. Niemals hätte er geglaubt, daß ein MacBochra einmal in seiner Familie leben würde. Er mochte ihn, diesen ernsten, stillen und doch so selbstbewußten jungen Mann, der es geschafft hatte seine Tochter heile nach Hause zu bringen. Duncan reichte Ossian den heiligen Stein. Würde es gelingen? Würden sie mit Hilfe des Steines seine anderen Kinder nach Hause holen können? Ihm war das Herz schwer. Er wußte er würde im besten Fall nur zwei seiner Söhne zurückbekommen, denn einer hatte sich dem Leben in der anderen Zeit verschrieben. So sollte es wohl sein? Er mußte unwillkürlich seufzen. Er war den Druiden und Coinneach MacAilpin unendlich dankbar, daß sie zur Krönung auf den Stein verzichtet hatten, zugunsten seiner Söhne. Obwohl er sich fragte, weshalb dieser wertvolle Andersweltstein nicht mehr genug Kraft für eine Krönung und das Zurückbringen zweier Zeitreisender haben sollte? Er sollte nie wieder zur Krönung der Könige gebraucht werden. Doch er wollte sich nicht weiter darüber wundern. Lieber wollte er nur dankbar sein, daß der Stein ein letztes Mal seine Kraft würde walten lassen. Wahrscheinlich hatten die Druiden Recht, wenn sie behaupteten, daß die zukünftigen Könige nicht mehr von Magie abhängig sein sollten, sondern allein von ihrer Ausstrahlung und ihrem Können. Die Zeit der Magie, sagten sie, sei nun bald vorbei! Er wollte das nicht weiter in Frage stellen.

Ossian trat in die Mitte auf den Altarstein zu. Er kniete davor nieder und sprach ein Gebet. Duncan und Eithne knieten sich ebenfalls nieder. MacDougals Herz lachte bei ihrem Anblick. Und bald würde die Verbindung der beiden verfeindeten Clans die ersten Früchte zur Welt bringen. Ein Kind aus dem Blut der MacBochras und der MacDougals. Vermutlich der erste wahrhaftige Schritt zur Aussöhnung?

Er schüttelte seine Gedanken ab. Es war sicher nicht förderlich für die Handlung, wenn er mit seinen Gedanken überall war, nur nicht hier.

Duncan drückte Eithne die Hand. Bald schon würde sie Calum wieder in die Arme nehmen können! Er hoffte und betete für sie, daß alles gut ging. Wie gern hätte er Dougal wiedergesehen, aber er konnte dessen Gefühle gut nachvollziehen, jetzt da Eithne ein Kind erwartete erst recht. Und er betete für den Frieden, daß er nicht nur in seinem und ihrem Herzen hielt, sondern auf alle Menschen der Clans überging. Dies war die Zeit des Friedens! Eithne lächelte ihn unsicher an, er erwiderte ihr Lächeln und nickte ihr zu.

Ohne Abschied

Müde kehrten wir vom Markt zurück. Ich schwor mir, nie wieder einen Auftritt bei einem Markt anzunehmen, der länger als ein zweieinhalb Tage dauerte. Douglas lag schwer in meinen Armen. Ich folgte der Füchsin hinauf ins Zimmer und legte den Kleinen ins Bett. Am liebsten hätte ich mich daneben gelegt, doch die Arbeit rief.

„Das war schrecklich! Ich unterzeichne nie wieder so einen Vertrag." Die Füchsin lehnte sich schwer an mich.

Eigentlich war ich sogar zu müde um zu antworten und so sagte ich nur. „Hmm." Das schien ihr zu reichen.

Sie nickte. „Was ist mit Calum? Ich habe ihn gar nicht mehr gesehen?"

„Er wollte mit den anderen feiern und morgen Mittag zurückkommen."

„Ich mag nicht, wenn er sich allein herumtreibt."

„Er ist nicht allein."

„Ich weiß, aber weder Sven noch Hannes sind der richtige Umgang für ihn."

Gavin kam uns auf der Treppe entgegen. „Ich habe bereits ausgeladen, geht ins Bett."

Die Füchsin gab meinem Bruder einen Kuß. „Danke dir." Sie wandte sich zum Schlafzimmer, plötzlich drehte sie sich wieder um. „Ich habe völlig vergessen, daß ich morgen in die Stadt muß!"

Ich sah genervt nach oben. „Wann denn?"

„So gegen Mittag."

„Kannst du es nicht verschieben?"

Sie schüttelte den Kopf.

„Ich schlafe durch bis du wiederkommst und Douglas auch."

Sie lachte. „Wir sprechen uns um sechs wieder. Wenn Douglas dich vom Gegenteil überzeugt hat."

„Vielleicht schläft er mal länger?"

„Komm, laß uns die Zeit nutzen?!" Sie lächelte verschmitzt.

Ich war mir nicht sicher, ob die Vorfreude auf ihre Andeutung mich wach machte, oder ob ich den so genanten toten Punkt erreicht hatte, jedenfalls war ich mit einem Mal gar nicht mehr so müde wie ich gedacht hatte.

Die Sonne stand bereits hoch. Ständig wollten mir die Augen zufallen durch die Müdigkeit der durchwachten Nacht und die langen anstrengenden Tage davor, doch neben mir lag Douglas auf einer Decke und quietschte vor Lebensfreude, weil die Kleine ihn mit ihrer nassen Nase anstupste. Ich änderte meine Lage in der *Hängematte*. Ich mochte dieses Ding, das Micha von einer seiner Südamerikareisen mitgebracht und hier vergessen hatte. Eine besonders angenehme Erfindung, gemütlich und entspannend. Gavin lag neben Douglas, summte eine ruhige Weise vor sich hin und passte auf ihn auf, ich konnte schlafen, wenn ich wollte. Ich schaute in den Himmel und wunderte mich, daß Calum nicht zurück war. Er hatte doch gesagt zur Mittagszeit? Er hatte sich nicht einmal gemeldet. Und die Füchsin, wo blieb sie? Sie wollte nicht lange fortbleiben? Bald würde Douglas wieder trinken wollen. Ich wurde zunehmend unruhiger, zwang mich jedoch die Augenlider zu schließen. Allerdings öffneten sie sich andauernd wieder. Ich konnte nicht aufhören auf ihn zu achten. Blödsinn, der Graue, die Kleine und Gavin wachten über ihn. Und trotzdem, ich konnte nicht zur Ruhe kommen.

Ein Auto fuhr auf den Hof. Ich setzte mich auf. Calum, endlich.

Calum stieg aus, verabschiedete sich von den anderen und kam auf uns zu.

„Hast dir Zeit gelassen!" sagte ich vorwurfsvoll und empfand mich im gleichen Atemzug wie eine alte Unke. „Tut mir leid, ich hab mir nur Gedanken gemacht."

Calum nickte entschuldigend. „Mir tut es leid! Ich hab vergessen Bescheid zu sagen, daß wir zum See wollten."

Ich nickte versöhnt und setzte mich zu Douglas auf die Decke.

„Wo ist Flanna?" fragte Calum nach.

„In der Stadt. Sie hatte etwas zu erledigen, was weiß ich nicht. Inzwischen bekommt Douglas Hunger!"

„Wie lang ist sie denn schon weg?"

Ich zuckte die Schultern. „Ein paar Stunden?"

Calum lächelte milde, während er sich hinhockte. „Sie wird ihr Kind nicht vergessen."

„Und ihren Mann auch nicht", warf Gavin grinsend ein.

Douglas hatte genug vom Liegen und Krabbeln auf der Decke und streckte mir seine Arme entgegen. „Na Kleiner! Hast du Hunger?"

„Jetzt bring' ihn nicht auf dumme Gedanken", sagte Gavin.

Calum erhob sich. „Ich zerdrücke ihm eine Banane."

Ich schüttelte den Kopf. „Warte noch ein bißchen, sie wird sicher gleich kommen."

„Dann würde ich gern den neuen Kampf durchgehen. Habt ihr Lust?"

Gavin schüttelte grinsend den Kopf. „Hab ich nicht, aber du gibst so und so keine Ruhe!"

„Sehr einsichtig." Calum wandte sich um. „Ich hole die Schwerter." Er rannte hinein und kam kurz darauf mit den Schwertern zurück.

Die beiden begannen schrittweise den Kampf durchzugehen und ich wertete oder verbesserte, wo nötig. Douglas lehnte sich an meine Brust und schaute gebannt zu wie seine Onkel kämpften.

Plötzlich spürte ich es.

Das Ziehen!

Bei allen guten Geistern! Das Kribbeln zog durch alle meine Glieder. Ich kannte dieses Kribbeln. Ich bemühte mich es nicht zu beachten, doch es wurde stärker.

Mit einem Mal hörten Gavin und Calum gleichzeitig auf zu kämpfen. Sie sahen mich aus bleichen Gesichtern an. Wir wurden zurückgerufen! Allerdings nicht nur Gavin und Calum! Große Angst griff nach meinem Herzen. Was war mit Douglas? Wo war die Füchsin? Ich hatte das erste Mal in meinem Leben das Gefühl meinen Verstand zu verlieren.

Wo blieb sie denn? Wenn ich weg mußte, dann mußte sie mitkommen! Das Kribbeln wurde stärker! Ich kämpfte dagegen an, sah den Weg hinunter. Wo blieb sie nur? War ihr etwas zugestoßen? Ich konnte doch nicht bedenkenlos gehen? Nicht ohne sie, nicht ohne Douglas. Ich drückte Douglas fest an mein Herz. Mir blieb keine Wahl. Wenn die Füchsin nicht kam, mußte ich Douglas mitnehmen! Ich konnte ihn unmöglich allein und unversorgt hier zurücklassen!

„Greift euch die Hunde!" rief ich den beiden anderen zu.

Sie verstanden was mich bewegte. Gavin legte seinen Arm um den Grauen und Calum versuchte die Kleine zu greifen, doch sie lief weg. Calum wollte hinterher.

„Bleib, nicht fortgehen." Ich hatte solche Angst! Das Kribbeln wurde unerträglich, ich konnte kaum dagegen ankämpfen. Ich beobachtete Douglas, der uns entsetzt ansah und zu weinen begann. Und mit einem Mal wurde mir das schreckliche klar! Ich würde ihn verlieren. Ich würde die Füchsin verlieren! Und nicht nur das. Ich mußte meinen Sohn unbehütet zurücklassen! Ohne zu wissen weshalb die Füchsin nicht wieder zurück war. Ich bäumte mich innerlich auf. Es half nichts. Ich wollte nicht gehen! Nicht so! Nicht jetzt!

„Douglas!" Ich weinte, mußte meinen Sohn auf die Decke legen, bevor er mir aus den Händen glitt und sich verletzte. Mir wurde schwarz vor Augen. Das durfte nicht sein! Das Letzte woran ich denken konnte waren die Füchsin und Douglas, der allein zurückblieb.

Zuhause

In meinem Kopf hämmerte ein Schmied. Ich wagte nicht meine Augen zu öffnen. Ich glaubte noch die ängstlichen Schreie von Douglas in meinen Ohren zu hören, konnte weder mit dem Verstand noch mit dem Herzen begreifen oder erfassen, was geschehen war! Ich presste meine Lider fest zusammen.

Eine sanfte, warme Hand strich mir über die Wange. Die Füchsin?! Ich öffnete meine Augen und sah in die von Tränen verschleierten Augen Eithnes.

Ich sah mich um. Calum saß bereits aufrecht, Gavin war gerade erst erwacht, wie ich und sah sich um.

Dort hinten stand Ossian. Dort unser Vater, Mutter, die anderen alle. Neben mir hockten Eithne und Duncan. Meine Kehle schnürte sich zu. All die Menschen, die ich verloren glaubte! Die ich so lange vermissen mußte. Mein Herz pochte wild.

Immer noch hörte ich die Schreie von Douglas und stellte mir das Gesicht der Füchsin vor, wenn sie nach Hause kam. Eine geliebte Familie für die andere, was für ein Preis?

Ich richtete mich auf, fühlte mich zerschlagener als bei der ersten Reise. Ich ließ mich schwer nach vorne auf die Knie fallen und konnte noch die Hände vor das Gesicht reißen, bevor mich der Schmerz völlig übermannte.

„Nicht zu diesem Preis!" hörte ich mich schreien. „Nicht zu diesem Preis!" Ich schluchzte laut und ließ mich völlig gehen. Alles war egal!

Eithne legte mir ihre warme Hand auf den Rücken, wollte mich trösten. Ich sprang auf als hätte sie mir glühendes Eisen aufgelegt. Ohne weiter nach rechts oder links zu sehen rannte ich aus dem Kreis fort. Ich würde niemals wieder glücklich sein können! Niemals!

Ich ließ die Tränen laufen. Was hatte ich getan? Ich hatte all die Menschen, die ich liebte und nach denen ich mich so lange gesehnt hatte, vor den Kopf gestoßen! Ich hatte sie zutiefst verletzt! Und ich hatte alles verloren! Ich wollte nicht weiter darüber nachdenken! Sollte doch ein MacBochra kommen und mir das Herz herausreißen, es war so oder so völlig zerbrochen! Wieder und wieder schossen mir die Namen der beiden Menschen durch den Kopf, die ich verloren hatte. Oh Füchsin, oh, Douglas mein Kleiner!

Ich lief zur Höhle beim Wasserfall, ließ mich am Stein nieder und schluchzte bis mich die Erschöpfung in einen todesähnlichen Schlaf fallen ließ.

Keine Ahnung wie lange ich dort gelegen hatte. Schließlich fühlte ich mich so ausgelaugt und zerschlagen, daß ich glaubte keine einzige Träne mehr weinen zu können. Ich mußte nach Hause! Nach Hause! Welch einen seltsamen Klang diese beiden Worte in meinem Kopf erzeugten. Da war eine weitere Familie, die ich schwer beleidigt hatte. Mit weit ausholenden Schritten lief ich den Weg nach Hause, den ich bereits als Kind und vor wenigen Monden einmal gelaufen war. Mein Herz klopfte laut und schnell, als ich auf den Hof meines Vaters trat und bis zum Eingang zur Halle weiterging. Ich atmete ein paarmal tief ein und aus, ehe ich die Tür öffnete.

Von drinnen schlug mir die würzige, warme Luft entgegen, die ich so lange vermißt hatte. Ich beugte mich herunter und trat gebückt durch die Eingangstür über die Schwelle. Als ich mich auf der anderen Seite wieder aufrichtete, spürte ich alle Augen auf mich gerichtet. Es wurde totenstill in der Halle. Ich zwang mich jedem einzelnen in die Augen zu sehen. Waren sie alle da? Gesund?

Als mein Blick den meiner Mutter traf konnte ich mich nicht mehr zurückhalten. Ich lief auf sie zu und nahm sie in die Arme. Ich weinte schon wieder, wie ein kleines Kind und konnte die Tränen doch nicht zurückhalten. Würde sie mir verzeihen können? Sie drückte mich an sich und strich mir sanft über den Rücken. Sie sagte nichts, ließ mich nur weinen.

Nach einer Weile löste ich mich von ihr und fiel meinem Vater in die Arme. Auch er sagte kein Wort.

Selbst wenn MacDougal hätte reden wollen, die Tränen drückten ihm die Kehle zu. Er war so glücklich seinen Sohn wieder in den Armen halten zu können.

Und dann waren sie nicht mehr zu halten.

Wir umarmten alle einander, bis mir der Kopf schwirrte. Zuletzt drückte ich Eithne an mich und dabei spürte ich ihren leicht erhabenen Bauch. Sie lächelte froh und reichte Duncan die Hand.

Wir schwiegen, sahen uns an. Zum Reden blieb genug Zeit. Ich behielt für mich, daß ich so schnell als möglich eine Gelegenheit suchen und wahrnehmen würde wieder in die andere Zeit zur Füchsin zu reisen. Ich sah mich nach Ossian um, konnte ihn jedoch nirgends entdecken.

Spät in der Nacht, die Kinder waren schließlich eingeschlafen, saßen wir noch zusammen. Ich starrte in die Herdstelle ins offene Feuer und zwinkerte, weil mir der Rauch in die Augen drang. Eithne begann zu erzählen, während sie Duncans Hand festhielt.

„Wir sind in ein tiefes Loch gefallen, jedenfalls hatte ich das Gefühl. Es war anders als beim ersten Mal.“ Sie sah Duncan an. „Es kribbelte viel stärker und ich sah bunte Farben vor den Augen.“ Wieder sah sie zu Duncan. „Als wir erwachten bekam ich einen riesigen Schreck.“ Sie lächelte ins Feuer. „Aber Duncan war da und beschützte mich und dann kam Vater.“

„Wovor beschützte er dich?“ fragte ich nach.

„MacBochra, Fearchar und andere MacBochras standen um uns herum.“

Ich schluckte. „Dann war genau das eingetreten, wovor wir Angst gehabt hatten?!“ Ich sah Calum an, der meinen Blick still erwiderte.

Eithne nickte. „Und *zufällig* wollte Vater beten gehen und war in der Nähe!“

MacDougal schüttelte den Kopf. „Es ist dem Mann an deiner Seite zu verdanken, daß wir leben. Hätte er nicht so selbstsicher für uns gesprochen, ich glaube kaum, daß Fearchar uns zufrieden gelassen hätte.“

Ich war froh mich nicht in Duncan getäuscht zu haben. „Und seitdem lebst du hier?“

„Aye!“ Duncan grinste verlegen.

„Und der Krieg mit den MacBochras?“

„Zur Zeit herrscht Waffenstillstand. Kein Frieden wohl bemerkt, wir lassen uns in Ruhe“, antwortete MacDougal leise.

„Was ist mit dem Stein?“ fragte ich neugierig.

Duncan antwortet mir. „Die Druiden haben sich entschlossen ihn nicht mehr zu Krönungszwecken zu gebrauchen. Er hat ein letztes Mal dafür gedient euch zurückzubringen und soll an die Anderswelt zurückgegeben werden.“

Ich nickte, wobei ich mir nicht im Klaren war, weshalb wir den Stein in der Zukunft gesehen hatten, wenn er doch zurück sollte?

„Was ist mit Gemmán? Und Coinneach MacAilpin?“

„Von Gemmán fehlt jede Spur. MacAilpin ist König der vier schottischen Reiche.“ MacDougal sah seinen Sohn eindringlich an. „Was geht uns Gemmán an. Ihr seid zurück, nur das zählt!“

Ich sah wie ertappt zur Seite.

Meine Mutter seufzte traurig. „Du wirst nicht hier bleiben?“

Ich sah sie an und schüttelte den Kopf. „Ich muß zurück. Mindestens genauso dringend, wie ich hier wieder her wollte. Dort ist mein Sohn und meine Frau!" Ich starrte grimmig auf meine Hände herunter.

„Diese Zeit Flannas ist schrecklich und dunkel! Das ist mir noch klarer geworden, seitdem ich wieder in unserer Zeit bin", sagte Eithne leise. „Ich kann dich nur halb verstehen! Sie hat doch gesagt diese Zeit wäre ihr nahe? Warum ist sie nicht mitgekommen?"

Mir war als risse Eithne mein Herz heraus. Ich sah sie traurig an. „Selbst wenn sie gewollt hätte, sie war gar nicht anwesend, als ihr uns gerufen habt!" Fragend wandte ich mich an Gavin. Hatte er ihnen nicht erzählt was geschehen war?

Er schüttelte den Kopf. „Ich habe nicht alles erzählt."

Ich schluckte. „Als wir abgerufen wurden, mußten wir Douglas und die Hunde völlig unbehütet zurücklassen. Wir hatten keine Wahl, sonst wäre ich niemals fortgegangen."

Eithne starrte mich erschrocken an. „Jetzt verstehe ich. Ich dachte, du hättest es dir anders überlegt!" Sie legte mir die Hand auf den Arm. „Es tut mir so leid."

„Wir wußten nicht, daß du mit fort mußt", sagte MacDougal beschwichtigend und sprach weiter. „Ich bin mir nicht sicher, ob Ossian es ein weiteres Mal schaffen wird, dich reisen zu lassen. Außerdem ist der Stein bereits auf dem Weg in die Anderswelt!" Er schaute ins knisternde Feuer. „Es ist jedesmal ein großes Wagnis!"

„Aye, ich kann nicht anders." Ich wollte nicht denken. Weder an Douglas noch an die Füchsin, die ich als Vater und als Ehemann im Stich gelassen hatte. Wenn ich darüber nachdachte, wurde ich wütend und das war ungerecht, denn meine Familie hatte es nur gut gemeint. Und im Grunde war es doch das was ich mir die ganze Zeit gewünscht hatte, zurückzukehren. Ich sah meinen Vater an.

„Wie habt ihr herausbekommen, wo wir sind?"

„Das hat uns einige Mühe gekostet. MacBochra war nicht sehr hilfsbereit!“ MacDougal schaute Duncan entschuldigend an.

„Ich muß in aller Frühe zu Ossian!“ Nicht auszudenken, wenn der Stein womöglich bereits in die Anderswelt unterwegs war.

„Du bist wirklich entschlossen?!“

„Ich liebe sie mehr als mein Leben!“ Ich sah auf meine Hände herunter. „Mir ist als hätte mir einer das Leben entzogen, als wurde mir das Herz herausgerissen!“ Ich suchte die passenden Worte. „Es ist dort geblieben und ich bin erst dann wieder ein lebendiger Mensch, wenn ich wieder mit ihr vereint bin.“ Ich lächelte traurig. „Auch wenn mir auf der anderen Seite mein Herz wieder zerrissen wird.“ Verstanden sie was ich sagen wollte? Was ich meinte?

Gavin legte mir tröstend die Hand auf den Unterarm.

„Wenn ich wenigstens wüßte wie es ihr geht, was sie aufgehalten hat und ob Douglas lange weinen mußte?“

Duncan nickte nachdenklich. „Ein einzig Gutes hatte alles, es herrscht eine gewisse Ruhe vom Krieg. Es ist ein schwaches und dünnes Band, an dem der mögliche Frieden hängt und ich weiß mindestens einen Menschen, der es liebend gern mit Füßen treten würde, doch ich hoffe er hat genug Achtung vor unserem Vater!“

„Du redest von Fearchar?“ fragte ich nach.

„Aye.“ Duncan überlegte. Konnte er hier in diesem Kreis endlich die Wahrheit sagen? Er rang sich durch. „Ich weiß wer der Schänder meiner Schwester ist. Weil er den Krieg fördern wollte und weil er abartige Gefühle hat.“ Duncan wagte nicht in die Augen der anderen zu sehen, er starrte beharrlich in die Flammen.

„Warum erzählst du das erst jetzt?“ fragte Eithne flüsternd.

„Es steht Wort gegen Wort!“ antwortete Duncan ebenso leise.

„Aber deine Schwester? Sie kann es doch bestätigen? Sie weiß es doch auch?“

„Maili ist eine eher ängstliche Natur. Sie würde kein Wort sagen, aus

Scham und Schande heraus, und weil sie Angst hat."

„Und willst du uns nicht den Namen nennen?" fragte Eithne.

Duncan sah sie eindringlich an. Er war es so leid dieses schreckliche Geheimnis mit sich herumzuschleppen. Und er wäre zufrieden es endlich anderen mitteilen zu können. Leise, kaum daß er es selber hören konnte, sagte er den Namen, den er am liebsten aus seinem Gedächtnis streichen würde: „Fearchar!"

Eithne starrte ihn entsetzt an.

MacDougal schluckte seinen Zorn herunter. Nicht nur weil es so lange gedauert hatte, bis die Wahrheit an den Tag kam, sondern weil er Duncan Recht geben mußte. Es stand Wort gegen Wort. Wenn Maili aus Angst schwieg, würde Duncan nur als Verräter an seiner eigenen Sippe dastehen. Er nickte. „Wir müssen einen anderen Weg finden, damit der Wahrheit Gerechtigkeit widerfährt. Und deiner Schwester auch!"

Eithne nahm Duncans Hand in ihre. „Wir werden einen Weg finden. Du bist nicht mehr allein."

Es dämmerte bereits zum Morgen, als ich mich schwer auf mein Lager fallen ließ. Ich bemühte mich, die Augen zu schließen, doch sie gingen wieder von allein auf, obwohl ich vollkommen erschöpft war. Und die Gedanken kreisten. Wie ich es drehte und wendete, ich würde auf jeden Fall leiden und die Menschen, die ich liebte ebenfalls. Aber mein Sohn brauchte mich, so wie ich einst als kleiner Junge meinen Vater gebraucht hatte und wie ich bis heute seinen Rat brauchte. Daß ich je eine Gelegenheit bekam zu wechseln und mal hier oder mal dort zu sein, stand inzwischen außer Frage. Ich betete, daß ich eine letzte Gelegenheit bekam in die andere Zeit zu reisen. Würde Ossian sich erweichen lassen, sofern der Stein noch zur Verfügung stand?

Der Vorhang des Bettes wurde zur Seite gezogen. Flüsternd steckte

Emer seinen Kopf herein. „Dürfen wir uns zu dir legen?“

Ich mußte trotz meines Kummers das erste Mal wieder lächeln. „Wer ist wir?“ fragte ich leise nach.

„Luran und ich!“ antwortete Emer und schien ein wenig gekränkt, weil ich fragte.

„Kommt rein.“ Ich zog meine Decke zur Seite und die beiden legten sich zu mir.

„Willst du wieder gehen?“

„Dort sind Menschen die ich liebe und misse!“

„Und vermisst du uns nicht?“ fragte Luran mit zitternder, weinerlicher Stimme. Obwohl sie bald elf wurde, so war sie in dieser Beziehung noch kindisch.

„Ich misse euch und ich habe euch vermisst.“

„Dann verstehe ich das nicht.“

„Ich auch nicht.“ Ich legte den Arm um meine Brudertochter. „Und trotzdem ist es so.“

Die beiden schwiegen und endlich spürte ich Müdigkeit die Oberhand gewinnen.

Zu früh

Ein Hoffnungsschimmer begleitete mich, als mich meine Schritte nach Hause lenkten. Gut, Ossian hatte mir nicht versichern können, daß es gelingen würde, immerhin hatte er mir geschworen den Stein zu diesem Zwecke aufzubewahren, gegen die Entscheidung des Druidenrates. Eine schreckliche Zeit hatte begonnen, eine Zeit des Wartens, denn die nächste Möglichkeit würde erst in einem Mond sein, wenn er im Wechsel stand.

Ein Mond voller Ungewißheit und Angst. Mir war nicht klar wie ich diese Zeit überstehen sollte.

Ich war unfähig mich auf die einfachsten Dinge zu sammeln, unfähig die einfachsten Arbeiten zu erledigen. Ich rannte wie ein Schlafwandler durch die Gegend und bald bekam ich keine Aufgaben mehr. Meine Gedanken weilten nicht hier, sondern in der anderen Zeit. Mehr als einmal erntete ich verärgerte Blicke, weil ich so abgetreten war. Doch die Zeit wollte und wollte nicht vergehen.

Als es schließlich auf den Mondwechsel zuging, begann ich mit den Vorbereitungen für die Reise. Wieder stand ein Abschied bevor!

Weinend hatte ich meine Mutter und die anderen zurückgelassen. Und selbst mein Vater schenkte mir kein Lächeln zum Abschied. Nur Gavin, Calum und Duncan würden mich zum Stein begleiten. Eithne hatte sich nach unserer Verabschiedung zurückgezogen, sie wollte mich nicht mitkommen. Schwer waren meine Schritte, wie mein Herz. Mein Mut sank, doch die Aussicht auf die Füchsin und darauf Douglas wieder in die Arme schließen zu können, gaben mir Kraft.

Ossian wartete bereits auf mich. Er zeigte mir den heiligen Stein und lenkte mich zum Altarstein.

Ich umarmte Gavin, drückte ihn fest an mich und mußte doch wieder Tränen vergießen. Wenigstens wußte ich, daß alle die ich hier liebte in der richtigen Zeit lebten und das Leben wählen konnten, das sie wollten. Mit Gewalt riß ich mich von Gavin los und wandte mich an Calum. Er klammerte sich an mich wie ein Ertrinkender. Ich drückte ihn fest an mein Herz und schob ihn dann mit sanfter Gewalt fort. Ich wollte etwas sagen, doch alle Worte blieben mir im Hals stecken. Ich drehte mich zu Duncan um. Nie hätte ich gedacht, daß ich einen einstigen MacBochra Bruder nennen würde?! Und es fiel mir bald genauso schwer mich von ihm zu trennen, wie von Gavin und Calum.

Schließlich wandte ich mich an Ossian. „Ich bin bereit!“ sagte ich leise.

Ossian nickte und gab mir den heiligen Krönungsstein in die Hand. „Leg dich auf den Altarstein.“

Ich legte mich auf den Rücken und schloss die Augen. Ich wollte die traurigen, enttäuschten Gesichter der anderen nicht sehen. Ich hörte Ossian Worte murmeln, spürte seine warmen Hände auf meinen Unterarmen und dann kam das Kribbeln, unerwartet schnell. Und schmerzhaft. Ich presste die Lider zusammen, dachte an die Füchsin und an Douglas. Es gab kein Zurück mehr! Ich hatte mich entschieden! Niemand würde mich zurückholen, wenn sie mich nicht mehr wollte. Ich würde einsam und verlassen in der Fremde leben und sterben müssen. Ich drückte den kleinen Stein bis meine Handinnenfläche zu schmerzen begann. Mir wurde schwarz vor Augen.

Ich lauschte dem Vogelgesang. Mit den Händen fühlte ich den Untergrund ab. Der Altarstein. Ich öffnete meine Augen. Ich war allein. Weder Gavin, Calum, Duncan noch Ossian waren zu sehen. Die Reise war geglückt! Ich richtet mich auf und sah mich um. Ich erhob mich und ging zu dem Stein herüber auf den wir die Zeichen gesetzt hatten. Ich fand die Zeichen nicht.

Aber warum hier, schoss es mir durch den Kopf. Warum erwachte ich hier und nicht bei der Kirche? Eine kalte Klaue ergriff mein Herz. Ich holte mein Bündel vom Altarstein und lief aus dem Steinkreis in Richtung Süden.

Wie dankbar war ich, daß die Zeit, die ich in der anderen Welt zugebracht hatte nicht umsonst gewesen war. Ich war dadurch tatsächlich fähig mich durchzuschlagen und zurechtzufinden. Mir gelang es zwischendurch Arbeit bei gälisch sprechenden Menschen zu finden, um zu überleben. Um meine Reise zum Festland zu ermöglichen, bekam ich schließlich sogar Arbeit auf einer Fähre, durch die Hilfe eines gälisch sprechenden, neuzeitlichen Schotten, der einen Narren an mir gefressen zu haben schien.

Mit Hilfe der Karte, die ich besorgt hatte schlug ich mich bis zu Flannas Haus durch. Es spielte keine Rolle seit wie vielen Wochen ich bereits unterwegs zu ihr war, ich hatte mein Ziel und spürte die wachsende Freude auf sie und meinen Sohn. Würde Douglas mich wiedererkennen? Die Angst, Karsten könnte sich in Flannas Leben eingeschlichen haben, ließ mich schneller gehen. Es war nicht mehr weit!

Starr schaute ich das Haus der Füchsin an. Wie hatte sie innerhalb dieser kurzen Zeit soviel ändern können? Die wilde Wiese war einem kurz geschorenen Rasen gewichen, auf dem nicht eine Blume wuchs. Das Haus war verbessert und stellenweise erneuert worden. Ein gekreuzter Zaun versperrte mir den Weg zum Haus.

Ich pfiff laut.

Selbst wenn ich nicht verstand wie und warum die Füchsin diese eingreifenden Änderungen vorgenommen hatte, so war ich trotzdem am richtigen Ort. Gleich würden mir die Kleine und der Graue aus dem Haus entgegen gelaufen kommen und mich freudig begrüßen, wie sie das stets getan hatten. Ich wartete, doch es rührte sich nichts. Ich pfiff erneut. War sie mit ihnen unterwegs? Ich suchte ihr Auto, doch unter dem Dach standen ein silberfarbenes und ein grünes Auto, nicht Flannas alter Wagen. Demzufolge war sie doch hier? Sie mußte sich neue Autos gekauft haben. Oder gehörte eines davon Karsten? Ich hielt es nicht mehr aus, lief zur Eingangstür und klingelte. Nach kurzer Zeit hörte ich das Bellen eines großen Hundes und hinter der ebenfalls neuen Glastür, entdeckte ich den Schatten des Tieres. Das Bellen klang fremd. War ich so lange fort gewesen, daß ich all dies hatte vergessen können?

„He, Grauer, ich bin's!" Ich lachte leise, in Vorfreude.

Die Tür wurde geöffnet; eine Frau, einen großen braunschwarzen, glatthaarigen Hund am Halsband haltend, sah mich fragend an.

Wo war Flanna? Wo?

„*Entschuldig'n, suche Flanna*?" fragte ich gebrochen in Flannas Sprache.

Die Frau musterte mich aufdringlich.

An meiner Kleidung konnte es nicht liegen, dafür hatte ich mich schließlich in Jeans und Sweatshirt gezwängt.

Sie schüttelte den Kopf. „*Hier wohnt keine Flanna!*"

„*Was?!*" rief ich erschrocken aus. „*Wo ist sie hin?*"

„*Keine Ahnung. Ich kenne keine Flanna. Und ich wäre ihnen dankbar, wenn sie jetzt gehen könnten.*"

„*Aber sie hier gewohnt!*"

„*Davon weiß ich nichts. Wir wohnen hier schon seit drei Jahren.*" Sie griff fester in das Halsband des Hundes und er begann zu knurren. „*Gehen sie jetzt, mein Mann kommt gleich nach Hause.*"

Wie war das möglich? Plötzlich glaubte ich zu begreifen. Ich war zu spät hier. Flanna lebte nicht mehr hier. Ossian hatte mich zu spät in die Zukunft geschickt! Wie schrecklich! Wie sollte ich sie finden? Douglas war bereits kein Säugling mehr, sondern ein richtiges Kleinkind.

Die Frau schloss die Tür vor meiner Nase. Ich stand wie vom Blitz getroffen da und konnte mich nicht bewegen. Irgendjemand hatte mir den Boden unter den Füßen weggezogen! Sie war fort. Wie sollte ich sie finden? Wo sollte ich nach ihr suchen? Mir schoss ein Gedanke durch den Kopf. Was wenn sie nach Schottland gefahren war, um mich zu finden? In die Nähe der Steine in der Hoffnung, daß ich eines Tages zurückkehrte zu ihr! Ich mußte zu den Steinen und von da aus mußte ich nach ihr suchen.

Ich stand am Busbahnhof und wartete auf den Bus zur Fähre. Wenn ich den Beamten richtig verstanden hatte, würde der Bus in etwa einer Stunde losfahren. Er würde mich Schottland näher bringen und dort würde ich Flanna finden. Ich beobachtete die vielen Menschen. Die kurze Zeit in meiner eigenen Welt hatte mich wieder entwöhnt, so daß ich mir erneut fremd vorkam und einsam. Dieses Mal hatte ich keinen Gavin, Calum, Duncan und keine Eithne, die mir beistanden. Ich schaute in die Busse, die qualmend und laut davonfuhren. Und plötzlich erstarrte ich.

Da hinten stand das Auto der Füchsin! Ich kannte dieses Auto genau, kannte die Beulen und die Aufkleber darauf. Es war das Auto der Füchsin, ganz sicher! Zielstrebig ging ich darauf zu und hielt inne. Sie war am Einsteigen. Ich dankte allen guten Geistern die uns zusammen geführt hatten.

Flanna schloss die Wagentür, als sie einen großen Mann in Jeans und bei der Kälte viel zu dünnen Sweater bemerkte. Er sah außergewöhnlich gut aus, trug seine dunkelbraunen Haare zu einem lockeren Pferdeschwanz gebunden und starrte sie unentwegt an. Ihr wurde unheimlich. Er starrte sie an, als sei sie ein Geist oder eine Sehenswürdigkeit. Sie mühte sich ihren Blick abzuwenden, doch nach kurzer Zeit drängte sie ein innerer Zwang wieder hinzusehen. Er starrte sie beharrlich an. Er guckte sie so eigenartig an, als würde er nicht verstehen, daß sie ihn nicht begrüßte! Kannte sie ihn denn? Unmöglich, an dieses Gesicht und seine ganze Erscheinung würde sie sich erinnern. Auf einmal kam er mit großen Schritten auf sie zu.

„Füchsin!" Es fehlten nur wenige Meter.

Flanna drehte den Schlüssel im Wagen herum. Sie bekam irgendwie Angst. Er wirkte so zielsicher und war doch so fremd in dieser Welt, als gehörte er hier gar nicht her. Und was redete er? Sie verstand ihn nicht, drehte die Scheibe nur zur Hälfte herunter.

„Flanna! Ich bin es, Dougal, der Mann an deiner Seite!" Ich begriff nicht. Warum sah sie mich so verständnislos an?

Sie schüttelte den Kopf und hob abwehrend die Hände. Sie sprach mich an, doch sie redetet nicht in meiner Sprache.

„Tut mir leid, das muß eine Verwechslung sein."

Wieso sprach sie nicht in meiner Sprache mit mir? Sie konnte sie doch sprechen?

„Wo ist Douglas? Wo sind die Hunde?" Was hatte sie mit ihnen gemacht? Wo war unser Sohn?

Flanna wurde flau im Magen. *Dougal, Douglas*, hatte sie die Worte richtig verstanden? Sie kannte weder *Dougal* noch *Douglas*! Der Mann kannte ihren Namen, aber er war so eigenartig! Besser sie machte sich aus dem Staub, obwohl er ihr gut gefiel und ihr Gefühl ihr sagte, daß er nichts böses wollte. Sie ließ die Kupplung kommen, drehte die Scheibe höher und fuhr an.

„Es tut mir leid, ich verstehe sie wirklich nicht!" Sie fuhr zügiger weiter.

„Flanna! Flanna! Mein Herz! Meine Liebe!“ Meine Knie waren mit einem Mal weich wie Wachs. Ich ließ mich zu Boden gleiten. Sie ließ mich stehen! Einfach so! Was hatte sie gesagt? Sie verstehe mich nicht? Was geschah hier schreckliches? Der Wagen fuhr vom Parkplatz herunter. Meine Hoffnung war zerstört.

Flanna wagte in den Rückspiegel zu sehen. Der Mann war auf die Knie gefallen und sah ihr verzweifelt hinterher. Sie würde nicht anhalten! Sie würde sich nicht von einem außergewöhnlichen Gesicht und durchdringenden Augen gefangen nehmen lassen! Sie zwang sich wegzusehen. Und trotzdem, sie faßte einen aberwitzigen Entschluß. Sollte sie das Schicksal haben, diesem Menschen ein weiteres Mal in ihrem Leben zu begegnen, dann würde sie ihn verstehen können. Sie würde sich auf die Suche nach seiner Sprache machen, auch wenn das irre war. Sicherlich würde sie ihn bestimmt nie wieder sehen!

Es gab nur eine einzige Erklärung dafür! Ich war nicht zu spät in der Zukunft gelandet, ich war zu früh! Die Füchsin kannte mich noch nicht! Es gab keinen kleinen Douglas! Und keine Hunde! Keine Liebe! Was sollte ich tun? Ich konnte mich bemühen sie ausfindig zu machen, was mir allerdings mehr als schwierig erschien. Wenn es mir gelang sie zu finden, konnte ich mich bemühen ihre Liebe zu gewinnen! Aber es wäre nicht das gleiche! Würde mein Kind erneut geboren werden können? Mir schwirrte der Kopf! Ich mußte zurück. Irgendwie, egal wie! Elriam fiel mir ein. Wenn ich zu früh hier war, war er wahrscheinlich noch nicht in dieser Zeit? Ich müßte zum Ith! Alles hoffnungslos! Ich hatte sie verloren! Ich hatte mein Leben verloren!

Niedergeschlagen ließ ich mich am Fuß des Altarsteines nieder. Ich war gebrochen und fühlte mich elend. Der Wind riß an meinem *Sweat-*

shirt! Es war mir egal. Mir war alles egal. Sollte jemand kommen und mir seinen Dolch ins Herz stoßen, ich würde ihn freudig empfangen. Ich war ein Fremder in der Fremde. Verloren, allein und auf ewig verdammt! Ich wußte was ich zu tun hatte. Meine Leben war nicht mehr lebenswert, ich würde es beenden. Das war der Preis, den ich für meine Liebe und meinen Starrsinn zahlen mußte. Es gab keine Rettung!

Ich zog die *Jeans* und das *Sweatshirt* aus und warf die Kleidung in Verachtung von mir. Mit diesem Leben hatte ich abgeschlossen. Oh Füchsin, warum wurden wir so bestraft? Ich zog mein Leinenhemd an und wickelte mich in mein großes Tuch. Wenigstens würde ich in meiner Kleidung sterben, als Mensch meiner Zeit! Er spürte wie meine Tränen kalt über meine Wangen liefen und wie der Wind sie unangenehm trocknen ließ. Ich lehnte mich an den kalten Altarstein und schloss die Augenlider. Sollte doch der Frost kommen und der eisige Wind, ich würde mich nicht widersetzen! Ich brummte ein Kampflied, doch es stärkte mich nicht, sondern trieb mich in einen Dämmerzustand, der meine Gedanken ein wenig lähmte.

Stunde um Stunde saß ich so da. Meine Gedanken kreisten, obwohl ich mich bemühte mich mit meiner Stimme zu berauschen. Ich hatte meine Familie vor Augen, meine neue und meine alte. Die Füchsin und meinen Sohn, meine Eltern, meine Geschwister, Onkel, Tanten und Großeltern. War alles nur ein Traum gewesen?

Das Wasser des Lebens! Mir fiel ein, daß ich mir eine Flasche des neues *Wasser des Lebens* gekauft hatte. Ich holte die neuzeitliche Flasche, dessen goldgelber Inhalt inzwischen nicht mehr *Wasser des Lebens* hieß sondern Whisky aus meinem Beutel und starrte sie an, ehe ich sie mit Abscheu an die Lippen setzte und trank. Schluck um Schluck rann die heiß brennende Flüssigkeit meine Kehle hinunter und wärmte meinen Körper für kurze Zeit. Und meine Seele. Mir wurde heiß im Magen. Ich sah den heiligen Stein in meiner Hand an. Sollte ich ihn fortwerfen? Er war Schuld an allem! Er war Schuld! Ich presste meine Faust zusammen. Ich würde ihn zerdrücken, das war die gerechte Strafe für einen bösen Stein, der nicht tat was er tun sollte. Böser Stein! Ich lachte stumpf, ehe ich aufschluchzte. Flanna wo bist du? Mutter? Vater? Helft mir! Ich will nicht sterben!!!

Schlagt mich

Mühsam schlug ich die Lider auf. Wärme umhüllte mich. Ich sah mich um. Das Licht der Feuerstelle flackerte wild. Meine Mutter kam mit einem heißen Stein, den sie während des Gehens zwischen zwei Tücher wickelte. Ich dankte dem Wasser des Lebens, das mir diesen wundervollen Traum schickte. So würde ich gern sterben. Es war nicht schwer, es war angenehm. Ich lächelte und schloss die Lider wieder. Gutes *Wasser des Lebens*!

„Dougal!?" rief eine Stimme halb erstickt und halb schreiend.

Ich riß die Augen wieder auf. Kein Traum!? Meine Mutter sah mich an.

„Er ist wach!" Sie stürzte lächelnd zu mir, legte den Stein auf das Lager und nahm mich in die Arme.

Die anderen kamen herbei. Ich schloss die Augen erneut, versuchte mich zu erinnern! Was war denn geschehen? Wieso waren sie bei mir? Wieso war ich bei ihnen? Hatte ich womöglich alles nur geträumt? Die Reise, der Verlust? Ich schaute in die Augen der anderen.

„Wir haben gedacht, wir hätten dich für alle Zeit verloren."

Ich räusperte mich, wollte eine Frage stellen.

Meine Mutter winkte ab. „Du hast es deinem Schwestermann zu verdanken, daß du hier bist!" Sie schaute Duncan mütterlich und stolz an. „Er hat gefühlt, daß du um Hilfe gerufen hast!"

Duncan? Zurück? Ich begriff nichts mehr und versank erneut in dunkle Schwärze!

Beim nächsten Erwachen wußte ich, daß ich auf dem heimischen Lager lag. Duncan hatte dafür gesorgt, daß Ossian mich zurückgeholt hatte. Was ich nicht wußte war, ob ich ihm dafür dankbar sein sollte? Es hätte nicht viel gefehlt und ich wäre nie wieder unglücklich gewesen in meinem Leben. All mein Kummer hätte ein Ende gefunden. Ich war mir im Klaren darüber, daß ich völlig eigennützig dachte, doch ich konnte nicht anders.

Ich sollte dankbar sein, das wußte ich und wahrscheinlich war ich es im Inneren auch, ungeachtet dessen fiel es mir schwer mich damit abzufinden.

Die Füchsin war für immer verloren. Douglas verloren. Ich würde niemals sehen wie mein Sohn aufwuchs und ein Mann wurde. Die beiden treuen Hunde, die ich lieb gewonnen hatte. Alles vorbei!

Ich würde niemals eine andere Frau lieben können als die Füchsin!

Gavin setzte sich zu mir. „Weißt du wie du aussiehst?"

Ich schüttelte den Kopf.

„Was ist geschehen? Wo sind Flanna und Douglas? Was ist mit den Hunden?" Gavin schüttelte den Kopf. „Ich begreife das nicht? Weshalb bist du halb verhungert?"

Ich brachte ein müdes Lächeln zustande, welches Gavin sicherlich kaum bemerken würde. „Ich bin in der falschen Zeit gewesen."

„Was?" Gavin zog erschrocken seine Augenbrauen in die Höhe.

„Ossian hat mich um Jahre zu früh dorthin geschickt."

„Wie konntest du überleben?"

Ich zuckte die Schultern. „Ich war nicht mehr unbedarft in dieser Zeit, das hat mich gerettet."

„Und warst du bei Flannas Haus?"

„Aye. Es wohnte eine andere Frau darin." Ich sah ihn traurig an. „Aber das schrecklichste von allem ist, daß ich sie getroffen habe!"

„Flanna?"

„Aye."

„Aber? Ich verstehe nicht?"

„Sie liebte mich nicht. Sie kannte mich nicht einmal!" Ich mußte an mich halten, damit ich nicht losschrie vor Kummer. „Und es gab keinen Douglas! Keine Hunde!“

Gavin kam auf seine Frage zurück. „Und wie konntest du nun überleben?“

„Ich bin in Schottland aufgewacht. Erinnerst du dich, dort gab es Menschen die noch annähernd unsere Sprache sprachen.“

„Und die haben dir geholfen?“

„Ich habe gearbeitet und Geld verdient.“

„Das ist alles Wahnsinn. Hätte ich es nicht am eigenen Leib erfahren, ich würde dir nichts von allem glauben!“

Ich lächelte ihn süßsauer an. Er hatte wohl Recht. „Und nun ist alles zuspät! Ich werde nie wieder die Gelegenheit haben!“

Gavin schaute sich einmal um, ob ihn jemand beobachtete, ehe er den heiligen Stein aus seinem Sporran zog, so daß ich ihn sehen konnte.

„Ich werde ihn für dich aufbewahren!“

„Aber woher?“ Ich sah ihn fragend an.

„Ich habe ihn neben dir auf dem Boden liegen sehen und da niemand sonst sich um den Stein kümmerte, habe ich ihn an mich genommen.“

Ich drückte Gavin voller Dankbarkeit die Hand. Es bedurfte keiner Worte. Unter Umständen ergab sich eines Tages tatsächlich noch einmal die Gelegenheit und ich konnte es wagen die Reise abermals anzutreten. Ich wußte den Stein bei Gavin sicher aufgehoben und von mir würde nie einer erfahren, daß ich ihn wieder mitbrachte.

Ich nahm mir für die nächste Zeit vor, meinen Körper zu stählen, solange bis mir jeder Gedanke an die Füchsin und Douglas verging. Ich übte mich im Kampf, lief weite Strecken bis ich beinahe zusammenbrach und tat alles, um meinen Körper abzuhärten. Es dauerte nicht lange und es fand sich keiner mehr, der mit mir üben wollte. Nur Duncan ließ sich regelmäßig von mir verprügeln. Ich wünschte mir einen neuen und stärkeren Gegner, der mir ebenbürtig war. Einen, dessen Kampfweise ich nicht in- und auswendig kannte. Ich hoffte auf dem nächsten großen Treffen der Clans einen solchen zu finden.

Ich schlug mit Wucht zu. Duncan schrie auf und taumelte zurück. Er hielt sich den Arm.

Calum kam angelaufen und untersuchte den Arm. Vorwurfsvoll sah er mich an. „Er ist gebrochen!“

„Kampf ist Kampf!“ erwiderte ich kühler als beabsichtigt.

„Es tut dir nicht einmal leid?“ Calum verstand Dougal nicht mehr. Seitdem er von seiner letzten Reise zurückgekehrt war, war er ein anderer. Er handelte wie er nie zuvor gehandelt hatte.

Ich ging in mich. Selbstverständlich tat es mir leid, andererseits tötete der Schmerz in meinem Inneren alles ab. Er machte mich stumpf für alle Gefühle. Nur ein Gedanke kreiste in meinem Hirn: Wann ergab sich die nächste Gelegenheit?

„Es tut mir leid.“ Ich trat zu Duncan, der mich mit großen Augen ansah.

Er nickte, trotz seines Schmerzes. Calum half ihm auf und stützte ihn während sie hineingingen, um den Bruch zu versorgen.

Ich blieb stehen. Ich stand noch an derselben Stelle, ließ mein Schwert locker in der Hand hängen, sah Calum und Duncan hinterher und wünschte mir, niemals geboren worden zu sein. Ich stumpfte ab, konnte fühlen wie mir die Menschen die ich liebte egal wurden und ich haßte mich dafür! Doch ich wußte, spürte, wenn ich meinen Gefühlen Raum gab, würde ich die Trennung von der Füchsin und Douglas niemals verwinden! So lange hatte ich sie nicht gesehen. So viel Zeit verloren in der Douglas wuchs und zum Mann wurde. Zeit in der ich Flannas Haut und ihr Haar nicht berühren konnte und in der ich ihrer beider Lachen nicht hörte.

Ich schüttelte den Kopf frei, steckte mein Schwert in die Scheide zurück und folgte Calum und Duncan in die Halle. Es war an der Zeit um Vergebung zu bitten, auch wenn in mir alles gestorben zu sein schien.

Eithne kümmerte sich so auffallend um Duncan, daß ich es auf keinen Fall übersehen konnte. Sie schaute mich verärgert an. Ich grinste. Ich konnte nicht anders, alles erschien mir lächerlich, selbst ein gebrochener Arm, im Vergleich zu dem Verlust von Flanna und Douglas. Ich wußte wie Unrecht ich hatte, tief im Inneren, denn alles war gleichermaßen wichtig und unwichtig. Ich faßte einen Entschluß.

„Ich werde in die Berge gehen! Bis zum Treffen der Clans.“ Ich sah in die Runde. Niemand erhob einen Einwand. Hatten sie mich so satt? Es würde mich nicht wundern. Ich hatte mich nicht beliebt gemacht. Dann war es besser so.

Eithne warf mir in giftigem Ton zu. „Darauf hättest du früher kommen können! Dann wäre Duncans Arms nicht gebrochen!“

So kannte ich sie, aufbrausend und ungestüm. Das kleine Feuer; sie trug ihren Namen zu recht.

Duncan hob beschwichtigend den unverletzten Arm. „Meinetwegen brauchst du nicht zu gehen! Der Arm heilt und dann kämpfen wir wieder.“

Ich legte ihm die Hand auf die Schulter und lächelte ihn dankbar an. „Es ist besser wenn ich Abstand bekomme und ihr auch.“

„Damit du noch mehr an Flanna denkst?“

„Ich denke so und so an nichts anderes!“

Bissig warf Eithne ein. „Das merkt man!“

„Ich kann es nicht ändern.“ Ich erhob mich und ging zu meiner Schlafstelle. Die Gefühle drohten mich erneut zu überrennen. Ich setzte mich schwer auf meine Liegestatt und schaffte noch den Vorhang zuzuziehen, bevor ich meine Hände vor mein Gesicht stürzte und die Tränen laufen ließ.

In der Frühe verließ ich die Halle meines Vaters und wanderte auf die Berge zu. Mein Schritt war schwer. Es war besser so. Niemand sollte durch meine Unachtsamkeit oder Gefühlskälte verletzt werden. Es reichte, daß Duncan eine Zeitlang unbrauchbar war. Und das in der Zeit da sein Kind geboren wurde. Ich ärgerte mich über meine Unfähigkeit, atmete tief ein und aus. Besser ich war bei der Geburt nicht zugegen, es würde die Wunde vertiefen. Mit jedem Schritt den ich tat, fühlte ich mich leichter!

Das Treffen der Clans versammelte dieses Jahr alle umliegenden Clans auf einem Platz nahe unserer Siedlung. Ich war gespannt auf die Neuigkeiten, die hier, wie jedes Jahr, unter die Menschen gebracht wurden. Und ich wußte, die Frauen würden mit klopfenden Herzen all die Borten, Stoffe, Schuhwerk und Schmuck und andere wichtige und unwichtige Waren begutachten und tauschen; so wie die Männer ins Schwitzen kamen, wenn sie die Messer und Schwerter der Schmiede und die Bögen werteten und kauften oder tauschten. Und dieses Jahr gab es ein besonderes Treffen, denn Coinneach MacAilpin hatte sein Kommen angekündigt. Ich wußte, daß er bereits andere Treffen im Süden und Osten besucht hatte.

Ich suchte in dem Gewirr aus Menschen die geliebten Gesichter meiner Familie. Waren sie bereits angekommen? Ich ging mit großen Schritten über den Platz.

Gavin beobachtete Dougal still. Sollte er doch sie finden, er würde ihm nicht nachlaufen. Offensichtlich wußte er nicht, welche Wirkung sein Aussehen auf die Menschen drumherum hatte? Er sah zum Fürchten aus. Groß, einen ungepflegten Bart an Kinn und Wangen, die Haare ungekämmt zu einem lockeren Schwanz gebunden, die Kleidung vor Dreck starrend. Anscheinend hatte er nicht in der Nähe von Wasser gelebt? Dougal hatte sich vollkommen verwahrlosen lassen. Sein Körper wirkte hart, gestählt vom harten Leben in der Wildnis. Gavin erkannte ihn kaum wieder. Und trotzdem schien er zufriedener, als vor seiner Flucht in die Einsamkeit. Er stieß Calum, der sich neben ihm unterhielt, in die Seite und deutete zu Dougal hin.

Calum bekam große Augen. „Kennen wir ihn?"

„Ziemlich heruntergekommen!"

„Wenn Mutter das sieht geht es ihr noch schlechter."

„Das wird es."

„Er weiß nicht wie er aussieht, oder?"

„Vielleicht ist es ihm egal?"

„Er muß doch merken wie ihn die anderen ansehen?"

In diesem Augenblick sah Dougal zu ihnen herüber und entdeckte sie. Mit einem glücklichen Lächeln auf den Lippen kam er großen Schrittes zu ihnen.

Oh, ich freute mich sie zu sehen. Sie hatten mir gefehlt. Es war gut eine Familie zu haben. „Gavin, Calum!" Ich drückte sie beide an mich.

„Du stinkst!" sagte Calum angewidert.

Ich schaute verdutzt an mir herunter. „Aye, kann sein, daß ich die Pflege meines Körpers und meiner Kleidung vernachlässigt habe." Ich grinste schief, hoffte auf Vergebung. „Wo sind die anderen?"

Gavin zeigte nach hinten. „Ich freue mich auch dich zu sehen!"

Ich sah ihm ertappt in die Augen. Er hatte Recht, ich war unmöglich. „Tut mir leid. Ich freue mich wirklich euch gesund zu sehen!" Ich schaute zu Boden. „Wie geht es Duncans Arm? Und was ist mit Eithne?"

Gavin wußte nicht ob er ihm lieber eine reingehauen hätte oder ihn an seiner Brust erdrücken sollte, vor Liebe und Zorn. Er entschied sich gegen beides. „Eithne hat ein kleines Mädchen bekommen, Duana heißt sie und es geht beiden bestens. Und Duncan kann den Arm inzwischen wieder gebrauchen!“

Ich nickte, hatte aber wohl den vorwurfsvollen Unterton Gavins bemerkt.

„Du solltest nicht so zu Mutter gehen!“ sagte Calum streng. „Geh zum See und wasche dich und deine Sachen!“

„Ich helfe dir mit dem Bart und den Haaren, wenn du willst?“ Gavin wollte sich nicht aufdrängen und doch verlangte es ihn, mit ihm zu reden und bei ihm zu sein.

Ich überlegte nicht lange, sie hatten wohl Recht. Meine Wahrnehmung schien in den Bergen gelitten zu haben?!

Dougals Mutter war bemüht ihre wahren Gefühle zu verbergen, aber es gelang ihr nicht besonders gut. Sie drückte ihren Sohn ans Herz.

„Kannst du nicht auf dem Treffen nach einem netten Mädchen Ausschau halten und deinen Kummer vergessen?“ Sie wünschte sich nichts mehr als das er glücklich war. „Wie lange willst du so weitermachen? Sie dich an. Völlig heruntergekommen.“

Ich sah Gavin und Calum dankbar an. Hätte meine Mutter mich zuvor gesehen, sie wäre wahrscheinlich in Ohnmacht gefallen. Ich drückte sie an mich und gab ihr einen Kuß auf den Scheitel. Ich wußte keine Antwort zu geben. Und mein einziges Bestreben lag darin, eine weitere Gelegenheit zu erhalten, um in die andere Zeit zu reisen.

Eithne stand im Kreis der anderen und schaute mich still an. Sie trug ihre kleine Tochter auf dem Arm. Ich trat zu ihr und schaute auf das kleine Bündel herunter. Das kleine runde Gesicht erinnerte mich schmerzhaft an ein anderes. Ich wollte nicht wieder in Trauer verfallen!

„Darf ich sie einmal nehmen?“

Eithne nickte und gab sie mir vorsichtig. „Solange du nicht mit ihr kämpfen willst!“ sagte sie halb lachend, halb weinend.

Die runden Augen von Duana sahen zu mir auf und erweichten mein Herz. „Sie ist süß!“ Ich lächelte sie an.

„Aye!“ sagte eine tiefe Stimme neben mir. „Und sie will nur etwa hundert Mal in der Nacht trinken!“ Duncan lachte. Er legte mir seine Hand auf die Schulter. „Geht es dir gut?“

Ich nickte. „Und euch, außer daß ihr nicht schlafen könnt?“

Er lachte wieder und legte seinen Arm um Eithnes Schulter. „Sehr gut!“

„Ich freue mich für euch!“ Zärtlich strich ich meiner Schwestertochter über die winzige Nase, ehe ich sie an Eithne zurückreichte.

Der König der vier Reiche war ein großer Mann. Er sah gut aus, hatte allerdings eine riesige Narbe mitten im Gesicht, die es in zwei Hälften zu teilen schien. Er lächelte alle herzlich an und freute sich ehrlich, daß so viele Clansleute zusammenkamen.

Ich wußte mit wieviel Mißtrauen dieser große Mann beobachtete wurde. Er hatte gewagt, was sich zuvor keiner getraut hatte. Und er hatte nicht nur gewagt, sondern erreicht, was für alle neu war. Hatte bisher jeder Clanführer seinen eigenen Clan geführt und sich wie ein König im kleinen Reich gefühlt, so hatten sie sich nun einem einzigen König unterworfen und sollten in Notzeiten gegen andere Feinde zusammenhalten. Ein neuer Gedanke!

Unter seinen Gefolgsmännern entdeckte ich sogar einige Pikten, die sich zur Feier des Tages mit blauer Farbe bemalt hatten. Und zwischen ihnen konnte ich Britonen erkennen. Es schien wirklich eine Einigkeit zu herrschen?! Mir fiel alles wieder ein, was ich in Flannas Zeit über meine eigene Zeit gehört hatte. Ich könnte mich als Hellseher versuchen und die anderen täuschen, weil ich soviel mehr wußte als sie!

Plötzlich erstarrte ich. Aus der Menge hinter dem König trat eine Frau. Ihr Haar war rotbraun, wie das der Füchsin. Und ihr Gesicht! Mir stockte der Atem. War es Flanna?

Tanz und Kampf

Ich trat einen Schritt auf sie zu. Konnte es wahr sein? War die Füchsin mir in meine Zeit gefolgt? Ich sah ihr in die Augen und erschrak. Nicht die Füchsin stand dort in der Menge, sondern eine Frau die ihr zum Verwechseln ähnelte. Eine Zwillingsschwester konnte nicht ähnlicher sein und doch, ihre Augen, ihr Lächeln. Das war nicht die Füchsin!

Coinneach schmunzelte leicht, kaum erkennbar. Wer es nicht sehen wollte, könnte es leicht übersehen.

„Darf ich euch meine Brudertochter vorstellen!" Er zeigte auf sie. „Das ist Néal." Er tauschte hintergründige Blicke mit einem seiner Männer und dann mit MacDougal. „Ich bin auf der Suche nach einem geeigneten Mann, der die Verbindung der Stämme stärkt." Coinneach ließ sein wachsames Auge über die anwesenden jungen Männer wandern. Wohlwollend verharrte er auf Dougal, der fortdauernd Néal anstarrte. Hatte er womöglich so schnell den Richtigen gefunden?

Konnte es möglich sein, daß ein Mensch einem anderen so glich? Ich schluckte. Was hatte MacAilpin gesagt? Einen passenden Mann? Könnte ich mir ein Leben an ihrer Seite vorstellen? Sollte ich jegliche Anstrengungen zur Füchsin zu gelangen aufgeben und diese junge Frau, Néal, ehelichen? Wäre sie ein annehmbarer Ersatz für die Füchsin?

Was dachte ich mir da in meinem kranken Hirn zusammen? Es gab keinen Ersatz für die Füchsin! Und sah diese Frau ihr noch so ähnlich, sie war es nicht! Und sie würde niemals einen Sohn mit mir bekommen, der Douglas hieß! Ein Schauer rieselte mir unwillkürlich über den Rücken.

Trotzdem, ich konnte meine Augen nicht von ihr lassen.

Néal warf ihm ein schüchternes Lächeln zu. Was starrte er so? Er sah gut aus, wäre nicht die schlechteste Wahl. Er wirkte als hätte er einen Geist gesehen!

Ich besann mich auf meine Erziehung und verneigte mich vor dem König und seinem Gefolge, ehe ich wieder in den Kreis meiner Familie zurücktrat. Ich sah zu Gavin herüber, doch er schien ebenso gebannt von Néal wie ich. So hatte auch er die starke Ähnlichkeit gesehen! Und wieder wanderte mein Blick unwillkürlich zu Néal. War es möglich, daß mir das Schicksal eine zweite Flanna gab? Vielleicht, weil ich niemals mehr zurückkehren konnte, zu ihr!?

Ich wollte nicht an eine Endgültigkeit denken. Ich würde es wieder versuchen!

Zielstrebig wandte ich mich zum Kampfübungsplatz. Ein paar raufwütige Männer würden sich sicher schnell finden lassen und dann ließ ich mir alle Gedanken aus dem Kopf prügeln.

Um uns hatte sich ein großer Kreis gebildet. Ich hörte anfeuernde Rufe für mich und meinen Gegner. Ein riesiger Pikte. Er hatte sich bis auf seine Unterkleidung ausgezogen und der Schweiß lief ihm über die Haut, sammelte die blaue Farbe zu Streifen. Wieder und wieder schlug er mit Wucht auf mich ein. So einen starken Gegner hatte ich lange nicht mehr gehabt. Doch ich schaffte alle Schläge abzuwehren und im Gegenzug Treffer zu landen. Durch seine Größe war er recht behäbig, aber seine Schläge waren wuchtig.

Der Schweiß lief auch mir aus allen Poren, obwohl ich nur mit dem leichten Tuch bekleidet war. Ich empfand die Schmerzen jedoch nahezu als angenehm. Es war abartig und ich beinahe süchtig danach. Ich konnte meine Gedanken vollkommen auf das Gewinnen lenken und das war gut.

Erst am späten Nachmittag hatte ich genug. Ich war übersät mit blauen Flecken, Schürf- und Schnittwunden. Doch ich fühlte mich gut, lebendig und zufrieden müde.

Eine zierliche Hand reichte mir ein Leinentuch zum Trocknen. Mein Blick folgte dem Arm bis hinauf ins Gesicht. Néal lächelte mich aufmunternd an. Ich nahm das Tuch und nickte ihr dankend zu.

„Ich habe euch zugesehen!"

„Habt ihr nichts besseres zu tun?" fragte ich beinahe schroff.

Sie lachte. „Ihr sagt was ihr denkt, das gefällt mir." Sie machte eine Pause und sprach dann leiser weiter. „So wie der Rest."

Ich sah in ihre vielversprechenden Augen. „Ich glaube ihr macht euch falsche Vorstellungen von mir."

„Tue ich das?"

„Aye." Ich reichte ihr das Tuch zurück. „Ich bin nicht mehr frei!" Einen Atemzug lang erkannte ich Trotz und Eifersucht in ihren Augen.

„Aber die Frau ist nicht an eurer Seite zu sehen."

„Aye, zu sehen ist sie nicht, aber ich trage sie in meinem Herzen!"

„Und ihr meint dann wäre für keine andere mehr Platz?"

„Aye, das meine ich nicht nur." Ich mußte grinsen. „Ihr seht ihr übrigens sehr ähnlich."

„Ich ihr?"

Das hörte sie wohl nicht so gern?!

„Warum lauft ihr dann einem Traum hinterher, wenn doch Besseres greifbar und in der Nähe ist?"

„Wißt ihr wie es ist, wenn einem das Herz herausgerissen wurde?"

„Das Leben geht weiter."

Ich sagte nichts dazu, wandte mich ab und zog mein Hemd über. Nach einer Weile konnte ich ihr antworten. „Ich muß mein Herz erst wiederfinden, bevor ich frei sein kann."

„Hättet ihr einen Einwand mir während des Treffens gelegentlich

Gesellschaft zu leisten?“

Sie ließ nicht locker. Sollte ich sie dafür bewundern? „Ich würde euch nicht wirklich lieben können, nur euren Körper und dafür seid ihr als Mensch zu wertvoll.“

Sie stieß einen trockenen Lacher aus und beugte sich zu mir. „Ich werde euch mich lieben lehren!“ Sie drehte sich lächelnd um und schritt davon.

Gavin erschien wie aus dem Nichts neben mir. „Sie wäre kein schlechter Fang.“

„Aber nur ein Ersatz.“

„Du weißt nicht ob du Flanna je wiedersehen wirst!“

„Dann werde ich ohne Frau leben und sterben.“

„Was für eine Verschwendung!“

Ich sah ihn verärgert an. „Ich dachte du würdest mich verstehen?!“

Gavin schaute mich an, „Ich meinte Néal.“

Und plötzlich begriff ich. Er hatte Gefallen an ihr gefunden. Aber dann, dann mußte ihm auch die Füchsin gefallen haben. Plötzlich verstehend, sah ich ihm in die Augen. „Die Füchsin?“

„Aye, von Anfang an, aber es war offensichtlich für wen ihr Herz schlug.“

Ich erhob mich, legte den Arm um seine Schultern und drückte ihn. „Versuch dein Glück mit Néal und unterschätze sie nicht, sie weiß was sie will.“

Am Abend suchte Gavin vergeblich nach Dougal. Und er bemerkte, daß er nicht der einzige war, der suchend über die Köpfe der Anwesenden schaute. Dougal war nicht da. Er schloss sich vollkommen aus der Gesellschaft aus. Dabei hätte ihm ein Kreistanz und der gemeinsame Gesang gut getan und ihn auf andere Gedanken gebracht. Seiner verbitterten Seele Trost und Freude geschenkt. Gavin würde sogar gern auf die Gunst verzichten sich Néal zu offenbaren, wenn Dougal sich doch für sie entscheiden würde.

Er wurde in den Kreis der Tanzenden gezogen. Néal tanzte am anderen Ende. Er bemühte sich in ihre Nähe zu tanzen.

Zeitig stand ich auf dem Wettkampfplatz bereit.

Gavin trat in den Kreis. „Du wirst es schwer haben einen Gegner zu finden."

Ich zuckte die Schultern.

„Jeder hat gesehen, daß du weder auf dich, noch auf die Schmerzen der anderen Rücksicht nimmst."

„Es wird sich jemand finden, der den Kopf genauso klar bekommen will wie ich."

Zwei junge Hünen kamen hinzu. Sie verneigten sich fragend und wollten sich mit mir messen. Ich nickte und machte mich bereit.

Innerhalb kurzer Zeit hatten sich die Zuschauer an den Rand des Platzes gestellt, um die Wettkämpfer anzufeuern. Nahe dem König entdeckte ich Néal, die sich den Kopf verdrehte um einen Blick zu erhaschen. Hatte Gavin sie nicht zum Tanz aufgefordert?

Die Schiedsrichter stellten die Reihenfolge der Teilnehmer fest und das Spiel begann.

Mit Genugtuung stellte Gavin fest, daß Dougal einiges einstecken mußte. Und nicht jedesmal ging er siegreich hervor.

Gavin bereitete sich auf seinen eigenen Kampf vor und war froh nicht mit Dougal kämpfen zu müssen, da dieser sicher noch weniger Rücksicht auf ihn nehmen würde, als auf einen Fremden. Im Laufen war sein Bruder unschlagbar. Gavin konnte nicht umhin seine kraftvollen Schritte und seinen leichten Lauf zu bewundern. Baumwerfen und Steineschleudern waren hingegen die Kämpfe der schwergewichtigeren

Kämpfer. Dougal hielt sich außen vor und auch er hatte keine Lust einen langen Baum durch die Luft zu werfen. Gavin wußte, daß es Dougal nicht ums Gewinnen ging. Er wollte vergessen und deshalb quälte er sich und andere.

Auch an diesem Abend suchten sie Dougal vergeblich, als sie nach ihm Ausschau hielten. Gavin hatte genug von ihm. Er dachte nur an sich und seinen Schmerz. Was war denn mit dem Schmerz, den sie empfanden? Der Schmerz, daß ihr Bruder zu nichts Gutem mehr zu gebrauchen war und sich aus dem Leben zurückzog? Er beschloss ihn zu suchen und wandte sich an Calum. Er mühte sich gegen die Lautstärke der lachenden und tanzenden Menschen anzureden. „Ich gehe ihn suchen, kommst du mit?"

„Ich komme." Calum beugte sich zu Duncan und rief ihm ein paar Worte ins Ohr.

Duncan nickte.

Dougal saß mit gekreuzten Beinen auf einem Hügel, nahe dem See. Er schaute in die Dämmerung. Gavin hätte ihn gleichzeitig schütteln und erwürgen mögen.

„Schön, daß ihr gekommen seid." Ich wandte mich um. „Damit habe ich euch den Abend verdorben, hm?"

„Hast du", sagte Calum ernst.

„Warum feierst du nicht mit? Es täte dir gut und würde dich nicht weiter von Flanna entfernen."

„Du meinst weiter als ich entfernt bin?!" Ich schaute auf die Erde. „Ich habe Angst, Gavin, und das macht mir Angst."

Gavin sah mich auf einmal verstehend an.

„Ich werde wieder versuchen zu reisen."

„Wie denn, ohne Ossian?" warf Calum aufbrausend ein.

„Ich denke stark an den Ort und die Frau zu der ich will. Und ich nehme den Stein zur Hilfe!“

Gavin nickte zweifelnd. „Du mußt tun was dein Herz dir sagt. Einen Versuch kannst du unternehmen.“

Calum räusperte sich. „Vielleicht trauerst du einer Frau hinterher, die dich gar nicht mehr vermißt und einem Leben, das dich gar nicht haben will?“

Ich nickte. Dieser Gedanke war mir selbstverständlich auch gekommen. Was war wenn mein Platz längst von einem anderen besetzt war? Womöglich von Karsten?

„Wenn ich Gemmán in die Finger bekäme, ich wüßte nicht was ich mit seinem Hals tun sollte. Ihn umdrehen oder dankbar umarmen? Er hat mich ins tiefste Loch gestürzt und gleichsam ins höchste Glück, jedenfalls für eine gewisse Zeit.“

„Du könntest ihn suchen.“

Ich zuckte die Schultern. „Wenn es mir ohne die Hilfe eines Druiden gelingen sollte die Reise anzutreten, werde ich es ohne tun! Dann gibt es allerdings keinen Stein mehr, der euch helfen könnte. Ihr müßtet versuchen Gemmán ausfindig zu machen, damit er Wiedergutmachung leistet.“

Gavin machte mit einem Mal große Augen. „Jetzt begreife ich erst.“

„Was?“ fragte Calum neugierig.

Ich sah Gavin fragend an.

„Na der Stein. Keiner der Druiden hätte uns reisen lassen können, ohne den Stein.“ Er nickte sich bestätigend. „Bei jeder Reise war der Stein dabei.“

Ich schüttelte den Kopf unsicher. „Du meinst bei unserer ersten Reise, obwohl ich ihn geschluckt hatte?“

„Aye! Ohne ihn hätte Gemmán das niemals zustande gebracht.“

Wenn Gavin Recht hatte, dann war ich entweder wirklich unabhängig von den Druiden oder es würde mir niemals gelingen, weil ich nicht die magischen Worte kannte und nur diese, in Verbindung mit dem heiligen Stein, das Unternehmen gelingen ließen.

„Es ist ein riesiges Wagnis!“ Gavin sah Dougal an. „Denk noch einmal darüber nach. Sieh dir Néal genauer an, möglicherweise gefällt sie dir besser als du denkst?!“

„Néal ist nicht mein Schicksal.“ Doch ich spürte große Unsicherheit in mir. Meine Angst wieder in der falschen Zeit zu landen und Flanna dadurch noch weniger nahe zu sein, ließ mich zaudern. Ich konnte warten. Ich könnte mich bemühen Ossian umzustimmen und ihn bitten mir noch einmal zu helfen! Nicht weiterdenken. Ich erhob mich unerwartet. „Laßt uns tanzen gehen!“

Gavin und Calum starrten mich an, als hätte ich Hörner auf dem Schädel.

„Was soll das jetzt?“ fragte Gavin mißtrauisch.

Ich wandte mich ab und ließ sie verdutzt stehen.

Schänder!

Sie hatten Recht, der Tanz und die fröhlichen Menschen stimmten mein Herz zufriedener. Néal versuchte in meine Nähe zu kommen, was ich nach einigem Zögern zuließ. Doch für mich stand fest, daß Gavin ihr Mann werden würde, nicht ich.

Weit nach Mitternacht trat mir auf einmal Fearchar entgegen. Er war benebelt vom Wasser des Lebens und zog ein grimmig entschlossenes Gesicht.

„Du Schänder!“ schrie er mich an.

Die ersten drehten sich zu uns um.

Er brüllte weiter. „Ich verlange gerechte Strafe für den Schänder meiner Schwester!“ Er drohte mir mit der Faust. „Jetzt, da wir *einen gerechten König* haben, werde ich dich vor den Rat bringen!“

Ich tat einen Schritt auf ihn zu und sagte leise, daß nur die in unmittelbarer Nähe Stehenden es hören konnten. „Das sagt der Richtige!“

Fearchar warf mir einen haßerfüllten Blick zu. „Was willst du damit sagen?“

Ich überlegte, ob ich die Wahrheit sagen sollte oder nicht und entschied mich dafür. „Du bist der Schänder deiner eigenen Schwester und du wirst dich vor einem Gericht verantworten müssen!“

Ein lautes Gemurmel erhob sich und der Kreis der Zuhörer vergrößerte sich. Der alte MacBochra trat aus der Menge.

„Die Anschuldigung, die du aussprichst ist gewagt, kannst du deine Worte beweisen?“ fragte er mit zitternder Stimme.

„Es gibt zwei Zeugen!“ sagte ich in der Hoffnung, daß Duncan den Mut aufbrachte zu reden und erst recht Maili selbst.

Fearchar schrie, konnte sich kaum auf den Beinen halten. „Dreckiger, verlogener Schänder! Das wirst du büßen!“

MacBochra gab seinen Männern in der Menge ein Zeichen. Sie griffen sich Fearchar und zogen ihn aus dem Kreis.

MacBochra wandte sich erneut an mich. „Ich werde morgen vor dem Rat eine Verhandlung einberufen und ich hoffe zum Besten, für den Frieden, daß du deine Worte beweisen kannst, sonst werde ich die MacDougals vernichten!“ Er wandte sich ab und verließ den Kreis.

Ich starrte auf den Boden. Wäre ich doch nicht zum Tanzen gekommen! Wahrscheinlich war es gut so? Sollten sie ihre Untersuchung führen. Ich sah mich im Kreis um, wer war da von den Menschen, die ich liebte? Ich bemerkte Néal, die bei den Umstehenden stand. Sie wußte offensichtlich nicht was sie davon halten sollte und wandte sich ab.

Um unseren Namen reinzuwaschen würden wir wahrscheinlich um einen Kampf nicht herum kommen, sei denn der König und die Ratgeber der Stämme glaubten Duncan, und wenn sie den Mut aufbrachte, Maili? Mir war die Lust am Tanzen vergangen, ich verließ den Platz und kehrte auf meinen Hügel beim See zurück.

Am Morgen wurde ich durch das laute Schreien, welches vom Lager herüberdrang, geweckt. Ich packte meine Waffen und lief zurück.

MacBochras Frau kniete verzweifelt auf dem Boden und weinte, schrie. Als ich in die Nähe trat, warf sie einen Stein nach mir. Ich schrak zurück. Was war geschehen?

MacBochra ging auf mich zu, drohte mir mit der Faust. „Wenn du damit zutun hast, werde ich dir eigenhändig deinen Schwanz abschneiden und ihn dir in dein Maul stopfen, bis du daran erstickst!“ Er wandte sich seiner Frau zu.

Gavin erschien neben mir, ich sah ihn fragend an.

„Maili wurde beinahe getötet!“

Ich konnte nicht sprechen, sah ihn nur erschrocken an.

„Es ist nicht sicher ob sie überlebt. Jemand versuchte ihr die Kehle durchzuschneiden."

Mir schauderte. „Und warum ist es mißlungen?"

„Er wurde gestört."

„Aber wieso haben sie ihn nicht erwischt?"

„Sie haben nicht gleich bemerkt was los war. Erst als Maili mit letzter Kraft angekrochen kam, haben sie gesehen, was geschehen war."

„Und warum bin ich verdächtigt?"

„Jemand hat einen Mann, oder den Schatten des Mannes, in die Richtung laufen sehen, aus der du kamst."

Mir wurde schlecht. Verdammter Fearchar! Kein anderer konnte es gewesen sein. Er wollte seine beschämende Tat verwischen!

„Was ist mit Duncan?" Plötzlich bekam ich Angst um meine Schwester und ihr Kind. „Und Eithne?"

„Sie sind wohlauf. Duncan wird aussagen, trotzdem, es steht Wort gegen Wort!" Gavin schaute zu Boden. „Und wenn sie den MacBochras glauben, dann bist du der nächste Verdächtige." Er sah in die Weite.

Ich schluckte. Die Dinge entwickelten sich nicht wie ich es mir wünschte.

Schon zum Mittag setzte sich der Rat mit dem König zusammen. Ich wurde in den Kreis gerufen, sowie MacBochra, der an Stelle seiner Tochter sprechen sollte. Ich hielt nach Duncan Ausschau, er stand in der Nähe bereit.

Coinneach MacAilpin führte das Wort. „Dougal MacDougal, dir wird zur Last gelegt, dich an Maili NicBochra vergangen zu haben, sowie des versuchten Mordes an ihr. Was hast du hierüber zu sagen?"

Ich trat vor, neigte mich vor ihm und dem Rat und sah ihm ohne Angst in die Augen, obwohl ich in Wahrheit meiner Sache gar nicht so sicher war.

„Ich habe weder Maili NicBochra geschändet noch versucht sie zu morden! Ich bin unschuldig und weiß jemanden, der den Schuldigen benennen kann!“

Coinneach nickte. „Gut, wer ist es?“

„Duncan MacBochra und Maili selber, wenn sie wieder vernehmungsfähig ist.“

Ein Raunen ging durch die anwesenden Menschen.

MacBochra starrte mich ungläubig an.

Coinneach ließ mit einer Geste nach Duncan rufen und dieser trat neben mich.

„Sprich Duncan MacBochra! Und bedenke, daß du bei der Wahrheit bleibst und sie nicht für deine Zwecke veränderst oder verbiegst.“

Duncan nickte. Er sammelte sich, ehe er zu sprechen begann.

„Es ist eine Weile her. Ich war im Wald unterwegs, als ich Maili schreien hörte.“ Er sah seinen Vater verständnissuchend an. „Als ich sie schließlich gefunden hatte, versteckte ich mich zuerst hinter einem Gebüsch, um die Lage auszukundschaften. Maili lag am Boden, ihr Rock war nach oben geschoben und ihr Gesicht weinend zur Seite gewandt.“ Duncan sah seinen Bruder an. „Während dieser dort“, er zeigte auf Fearchar, „sein großes Tuch richtete und auf Maili herabsah.“ Er schüttelte ungläubig den Kopf. „Ich begriff zuerst nicht was geschehen war und wollte auf die kleine Lichtung treten, als Fearchar das Wort an Maili richtete. Er sagte: *Wenn du irgendjemandem nur ein Wort davon erzählst, werde ich dich umbringen und wenn dir das nicht reicht, laß dir gesagt sein, daß ich den Mann, den du liebst, töten werde.* Danach spuckte er sie an, trat ihr in die Seite und lachte, dann entfernte er sich.“ Duncan räusperte sich. Es war das erste Mal, daß er das Gesehene so getreu erzählte und es kostete ihn große Mühe. Er hätte damals nicht zaudern dürfen! Er hätte Fearchar sofort töten sollen! Doch er war hin und her gerissen zwischen Familiensinn und Rache für den Schänder. Das allerdings ein

Unschuldiger dafür büßen sollte, das wollte er nicht.

Coinneach sah Duncan ernst an. Er glaubte ihm, obwohl er ihn nicht genug kannte, um sagen zu können, daß er nicht ein begnadeter Lügner war. „Warum hast du so lange geschwiegen? Und warum hast du nicht sofort gehandelt?“

Duncan sah betreten zu Boden. „Ich bekenne mich schuldig. Ich hätte ihn sofort töten oder wenigstens zur Rechenschaft ziehen sollen. Doch da lag meine Schwester, die sich vor Schande selbst getötet hätte, wenn ich in diesem Augenblick herausgetreten wäre, und da war mein Bruder, den ich am liebsten niemals mehr Bruder nennen wollte.“ Er sah Coinneach in die Augen. „Ich trage Schuld daran, das weiß ich wohl, denn mein Schweigen hat alles nur verschlimmert. Aber es stand Wort gegen Wort!“

„Du glaubst deine Schwester wird Fearchar nicht anklagen?“

„Sie hat viel zu viel Angst!“ Er suchte Bestätigung in den Augen seines Vaters, der ihn aber kühl ansah. „Offensichtlich weiß Fearchar von einem Mann, von dem wir anderen nichts wissen!“

Fearchar stand mit überheblichen Gesichtszügen am Rand und sah seinen Bruder still an. Er schien sich seiner Sache sicher zu sein.

Duncan wußte, wenn es ihm und Dougal nicht gelang die Wahrheit zu retten, dann wären er und erst recht Eithne und seine Tochter nie wieder vor diesem Mann sicher. Er würde gezwungen sein, seinen eigenen Bruder zu töten! Eine schreckliche Vorstellung, selbst da er ihn aus tiefstem Herzen verabscheute.

Coinneach sah seinen Rat an, der aus sechs Clanführern, einer Führerin, zwei Priesterinnen und drei Druiden bestand. Es war keine leichte Aufgabe, die vor ihnen lag. Er sah Dougal noch einmal an.

„Und du beschwörst unverändert die dir vorgeworfenen Taten nicht begangen zu haben?“

Ich nickte. „Aye, bei allem was mir lieb und teuer ist.“ Eine heiße Welle schoss mir durch den Körper als ich an die Füchsin und Douglas dachte.

Coinneach wandte sich an Fearchar. „Was hast du zu den Anschuldigungen zu sagen?“

Fearchar trat in den Kreis. Er blickte Duncan und Dougal haßerfüllt an. „Diese Männer stecken unter einer Decke. Sie haben sich abgesprochen!“ Er lachte trocken. „Dougal hat ihm seine Schwester versprochen, wenn er unsere nehmen durfte! So wars! Und jetzt versuchen sie sich heraus zu reden!“ Er sah seinen Vater an. „All das Gerede von Frieden! Sie haben es getan, um den Krieg wieder einzuleiten!“

Coinneach bemerkte wohl den Haß in Fearchars Stimme. Er war sicher, daß Duncan die Wahrheit sprach. Blieb zu überlegen, ob es besser war auf die Genesung Mailis zu warten oder eine eigene Entscheidung zu fällen, da sie womöglich so und so nicht die Wahrheit sprechen würde. Er erhob sich. „Wir werden uns zur Beratung zurückziehen. Es ist weder dir Dougal MacDougal, noch dir, Fearchar MacBochra, gestattet den Platz in dieser Zeit zu verlassen!“

Fearchar verneigte sich mit Verachtung auf den Zügen, die er nicht verstecken konnte. Dougal verneigte sich ebenfalls, in seinen Augen konnte Coinneach nur Angst und Trauer entdecken. Coinneach hatte sein Urteil bereits gefällt, blieb abzuwarten ob die anderen seine Meinung teilten?

Das Urteil

Unruhig lief ich von einem Baum zum anderen. Bei der Eiche traf ich auf Gavin und Calum. Sie berieten bereits eine lange Weile und ich machte mir Sorgen. In meinen Ohren klang Duncans Geschichte echt und ungeheuerlich. Ich konnte mir nicht vorstellen, daß sie es nicht so sahen. Warum berieten sie dann so lange? Ich schaute hinüber zum Beratungsplatz. Keiner von ihnen hatte wohl erwartet, daß bei diesem Treffen eine so unschöne Sache zur Sprache kam.

Etwas tat sich dort. Endlich. Sie erhoben sich und kehrten zurück. Die Menschen sammelten sich wieder, ich ging ebenfalls zurück. Wie lächerlich auf der einen Seite, und auf der anderen? Wie hatte ich in diese Lage kommen können? Ich stellte mich vor dem König auf.

Fearchar erschien unmittelbar neben mir. Er hatte offensichtlich keine Scheu. Mir wurde beinahe schlecht bei seinem Geruch. Wie konnte er so lügen und seiner Schwester das antun?

Coinneach erhob sich von seinem Platz. „Wir sind zu keiner Einigung gekommen, was den Wahrheitsgehalt der Geschichte angeht. Einige sind der Meinung du sagst die Unwahrheit, Dougal MacDougal, andere sagen, Fearchar MacBochra lügt!“ Er ließ seinen Blick über die Menge schweifen. „Und so haben wir uns darauf geeinigt, eine höhere Kraft entscheiden zu lassen.“

Empörte Rufe wurden laut.

„Da du, Dougal MacDougal, von Fearchar als erster angeklagt wurdest, darfst du die Waffen wählen!“

„Das ist doch lächerlich!“ Fearchar war das Grinsen vergangen. „Wie könnt ihr es wagen mich derart anzuzweifeln?“

Das Gesicht von MacAilpin wurde dunkler. Wie konnte Fearchar es wagen so mit ihm zu reden? Er zweifelte nicht nur das Urteil des

Königs, sondern aller Ratsherren und Ratsfrauen und der Druiden und Priester an. „Willst du dich dem Urteil entziehen? Hast du Angst?" fragte er herausfordernd.

Fearchars Gesicht wurde bleich. Er starrte Coinneach stur an, wußte nicht was er sagen sollte. Heftig schüttelte er den Kopf. „Natürlich nicht! Ich habe mir keine Schuld zuzuschreiben, deshalb werde ich gewinnen!"

„Aye, so soll der Kampf stattfinden!" MacAilpin sah in die Runde der teilweise entsetzten Gesichter. „Gibt es Einwände? Wenn einer etwas zu sagen hat, dann soll er jetzt reden?" Coinneach schaute einmal in jedes Gesicht der Umstehenden. Als sich niemand meldete, sprach er weiter. „Die Streiter sollen Gelegenheit haben sich zu stärken und vorzubereiten, und in einer Stunde treffen wir uns auf dem Kampfplatz." Er sah zu Dougal, dessen Augen wie tot auf einen unsichtbaren Punkt im Kreis gerichtet waren. „Hast du deine Wahl getroffen?"

Ich sah zu Coinneach. Mit diesem Urteil hatte ich nicht gerechnet und doch, gab es mir nicht die Gelegenheit mein Leben zu beenden? Er wartete auf meine Antwort. Ich nickte, „Ich wähle das Schwert und den Dolch. Keinen Schild!"

Coinneach nickte. „So soll es sein!"

Ich ließ mich von meiner Familie hätscheln. Meine Mutter hatte mir Essen und Wasser gebracht. Doch ich konnte nichts außer dem Wasser anrühren. Mein Magen rumorte. Ich hatte Angst, aye, und ich würde es nicht leugnen, wenn einer danach fragte. Calum knetete meine Schultern und den Rücken. Mein Vater und Gavin saßen mir gegenüber. Duncan und Eithne standen bedrückt hinter ihnen. Und die anderen hatten sich im Kreis um mich gesetzt.

Duncan schüttelte den Kopf. „Es ist nicht Recht!" sagte er entmutigt.

„Hör auf, du hast ein Kind zu versorgen!" Eithne plagte die Angst er könnte Dougal überreden seinen Platz zu tauschen.

„Aye, es ist nicht Recht!"

Ich sah ihn ruhig an. „Vielleicht war meine Kampfwut doch nicht umsonst?" Ich lächelte schwach.

„Du wirst ihn besiegen!" sagte Calum im Brustton der Überzeugung.

„Und wenn nicht?" fragte MacDougal? „Was wird geschehen, wenn Dougal unterliegt?"

Gavin zuckte die Schultern. „Dann liegt es an uns, ob es wieder Krieg geben wird oder nicht."

„Es wird keinen geben!" sagte ich schnell. „Wenn ich unterliege, werdet ihr nichts unternehmen, was den Frieden gefährdet. Ich werde nicht unglücklich sein, da wo ich hingehe!"

Meine Mutter seufzte und wandte sich ab.

Ich sah traurig auf ihren Rücken. Ich wollte nicht daran denken, was geschehen würde, wenn ich unterlag. Und ich hoffte, daß durch diesen Kampf nicht ein weiterer entstehen würde. Ich bemühte mich, meinen Kopf frei zu bekommen. Die Füchsin und Kleindouglas hatten keinen Platz bei einem Kampf um Leben und Tod! Ich fragte mich, was ich tat, wenn ich gewann? Würde ich diesen widerwärtigen Vergewaltiger und Lügner töten? Wenn ich es täte, wäre dann ein Krieg zu erwarten? Würde MacBochra sich damit zufrieden geben? Ich bezweifelte das. Ein Schatten fiel auf meine Hände, die ich im Schoß hielt. Ich schaute auf.

Néal und eine ihrer Begleiterinnen stand vor mir und sah auf mich herunter. Sie lächelte mich an. „Ich wollte euch nur den Beistand der Götter wünschen und euch mitteilen, daß ich an eure Unschuld glaube." Sie schaute mich unverwandt an.

Mit einem Mal empfand ich ihre Ähnlichkeit mit der Füchsin als gar nicht mehr so groß. Sie sah ihr ähnlich, mehr nicht. Und sie wirkte jung. Viel zu jung! Ich lächelte zurück.

„Danke, ich weiß das zu schätzen.“

„Mein Onkel glaubt an euch, das weiß ich, er darf es nur nicht sagen.“ Sie sah mich mit großen grün schimmernden Augen an.

Ich wagte es Gavin anzusehen. Er sah sie an und in seinem Blick konnte ich Liebe erkennen. Warum mußte nur alles immer so schwierig sein? Konnten die Menschen sich nicht ineinander verlieben, die zusammen gehörten? Es war nicht gerecht. Ich nickte ihr zu.

Sie lächelte scheu, verneigte sich und entfernte sich leichtfüßig.

Ich seufzte. Als ich aufschaute, bemerkte ich den Gesichtsausdruck meiner Mutter. Sie machte sich die größten Hoffnungen. Ich würde sie auf jeden Fall in einer Sache enttäuschen, sofern ich in der anderen die Oberhand behielt. Eine seltsame Seligkeit umfing mich, ein Gefühl, daß alles richtig war, so wie es kam.

Ich hatte es nicht leicht auf den Platz zu kommen, weil sich drumherum die Menschen gesammelt hatten. In den ersten Reihen standen mehr Männer als Frauen. Ich wußte, meine Mutter und Eithne und alle anderen, die ich liebte, würden die Nähe zum Platz meiden. Mit großen Schritten ging ich, mich durch die Menge drängend, weiter.

Fearchar stand bereits in der Mitte. Sein Blick war starr. Er machte auf mich den Eindruck eines Menschen, der wirklich zu allem fähig war. Er trug sein Schwert bereits in der rechten Hand, in der linken hielt er den Dolch.

Mein Magen rutschte mir in die Knie. Am liebsten wäre ich geflohen. Was tat ich hier? Ich hatte nichts verbrochen außer zur falschen Zeit am falschen Ort zu sein? Ich zog mein Schwert, schloss und öffnete die Hand ein paar Mal darum. Es lag schwer zwischen meinen Fingern. Am liebsten hätte ich es weit fortgeworfen, doch dann hätte ich meine Schuld bekannt! Ich trug keine Schuld und wollte nichts bekennen, was ich nicht getan hatte. Ich zog den Dolch mit der anderen Hand und schloss meine Finger fest um ihn.

Coinneach MacAilpin stand am Kopfende des Platzes. Er sah uns nacheinander an. In seinen Augen lag die Frage ob wir bereit waren?

Ich nickte ergeben. Meine Knie waren weich.

Fearchar nickte ebenfalls.

Langsam begannen wir uns zu umkreisen. Ich hatte ihn bereits einige Male kämpfen sehen, doch mein Gehirn schien wie ausgelöscht. Ich konnte mich nicht an eine einzige winzige Kleinigkeit erinnern. Sollte dies mein Ende sein? Ohne die Füchsin, ohne meinen Sohn ein letztes Mal gesehen zu haben?

Fearchar durchschnitt mit seinem Schwert ein paar Mal die Luft. Er machte einen Ausfallschritt auf mich zu. „Fang endlich an, oder hast du Angst?“

Er wollte mich reizen. „Aye, ich habe Angst und wenn du keine hast, bist du ein Schwachkopf!“

Sein Grinsen wurde dünner. „Ein Schwachkopf?“

„Aye!“

„Wenigstens kein Feigling.“ Fearchar hatte so viel Angst, daß er sich beinahe einpinkelte. Und dieser Mann gab seine Angst geradewegs zu. Er hatte die MacDougals noch nie verstanden. Oh, er wußte was Dougal mit ihm machen konnte, wenn er die Oberhand gewann und daß er dies tun würde, stand für ihn außer Zweifel. Er hatte ihn kämpfen gesehen. Gut, er war sicherlich ermüdet durch die vielen Kämpfe der letzten Tage, doch er hatte Kraft! Er umkreiste ihn, in der Hoffnung, daß sein Gegner endlich den ersten Schlag wagte.

Ich würde nicht beginnen! Sollte er, wenn er so scharf darauf war. Ich ließ ihn weiter kreisen.

Plötzlich tat er einen Schritt auf mich zu und schlug mit Wucht sein Schwert herunter. Mit der linken Hand stach er seinen Dolch nach. Ich sprang nach hinten und entkam seinem Angriff. Sollte er einen weiteren wagen und noch einen, dann wurde er schneller müde.

Fearchar spürte Wut in sich aufsteigen. Dieser verfluchte Dreckskerl machte alle seine Pläne zunichte! Er tat einen weiteren Schlag und setzte mit dem Dolch hinterher.

Ich konnte auch dieses Mal ausweichen. Ich hörte die Menge raunen. Ich versuchte meine Einbildungskraft zu benutzen, um meine Wut zu steigern. Ich bemühte mich, mir das von Duncan Erzählte, bildlich vorzustellen und es gelang mir. Ich sah Fearchars Schwester Maili vor ihm am Boden liegen und weinen. Und dann fielen mir die Schläge wieder ein, die Fearchar mir bei unserer Gefangennahme verpaßt hatte. Die am Boden liegende Maili gab mir die nötige Wut und Kraft zuzuschlagen. Ich hob mein Schwert und ließ es voller Wucht heruntersausen. Fearchar wehrte ab. Ich schlug erneut zu. Meine Kraft wuchs und die Übung der letzten Monde zahlte sich aus. Er wehrte erneut ab. Ich schlug wieder zu. Und noch einmal. Und ein weiteres Mal. Ich ließ ihm keine Zeit zum Nachdenken. Wieder schlug ich zu und stach mit dem Dolch hinterher. Ich erwischte ihn am Arm. Blut tropfte. Ich schlug wieder zu. links, rechts und wieder von oben. Fearchar ließ sich zurückdrängen. Ich schlug weiter zu, er wehrte ab. Ich traf seinen linken Arm mit dem Schwert. Stach wieder zu, traf seine Seite. Ich konnte die Angst und die unversöhnliche Wut in seinen Augen erkennen. Er hatte es nicht anders gewollt! Ich schlug wieder zu. Er strauchelte, fiel rückwärts auf den Boden. Ich wartete bis er sich wieder gerappelt hatte. Wieder holte ich aus.

Plötzlich spürte ich Sand in den Augen. Ich blinzelte vor Schmerz und trat zurück. Dieser feige Mistkerl! Ich spürte einen Schlag auf der Schulter und hob mein Schwert abwehrend in die Höhe. Der Dolch war nutzlos, ich warf ihn weg, um mir die Augen sauber zu reiben. Mit dem schwitzenden Arm wischte ich über meine Augen. Der Schweiß brannte darin. Ich mühte mich, sie zu öffnen, es gelang mir nur einen Spalt weit. Rechtzeitig genug, daß ich den nächsten Schlag kommen sah. Ich riß mein Schwert in die Höhe und wehrte ab. Doch im gleichen Atemzug spürte ich den Dolch in meinen Körper eindringen. Ich fühlte wie er durch meine nackte Haut schnitt, zwischen die Rippen stieß und in meinem Inneren heiß brannte. Ich schnappte nach Luft. So sollte er mich nicht dahinraffen! Ich hörte die lauten Rufe der Umstehenden, doch ich konnte nicht verstehen was sie sagten. Ich sammelte alle Kräfte die ich aufbringen konnte und hob mein Schwert in die Höhe. Es wog schwerer als ein riesiger Stein. Trotzdem ließ ich es heruntersausen und traf Fearchar an der Schulter. Ich spürte seinen Dolch erneut meine Haut zerschneiden. Er drang tief in meinen Bauch ein. Ich strauchelte. Der Schmerz war groß als er den Dolch wieder herauszog. Und ein weiteres Mal spürte ich die scharfe Klinge in meinen Körper dringen. Ich fühlte wie sie mir die Muskeln in meiner Schulter, über dem Herzen zerriß. Ich würde sterben! Aber nicht allein!

Der Dolch! Ich hatte ihn eben fortgeworfen. Ich ließ mein Schwert fallen und hechtete nach dem Dolch. Alles war egal. Ich griff nach dem Dolch, während ich das Blut aus meinem Körper laufen spürte. Und dann fühlte ich seinen Dolch erneut. Er traf mich von hinten, wieder an der Schulter, glitt aber ab. Ich hatte nichts mehr zu verlieren. Ich drehte mich um, der Dolch entglitt ihm, bohrte sich tiefer von oben in meine Schulter. Und er stolperte über mich. Ich stach zu. Geradewegs in die Stelle, wo er ein Herz haben sollte. Er stöhnte auf und sah mich erstaunt an. Er sah auf den Dolch in seiner Brust und konnte es nicht fassen. Plötzlich sank er zur Seite. Er hielt noch den Dolch und starrte mich an. Ich schloss die Augen. Es war vollbracht. Er würde in diesem Leben niemandem mehr wehtun! Die Schmerzen trafen mich unerwartete heftig. Jäh spürte ich jeden der Stiche. Ich ließ mich ins Dunkel fallen. Es war gut. Ich würde gehen und irgendwann würde ich der Füchsin wieder begegnen! Gegebenenfalls als Wiedergeburt in ihrer Zeit? Der Füchsin und meinem Sohn!

Gavin, Duncan und Calum liefen auf den Platz. Niemand hätte sie zurück halten können. Sie beugten sich über Dougal. Die Stiche waren tief. Dougals Bauch und Brust färbten sich rot. Sein Blut mischte sich mit seinem Schweiß.

Ossian trat hinzu. „Bringt ihn nach hinten zu eurem Lager!"

Sie beeilten sich Ossians Befehl nachzukommen.

Lebenswert

Der Rauch hing in den Deckenbalken. Sie saßen vor dem wärmenden Feuer, während draußen ein eisiger Herbstwind tobte und einen kräftigen Sturm vor sich herpeitschte.

Dougal lag auf der Liege neben dem Feuer und rang mit dem Tod. Noch war nicht entschieden wer gewinnen würde. Fearchar hatte seinen Dolch tief in Dougals Leib gestoßen. Es war den guten Geistern zu verdanken, daß er weder das Herz noch die Lunge oder ein anderes lebenswichtiges inneres Körperteil verwundet hatte. Das Schlimmste an der Sache war, daß Dougal der Lebenswille fehlte. Daß er nicht in den ersten Stunden oder Tagen nach dem Kampf gestorben war grenzte an ein Wunder, doch er schien sich aufgegeben zu haben. Ständig öffneten sich seine Augen und er sah ins Leere, auf etwas, das nur er sehen konnte.

Gavin war klar, daß er die Füchsin sah. Die Wunden waren versorgt, wenn er bereit war zu leben, dann wäre es möglich, doch Dougal mußte es wollen. Gavin sah in die Kinderaugen, die gebannt an den Lippen Breidhgars hingen und seinen gesungenen Geschichten lauschten. Er bemühte sich mit seiner Liedergeschichte allen die Stimmung zu heben und die Hoffnung zurückzugeben. Gut, daß ihm wenigstens die Kinder ihre volle Aufmerksamkeit schenkten. Er mußte an ein anderes paar Kinderaugen denken. Wie ging es Douglas wohl jetzt? War es Flanna gelungen die Trennung von Dougal zu überwinden? Oder litt sie ebenso wie er?

Ich hatte das Gefühl in einem tiefen Sumpf zu stecken. Je mehr ich dagegen ankämpfte, umso tiefer sank ich. Und wieder sah ich die Füchsin an meinem Lager stehen! Sie lächelte auf ihre eigene, warme und herzliche Art und reichte mir ihre Hand. Ich war versucht sie ihr zu reichen, doch ich wußte, alles war nur ein Traum! Sie war verloren! Für immer verloren, so wie ich. Was machte das schon? Mein Leben war zu Ende gelebt. Warum kämpfte ich noch? Wenn ich starb hatte ich die Möglichkeit sie im Jenseits wiederzusehen! Und dann konnte ich mit ihr zusammen in eine Zeit geboren werden und wir wären vereint. Warum hörte ich nicht auf zu kämpfen, ich wollte doch gar nicht mehr leben?

Ein lautes Bellen hallte durch den Raum. Ich verfiel wieder in Träume und Wahnvorstellungen. Ich wollte wach bleiben und riß die Augen auf. Tat ich das wirklich, oder glaubte ich es nur? Ich suchte die Augen Gavins. War er wach? Konnte er das Bellen ebenfalls hören?

Gavins Augen waren geweitet. Aye, er hatte das Bellen gehört. Ich versuchte mich ein Stück aufzurichten und sah zum Eingang. Calum erschien neben mir und sah mich lächelnd an.

Unversehens sprang eine graubraune zottelige Masse durch den Eingang und stürzte zielsicher auf Gavin zu. Der Graue! Es war der Graue! Er warf Gavin beinahe um, während er ihm das Gesicht ableckte.

Ich konnte keinen klaren Gedanken mehr fassen. Wenn der Graue hier war, dann hieß das, er war nicht allein! Das konnte nur eines bedeuten! Die Füchsin und Douglas waren bei ihm. Nun wußte ich weshalb ich gekämpft hatte! Calum half mir, mich weiter aufzurichten. Meine Mutter sah mich ängstlich und vorwurfsvoll an. Sie verstand nicht, was hier geschah. Mein Herz schlug wild bis hinauf in den Hals. Ich hatte Angst es wäre doch nur ein Traum.

Gebeugt durch die Tür erschien eine in einen weiten, nassen Umhang gehüllte Gestalt. Sie zog einen Holzkarren hinter sich her und zu ihren Füßen lief die Kleine. Schlank und groß, den aufmerksamen und ängstlichen Blick in der Halle umherschweifend. Verstohlen und unsicher wedelte sie mit dem Schwanz.

Die Gestalt öffnete ihren Umhang einen Spalt breit und schob ihre Kapuze vom Kopf. Kastanienbraune Locken umrahmten ihr Gesicht. Unsicher sah sie sich um, suchte nach einem bekannten Gesicht. Aus dem halb geöffneten Umhang löste sich eine kleinere Gestalt. Douglas! Er war so groß geworden! Die Füchsin öffnete den Umhang weiter. Auf ihrer Hüfte saß eine weitere kleine Gestalt mit dunklen, rotbraunen Löckchen.

Ich war unfähig mich zu bewegen. Ich konnte keinen Ton sprechen. Es war nur ein Traum! Nur ein Traum. Ich war dem Tode nahe und deshalb sah ich sie. Meine Hand suchte einen Halt. Ich fand Calums Hand. Er drückte sie und sah mich lächelnd und nickend an. Demnach sah er sie auch. Dann war es Wirklichkeit.

Flanna entdeckte Gavin, der unablässig von dem Grauen abgeleckt wurde. Leise, beinahe zu leise, fragte sie in die Stille hinein: „Ich suche Dougal MacDougal?!“ War sie willkommen? Womöglich hatte Dougal längst eine andere Frau gefunden und sie vergessen?

Gavin lächelte sie warm an. „Du hast ihn gefunden!“ Er deutete auf Dougals Lager.

Flanna erschrak. Wieso lag er auf einer Liege und wurde von Calum gestützt? Was war geschehen? Sie trat einen Schritt in den Raum.

Der Graue ließ endlich von Gavin ab und lief los, um die anderen zu begrüßen.

Eithne wehrte ihn liebevoll ab, damit er nicht zu nahe an Dougals Lager geriet und ihn nicht mit seinen großen Füßen verletzte. Erbarmungslos leckte er ihr das Gesicht ab.

Ich war völlig kraftlos, als ich dem Grauen mit den Fingern durchs Fell fuhr. Ich sah Douglas an und mußte weinen. So groß war er schon. So viel Zeit, die ich nicht mit ihm verbringen konnte! Bestimmt kannte der

Junge mich gar nicht mehr. Die Füchsin kam zögernd näher. Konnte ihr denn keiner sagen, daß sie erwünscht war? Ich schaute hilfesuchend zu Gavin.

Gavin begriff und schämte sich seines unhöflichen Verhaltens. Mit großen Schritten ging er auf Flanna zu. „Sei herzlich willkommen, Flanna!“ Er nahm sie in die Arme und drückte sie an sein Herz. „Wir haben lange auf dich gewartet.“

Flanna konnte nicht sprechen, doch ihre Augen suchten die Dougals.

Gavin legte den Arm um ihre Schultern und führte sie zu Dougal. Sie war am Ende ihrer Kraft, das fühlte er durch ihren Umhang.

Der lange Weg, die Kinder auf dem Arm, den Wagen im Schlepptau und die Angst im Nacken, all das hatten sie vollkommen erschöpft. Sie ließ sich vor Dougal auf die Knie fallen, sprach leise und stockend. „Ich war nicht sicher ob du uns wiedersehen wolltest.“

Ich spürte einen stechenden Schmerz in der Brust. Sie nicht wiedersehen wollen?

Die Füchsin hielt mir zaghaft die Hand entgegen. „Was ist mit dir?“ Sie berührte zärtlich meine Wange.

Ich konnte nur glücklich lächeln. „Nichts, was nicht schnell wieder heilen würde, sofern das richtige Mittel zur Heilung anwesend ist.“ Ich umschloss ihre Finger mit meiner Hand. Oh, wie hatte er diese Hand vermißt! Wie diese Frau!

Douglas sah mit runden Augen zu mir auf. Ich lächelte ihn an. „Douglas, mein Sohn!“

Die Füchsin beugte sich zu Douglas herunter und flüsterte ihm etwas ins Ohr, woraufhin er auf mein Lager kletterte und sich neben mich legte. Er schob seine kleine Hand zwischen unsere Hände. Ich konnte die Tränen nicht zurückhalten, ließ mich mit Calums Hilfe wieder zurück auf das Lager sinken und streichelte zärtlich die Wange meines Sohnes.

Ein kleines Gesicht, verschlafen, erstaunt und neugierig, wandte sich uns zu. Ich schluckte. War dies die Tochter Karstens? Fragend sah ich die Füchsin an.

„Deine Tochter, Ronait.“

Mein Herz setzte einen Schlag aus. Meine Tochter? Wie war das möglich? Ich berührte sie zaghaft am Kopf. Sie lächelte mich an, hatte keine Angst vor mir.

Gavin hockte sich neben Flanna. Er streichelte die Hündin, die so groß geworden war und das Geschehen mißtrauisch beobachtete.

Flanna beugte sich zu Dougal herüber, stützte sich mit einer Hand auf der Liege ab und gab ihm einen Kuß auf den Mund. Sacht und zärtlich, während sie hingebungsvoll die Augen schloss. Eine heiße Träne tropfte auf Dougals Wange. Flanna richtete sich wieder auf, lächelte müde.

Ich schloss glücklich und erschöpft die Lider, während ich die Hand der Füchsin hielt und drückte. Doch ich mußte sie fortwährend ansehen, also öffnete ich die Augen schnell wieder. „Du wirst doch nicht wieder fortgehen?“

Sie schüttelte den Kopf. „Niemals, wenn du mich willst.“ Sie legte Ronait auf der Liege ab und stützte sich müde auf das Lager. „Es tut mir leid, ich bin so schrecklich müde.“ Sie lächelte entschuldigend.

Eithne erhob sich. Sie faßte Flanna bei den Schultern. „Komm, ich zeige dir einen Platz, wo ihr schlafen könnt.“

Flanna erhob sich. Sie umarmte Eithne liebevoll. „Schön dich heil und gesund zu sehen!“

Eithne lächelte. „Aye, schön dich zu sehen!“

Plötzlich stand Calum neben ihr. „Ich will meine Bruderfrau begrüßen!“ Er löste Eithne ab. „Es ist gut, daß du da bist!“

Flanna lachte leise und glücklich. Es hätte auch anders kommen können!

Duncan trat heran. „Ich auch.“ Er löste Calum ab, drückte sie herzlich und schweigend an sich. Als er sie wieder freigab lächelte er zufrieden.

Calum streichelte der Hündin durchs Fell, während sie seine Hand ableckte.

„Ich muß etwas aus der Tasche holen, bevor ich mich ausruhe, sonst hätte ich mir das Mitbringen sparen können!“ Flanna ging an den Holzkarren, als ihr eine Frau den Weg verstellte. Flanna sah sie fragend an?

„Ich bin Dana, Dougals Mutter! Ich habe mich oft gefragt, ob du es wert bist, daß Dougal solche Wagnisse auf sich nimmt um dich wiederzusehen und daß er sein Herz bald an der Trennung hätte zerbrechen lassen.“ Sie räusperte sich umständlich. „Es ist mir eine Ehre dich kennenzulernen und dich als neue Tochter im Haus begrüßen zu dürfen. Und ich sehe,“ sie lächelte die beiden Kinder an, „daß auch du ein großes Wagnis eingegangen bist, um dich und die Kinder hierher zu bringen!“ Sie nahm Flanna in die Arme. „Herzlich willkommen!“

MacDougal erschien hinter ihr. „Ich schließe mich den Worten der Frau an meiner Seite an und begrüße dich und unsere Kindeskinder aufs Herzlichste!“ Er nahm sie in die Arme, drückte sie an sich.

Dana legte Flanna die Hand auf die Schulter. „Möchtest du essen oder trinken?“

Flanna nickte. „Etwas zu trinken!“ Sie ging weiter auf den Wagen zu.

Calum trat neben sie. „Du hättest Eis mitbringen können!“ Er lachte, als er Flannas erstauntes Gesicht sah. „Das war ein Scherz! Du brauchst nichts mitbringen, außer euch!“ Er strich ihr zärtlich über den Rücken.

Flanna mußte schmunzeln Sie beugte sich zu den Taschen herunter, öffnete eine und holte ein in Zeitungspapier eingepacktes Bündel hervor, welches sie Calum reichte. „Dein Wunsch sei mir Befehl!“ Sie lachte ihn an, als nun er erstaunte das Gesicht verzog.

„Eis? Du hast tatsächlich Eis mitgebracht?!“ Calum lachte. „Du bist verrückt!“ Er wickelte das Papier auseinander und starrte ungläubig auf das Eis herab.

Eithne nahm es ihm ab. „Ich verteile es.“

Calum umarmte Flanna. „Du bist verrückt!“

Flanna grinste. „Ich habe noch was für dich.“ Sie kramte weiter in der Tasche und zog ein weiteres eingepacktes Bündel heraus. „Hier, du hast ihn vergessen!“ Sie grinste. „Damit ich endlich das Geheimnis kenne, wie der Dudelsack nach Schottland gelangte.“

Calum fiel aus allen Wolken, ehe er ihr um den Hals fiel. „Ich danke dir! Damit hast du mir eine große Freude gemacht!“ Er drückte den Dudelsack an seine Brust und strahlte über das ganze Gesicht.

Flanna nickte lächelnd. „Den Rest würde ich gern morgen auspacken.“

Dana reichte ihr einen Becher Wasser, den sie durstig leerte.

„Mehr?“ fragte Dana und goß bereits einen weiteren Becher voll.

Flanna trank auch diesen leer. „Danke, das reicht.“ Sie gab den Becher zurück.

„Ich zeige dir deinen Schlafplatz.“ Dana ging voran.

Flanna blieb bei Dougal und den Kindern stehen. Er beobachtete die beiden aus halb geschlossenen Lidern.

„Wahrscheinlich ist es besser, wenn du nicht bei uns liegst?“ Sie konnte nicht verhindern, daß ihre Stimme zitterte, weil sie sich gerade das wünschte.

„Ich lasse mich von Gavin und Duncan zu euch tragen. Es gibt keinen anderen Platz für mich!“

Sie strahlte glücklich, während sie die Kinder auf Arm und Hüfte nahm. Ronait schlief bereits wieder und quengelte ein wenig.

Erschöpft, am Ende ihrer Kräfte, aber überglücklich schloss Flanna die Augen. Die Kinder schliefen, Douglas eingekuschelt, ihre Hand unter der Wange, Ronait an ihrer Brust. Und neben ihr lag Dougal! Der Mann den sie liebte und für den sie ihr altes Leben aufgegeben hatte. Sie betet, daß er schnell gesund wurde und sie ihn endlich in die Arme nehmen konnte. Ihn genießen, ihn lieben konnte.

Die Füchsin lag mit dem Rücken zu mir, die Kinder in den Armen haltend. Zu unseren Füßen lag die Kleine und wachte. Der Graue hatte es sich bei Gavin gemütlich gemacht. Er würde ihn wohl nie mehr aus den Augen lassen. Ich konnte die Füchsin nicht halten und umarmen, doch ich konnte meinen Arm und meine Hand auf ihre Hüfte legen und mich versichern, daß sie neben mir lag. Zufrieden schloss ich die Augen und dankte der Schöpferkraft für die Gunst, die mir zuteil wurde! Morgen würde es mir viel besser gehen!

Ein Traum

Am Morgen erwachte ich. Meine Hand langte nach rechts, hatte ich nur geträumt? Ich spürte den warmen Körper eines Menschen neben mir und drehte mich um. Die Füchsin lag auf dem Rücken, Ronait halb auf ihrer Brust und Douglas mit dem Kopf auf ihrem Bauch. Ich hatte nicht geträumt! Es war Wirklichkeit! Ein heißes Gefühl der Freude, des Verlangens und übersprudelnder Liebe erfüllte mich.

Die Frau an meiner Seite war bei mir! Die Kinder! Etwas schweres lag auf meinen Beinen, ich hob den Kopf. Die Hündin erhob ihren Kopf ebenfalls und sah mich fragend an. Ich lächelte ihr zu, langte mit der Hand nach unten und streichelte ihren Kopf. „Bist eine treue Freundin."

Die Kleine leckte meine Finger ab.

Flanna rührte sich. Ich sah sie an und konnte nur über das ganze Gesicht lächeln. „Ausgeschlafen?"

„Aye", sagte sie nach MacDougal Art.

Ich grinste. „Mir geht es viel besser! Ich denke an Dinge, an die ich lieber nicht denken sollte!"

Sie grinste zurück, auf ihren Wangen erschien eine leichte Röte. Ich lachte aus tiefster Kehle. Oh, aye, es ging mir besser! So viel besser!

„Was ist geschehen?" fragte sie leise nach.

Ich überlegte. Sollte ich ihr verheimlichen, daß ich sie in der Zukunft antraf? Ich lachte mich aus, sie mußte es wissen! „Ich war dort, in deiner Zeit!" Ich sah sie durchdringend an. „Aber ich war zu früh da!"

„Zu früh?" Sie zog die Stirn kraus. „Ich erinnere mich. Der Busbahnhof!"

Ich nickte. „Du hattest mich somit bereits einmal gesehen, als wir dich das erste Mal trafen?"

Sie nickte.

Ich mochte nicht weiter an dieses schreckliche Erlebnis denken.

„Es tut mir leid!" sagte sie traurig. „Ich wußte noch nicht, daß wir zusammen gehören!"

Ich drückte ihre Hand.

„Kannst du mir verzeihen?"

„Was verzeihen?"

„Ich habe dich zurückgelassen!"

Ich schüttelte den Kopf. „Du kanntest mich doch nicht."

„Ich habe dich längst geliebt."

Ich lächelte. „Jetzt ist alles gut!"

Sie erwiderte mein Lächeln.

„Und kannst du mir verzeihen?" fragte ich ängstlich.

Fragend sah sie mir in die Augen.

„Daß ich unseren Sohn, die Hunde und dich im Stich gelassen habe!"

Sie schüttelte den Kopf. „Mir war klar, daß du nicht freiwillig gegangen bist!"

„Ich hatte solche Angst um ihn."

„Die Hunde haben ihn bewacht und getröstet." Sie strich Dougal über den Kopf. „Er hat so bitterlich geweint."

„Wo warst du so lange an diesem Tag?"

„Ich habe mir die Schwangerschaft bestätigen zu lassen." Sie sah in den Betthimmel hinauf. „Als ich zurückkehrte, lag Douglas schreiend auf der Decke. Er rief nach dir und schlief erst ein, als er sich bis zur Erschöpfung ausgeschrien und geweint hatte."

„Ich hätte alles gegeben, um ihn nicht verlassen zu müssen."

„Ich habe lange gewartet, ob du zurückkommen würdest. Ronait bekam ich noch im alten Haus, ohne dich. Dann zog ich um. Das heißt, ich wanderte aus, ich zog nach Schottland." Sie lächelte nachdenklich. „Runa und Lando halfen mir und ich zog in die Nähe der Steine, in der Hoffnung auf ein Zeichen von dir."

„So ähnlich dachte ich es mir."

„Du kamst nicht, die Kinder wurden größer und meine Trauer auch. Ich beschloss mein Leben in der anderen Zeit aufzugeben und ein neues zu wählen. Selbst auf die Gefahr hin, daß du bereits eine andere gefunden hast und mich gar nicht mehr wolltest."

„Und wie ist es dir gelungen in meine Zeit zu gelangen?"

„Elriam!"

„Dafür werde ich ihm mein Leben lang dankbar sein." Ich schloss die Augen, atmete tief ein und aus.

„Geht es dir nicht gut?" fragte Flanna erschrocken.

„Es ging mir in letzter Zeit nie besser, gleichwohl ist es anstrengend." Ich lachte leise mit tiefer Stimme. „Aye, und wunderschön!."

Flanna drückte liebevoll meine Hand.

„Ich wäre gern bei Ronaits Geburt dabeigewesen!" Ich mochte gar nicht daran denken, was mir alles entgangen war. „Und Douglas ist ein richtiger Junge!"

„Er hat dich nicht vergessen."

„Ich habe euch so vermißt." Ich wandte mich zu ihr um und vergrub mein Gesicht an ihrer Schulter. Ich beachtete meine Schmerzen nicht.

Sie küßte mich liebevoll auf den Scheitel. „Wir dich auch." Sie sah in die Ferne. „Ohne die beiden Kinder hätte ich mich aufgegeben. Aber so hatte ich eine Aufgabe und ein Ziel!"

Ich nickte, müde von der Anstrengung.

„Schlaf ein wenig, die Kinder werden dich fordern, wenn sie wach sind."

„Gut so, dann weiß ich wofür ich lebe!" Ich grinste schief. „Sie können sich mit Duana beschäftigen."

„Wer ist das?"

„Eithne und Duncans Tochter!"

Sie lächelte erfreut.

Keine heiligen Steine – Stolz und gequälte Töne

Fünfzehn Jahre später

Stolz beobachtete ich meinen Sohn, der mit starker Hand den Speer auf sein Ziel warf. Mein Blick wanderte weiter. Ronait, Anam, Carraig und Caitín sahen ihrem zum Mann gewordenen Bruder zu. Ronait war eine Schönheit, obwohl sie eben noch ein Kind war, jedenfalls für mich. Ich schmunzelte, nach Meinung der Füchsin war Ronait bereits auf dem besten Weg eine Frau zu sein. Sie war doch erst knapp sechzehn?! Ich mußte mir eingestehen, ich hatte die bewundernden Blicke der jungen Männer gesehen. Ich würde gut auf sie aufpassen müssen.

Lachend kam die Füchsin über den Platz geschlendert. Mal blieb sie bei dieser Frau und redetet eine Weile, mal bei einer anderen. Es würde Stunden dauern, bis sie bei mir eintraf. Oh, wie ich diese Frau liebte. Unerwartet schoss mir unser erstes Zusammentreffen durch den Kopf. Kaum zu glauben wie lange das her war? Ich liebte sie wie am ersten Tag. Sie hatte alles aufgegeben um bei mir zu sein. Und jeden Tag sagte sie mir ohne Worte, daß sie es niemals bereut hatte.

Daß sie fünf gesunde Kinder zur Welt gebracht hatte sah ihr keiner an und ich bemerkte des Öfteren die Blicke einiger junger Männer, die sie als mögliche Partnerin in Erwägung zogen. So hatte sich doch alles zum Guten gewandelt! Und unsere Reise hatte tatsächlich Frieden zu den MacBochras und uns MacDougals gebracht. Und das nicht nur einmal! Ich sah herüber zu Duncan und Eithne, deren drei Kinder mich ebenso mit Stolz und Liebe erfüllten wie unsere fünf. Und Calum? Er stand am Rand des Kampfplatzes und sah seinem ältesten Sohn beim Schwertkampf zu. Neben ihm stand Maili. Ich würde niemals vergessen, wie sie von ihrer schweren Verletzung genesen war und daraufhin ohne Umschweife ihre Liebe zu Calum gestanden hatte. Und wenn ich es genau nahm, war die Füchsin ebenfalls eine NicBochra gewesen, denn ihre Vorfahren stammten von ihnen ab. Frieden zwischen den MacBochras und MacDougals, wie oft hatten sich Mütter den wünschen müssen, bevor er endlich eingetreten war?

Gavin kam herüber, der Graue folgte ihm auf Schritt und Tritt, obwohl er ein uralter Knochen war. Und dem Grauen folgte die Kleine, vollkommen erhaben.

„Du siehst nachdenklich aus.“

„So?“

„Aye.“

Wir lachten.

„Ist er nicht ein Prachtkerl?“

„Wen meinst du, Anathahan?“ Gavin lachte und hob abwehrend die Hände, weil ich ihm zum Spaß Schläge androhte.

„Aye, das ist er. Aber Anathahan steht ihm nicht nach“, sagte er schnell.

Ich lachte. „Da magst du Recht haben. Liegt wohl an seiner Mutter und der edlen Abstammung seines Onkels, von dir kann er das nicht haben.“

Gavin sah mich gespielt böse an. „Ich erzähle Néal lieber nicht, wie du über den Mann an ihrer Seite denkst!“

Vom Platz weit hinten erklangen laute gequälte Töne herüber. Wir schauten genervt zum Himmel, gerade als die Füchsin bei uns ankam.

„Gilt das mir? Ich kann auch wieder gehen. Es gibt Leute die freuen sich mich zu sehen.“ Sie grinste.

Ich überlegte. „In gewisser Weise gilt es dir, aye!“

Gavin lachte. „Du hättest niemals einen Dudelsack mit in unsere Zeit bringen dürfen.“

„Dann wäre er vermutlich niemals das Instrument Schottlands geworden!“ sagte sie gespielt gekränkt.

„Diese Ruhe!“ Gavin sah Dougal an. „Könntest du dir das vorstellen?

Ich lachte. Inzwischen brauchten wir nicht mehr nach Calum Ausschau zu halten, wenn irgendwo eine Sackpfeife erklang, denn es gab mehr als genug Schüler. Calum war der Meister und die Schüler hingen ihm an den Lippen.

„Ein paar gekränkte Ohren weniger?“ sinnierte Gavin weiter.

„Ich mag die Sackpfeife“, sagte sie schnippisch und zog eine Grimasse.

Ich legte meinen Arm um sie. „Wie schön, daß es dich gibt, Frau!“

Sie schmiegte sich an mich und lächelte verführerisch. „Hast du vor mich zu überreden?“

„Warum nicht? Kein schlechter Einfall!“

Gavin lachte. „Ich gehe dann mal, ich glaube Néal wartet auf mich.“

Die Füchsin gab mir einen langen Kuß, während sie mich aus dunklen, verheißungsvollen Augen ansah, die in mir ein wildes Feuer der Erwartung auslösten. Sie schien auf die Wirkung zu warten, die der Kuß bei mir haben würde. Ich grinste blöde, das spürte ich selber, zog sie näher an meinen Körper und erwiderte den Kuß verlangend. „Du spielst mit dem Feuer!“

„Mir ist so kalt!“ sagte sie lachend.

„Ich könnte dir helfen.“ Ich zog sie am Ellenbogen, an den Rand des Platzes. „Ich wollte dir übrigens längst einen außergewöhnlichen Platz zeigen.“

„Keine heiligen Steine!?“

„Keine Steine!“ Ich küßte sie.

Lachend liefen wir Hand in Hand durch die hohen Gräser. Ich stimmte ihr Lieblingslied an, während wir der bald untergehenden Sonne entgegengingen!

ende

Ein paar Worte zum Buch:

Die Menschen aus diesem Buch sind späte Kelten, schon fast keine mehr, sondern die ersten Scoten. Menschen die sich pingelig an archäologische Forschung und Meinung halten, werden mit diesem Buch vielleicht ihre Schwierigkeiten haben, denn ich habe mich an meine eigenen Eingebungen und meinen Geschmack gehalten; so wie es meiner Meinung nach auch hätte sein können. Ich habe versucht, mich in die Menschen hineinzuversetzen, für die all die Dinge, die für uns so selbstverständlich sind, völlig neu und fremd sind. Durch dieses Hineinversetzen, sind auch mir während der Arbeit an diesem Buch, einige Dinge noch bewußter geworden.
Ich hoffe die Leser des Buches haben Freude an der Neuentdeckung der täglichen kleinen Wunder.

Die Geschichte von
Runa und **Lando** ist in **„Der Gesang des Einhorns“** zu lesen,
die von **Amber**, **Elriam** und **Lovis** **„Im Bann des Bernsteins“**
und die Geschichte von **Helene Linde-Rua** ist in **„Die Artuslinde“**
zu finden.

Manuela O. Tietsch

lebt zur Zeit in der Lüneburger Heide auf einem Tierschutzhof gemeinsam mit ihrer vielköpfigen Familie, zu der weit über hundert Tiere zählen.
Seit 1994 schreibt sie Romane, die bisher alle im Bereich Fantasie und Märchen liegen.

Zitat: Ich bin hoffnungslos romantisch und auf der Suche nach meinen Wurzeln. Deshalb beschäftigt mich die Vergangenheit auch so sehr. Zeitreisen üben auf mich einen besonderen Zauber aus. Da mir aber Zeitreisen mit meinem jetzigen Körper nicht möglich sind, greife ich auf meine gedanklichen Reisen zurück.
Über meine Bücher lasse ich andere Menschen daran teilhaben.

Weitere Informationen: Manuela O.Tietsch
Stellichte 84 a,
29664 Walsrode

www.manuela-ottavia-tietsch.de

Die Artuslinde
Manuela O. Tietsch

Rezept für die Artuslinde
Zutaten:
1 Comiczeichnerin
aus dem 21. Jahrhundert
1 zauberkräftige Linde*
1 Artusritter*
1 wahre Liebe
je 1 Prise Freude und Leid
1 Zauberer, Merlin*

*aus biologischem Anbau

Eine magische Linde versetzt die junge Comiczeichnerin Helene in die Zeit von König Artus. Dort verliebt sie sich in den Ritter Talivan. Sie findet in Camelot Freunde und begegnet dem legendären König Artus. Ein neidischer Ritter wirft sie in ein Verlies und hält sie gefangen. Helene muß um ihr Leben kämpfen.
Um wieder in die Jetztzeit zu gelangen, braucht sie die Hilfe des Druiden und Zauberers Merlin. Aber was ist mit ihrer großen Liebe? Kann sie Talivan mit in ihre Zeit nehmen, oder muß sie ihn in der Vergangenheit zurücklassen? Wird sie ohne ihren Ritter jemals wieder glücklich sein?

Der Gesang des Einhorns
Manuela O. Tietsch

Ein unheimliches Leuchten dringt aus dem Museum. Ein Blitz schlägt in die Haupthalle ein, in der die beiden MacFarlanes Moormumien liegen. Er zerstört alles, bis auf einen kostbaren Wandteppich, auf dem ein Einhorn zu sehen ist.
Entrückt berühren die beiden Museumsbesucher Runa und Lando die beiden Moorleichen. Sie werden durch diese Berührung in ihre eigene gemeinsame Vergangenheit ins Schottland des 11. Jahrhundert versetzt.

Tietsch, Manuela O.: **Der Gesang des Einhorns**
Bilshausen: Fabuloso Verlag, übernommen 2004, Pb., 260 S.;
Preis: 9,50 Euro (3-935912-14-5)

Im Bann des Bernsteins
Manuela O. Tietsch

Die Kraft eines magischen Bernsteins versetzt die junge Kindergärtnerin Amber ins faszinierende und zugleich gefährliche Mittelalter des Jahres 1284, geradewegs vor die Füße des Rattenfängers Elriam. Die dramatischen Ereignisse führen sie auch in das Innere der Erde, in die geheimnisvolle Welt der Innerirdischen, von uns noch unentdeckt.

Kann Amber trotz aller Widerstände die Entführung der 130 Hamelner Kinder verhindern, ohne ihre aufkeimende Liebe zu Elriam zu verraten? Wird es ihr gelingen, den kleinen Lovis zu retten, der sich ihr als treuer Freund in der Not erwies? Schafft sie es, jemals wieder in ihre eigene Zeit zurückzukehren?

Tietsch, Manuela O.: **Im Bann des Bernsteins**
Bilshausen: Fabuloso Verlag, übernommen 2004, Pb., 160 S.;
Preis: 8,00 Euro (3-935912-15-3)

Weitere Bücher aus dem Fabuloso Verlag:

Gudrun Strüber
Traum von Nähe
2004, Hc, 55 farb. farbige Abbildungen, 176 S.; Lyrik
Preis: 18,80 Euro (ISBN 3-935912-13-7)

Gudrun Strüber
Märchenhafte Gedanken
über die Zeitzeugenberichte in den Märchen
vom Matriarchat zum Patriarchat
2001, Pb., 5 Zeichnungen, 128 S.; Märchenanalyse
Preis: 12,00 Euro (ISBN 3-935912-02-1)

Gudrun Strüber
Jungfrauen für die Götter
2002, Broschüre, 3 Abbildungen, 40 S.; Grenzwissenschaft
Preis: 4,00 Euro (ISBN 3-935912-03-X)

Gudrun Strüber
Blaue Jungs! Grüne Jungs?
Ein U-Boot Fahrer erinnert sich
2002, 192 S.; 2.Aufl Hc. Dokumentation
Preis: 22,80 Euro (ISBN 3-935912-01-3)

Gudrun Strüber
Spurensuche
2005, HC, 44 Farbfotos, 92 S.; Lyrik mit Kurzprosa
Preis: 18,80 Euro (ISBN 3-935912-18-X)

Lesinski, Sarina Maria:
Die Antwort weiß die Eiche
2001, 82 S., Pb., Lyrik;
Preis: 11,00 Euro (ISBN: 3-935912-00-5)

Lesinski, Sarina Maria:
Das Labyrinth im Spiegel
2005, Pb., 250 S.,Roman;
Preis: ca. 12,00 Euro (ISBN: 3-935912-00-5)

Lesinki, Sarina Maria:
Das Abenteuer der experimentellen Archäologie
Mit Schwerpunkt Brettchenweberei
2004, Pb., 86 S., Forschungsbericht und Anleitung
Preis: 9,50 Euro (ISBN 3-935912- 17-X)

Schön, Anneliese:
Siehe ich mache alles neu
Wege mit Gott im Leben einer Frau
2004, 160 S., Pb. Bericht über eine Trennung
Preis: 12,00 Euro (ISBN 3-935912-09-9)

Hammer, Ingrid:
Zu allen Jahreszeiten – Geh´ ich diesen Weg.
2003, 95 S., Hc., Lyrik;
Preis: 16,80 Euro (ISBN: 3-935912-05-6)

Rademacher, Eva-Maria:
Sie gab dem Himmel Farbe
2te Auflage 2005, Pb., 338 S.; Roman
Preis: 14,80 Euro (3-935912-06-4)

Rademacher, Eva-Maria:
Nie ohne Sehnsucht
2005, Pb., 338 S.; Roman
Preis: 14,80 Euro (3-935912-06-4)

Lenz, Johanna Gerlinde:
Nur mit meinem Sohn, Reisen in Persien
2004, Pb., 113 S.; Reisebericht mit Foto-CD
Preis: 9,40 Euro (ISBN 3-935912-08-0)

Koglin, Frank:
Der Sonnenbaum
2005, Pb., 227 S.; Krimi Preis: 9,80 Euro (3-935912-11-0)

Schröder; Sonia:
leise begegnungen
2004, Handgebunden, Lyrik mit Aquarellen
Preis: 21,00 Euro ((3-934912-12-9)

Christian, Dorothea:
Zeit auf Hiddensee
2005, HC, 54 S.; Ein Tagebuch zum Weiterschreiben
Preis: 24,00 Euro (3-935912-18-8)